黄雀

谢刚 —— 著

湖南文艺出版社
HUNAN LITERATURE AND ART PUBLISHING HOUSE

博集天卷
CS-BOOKY

图书在版编目（CIP）数据

黄雀 / 谢刚著 . -- 长沙：湖南文艺出版社，2022.8

ISBN 978-7-5726-0766-0

Ⅰ. ①黄… Ⅱ. ①谢… Ⅲ. ①长篇小说－中国－当代 Ⅳ. ① I247.5

中国版本图书馆 CIP 数据核字（2022）第 121310 号

上架建议：畅销·长篇小说

HUANGQUE
黄雀

著　　者：谢　刚
出 版 人：曾赛丰
责任编辑：刘雪琳
监　　制：邢越超
策划编辑：张　攀　万江寒
营销支持：周　茜
封面设计：UNLOOK 广岛
版式设计：李　洁
内文排版：百朗文化
出　　版：湖南文艺出版社
　　　　　（长沙市雨花区东二环一段 508 号　邮编：410014）
网　　址：www.hnwy.net
印　　刷：三河市兴博印务有限公司
经　　销：新华书店
开　　本：875mm×1230mm　1/32
字　　数：307 千字
印　　张：11.5
版　　次：2022 年 8 月第 1 版
印　　次：2022 年 8 月第 1 次印刷
书　　号：ISBN 978-7-5726-0766-0
定　　价：54.00 元

若有质量问题，请致电质量监督电话：010-59096394
团购电话：010-59320018

序言

　　作者是我的好朋友，我总称他谢老师，有尊重与客气，更多是戏谑。谢老师常有当教书先生的念头，却始终未能成行，迄今为止也没有执过一天教鞭。20年前我认识他的时候，他还在最高人民法院工作。

　　那时候我也还在央视做着一档法制节目，所以，我们时常见面，时常聊天，聊的多是看到的、听到的案例。他性格耿直，口无遮拦，看到判决不公的案件总咬牙切齿、拍桌子摔板凳，又同情心泛滥，每每遇到上访的人，必出手帮忙，结果屡屡碰壁，搞得心灰意冷、垂头丧气。我当时就料定他待不长久，一个热情洋溢的性情中人怎做得了冷眼旁观的理性事？

　　果不其然，他去读书了，读的是文学，拿了博士学位后，就去做出版了。

　　这是适合他的。他本来是编辑出身，曾经很风光地编过不少畅销书，还办过几本颇有影响力的杂志，到法院系统转了一圈，还是回到了老本行。

　　编书，他倒是做得风风火火，一个人，愣是做起了一家出版社。

　　说一个人，是不对的，出版社刚办时，确实只有他一个人，所有家当，都在他随身背着的一个书包里，没人，没钱，没地方办公，一穷二白，好在他有人缘，有朋友。

没过多久，一些我认识或者我听说的人，就追随他而去。

追随也不见得准确。不少朋友一定是被他"裹挟"或者"生拉硬拽"去的。他向来是一个对外人慷慨大度、对朋友"残酷无情"的家伙。

与他关系越铁，他压榨得越起劲，越肆无忌惮。

我就曾多次被他叫去参加他们的选题论证会，对他们将出的选题品头论足、出谋划策，尤其是他们草创时期，我们这帮朋友要不遗余力，白搭时间、白搭精力、白搭车费，看到他们穷得可怜兮兮的，有时还要白搭些咖啡和茶。

好在他们的书做得委实不错，如一股清泉般触动了文化人的脉搏，出版社由寂寂无闻到异军突起，也就几年的时间。

我自然成了出版社的常客。

在这里，能聊好玩的天，能见有趣的人，最主要的，能第一时间读到一些好书。

谢老师在人文社科出版领域努力耕耘的同时，还矢志不渝地坚持出版推理小说，这或许有一些他曾在法院系统工作过的情怀，但更多的还是基于热爱。

我也是推理小说的爱好者。

每次见面，我们总少不了聊这个话题，他对想要引进的一些海外的作品，会征求一下我的看法，看到国内有写得不错的稿子，偶尔也会给我看看，让我帮着提提意见。

他到香港工作后，出版社那边我也就较少去串门了，不过，他还兼着那套推理小说的主编，还在努力帮出版社找作者策划着选题，我们有时也会聊一些作品，聊聊各自看到的自认为还不错的稿子。

我不记得《黄雀》这部书稿是他主动给我看的还是我问他追要的。

看到题目，我不免先入为主地说了句："螳螂捕蝉，黄雀在后，这不泄底了吗？"他憨憨一笑："你先看，看完再下结论。"

我确实是一口气读完的，小说写得很通畅，如行云流水般，读得人激情澎湃又酣畅淋漓。

很多人写故事，喜欢故弄玄虚。有时候为博眼球，抑或是为了炫技，硬要把个好端端的故事讲得七弯八绕、支离破碎。这部小说则不然，没有华丽的辞藻，没有过多的矫饰，就拿故事说事，环环相扣，跌宕起伏，每到关键节点，自以为"是"时又突然出人意外，细思默想，一切却又在情理之中，让人暗暗叫绝的同时，感慨万千又回味无穷。

而且，作品有很强的文学性，字里行间穿插着一种情绪，或者是暗含着一种力量，也就是在读完后，我才恍然明白小说取名《黄雀》原来另有一番深意。

"这确实是一部能打动人的小说。"我对他说。那时我完全不知道这小说出自他之手，我压根也没有想到他竟然写了小说。

虽然，我不否认他有这个能力。一个做了二十多年编辑的文学博士，对文字的驾驭能力自然不在话下，他过去出版的两部学术专著我都认真读过，我也见过他过去写的一些文学性的小文章，但写小说是另外一回事。

说实话，如果不是他让我写序，我还蒙在鼓里。因为按照与出版社的约定，书稿正式出版前，外请审稿者既不能将内容外漏，也不能私下与作者沟通，何况，他给我看的稿件上根本也没有署名。

"如果让作品再残酷一些，小说会不会更有冲击力？"我似乎跟他说过这样的话，请他向作者转达，直到落笔写这篇序言时，我才突然意识到，我的朋友谢老师做事虽然雷厉风行，对朋友也总吆三喝四，但内心不是一个冷硬的人，这作品，恰是他的风格。

是为序。

张绍刚（主持人，中国传媒大学教授）

一

二叔一大早把我叫过去的时候，我还醉着未醒。

睡眼惺忪，蒙蒙眬眬，走路也有些头重脚轻。

对我这种吊儿郎当的状态二叔早就见怪不怪了，只皱着眉摇了摇头，然后就开始跟我交代正事。

所谓"正事"，无非是告诉我到宁州后，怎么去拜会沈家，怎么与沈家人打交道。

其实这些事，他已经跟我说过好几次了，而且，早在他三番五次劝我到宁州大学读博士时，我自己也预想到了。

去宁州，一定与沈家有关系。

否则，我在北京待得好好的，为啥他突然怂恿我去读书？再说，北京有那么多大学呢，读个博士干吗非要去宁州大学？

但二叔的话，我不能不听。

二叔现在在国家发改委当着一名颇有权力的副司长。二叔不像我的父亲那样一意孤行，他重感情，讲道理，做事细致缜密，一旦他决定了的事，任别人说破大天也没用。

我与父亲已经闹了好多年别扭。

按说我应该是个快乐无忧的人，套用现在流行的说法，我是个不折不扣的富二代，因为我父亲是雄踞一方的民营企业家，创办了在水土治理领域极为著名的黄河集团。

黄河集团是我们老赵家的家族企业。

我还在襁褓里时，我的爷爷、奶奶和姑姑在一年多的时间里先后生病，住院，去世，在月工资只有几十块钱的时代，家里欠下了好几万的外债。经历了一段以泪洗面的日子后，作为长子的父亲毅然辞去了公职，借钱买了一辆大卡车，干起了贩运河沙的生意。为了多赚钱，他舍不得雇人，自己在河里挖沙，自己装卸，自己运输。那时我的三叔还在读高中，我的二叔高考落榜后在一所小学里任代课老师，他们去帮忙时总被父亲骂回来，父亲对两个弟弟的要求就是好好复习功课考大学，老赵家不能一辈子低着头求人。

每次说起这段往事时，在官场上养尊处优多年的二叔依然会潸然泪下，不能自已。他说："我哥在烈日下光着膀子往车里装沙的那一幕我这辈子都忘不了。"即使面对我，他对我父亲的称呼也总是"我哥"而不是"你爸"。

二叔考上了大学，当了政府官员；三叔还读了研究生，成了著名的水利学家。经过几十年的辛苦打拼，父亲积累了丰厚的家业，创办了黄河集团，成了腰缠万贯的企业家。

我这一代，老赵家只有我这一个男丁，在把传宗接代延续香火还很当回事的齐鲁大地，我不仅受到父辈们的宠爱，也被家族寄予了厚望。

按照父亲为我设定的成长轨迹，我大学毕业后，就应该进入家族企业锻炼，为以后接班做准备。可我是个自由散漫的人，既不喜欢颐指气使，也不够雷厉风行，更接受不了父亲那种唯我独尊、独断专行的做派，于是我横下心，像大姑娘逃婚般跑到英国，一待就是四五年，赖着不想回来。

是二叔连哄带骗把我弄回国的。

回国后，我依旧拒绝到父亲的公司上班，在北京郊外与朋友合开了个马场，随性地过日子。骑马开车，看书喝酒，吟风弄月，放浪形骸，快意地挥霍着自己的青春。我没啥追求，也不愿意给自己脑子里硬塞个什么理想。

日子一天天过去，我没有觉得不好，也没有觉得有多好，日子嘛，总是要过的，一旦停下来，就变成回忆了。

我不求上进，得过且过，放荡不羁，离经叛道，这让曾经以我为傲素来争强好胜的父亲极为恼怒和失望，如果不是因为他只有我这"一根独苗"的话，以他那刚愎自用的火暴脾气，早与我断绝父子关系了。

我虽然没啥出息，但也并非"废柴"一个。

至少，在大家心目中我是个爱读书的人。有多么爱读书其实也谈不上，我只是很会考试。高中毕业时我轻松考上了北大，大学毕业后我又考到英国，一边玩一边拿了两个硕士学位。

去宁大读书是二叔提起的。

"去宁大读个博士吧，"有一次我俩闲聊时，他劝我说，"你三叔虽是个水利学家，也只读到了硕士，咱们家还没正经出过博士呢。"

我并不认为二叔的话多有道理，老赵家凭啥就必须出个博士？再说，读博士就读博士呗，干吗非要千里迢迢地跑去宁大读？

虽然我有些放荡不羁，连一向说一不二的父亲都敢忤逆，但我最怕二叔。二叔是我们老赵家的智囊，谋略多，有胆识，许多事我不敢跟父母说，都是二叔帮我想办法。

在官场多年，二叔不仅性情温和，说话也不紧不慢，有时候还用与我商量的口气。我心里清楚，看似能商量的事在他那里根本就没有讨价还价的余地，即使你有一千个借口，他都立马能找出一万个说得你心服口服低头认怂的理由。

读就读呗。

我本来就是个对什么事都无所谓的人，在北京游手好闲了好几年，换换环境也没有什么不好，何况，不在二叔的眼皮底下，我还更自由，于是抱着试一试的态度去考了，不承想，竟然还真的就被宁大录取了。

二叔让我去拜会的沈家，其实是黄河集团最大的竞争对手。

有些事挺让人搞不懂，明明在生意场上争得头破血流，两家人却像亲戚一样在走动；明明见面时热络得就像和睦的一家人，却各自言谈举止间都留有分寸、存有戒心。

我不愿去父亲的公司上班，不光因为我没有杀伐决断的能力，还因为我确实不喜欢与我的性情格格不入的"商界文化"。

与我们赵家这个新兴的暴发户不同，人家沈家是实实在在的治水世家、江南旧族。

据说沈家祖上从清朝初年就负责治水，已历十几代了。民国时没有了朝廷，不用在红顶子下卑躬屈膝夹尾巴，自然富甲一方，企业做得很大。二十世纪四五十年代沈家人纷纷移居海外，只有伯远公追求进步，留在了国内，后来却因言获罪，妻离子散，一直到二十世纪八十年代才获得平反。伯远公是著名的水利专家，以敢言著称，在业界具有很高的威望。

沈家的江海集团是嘉树伯从国外回来后才成立的，也才不到二十年的光景，但沈家的招牌、伯远公的声望加上嘉树伯精明能干，使得江海集团迅猛发展，奋起直追，现在已经是江南最大的水利工程集团，也是居于北方的黄河集团最大的竞争对手。

生意上是对手，沈家和赵家私谊却一直很好，特别是对伯远公，赵家三兄弟都极为敬重，逢年过节，都会派人向老人家表达心意，沈家也确实把我们当成了能时时走动的亲戚。爸爸喜欢我的时候，也曾带着我到沈家串过门，我也跟着妈妈在家里接待过沈家的人。只是这几年，伯远公年纪大了，嘉树伯又忙，两家走动比过去少了很多。

"去吧。"二叔看着我把他给沈家准备的礼物一件件搬到车上，然后重重地拍了拍我的肩膀，说，"你不是总强调不到公司上班不代表不想帮家里做事吗？那就看你在宁州的表现了。记住我交代你的那些事，哪一件都不能掉以轻心。"

我点点头，没说话。

这次让我到宁州读书，其实就是希望我能时不时地去沈家了解了解信息，沟通沟通感情。因为举世瞩目的南水北调工程就要启动了，这样一项超大工程项目，百年难遇，在水利行业深耕多年的沈家和赵家都摆出了架势，跃跃欲试，志在必得。

二

开车去宁州，我特意约了吴双同行。

吴双是学编剧的，大学毕业后写了一些戏，拍了多少，播了多少，她没跟我说过，我也懒得打听。我只知道编剧这个职业不错，除了偶尔下下剧组，其他时间都很自由。

因为时间自由，她就经常跟我厮混于马场，晒晒太阳，听听音乐，看看书，有时也会骑骑马，跟我们一起飙飙车。不过她骑术实在太差了，我很怀疑她小时候是否曾经在草原上生活过。

吴双没去过宁州。我在备考时，她就跟我说，宁州是古都，山山水水都充满了梦幻般的诗情画意，如果我能考上，她可以到宁州找我玩。有诗情的地方能启迪人写作的灵感，她正准备找题材写个新剧本呢。

一开始我也没有把她的话当回事。我是个不靠谱的人，正经话说给不靠谱的人听，往往都是左耳朵进，右耳朵出，何况她也是半开玩笑地随口一说，在我的脑海里也只留下淡淡的一个印痕。

但二婶半真半假的话让我心里犯了嘀咕，有好几次，二婶都笑着跟我讲："你也老大不小了，到宁州要是能把子怡给我们娶回来，咱们赵家和沈家变成一家人,以后谁还敢跟咱们竞争?"

子怡是伯远公的孙女。沈家一直人丁不旺,伯远公只有嘉树伯一个孩子,嘉树伯也只有子怡一个女儿,老爷子自然视若掌上明珠。何况,我跟子怡好多年没见了,在我印象里,她还是刚揩干鼻涕不久的小女孩呢。

二婶喜欢逗闷子,她说的可能也只是句玩笑话,但这让我大为反感,一下子就又激起了我的逆反情绪,所以,这次开学报到,我极力撺掇吴双跟我一起去宁州。

吴双不算是我的女朋友,我俩的关系只是比较亲密,或者说有些暧昧。

我喜欢高大健壮、激情四射的女孩,她不是,她太安静了,安静得就像晨曦中还亮着的路灯,抑或是藏在书架角落里的工具书,不刻意去找寻,往往就会忽视它们的存在。

经历过几段痛彻心扉、刻骨铭心的感情,女友们一个个远去。只有吴双,一直与我保持着若即若离的关系,说不清扯不断。可不是,我俩根本就没有正经恋爱过。

她是一个看上去大大咧咧,其实有些多愁善感的姑娘,总把自己的内心封得死死的,从不向外人开启,我俩"铁"了那么多年,她的很多事我都一无所知。不过,我对她倒是毫无保留,连我家的钥匙都给她配了一套。

我给她配钥匙其实是出于私心。

我要出个远门,回来前总要找人打扫一下卫生,把冰箱填满,要是我喝得烂醉如泥,也需要有人把我拖回家。在北京,我没人可欺负,只能找个软柿子捏。

吴双的确是个软柿子,除了我,她好像也没有什么特别亲近的人。在马场,她总跟在我屁股后边,一个自诩博学多才的哥们儿摇头晃脑地说，"螳螂捕蝉，黄雀在后"，就给她起了个外号叫"黄雀"。她不但不以为意，还觉得"黄雀"这名字挺好听。

天色朦朦胧胧，路灯昏黄暗淡。

我俩开车出门时，马场还一片寂静。晚上喝酒前还说出豪言壮语要浩浩荡荡把我俩送去天津的那帮狐朋狗友一个个正睡得像死猪一样，只有刚吃过夜草的马仿佛明白我俩要远行，眼含不舍，昂着头，时不时地刨几下蹶子。

"能引重致远，堪托生死者，独马可当。"有时候，马比人讲仁义。

看我还有些睡眼惺忪，吴双抢着要驾车，被我拒绝了，她也就没再坚持。陪我聊了会儿天，聊着聊着，她就歪靠在副驾驶的座位上睡着了，脸上露着浅浅的笑。

她总浅浅地笑，不急不躁，轻声细语，跟我们这帮喜欢吵吵闹闹的人混在一起，就像萝卜地里长了一株含羞草。

打理马场的老祁两口子都超级喜欢她，尤其老祁嫂子，把她当成亲妹子。我们晚上喝酒，她就把吴双拉到自己家里开小灶，还坚决反对吴双与我交往，说这个赵总，原本挺好的，除了喜欢糟蹋钱，没啥大毛病，现在可不行啦，被他这帮朋友带坏了。

被带坏了的赵总就是我。我的名字叫作赵本纪。

车到宁州的时候，已经是第二天中午了。

吴双到时代大酒店办理入住手续，我按照二叔的吩咐，先给沈家打电话。

接电话的竟然是子怡。

听到是我，她非常高兴，说："爷爷前天就从乡下回来等你啦，还把我叫回来陪你，你什么时候能来我家呀？"

定好了晚上去沈家赴宴，我便开始从车里卸行李。吴双办完手续，乐颠颠地跟着行李员一起推车过来帮我拿行李，说："入住办理好了，你住916，我住918，你要顺，我要发。"

看她欢天喜地，我便忍不住戏弄她，说："昨天晚上在临沂你碰到的那个白胡子老头，你知道他是谁吗？"

被我一吓，吴双立时就怔住了，眼睛瞪得像铜铃，嘴张了半天，困惑地说："啊？不会真是你沈爷爷吧？他……他……"

我本来只是想戏弄她一下，看她一下子认了真，赶紧说："逗你呢。傻呀？要真是沈爷爷我能不上前打招呼吗？老爷子前天就从乡下回来了，晚上要我去他家吃饭，你要不要跟我一起去？"

"不去，不去，那种深宅大院，听你讲他们家那么多讲究，拘束死了，再发生点公子小姐俏丫鬟的浪漫事，那我不就碍眼了吗？我可不想做没眼力见儿的人。"她笑着调侃。

她肯定是无心，但一下子戳中了我的心事，让我一时不知道该怎么接话。

"你不认识那老爷子，昨晚干吗急吼吼把我拽走？我跟人家还没聊完呢。"她像突然想起什么，不满地诘问我。

"聊完？聊完你肯定又被忽悠着去买石头了。"我没好气地说。

吴双喜欢各式各样的石头，喜欢到了痴迷的地步。每到一个地方，她都会去找卖石头的摊贩与人家聊个没完没了，有时候还独自跟着人家去库房、家里看石头，胆子大得吓人。我并不认为她有收藏石头的癖好，她那间小房子里倒是也有不少石头，都是她与人家聊半天，被摊贩缠着买下的，买下也就买下了，拿回家，也就被遗忘在各个角落里。

"石头有灵性啊，奇异的石头能激发我的灵感。"每次问起她，她都这样搪塞。

昨天晚上一路上说说笑笑，走走停停，虽然我开的是辆改装过的捷豹，提速极快，但有吴双在旁边监督着，我不敢飙车。车到临沂时天已经快黑了，我俩就决定在临沂住一晚，反正也没有什么急事，何必披星戴月、鞍马劳顿呢？

临沂已不是过去贫困得只能闹革命的老区了，这里城市建设得很漂亮，特别是沂河两岸，杨柳拂面，群花飘香，蜂飞蝶舞，河面波光粼粼，除了说话的人没有吴侬软语，像极了旖旎的江南。

在临沂找了个酒店住下，我冲完澡，擦干头发，然后坐在房间的沙发上，郑重其事地抽了支烟。

我有个哥们儿，是学机械制图的，做什么事都一板一眼，一丝不苟，包括抽烟。他抽烟时，一定要把手头的事先放下，屏气凝神地拿出烟，点燃后，什么话都不说，就那么聚精会神地一直把烟抽完。他觉得一心不可二用，抽烟也是如此。

他开车出门，无论遇到多么拥挤的路况，想抽烟时，一定会把车开到路边，打开双闪灯，气定神闲地把烟抽完，才挤回行车道。

每次见我叼着烟开车，他都会批评："真是浪费，你这样抽烟怎么可能会有飘然成仙的感觉？"

想到那哥们儿抽烟时的悠然自得，我又点上了一支烟，闭上眼睛专心致志，只有满屋子的烟雾缭绕，我并没有飘然成仙。

我穿好衣服来到酒店大堂，就看见吴双与酒店角落里一位卖工艺品的老者聊得正欢。那老头穿一袭长衫，须发皆白，那样子倒蛮像有些道骨的神仙，不知道他抽烟会不会像我那哥们儿一样全神贯注，但我心里清楚，这八成是久跑江湖的老油条，就赶紧上前，拽了吴双就走。吴双被我拖拽着往外走，还扭身跟老头招呼说"老爷子多联系"呢。

"多联系？再联系你就该被拐卖了。这里娶不上媳妇的人多了，也就你这样跟豆芽菜似的人家瞧不上，要是长得丰乳肥臀，说不定今晚老头就把你拐走跟他瘸腿瞎眼的儿子圆房去了。”我把她拖出酒店大门，恶狠狠地吓唬说。

“说什么呢，阿本！”吴双脸一红，顺势推了我一把，“在你眼中咋没好人呢？人家老爷子是正经做古董生意的，你没看到人家店里摆满了收来的书画文玩？我正让他帮我推荐特别一点的石头呢，你过来就把我拽走了，多没礼貌……”

“又看石头，你又不买……”我打断她的话。

“不买看看怕什么呀？要是碰到我喜欢的，我就会买。”她边被我拽着走，边不服气地说。

“行了，祖宗，你也没少买，从没见你真喜欢过哪一块，买回去都堆在犄角旮旯了。”见我揭了她的老底，吴双就没再嘴硬，顺从地跟着我走。

看她噘着嘴，一脸不高兴，我叹口气，说：“一个卖石头的，打扮得跟张大千似的，刚才下来猛一看我还以为是沈家的那个爷爷呢。”

“你那沈爷爷不是企业家吗，平时也这样穿戴？”吴双性格很随和，立即忘了刚才的不快，蹦跳着跟上来，挽起我的胳膊说。

我看她气消了，也就笑着说：“平时是不是这样穿戴我也不知道，反正我见他几次，都这样长袍马褂的。沈家过去是大资本家，家学渊源，你看老爷子叫沈伯远，据说他出生那天他爷爷正好买下了王珣的《伯远帖》，稀世珍宝啊。老爷子书法颇有功底，我三叔书房里就挂了幅他写的字。”

在临沂，我俩吃了著名的“光棍鸡”，还喝了不少啤酒，回到酒店时，有些晚了。进大堂时，我专门看了一眼，那个店还亮着灯，与吴双攀谈的白胡子老头已经不在了。

“嘿，嘿，发什么傻，想谁呢？”听到吴双的声音，我的思绪才从昨晚在临沂的那一番遭遇中抽离。吴双已经把我俩的行李都打开了，把衣服挂了起来,把洗漱的东西放到了卫生间,正准备帮我捯饬皮鞋,看我呆呆坐着,就过来推了我一把。

我嘿嘿一乐,刚想拿白胡子老头奚落她几句,手机突然响了。

打电话的是我宁州的一个作家哥们儿,叫老康。

老康是在英国做访问学者的时候与我认识的。他与我相熟后,就很少去他访问的那个学校了,一年的访问时间,他差不多有大半年是在我租住的那个公寓里度过的。我外出时,他就赖在我家上网下棋看电影。

老康是有思想的人,对什么事都愤愤不平,不平则鸣,所以老康声如洪钟,在电话里都能震得我耳朵疼:"我在东坡酒吧呢,你来过的。约了好几个朋友,大家等着认识你,快来快来,二楼。"

"咦?你咋知道我到了呢?"我确实挺诧异。

老康得意地大笑着:"我有千里眼,快来吧。明天就开学了,你还能不到?快来快来。"

放下电话,我跟吴双说:"要不,咱俩去耍耍?"

"你去吧,我与他们也不认识,我把你明天报到可能要用的东西收拾出来。"

"明天再收拾也来得及,作家编剧都是靠耍笔杆子讨生活的,老康故事多得很,说不定你能找到灵感呢,走吧走吧。"不由分说,我拽着她的手就出门了。

东坡酒吧在宁州可是赫赫有名。因为开得比较早,离大学又近,自然成了文化圈各色人等群聚扎堆的地方。

从酒店出来就是黄岛路。黄岛路是条不大的巷子,路两边满满地排布着各类小饭馆,硕大的幌子之外,店家也都抱着不占便宜就吃亏的心态竞相在屋檐下又向街口多搭了足有半米多的凉棚,让本来就不宽敞的巷子愈加拥挤。因处于大学区,周边学生很多,生意倒是格外兴旺。虽然已经是 9 月，依然能看到不少或穿着大裤衩或穿着吊带裙的年轻身影在小酒馆里肆意畅快地喝着啤酒、啃着鸡爪。

东坡酒吧就坐落在巷子最深处的一个角落里。

酒吧门脸不大，仅有的几扇窗户多半还拉着窗帘，让本来就灰暗的空间显得更加破旧和沉闷，两只似乎刚钻过烟囱的老猫在低垂的窗幔下面慵懒地打着盹儿。我们说笑着进来，也没有惊扰到它们的清梦，有一只只是略有警觉地竖起耳朵，伸了伸懒腰，叫了一声，就又倒头睡下；另一只则更加了无惧色，睁了睁迷离的眼睛，动都没动，继续酣畅地打着呼噜。

同样慵懒的还有坐在角落沙发里的一个女孩。

女孩眼睛似乎都要睁不开了，但还强忍着装出一副认真的样子听坐在她对面留着长发的男人侃侃而谈，他们面前的茶几上放着一个空了的咖啡杯，估计是女孩喝的，杯口还有浅浅的口红印。长发男人的右边是一小瓶科罗娜啤酒，啤酒才喝了一半，啤酒瓶里还别出心裁地插着一根拐了弯的吸管。用吸管喝啤酒？这真是让我开了眼界，不知道这是宁州人的时尚还是文艺圈男人特有的风范。

东坡酒吧在许多文艺青年眼中极具口碑，据说文学界有好几次搅起轩然大波的活动都肇始于此，让这地方充满了传奇色彩。可除了陈旧和破败，我实在看不出它有什么奇异之处，或许文学已日渐没落，只能在角落里伴着老猫的呼噜声酿造神奇吧。

不用人领路也能找得到老康，一进酒吧我就听到了他的大嗓门。

老康看到我踩着咯吱咯吱响的楼梯上来，把手里的大雪茄往烟灰缸里一捻，两步并作一步地冲到我面前，夸张地先给我来了个西式拥抱，扯着嗓子说：“哎呀，兄弟，可想死你老哥了。”

一看我身后还跟着个面目清秀的吴双，他连忙撒开我，两只手一起上去，紧紧握住吴双的手，热情地说：“哎呀，你还带了个妹妹来呀？天上掉下个林妹妹，似一朵轻云刚出岫，妹妹你怎么称呼？"

老康的这副做派，发自真诚，并非做作，我知道，他就是这样的一个人，吴双却被他的出其不意弄了个大红脸。

一个穿白衬衣，眉宇间透着些英武之气的年轻男人上前打圆场，帮着解围道："老康就这点好，坦诚磊落，见了美丽的女生就激动得把朋友抛在脑后，刚才还一直说着您呢，老康，你给大伙儿介绍介绍。"

老康爽朗地大笑，一点也不难为情："我啥狗屁德行，我兄弟了解得很。我俩在英国，一个屋里光着腚厮混了好几个月呢。这个……这个……我得给大家介绍介绍，赵本纪赵兄弟可是与我有过命的交情的真朋友，豪爽仗义。你们这几个小子听着，我兄弟来了，你们都得给罩着点，尤其是你，刘方，"他指着穿白衬衣为他解围的男子说，"别到时候我兄弟闲着没事 K 个歌、泡个桑拿什么的，你小子带人去搅局。"

白衬衣站起来，笑着说："你以为人家是你呀，你也不看看赵兄可不是一个人来的，就大嘴巴瞎说。"然后伸手过来，说，"我叫刘方，在公安局工作。"

我也赶紧站起来，握了一下手："康大哥性情中人。幸会刘兄，以后喊我阿本就行。这是吴双，做编剧的，她没有来过宁州，跟我一路过来玩几天。"

吴双也就大大方方站起来，冲大家点点头，笑盈盈地说："我也听阿本多次提起康大哥这个大作家朋友，大家不用客气，我也是阿本的哥们儿，与你们一样。"大家又大笑起来。

每个人都做了自我介绍，我也就一个个握手，接名片，说着"久仰幸会"之类的话，老康还时不时插科打诨。有大学的老师，有做新闻的，还有做投资的，都是老康经常聚的朋友。

最后站起来的是一个很精神的小伙子，一身运动装，显得魁梧健壮、阳光帅气，他握着我的手说："如果我猜得不错的话，赵兄是江海集团老板家的朋友，应该晚上要去沈家赴宴吧？"

我吃了一惊，想起二叔交代的事，仿佛被人看穿了一样，不禁愣了一下。

小伙子赶紧解释说："赵兄莫误会，我是子怡的朋友，本来约好今天去打球的，她刚才打电话说出不来了，北京来了个大哥哥，要在家里吃饭。刚才听康老师说起您是黄河集团的少东家，估计应该是您，就乱猜了。"

"少东家"这个词让我觉得好笑，也蛮狐疑，这小子知道的事情还不少，也就多了些小心，咧嘴笑了笑，没有多说话，但坐下来还是多打量了他几眼。

老康交友，三教九流，他曾经是大学老师，还兼职做过一本文学杂志的主编，帮别人编稿子，编着编着就把自己编成了作家。

聚会好像是老康成为作家后的日常生活，每次打电话给他，他似乎总在聚会中，我曾经怀疑他在学蒲松龄，摆个小茶桌，请村夫野老喝茶讲鬼故事，记下来就是作品。看这个架势似乎还不是，到哪儿都是老康扯着大嗓门在嚷嚷。老康实在太能讲了，他一打开话匣子，别人就根本插不上嘴。

坐了一会儿，我因为要收拾去沈家拿的东西，几次提出来要走，都被老康扯住，简直有些哭笑不得，到最后，老康让步说："串亲戚你去吧，但要把吴妹妹留下，她又不串亲戚，我们请她吃饭。"吴双看我再争执就更走不了了，就劝道："你去吧，我在这里听康老师他们聊天，蛮长见识的，正好我也收集点素材。"

三

回到酒店，我刚洗完了澡，沈家来接我的车就到楼下了。

与当下的新兴富豪不同，沈家是钟鼎高门，沈老爷子更是在行业内德高望重。据说企业招标时只要老爷子一露面，连主持招标的政府官员都要过来问候。三叔是省水科院的总工程师，也算是国内知名的水利学家了，见了老爷子，也是毕恭毕敬，言必称"沈公"。老爷子年逾古稀，已很少过问集团的事，但威名依然不减。沈家诗书传家，颇重礼仪，到这样的人家做客，即使是落拓不羁的我也不敢造次行事。

吴双早就把我的西服从箱子里拿出来收拾好挂在门后了，我穿戴整齐，把给沈家的礼物再检查一遍，才吸口气，定定神，下了楼。

沈家住在玄武湖边上的一个老式小院里。院门不大，不进门来很难想象里面别有洞天，小时候我曾经随父亲来过几次，所有的记忆都可以概括成两个字：拘谨。

听到车响，大门打开，一个二十岁出头略施粉黛的漂亮女孩快步走出来，穿了旗袍，高绾了发髻，使高挑的身材益发显得挺拔玉立。看见我下车，她笑盈盈地走上前来，说："是本纪哥哥吧，我是子怡。"

即使有心理准备，我还是吃了一惊，虽然眉宇间依稀还留有小时候的模样，但果然女大十八变，昔日那个青涩扭捏的小胖姑娘竟然出落得如此俊秀标致。

我禁不住脱口说道："天哪，这才几年啊，小子怡就变成亭亭玉立的大姑娘了。"虽然是礼貌的寒暄，却是真诚的感慨。

进门来，沈老爷子已经在院子里伫立了，一袭长衫，素淡清雅，长髯垂胸，威风凛凛，我赶紧上前一步，喊声"爷爷好"，在离老爷子一米处驻足，恭恭敬敬深鞠一躬。

老爷子等我鞠躬起身，才伸出手来，拉住我，说："世侄远来，路上奔波辛苦。"

冰姨也笑着从房间里走出来打招呼，依然风情万种、仪态万方。我连忙转身向冰姨施礼问好。

冰姨叫王冰一，是老爷子的助理，昆曲唱得好，字写得也很漂亮，与沈老爷子极为投缘，老爷子出席各种场合，都是冰姨陪伴，这事业内都了解。二叔曾经说，到了沈家，最不可怠慢的就是冰姨。

沈家的小院其实只有院门小，里面却是院中生园、园中藏院的大院落，亭榭廊槛，错落有致，镂窗花墙，宛转其间。待客一般也就在前院，有客厅、餐厅和老爷子的书房。我有一次来，听到鸟叫，就循声跑进了后院，被父亲呵斥，骂我不懂规矩。

老爷子年轻时就喜欢花鸟鱼虫，上了岁数，自然把很多精力放在了养花种草上了。他培植的兰花，香气幽微，沁人心脾，连花卉专家都自叹弗如；他养了几只黄雀，娇小玲珑，歌喉婉转，那叫一个喜人，用二叔的话说，都被他养成"精"了。父亲曾经感慨道："沈老爷子如果把伺候他那些花花草草的心思用来做生意，哪里还轮得上我们呼风唤雨？"

虽然已是秋天，但院子里依然花团锦簇，凉风一吹，一股桂花的清香扑面而来，我知道后院里有棵老的桂花树，挺拔硕大，树下有一张汉白玉的棋桌，据说天气好时，他在侍弄花草之余，会与冰姨在那里杀上几盘。

客厅里已经泡好了茶，等老爷子坐定，我才敢在他下首的位置坐下。

子怡看我拘束，过来帮我把西服脱了，取了衣架，挂在客厅的壁橱里。

话，自然都是世家通好的客气话。

老爷子挨个儿问候，我也就恭恭敬敬地回答，并逐个代表家里人向老爷子表示感谢，冰姨和子怡也要问候一番，我也逐次欠身表示感谢。

中国的商界文化我是真搞不懂，两个彼此竞争的家族，亲密得却像亲戚一样，明明是相互提防的对手，却表演得嘘寒问暖关怀备至。

就连这辈分，也让我稀里糊涂。父亲、叔叔对沈老爷子执子侄礼，尊称沈公，老爷子却唤他们老弟，喊我世侄；明明沈公的儿子比我父亲小好多岁，我却要喊作嘉树伯。老爷子的这位秀外慧中的女助理，更让我摸不着头脑了，她不仅住在沈家，而且父亲、叔叔和我都毕恭毕敬地一律称她为冰姨。

子怡笑盈盈地倒茶，高跟鞋咚咚敲着地面，掩盖着我怦怦的心跳声。看着她曼妙的身姿，谈不上是正人君子的我心里不免有些踟蹰，这次让吴双陪我过来，是不是有些孟浪和思虑不周了？

客厅里有幅字，"晚色将秋至，长月送风来"，是韩愈的诗，字写得苍劲古朴，颇见功力，联系寓意，我想应是老爷子的手笔，便赞叹起来。

老爷子果然高兴，大喊冰姨，说："本纪读书好，也是见过世面的人，你把他都骗过了。"原来是两人璧合创作，老爷子写了上联，冰姨写了下联，一经点透，我才察觉下联运笔有些刻意。但我发自内心的赞叹，让老爷子和冰姨都很开心。

嘉树伯打来电话，说晚上有应酬，不过来陪我吃饭了，我二叔所托之事，都已安排妥当了，希望我在宁州能开心，就把沈家当自己的家，我赶紧连连道谢。

饭摆在了餐厅，老爷子奉行过午不食的养生之道，虽然坐在桌上，却并不吃什么，只有冰姨和子怡陪我吃。

两个女人一个要减肥，一个要保养，菜品纵然很精致，我肚子也有些饿，但在沈家这样一个讲究繁文缛节的地方，我哪里放得开？所以饭局很快就结束了，冰姨和子怡看我抹了嘴，也就放下了拿在手里的筷子。

饭后还是要喝点茶聊会儿天的。

我取出了给沈家送的礼物。送给沈家的礼物都是二叔一个个包好交给我的。

送给老爷子的是一个紫砂壶，是工艺大师吕尧臣的作品，老爷子拿在手里，连说，"破费，破费"。给嘉树伯的是一个海泡石的烟斗，嘉树伯讲究洋派，抽烟斗喝红酒，子怡替他收了，也道了谢。给子怡的是一款TOD'S的女式包，子怡背在身上，转了好几圈，非常喜欢，说："这是英国凯特王妃喜欢的牌子，是不是你选的呀，本纪哥哥？"我笑了笑，没有说话。

给冰姨的却是一方古朴的砚台，像荷叶般墨绿，造型略有些奇怪，并不起眼，甚至有些丑。老爷子看到这方砚台，却从沙发上猛然站起来，捧住砚台，连说："太过了，太过了，这怎么承受得起呢？"冰姨和子怡都看向我，我其实也一头雾水。老爷子解释说："这是著名的洮河古砚，关键是这方砚台昔日为纪晓岚所用，后来为康生所藏，这可太贵重了。"冰姨这才感动不已，一连串地道谢。

聊了一阵子其他事后，老爷子才说到我房子的事。

原来他想让我住到集团的客房，但觉得学习还是需要安静的环境，正好有个老友在宁大校园附近有个空房，就借来给我暂用，已经打扫干净了，请我万勿推辞。这有些出乎我的意料，倒也遂了我的心愿，虽然二叔千叮咛万嘱咐，我其实并不是很想住到江海集团的内部宾馆，也就起身再三致谢。

另一件出乎我意料的事是，二叔精心准备的当老爷子问到南水北调工程时我该如何应答的说辞一句也没有用上，直到我起身告辞，老爷子也没有提"南水北调"这几个字。

当我回到酒店给二叔打电话汇报时，那边愣了半晌，才似说给我听又似自言自语道："姜果然是老的辣。"

吴双没在她的房间，已经比较晚了，她竟然还没有回来。

我打她的手机，电话响了好多声，才有人接听，接电话的却是个男人。

我在错愕间，那头先说话了："本纪兄吧，我是刘方，下午咱们见过的。吴双小姐把手机落在了刚才吃饭的饭馆，他们捡到送到我这里了，我打电话到你们酒店，说你俩都没有回来，我想，你正赴宴，接电话恐怕不方便，你回酒店一定会打电话的，你现在回到酒店了吧？我这就送过来。"

我还没有来得及多问，那边就挂了电话。丢部手机倒没有关系，关键是都这么晚了，吴双咋没有回来呀，对宁州人生地不熟的这个傻大胆丫头这个时候又跑哪里去了？我把西装上衣往床上一扔，把领带扯下来，裤子都没有顾上换，就匆匆下楼了。

我刚到楼下几分钟，刘方就走进大堂了，还穿着下午的那件白衬衣，不冲我招手我还以为他是酒店的服务员呢。他一边把吴双的手机掏给我，一边解释说："我办公室就在附近，来这里很方便。"

听说吴双还没回来，他也很纳闷，说："就在这旁边吃饭啊，她说吃完饭溜达溜达，我就没有送她。"抬手看了看表，"这差不多也有两个小时了，是不是她发现手机丢了回去找手机去啦？"

虽然吴双自小也是天南海北地独自闯荡，也老大不小的，可毕竟第一次来宁州，跟我过来，又是女孩子，出点事还真不好说，这都十一点多了，她能到哪里去呢？

看我有点着急，刘方说还是出去找找吧，他的车在外边，还没熄火呢。

刘方的车就停在酒店门口，一辆白色的帕萨特，如果不是坐进车里看到挡风玻璃后面有个没打开的警灯，我都忘了刘方是警察。

虽然宁大的位置也算市中心了，可此时已经接近午夜，路上的行人并不多，借着昏黄的路灯，偶尔看到有恋人在角落里卿卿我我；也有不睡觉的人，穿条短裤，光着膀子，拎瓶啤酒，在小饭馆的门口自斟自饮，不时地吹着口哨。远处似乎有迪厅还在营业，隔着几条街就能听到喇叭的"嘣嘣"声，真不知道这周边的居民怎生受得了。

饭馆已经打烊了。

几个服务员正在拖地，肥皂水在脏兮兮的水泥地上泛着白沫，走路只能踮着脚尖。或许认识刘方，有个经理模样的人和几个服务员都过来打招呼，说没有看到女孩来找手机。刘方也没有再啰唆，拉上我继续开车找。

宁大的校园区与宿舍区是分开的。校园这个时候已经很安静了，不只是安静，简直有些阴森。偌大的校园空空荡荡，除间或有盏路灯在半空中挣扎着发出微弱的亮光外，再无其他光亮，一些自知深秋将至的蛾子、蚊蝇前仆后继地向路灯扑去，把自己撞得粉碎，厚厚地糊在灯罩上，使得本就迷蒙的灯光更加昏暗，甚至有些诡异。夜色笼罩校园，里面悄无声息，一片死寂。

我和刘方开着车，边找边问，在学校周边晃荡了好几个来回，也没有看到吴双的影子。

我问刘方，吃饭时吴双有什么异常没有，刘方想了一下，说："她就坐在我边上，没看出有什么不对劲啊。哦，她曾问我了不了解十几年前宁州大学那件杀人碎尸案，我说那案子没破，参与办案的人我大多数都认识，如果她想了解的话，我可以帮她介绍，其他没多说啥。倒是老康大讲了一通，说到他还有他的几个朋友当时都被当作嫌疑人审问过。"

"宁州大学杀人碎尸案？"我心里突然一惊，顿时想起昨天在路上的一个情景。

车子还没过河北，遇到警察查车，可能是因为看到警察了，正饶有兴致地看着车窗外飞驰而过的秋日田野，嘴里还哼着不成曲调的歌谣的吴双突然扭头问我：

"阿本，你知道宁州大学谋杀案吗？"

"谋杀案？谁杀了谁？"我不知道，就随口问道。

"我这两天上网帮你搜资料，忽然蹦出来宁州大学谋杀案，我好奇点开看，这案子在网上很热闹，而且很奇怪。"她说。

"怎么奇怪了？"我也好奇。

"好像是十几年前，一位刚入学不久的女生，吃完晚饭去遛弯，一直没回来，过了七八天，一个清洁女工在垃圾桶里发现了她的尸体，被人切成了整整齐齐的许多块。"

"够残忍的，凶手很变态呀，抓到了没有？"

"没有。警察曾经怀疑凶手是屠夫或者外科医生。"

"嗯，有道理，不过我觉得医生的可能性更大。要是屠夫，是不是该剁得碎碎的？医生整天动手术，我说的是外科医生，天天动刀子，心理素质过硬，刀法也好。查医生啊，一查一个准。"我边驾驶边随口说。

"就你聪明？警察也顺着这个思路去找过，据说还怀疑过一位女大夫，她丈夫是搞美术的还是搞音乐的，反正平时喜欢在大学里晃荡，结果调查了半天，发现冤枉了人家，女大夫的家人甚至还悬赏捉拿凶手呢。"吴双轻声说。

"那就查厨师，对，厨师。大师傅天天切菜，刀工熟练，大学附近，肯定饭馆多的是。"我像发现新大陆一样，一拍方向盘，肯定地说。

"你就别猜了。警察把大学周边所有有嫌疑的人都梳理了一遍，据说当时是人人过堂，结果，一点线索也没有。这个案子到现在也没破。"

"没破呀？那可真没劲。"我有点泄气。

她没说话。

"没破的案子多了去了。英国技术先进吧，你不是喜欢看侦探小说吗？苏格兰场的警察一个个够牛的吧，那开膛手杰克一百多年了，案子不照样也没破。这都正常，没什么可奇怪的。"我看她有点沉闷，就开导道。

吴双拂了下垂下来的刘海，皱了下眉头："我觉得奇怪的是，这个案子过去十几年了，很多人应该早忘了，可最近有个人在网上发了个帖子，说到这个案子，条分缕析，如临其境，竟然炒得很热闹，还有人觉得这个发帖的人可能就是凶手。"

"完全有可能。"我接过她的话，"我看过很多这样的小说。案子破不了，凶手憋不住了，出来挑战警察一下子。你想啊，干了件这么大的事，没人欣赏，不出来嘚瑟嘚瑟，还不得憋死呀？"

"那可不一定。"吴双并没有被我逗笑，她若有所思地说，"你看过韩国的那部电影《杀人回忆》吗，奉俊昊导演的？"

"《杀人回忆》？宋康昊演刑讯逼供警察的那部？看过呀，不是咱俩一起看的吗？"我没明白她的思维咋突然跳跃到那部韩国片子上了，"你不是不喜欢那部片子吗？还跟我辩论了半天，说看得让人内心压抑。"

"是呀，凶手得不到惩处，你不觉得恼火和气愤吗？你不心疼那些冤死的人吗？全是些弱女子。"她扭过头来，瞪着我，好像那些坏事是我做的。

看她义愤填膺的样子，我不禁笑了："你冲我瞪啥眼，我又不是警察，我心疼她们也无能为力呀。"

吴双也意识到自己有点神经兮兮了，抿嘴笑了。过了好一会儿，她像忽然想起来什么："你知道吗？《杀人回忆》播出后，那个杀人犯被挖了出来，案子也破了。"

"哦？是吗？"我愣了一下，"那不是很好的事吗？水落石出，沉冤得雪，死者也可以瞑目了。"

"唉！"她又叹了口气，忧伤地说道，"晚了，按照韩国法律，过了追诉期了，法律拿凶手没办法，他不用再为这个案子遭受惩罚了。"

"啊？还带这样玩的呀？竟然有这样的法律。"我不懂法律，吃了一惊，"那也要把这个恶人找出来，让他臭名远扬、千夫所指，在大家的白眼和斥责中遗臭万年。"

"是的，我也这样认为，否则，让人无法释怀解恨。"她若有所思地点了点头。

我当时没有把自己的疑虑讲给刘方听，不仅因为与他还不熟悉，还因为我也不清楚吴双为什么会对这个没破的案子感兴趣。

这大晚上的，还下着蒙蒙细雨，吴双这丫头到底跑哪里去了呢？

吴双回到酒店的时候差不多晚上十二点了，她在酒店大堂打来电话。

我和刘方急忙赶回去，看见吴双在大堂沙发上正坐着，一副疲惫不堪的样子，似乎有什么困惑，眼神里带着惊恐，看到我们进来，她并没有说什么，只勉强挤出一丝略带歉意的笑容，就晃晃悠悠上楼睡觉了，剩下我和刘方两个人面面相觑。

四

早晨，我是被吴双叫醒的。

昨晚吴双上楼后，刘方坐了一会儿也走了。

我去敲吴双的门，想问问怎么回事，她说已经睡下了，让我不用担心。

不担心肯定是假的，我躺在床上睡不着，设想各种可能性，辗转反侧，被吴双叫醒时，已经上午九点多了。

"再不起来就没有早饭吃了。"吴双一进门就说，虽然她神态略显疲惫，但脸上还是像过去一样笑盈盈的。因为要陪我去学校报到，她今天穿了套稍微正式一点的衣服，衣服有点大，显得她有些娇弱，楚楚可怜。

我边刷牙边问："昨晚到底怎么回事？你跑到哪里去了？让我们苦找。"

她迟疑了一下，似乎还未从昨晚的困惑中走出来，说："我也挺纳闷的，我咋稀里糊涂地就迷路了呢。你快洗漱，回头再跟你细说。"

她一边说着，一边把我那一片狼藉的被子整理了一下，从壁橱里拿出了西装和一件新衬衣，说："今天报到，要见导师和同学，是不是要穿得稍微正式一点？"

　　我洗完澡，裹了浴巾出来，说："不用那么正式吧，导师我见过好几回了，似乎没咋见他穿过西装，同学嘛，大热天谁穿西装啊？"

　　说归说，我还是乖乖按吴双说的穿了新衬衣，吴双站起来帮我系领带。穿西装时，如果她在我身边，她都会抢着帮我系领带，因为不是一回两回了，我也就由着她。看到她眼圈黑黑的，眼睛里还有血丝，昨晚一定没有睡好，但她没有再说昨晚的事，我也就没再多问。

　　我俩相识了好多年，我的事她都知道，我也不瞒她，有时候她不问，我会主动一股脑地往外倒，她却是有些事不愿多说，不说我也不好问，女孩子嘛，总有自己的心事和秘密。她是那种时而大大咧咧，时而心事重重的性格。系好了领带，我拍了拍她的后背，表示感谢。

　　博士生新生报到就在系大楼里。

　　本以为新生报到该是件很隆重的事，甚至还想是不是有个仪式之类的，英国就喜欢搞这些玩意儿，仪式感超强。没想到问了半天才找到报到处，连个欢迎新同学的条幅都没有，只有上届的几个师兄师姐，坐在那里聊天看书，看来人了，就问叫什么，哪个导师的学生，然后在花名册上的名字后边打个钩，这就算报到了。

　　我和吴双正装出现，倒把他们惊了一下。一个师兄赶紧站起身走过来，跟我和吴双都握了握手，说我的宿舍在趣园二栋，同屋的人已经到了，可以先到宿舍休息。

　　我竟然还有宿舍。

　　虽然没想住宿舍，可我还是觉得应该去看看，与同宿舍的人打个招呼。我问清楚去宿舍的路线，就跟吴双出来了，还没有走出几米，他们的议论声就从背后传过来了。

　　"那女孩长得不错，我还以为是她来报到呢。"

"那你就不懂了，杨教授啥时候招过漂亮女生啊，他老人家门下，要么是和尚，要么长得像和尚。"

宿舍并不远，出了学校的大门，就是宿舍区，趣园住的都是博士生，我的宿舍就在一楼的拐角处。

经过宿舍楼大门时，吴双还颇犹豫，觉得进男生宿舍应该登记一下，但门口并无守门人，大楼里男男女女出来进去仿佛就像逛商城，也就没有再忸怩，大大方方地挽着我的胳膊进了宿舍楼。

果然同屋的同学已经到了。一个在收拾行李，一个躺在床上打电话，门是开着的，我敲了敲，打电话的先站起来，伸出手来与我握了握，然后指指电话，我明白，就摆了摆手，表示让他继续。

收拾行李的也站起来，没有伸手，打量了我一下，就像超市的保安打量流浪汉一样，把我从头看到脚，又从脚看到头，那眼神，仿佛我身上藏了他的钱包。打量完毕，他才努力挤出几个字："你就是赵本纪？"语气硬邦邦的，让人想到过期半年的月饼，要是掉在地上，估计能砸出一个坑。

我怕影响打电话的人，就点了点头。

这时候打电话的同学也结束了通话，过来又握了一次我的手，说："欢迎你呀，赵本纪，我叫胡三峰，是作家，爱写诗，笔名叫巨峰，咱们以后就是室友了，百年修得同室眠。"

看到我身边的吴双，他连忙伸手又去握，说："这是嫂夫人还是准嫂夫人呢？"

吴双的脸腾地就红到脖子了。"哦，不是不是，她是我一个妹妹。"我脱口而出，鬼知道我当时怎么想的。

"Sorry, I'm so sorry."作家也不好意思了，吴双把手从作家手里抽出来，看了我一眼，没有说一个字。

"他叫曹志沅，湖南人，应届生。"作家指着收拾行李的同学说。

曹志沅抬起头，看了我一眼，依然面无表情地指了指门口，说："你的床在那里。"

房间其实不大，但设计得还算合理，屋里搁了三张床，靠窗口两张，靠门口一张，门口这张对面是卫生间，磨砂玻璃门半开着，能看到里面有淋浴的喷头，每张床边上都有一张书桌、一把椅子，书桌上边是一组三层的柜子，可以放书，也可以放些杂物。

屋子中间横七竖八地搁了好几个箱子，有皮箱，也有纸箱子，不知道是他俩谁的。我的床下放了一双用透明塑料袋包着的拖鞋，还有一个洗脸盆，洗脸盆里有一块未打开的香皂、一支牙刷和一条淡绿色的毛巾。

"坐呀，坐呀。"作家热情地招呼我和吴双坐，"喝不喝水？"我和吴双都连忙摆手，其实，我没有看到水瓶，也没有看到杯子。

我拉吴双坐在我的床上，我坐在桌边的椅子上，问："需要我帮你们收拾吗？我能做点啥？"

"没事，没事，"作家说，"你的行李还没有运过来吗？"

"不是，我可能不住宿舍了，家里人帮我在附近租了个房子。"因为不知道沈家帮忙找的房子是不是称意，我也就说得比较含糊。

"哦？好像有人说你可能会不住在宿舍，果然不住啊。"曹志沅听我这样说，就暂时停止收拾，也坐到了椅子上，用胳膊擦了擦脸上的汗。

进门前我就把西装脱掉了，领带也扯开了，九月，天气还很热，屋里开着门，也开着窗，但还是闷闷的。

"不住也好，一楼太潮湿了。宁州冬天才叫难过呢，本纪，有人说你是个富二代，是不是呀？"作家心直口快，半躺在床上，估计那是他的床了。

他刚随手点了一支烟，又突然坐起来，问我抽不抽。

我说带着呢，从兜里摸出我的"中南海"来，刚要点，作家已经把他的烟扔过来了，说："你这烟可不像有钱人抽的。抽我的，我这个好。"

我看了看烟盒，是苏烟，要几十块钱一包，确实能买半条"中南海"了。

我把他的烟给他放回去，说别浪费，我抽了好几年这个烟了，习惯这个味了，顺便也递给曹志沅一支，说："要不要尝尝？"

曹志沅勉强笑了笑，说："我不抽烟的。"他很年轻，一笑起来，就露出满口的白牙，但其中有一颗突兀的虎牙，就像整齐的队伍边上挤了个正要插队的人。

脸上有了笑容，即使是挤出来的都比阴云密布要好看一些。

作家坐起身，伸手道"我来尝尝"，把他手里抽了一半的烟轻轻掐灭，把带过滤嘴的一头悬空了搁在桌边，接过我递过去的"中南海"，点着，长抽了一口，一股白烟从他鼻孔里冒出来。

"嗯，味道还不错。"他点评道。

"咱们都是一个导师吗？"我问他俩。

曹志沅叹了口气，没说话，脸上刚浮现的一丝笑容又消失了。

"你运气好，"作家说，"读博士就看拜在谁门下，导师牛，出头之日就快，你导师是咱们外文系的头牌博导。读咱们这个专业的哪有不想拜在杨老师门下的？只是他一年才招两三个人，你是撞上大运了。"

原来是这样啊。我这才明白为什么曹志沅要对我摆出一副铁青脸了。

我对我导师的了解其实很有限，我读过他的几本书，也只是在考前拜会过两次，面试时见过一面，谁承想竟误打误撞地跳了"龙门"。

"杨教授是学问大家，跟他读三年书能受益一生。他做人也是最讲究的。对了，你师兄刚才来过，留了一封信给你，在抽屉里，应该是你导师写的，估计又是先生请弟子们吃饭，做杨教授的学生，待遇都不一样。"曹志沅发着牢骚说。

抽屉里果然有封信。

很普通的信封，上写"本纪小友台启"，落款是杨德中。

信的内容很简单，确实是邀请我晚上一起在北京路的学林饭庄聚餐，师长为新同学接风洗尘。字迹很漂亮，让人看着就喜欢。

信刚读完，就有人敲门进来，是上次来宁州面试时认识的本门师兄，高我们两届。一进门师兄就热情地抱住我说："你可来了，我都找你三趟了，你咋一直不接电话呢？"

我掏出手机，果然有几个未接电话，我以为新生报到会有仪式活动，一早把手机调到静音了，我连忙道歉。

师兄说到了就好，晚上先生请客，一定要准时到。

我赶紧点头如捣蒜，说："到时候我来请吧，哪能让导师破费？"

师兄笑了："那你就不知道规矩了，每年新同学来了，先生都要为新同学接风洗尘的，这次肯定是他请，轮不上你。"

他指了指床下的脸盆、毛巾，接着说："这些，还有你的学生证、借书证、饭卡，我们都替你办好了。"

我连忙道谢。

他说："也是举手之劳，我们来时师兄们也是这样帮我们的，下届新同学来，你们也要替他们做好，这是咱们杨门的传统。"

这是我第一次听到"杨门"的字眼。

在宿舍里又坐了一会儿，我和吴双告辞出来。胡三峰依然半躺在床上，跷着腿，潇洒地摆了摆手，曹志沅则一反刚才的漠然，边送我们边说："你看，当杨教授的学生就是不一样吧，我们所有的事都得自己跑自己弄，你的师兄们都提前帮你办好了。"走到门口时，他停下脚步，拉开门，问："你真的不住这里了吧？"声音里带着期待。

我又回头看了一眼宿舍："看情况吧。"然后就把门在外边轻轻带上了。

我没有接的电话还有子怡的。

出了宿舍楼大门，我赶紧回拨了过去，子怡好半天才接，气喘吁吁地说："本纪哥哥，我打电话就是想领你去看看房子，已经收拾好了，你在哪里？方不方便现在去看看？"

我当然方便，我确实不太想住在这个宿舍里。

吴双拿了我的西服，跟在我后边，看我打完电话，就赶紧走两步说："真没瞧出来，一个吊儿郎当的家伙不仅考进了名校，还考到了名师门下，你同屋的那个同学说起你导师来那么崇拜，你的师兄又那么自豪，看来你导师很有魅力呀。"

我内心有了一点点骄傲，不过，我还是藏了起来，故意不以为意地说："我只是不经意撞了大运，报考时只因为杨教授排在这个专业的导师的前面，就报了他。"

"啧啧，干吗那么谦虚？赵大公子成了赵大才子，我这个当妹妹的脸上也很有光啊。"她一副揶揄的口气，似笑非笑地看着我。我猛然想起刚才给作家介绍时脱口而出说的话，只好嘿嘿一乐，看了她一眼，没敢再接话。

与子怡约定见面的地方就在学校的正门口。

这是主校门，因为天还很热，门口人不是很多，只有三三两两的学生在校门口照相，带着满脸的兴奋和憧憬，估计是今年的新生。

校门口旁边的树荫下有几个生意摊子，看摊的是一个系着白围裙的老太太，一个硕大的白色木头箱子，上面盖着一床白色泛黄的棉被，木头箱子上写了两个鲜红色的字：冰棒。是仿宋体的美术字，箱子像是有些年头的旧物。箱子旁边有一锅老玉米，锅盖半敞着，露出锅里的玉米，冒着热气，估计是煮好端来的，这应该也是老太太的营生。没有顾客，老太太兀自摇着蒲扇，一副无精打采的样子。如果我是警察，一定要把老太太发展成自己的眼线，因为她那看上去漫不经心的小眼睛没有放过任何一个过往的人。一个穿着白色老头衫的老爷子坐在一个马扎上看报纸，他脚下还有几沓报纸，报纸边上是一个装过点心或者月饼的铁皮盒子，已经很旧了，盒子里是一些零钱，有钢镚，也有毛票，毛票用一块不大的石头压着，间或有人来买报，把钱扔到铁盒子里，自己取一张报纸走，连句对话都没有，老爷子却只顾看自己手里的报纸，头都不抬一下。

吴双没有陪我去等子怡，她穿了高跟鞋，还拎着我的西服，鼻尖已经冒汗了，我让她回酒店休息去，她也没说什么，就转身离开了。

我站在校门一侧挂着"严肃活泼"的一块大牌匾下面，校门另一侧的牌匾写的是"团结紧张"，它旁边的遮阳伞下站着一个一点也不"紧张"的保安，手里拎着根好像不那么"团结"的黑色警棍，一副百无聊赖的样子。

我站的地方虽然顶着太阳，但是比较醒目。我个子高，又穿着白衬衣、黑皮鞋，在一群穿着大裤衩、拖鞋的学生中间很突兀，那卖冰棒的老太太的目光已经几次有意无意地从我身上扫过了，估计连我兜里的钞票都数清楚了。

我掏出烟，正要点火，就听见有人喊"本纪哥哥"，一抬头，一辆敞篷小车停在我面前。子怡坐在副驾驶的位置上，笑眯眯地冲我招手，我把烟塞回烟盒，揣进兜里，与子怡打招呼。

子怡从车里跳下来，就像蹦出来一团火。她穿了一套红色的运动服，浑身汗津津的，看见我，咯咯地笑着说："不好意思，刚才我去打球了，接到你电话就直接过来了。天太热了，冲了澡还一直出汗，走吧，看看你的新窝去。"边说着边拿一串钥匙在我眼前晃了晃。

开车的小伙子没有下车，只摘下墨镜与我招了招手，竟是昨天在酒吧里见过的那个穿紧身运动服的小伙子，子怡说："你们已经认识了吧，杨超，我的网球师傅兼健身教练。"

杨超长得很帅气，身材也好，是招女孩子喜欢的那种男生，他具体是做什么的我还不知道，但子怡还在师大读大四，这两人再加上一辆敞篷小跑车在学校门口这么一停，是很招摇的。卖冰棒的老太太已经往地上连吐了两口痰，我的后背也好像被插了一根凉凉的冰棒。

车子太小，不好坐三个人，子怡就让杨超开车过去，她和我走路。"就在南秀村，从学校里穿过去，从西门出来就是。"她指给我说。

我俩说着话，没几分钟就到了，果然就在不远处。一个闹中取静的小院，都是差不多四五层高的老式红墙建筑，有的楼墙壁上爬满了绿藤，都看不到窗户。

沈家给我找的房子在顶楼，顶楼也就才四层。

"这是宁大的专家楼，原来住在这里的那个爷爷也是宁大的教授，他夫人腿脚不好，没有电梯，上下楼不方便，就搬走了，正好家里人与他认识，就把房子给你留下了。"子怡一边爬楼梯，一边跟我介绍。我们爬到四层，发现杨超已经上来了，还搬上来一个大号的塑料收纳箱。

如果不是子怡开的门，我还以为走错了呢，这哪里像出租的房子，简直就是一个极有生活情趣的温暖的家。

房子是老式格局。面积不是很大，但收拾得干干净净，所有的生活用具一应俱全，客厅的花瓶里甚至还插着一束鲜花。

杨超搬着收纳箱直接进了厨房，熟练地把里面的香肠、牛奶、果汁之类的东西往冰箱里放。卧室里的被褥也都备好了，有的包装还没有打开。在英国租公寓也会给配备一些生活用品，但绝没有这样细致和温暖，我感动至深，不停地道谢。

子怡一五一十地给我介绍房间里的设施、使用方法，以及每把钥匙的用途。杨超忙活完了，从冰箱里取出三罐啤酒，拿到水龙头下冲了冲，又用餐巾纸擦了几遍，才一一打开，递给我一罐，自己边喝边把另一罐递给子怡，子怡头都没抬，接过来就喝。

我颇为诧异："你俩谁开车呀，喝酒行吗？"

"没事，这点酒小 case 啦。"子怡与昨天穿着旗袍的小淑女简直判若两人，边说还边调皮地打了个响指。

我哈哈大笑，说："你俩为这房子忙活了好几天吧，又是家具又是器皿的，真是难为你俩了，特别是杨超兄弟，真是感激不尽。"

杨超笑了笑："别客气，应该的。"

"嘿，嘿，还真好意思居功啊？"子怡毫不客气地抢白，"看房子、刷墙、买家具、安窗帘都是人家集团行政部做的，这两天才把钥匙交过来，我也就拉了他胡乱帮你买了点吃的、喝的、用的，他还说用不上那么多呢。这时候倒要抢功劳了。"

杨超被当场揭穿，有点不好意思，脸都红了，子怡坐在桌子上，顽皮地看着杨超发窘，穿着红色运动鞋的一双脚不老实地晃荡着，透露着得意。

我连忙说："杨超说得没错，其实真用不上多少东西，就我一个人。"

"你说谎啦，本纪哥哥，我知道你带着嫂子来的，对不对？"我话还没有说完，就被她打断了，她手指还调侃我一般地在脸上刮了刮。

肯定是杨超给她说了吴双的事。

我突然想起吴双在老康他们面前表明了与我也是"哥们儿"关系，就做出大哥的样子拍了一下她的脑袋："你个小屁孩，知道啥呀，人家是个编剧，搭我的车来这里采风，准备写个与宁州有关的剧本呢。"

果然我这个心无城府的小妹妹立即就道出原委："我就说嘛，肯定不是你女朋友，杨超偏说就是，你看看，不是吧。"她把脸转向杨超，杨超的脸又一次红了，讪讪地笑了笑，没搭话。

我只好再给这个多嘴的大男孩解围，说："哪天我拉吴双过来，咱们四个一起吃饭，我得好好谢谢你俩帮我弄房子，这房子太好了，我很满意，非常非常感谢，也替我谢谢爷爷和嘉树伯。"

子怡还是小女孩心态，听我这么说，立即得意起来，指着房子的几个角落："看看，看看，这些都是我的点子，怎么样，很棒吧？"

果然，房屋的四角各挂着一个银色的小音箱，不注意还真发现不了，墙边是一套组合音响，光从功放的外观上我就知道是 MERIDIAN，这是一套专业的音响系统，价格不菲，旁边还立着一盏纸质的落地灯，虽然没有亮，但让房间充满了情调。

我不住地点头，说："有品位，有眼光，确实太棒了。"

小姑娘扬扬自得，晃荡着脑袋，恨不得立即就要打开放一曲。

杨超说："算啦，咱别多打扰他了，让他自己熟悉熟悉他的新窝吧。你下午不是还有活动吗？不去啦？"

"哦，也是，"子怡拍了一下自己的脑门，不知道她这个"也是"是让我熟悉熟悉新窝呢还是她自己的活动。她恍然大悟一般，从桌子上跳下来，急急忙忙拉开一个抽屉，指着里面的电卡、煤气卡等一堆东西说，"这些你都不用管，爸爸交代过，集团行政部会有人去办这些东西的，你只管放心住就好了。"

我站起身送他俩到门口，都到了三楼，子怡又回过头来："本纪哥哥，你说的要带编剧姐姐请我俩吃饭哟。我等着啦！"说完她还调皮地冲我眨巴眨巴眼睛。

听着他俩的脚步声远去了，我才关上门，端详这即将陪我度过三年读博生活的房子。室内也就只有六七十平方米，格局是老式的三室一厅，因为厅小，大一点的房间就做成了客厅，有间卧室，有间书房，前后还各有一个阳台。阳台都没有封，因为是顶层，很豁亮，坐在阳台上，喝茶乘凉应该很舒服。

我给吴双打电话，说了房子的事，她正在外边，人声嘈杂，等我回到酒店时，她已经回来了，正在洗葡萄。酒店里没有盘子，她在水龙头下把葡萄冲干净，剥去葡萄皮，一颗颗放到茶杯里。

我换了衣服和鞋子，坐在沙发上，看有泡好的茶，就喝了半杯，拿出烟来，还没有点上，她走过来，夺下我拿在手里的烟："少抽一支吧，先吃点水果。"边说着边把盛满葡萄的茶杯递过来。

葡萄很甜，我一边吃一边跟她说房子的事，她感慨了半天："有亲戚就是好，凡事都替你想到了。"

吃完葡萄，我有些困，就睡了一会儿，睡梦中被酒店的电话吵醒，拿起来，原来是叫醒服务，我看看表，已经下午五点了。

吴双在桌子上给我留了张字条，说她出去转转，让我别忘了晚上参加导师的饭局，不用担心她。似乎是故意提醒我，她把"不用担心"几个字写得很大。

我不知道在这样的场合给老师带件礼物合不合适，其实也不知道该送老师什么礼物，在那里坐着犯了半天的迷瞪，最后算了，换了件休闲的衣服，只带了钱包和烟，按照师兄给的地址，晃荡着出了门。

五

新同学都是见过的，面试时一起在会议室候着，自然都自报过家门，只是当时有七个人入围，没想到最后录取的是我们三个。

上两届的师兄也都面熟，考试、面试时他们都是服务人员，忙前忙后。只有一个师姐是初次见面，约莫五十岁，据说已经是某大学的教授，读了博士，就可以回去做博导了。

师姐很健谈，我进门时师姐正在发表演讲一般地与另一个师兄聊天，眼睛朝上翻着，口若悬河，涂了口红的嘴角泛着白沫。

师兄一看到我，忙不迭地把我推到师姐面前，给师姐介绍。

师姐"灌"了杯茶。请原谅我的用词，师姐确实是从桌上随便拿起一杯茶，也不知道是谁的，不是一饮而尽，而是张大嘴巴，直接把茶水倒了进去，那喉咙就像一根下水管，一杯水毫无声息地就没了踪影。师姐潇洒地在嘴巴上抹了一把，又把抹嘴的手在身上蹭了几下。放茶杯的时候她才看到我伸出要跟她握的手，就把手又在身上蹭了一下，握着我的手，热情地说："你就是那个从英国留学回来的小师弟呀，你知道弗吉尼亚·伍尔夫吗？你知道她有个侄子被虹影写到小说里了吗？"

我刚想回答，师姐已经开始讲伍尔夫了。我这才明白师姐的问话其实是不需要回答的。

现在白领阶层最时髦的言语表述是汉语里夹杂着英语单词，师姐则不然，她是英语里偶尔蹦出几个汉语词语，我在英国学习生活了好几年，拿了两个硕士学位，依然招架不住师姐的博学。好在她的聊天是不需要对话的，你只要静静地听、频频地点头就好了。

我保持着微笑，在师姐说话的间歇不停地点头，就在腮帮子僵硬，脖子酸痛得快要断了的时候，突然听到有人说先生来了。大家也就停止说话，齐刷刷站起来，拥向门口。

我与导师只见过三次，所以对导师也不是特别了解，我也没有混入学术圈子，根本不知道导师在这个领域的权威地位。一个菜鸟能拜在名师门下纯属偶然，用同宿舍的那位同学的话说就是撞了大运。

导师中等个子，白净，清秀，说话也是温言软语。他微笑着与每个同学打招呼，温和地招呼大家坐下。

房间一分钟前还吵翻了天，此时却很安静，连刚才一直滔滔不绝的师姐都脱胎换骨般文静地用半个屁股坐在椅子上，与先前的大发议论判若两人。

导师坐下来，很仔细地把餐布搭在腿上，一位师兄过来给先生面前的茶杯斟了茶，他没说话，只用手指轻轻叩了下桌子，表示感谢。

按照惯例，我和另一位新生被安排在导师身边坐。给我送洗脸盆的师兄走到先生侧面，我才知道他叫郝安民，我们都称他大师兄。他问："还没有点菜，您看是按照惯例还是找两人去点？"

导师微笑着，左右看了大家一眼："你们中间有没有美食家，自告奋勇去点菜呀？"

师姐笑道："您在这里坐着，谁还敢称美食家呀。"大家都笑了。

导师说那就还按照惯例吧。

惯例就是从坐在末尾的人开始，每人点一个菜，先生最后点。一个师兄立马去拿了几本菜谱过来，郝安民拿了纸和笔，代服务员写菜单。

先生拿了一把纸扇，扇骨很精致，却是没有题字的白面。他轻摇着扇子问我和另外两位新来的同学，饮食上有没有什么忌口，我们三个连忙都说"没有没有"。

因为是新来的，不免显得有点拘谨。导师笑了笑，说："你们都比我强，我就不吃香葱，享用不了小葱拌豆腐，只好糊弄着来教书。"大家怔了一下，就都被导师拐着弯的幽默逗乐了。

菜点得很快，轮到我，我点了个"鸡粥蒲菜"，这是我昨天在沈家吃过的，觉得还不错，看菜谱也有，就随口点了。

导师点点头："看来本纪对淮扬菜很在行啊，这是道很见功夫的菜，不知道这家馆子做得怎么样。"

我不好意思："我其实不熟，昨天去亲戚家，吃了一回，觉得味道蛮好的。"

导师微闭着眼睛，叹道："一箸脆思蒲菜嫩。蒲菜以前只有淮安才有，过去也只在春夏之际才吃得到，现在当然都没有问题了，无论反季节的还是冰鲜的，随时想吃随时有。这道菜要做得好，除蒲菜要正宗之外，还需上好的鸡胸肉，而且必须荤油下锅，如果饭馆简化程序，做出来的味道就会差很远。"

最后菜谱传到导师这里，他说："选在这里吃饭啊，是因为它菜系全，淮鲁川粤都能做，缺点呢，估计就是每种菜都不见得烧得好，跟做学问一样，涉猎的领域越多，越难潜精研思，出类拔萃。"大家又都笑起来。

"点一个丝瓜老油条吧，这是杭帮菜，公明家是金华的，看看是否有你们老家的味道。再点一个乌鱼蛋汤，本纪是山东人，这算是道鲁菜。晓光是本省人，就不照顾你了。"导师提到的李公明、孙晓光与我一样都是今年的新生。

晓光来自苏北，长得膀阔腰圆，他接过话头说："我是个典型的吃货，能端到桌子上的都是我的至爱，您若一照顾我，反而会让我不好意思，没法厚着脸皮抢着吃了。"

师姐看了晓光一眼，抢白道："看孙师弟这副身板，在饭桌上应该不像是会不好意思的人。"大家都看着晓光笑了起来。

说说笑笑，时间就过得很快，导师问我和另外两位新同学的报到、住宿等是否已经安排妥当，他俩一个是本校应届生，直接考上来的，一个是本校硕士毕业，工作了几年回来再读的，对学校很熟悉，也有不少相熟的同学和老师，只有我完完全全是个新生。我跟导师说我在外面租房子住，这边有亲戚，也已经帮着安排妥当了。

我们每人都给导师敬酒，导师倒也善饮，杯到酒干，很是豪爽。等我们所有人敬过一轮，他把酒杯一扣，再不喝，摇着扇子看我们谈天说地。

虽然是第一次与导师一起吃饭，倒也没有太多拘束。我喜欢这样的氛围。

回到酒店时，看吴双房间的门虚掩着，我就推门进去了。

她正在写东西，手指头像弹钢琴般在键盘上飞舞跳跃，嘴里叼了支烟。酒店的窗户是打不开的，她就虚掩了门，看我进来，脸红了一下，连忙把烟掐灭了。她写东西时会抽烟，这我是知道的，她也知道我知道，纵是如此，她还是会脸红。

我打趣道："写啥呢？大编剧找到灵感啦？"

吴双有些不好意思，说："喝酒了吧？去你屋……去你屋，茶给你泡上了，先喝点茶解解酒。"

确实喝了不少酒，我进屋就直接趴在了床上，吴双揪着我换了衣服和拖鞋，把我按在椅子上，咕咚咕咚给我灌了一大杯茶，我又吃了几颗她剥好的葡萄，胃里似乎好受了些。

"这学上的，第一天就喝成这样，让人咋放心啊？"她盯着我嘟囔道。

我哈哈大笑，说："你又不是我妈，操这么多心？你要是不放心，那就别走了，陪我在这里念书吧。"

"你不是言之凿凿说我是你妹妹吗？那还不该操心？"她抢白道。

我随口说的话，她竟然还耿耿于怀，女人果然都是小心眼。我赶紧岔开话题，给她讲今天晚宴的事，给她讲了我的导师、我的师兄们，还有那个说话没有标点符号的师姐，讲了我们吃饭时大家说的笑话讲的故事，谈的天南和地北。

"嗯，感觉你也对你导师崇拜起来了，看来他的确是个不同凡响的人物，有机会让我也拜见拜见。"

上午九点多，我俩在酒店的自助餐厅吃完早餐，我刚想起身，吴双拉了我一把，说："喝杯咖啡吧，我要跟你商量个事。"

"有事你就说呗，还用这样郑重其事？"我正要打趣她，却发现她一脸认真，就赶紧收口，"好，好，听你的，我去取咖啡，你还是不要奶和糖对吧？"见我很顺从，她抿嘴一笑，冲我摆了摆手。

我取了两杯咖啡过来，见她两只手托着下巴，心事重重地看着窗外，就把她的那一杯轻轻放在桌上，坐在一边，等她开口。

过了好几分钟，她才转过身来，把桌上的咖啡端起来，用小勺轻轻搅拌着。她喝的是黑咖啡，用不着搅拌的，我知道她要跟我说正经事，也就正经起来，端坐着，没说话。

她不看我，眼睛盯着正搅拌着的咖啡，搅了半天，才说："阿本，我晚些再回北京行吗？我想在宁州多待一段时间。"

"就这事呀？！你吓我一跳，你待在宁州我求之不得呢，有美女给买水果、泡茶，红袖添香……"我不以为意地说笑着。

"去，"她打断我，"我哪里是什么美女，在你眼里我就是个没见过世面的乡下丫头。"她也斜着眼睛。

我了解吴双，知道这个时候不能跟她戗，就连忙岔开话题，说："我的银行卡不都在你那里吗？你就刷呗，你待几个月甚至待一年都行啊，就跟能把我花穷了似的。"

我大大咧咧，吴双比我细致，我就把储蓄卡、存折都扔给她了，手里只留了一张信用卡，卡里没钱了，她就替我补上。她帮我支出，总要告诉我一声，我嫌烦，她就一笔一笔都记在本子上。

我没有兄弟姐妹，在我心里，吴双就是我的亲人。我又不傻，怎能看不出她对我的意思，可我这样一个信马由缰、玩物丧志的人，怎能去祸害一个真心对我好的姑娘？这层窗户纸我俩一直没捅破，她与我"哥们儿"了几年，真如那个自诩博学的朋友说的，吴双跟着我就像如影随形的"黄雀"，我们一起玩，一起出游，甚至住过一个帐篷，睡过一张土炕，但从没越过雷池，我疼惜她、尊重她，一直小心地把握着这个分寸。

吴双没有抬头，还在搅拌她的咖啡。"不是钱的事，住店的钱我负担得起。"她叹了口气，"这次到宁州，我的感觉挺奇怪，也说不上为什么。"

"怎么了？"我关切地问道，"这几天我光顾着忙活自己的事了，也没有顾上陪你……"

"与你没关系，是我自己的感觉。"她放下咖啡杯，看了我一眼，眼神却迷离起来，"我第一次到宁州，却感觉这个城市很亲切，好像我曾经来过，但这两天发生了一些事，却又让我迷乱。"

"这两天怎么了？对了，你头一天晚上到底出什么事了？我觉得你好像不光有些疲惫，还有些惊恐。"我虽然对什么事情都不咋上心，但关心吴双确实发自内心。

她没有直接回答我的话，停了好几分钟，才缓缓说道："阿本，你还记得我跟你说过宁州大学那个谋杀案吧，那个女孩被杀的案子。"

我心里一紧："你不会真的想写这个案子吧？那是个根本没有破的案子，你咋写？谋杀案找不到凶手，故事就难以成立，再说了，你写了剧本也没有人敢投拍呀，何必去惹这个麻烦事呢？"

"唉！"她叹口气，"这是一个冤死的灵魂，这么多年了，凶手还逍遥法外。"

停顿了一下，她又执拗地摇了摇头，口气有些忧伤地说："我觉得冥冥之中有种力量，就是想让我写这个案子。你看，我只是帮你在网上查一些宁州大学的情况，却搜索出了这个谋杀案，而恰恰这个时候有人在网上发表了很多关于这个案子的思考，给了我一些启发，但我没有下这个决心。那天在阴森森的东坡酒吧，遇到了老康和刘方，吃饭间又说起这个案子，我当时只是好奇，也没有一定要写这个案子的想法，但我后来觉得她要让我写，写这个案子。"

"她？谁呀？"我迷茫地问道。

"那个被害的女孩呀。"她淡淡地说，"我这两天好几次睡觉都梦到她，梦到她血淋淋的，站在我床前。"

我被她说得毛骨悚然，后脖颈一阵阵发冷："你就是想多了，脑子里总想着这事，日有所思必然夜有所梦，你怎么还迷信起来了？别胡思乱想了。我先把上课的事熟悉熟悉，过几天陪你在宁州好好逛逛，你在宁州要有什么好朋友小伙伴什么的，这两天也去看看人家，别总用玄乎事吓唬自己……"

"我没有害怕。"她微微地笑了笑，眼睛里瞬间又充满了忧伤，"你知道我不是个胆小的人。我只是在想，为什么她总要闯进我的梦里呢？为什么一梦到她我就想起韩国的那部电影《杀人回忆》呢？我不是来宁州找创作灵感的吗？难道这是让我也写一个类似《杀人回忆》的剧本吗？”

“你千万别碰这事。”我劝阻道，“这个案子咱们不了解，说不定牵扯方方面面的关系，再说《杀人回忆》电影播出后，凶手被发现，这纯属偶然，并不代表写了这个案子，就能找到凶手，伸张了正义，何况，你根本不了解案情，还是琢磨个其他题材的东西吧。”

吴双一边静静地听着我的劝告，一边用小勺搅动着她手里的咖啡，咖啡早就凉了，她搅动，纯粹是下意识的一个动作。

过了良久，吴双说：“你说，我要是把这个剧本写出来，又有影视公司承接，能不能推动公安部门重新启动对这个案子的调查呀？”

我知道她的脾气，一旦那个执拗劲上来，谁也拦不住，就换了个口吻，问道：“警察都没有破的案子，你毫无刑侦经验，靠纸上谈兵，怎么能找出凶手来呢？”

“我就知道你会问到这个问题。”她浅浅地笑了笑，轻轻放下手里的咖啡杯，说，“你看过约瑟芬·铁伊的《时间的女儿》吧。The truth is the daughter of time, not of authority，真相就是时间的女儿。侦探就是靠大英博物馆提供的资料帮助，‘纸上谈兵’破了历史谜案，推翻了流传几百年之久的历史定论。”

“好。就算你有和格兰特探长一样的推理能力，那你的资料从哪里来？宁州可没有大英博物馆。”我对她的想法不以为然。

“这个你不用特别担心，刘方愿意帮助我，他会介绍原来参与这个案子的老刑警与我认识。那个老刑警退休了，但对于这个案子没破一直耿耿于怀，他了解案情。”她一副胸有成竹的样子。

如果能料想到这事最终带来的后果，我当时就该旗帜鲜明地阻止她，宁可不读博士也不让她去蹚这浑水。可是，那时候我还是一个浑浑噩噩对什么事都特别不上心的人，何况，我还肩负着二叔给我的任务。再说，后来发生的这些事，当时谁能想得到呢？

六

吴双留在了宁州，开始了她的剧本创作。

她没用我的卡，用自己的钱在酒店办了续住，刘方帮着找了关系，酒店在走廊尽头给她安排了一间比较偏僻安静的房间，不仅给了很好的折扣，还送了她一张酒店的 VIP 卡。

VIP 卡对吴双而言用处其实也不大，她既不去美容馆做美容，也不去游泳池做 SPA，倒是经常到行政楼层的咖啡厅去喝杯咖啡。那里人少，风景也好，有时候她就在那里边喝咖啡边构思她的剧本大纲。我搬到了沈家帮我租的房子里，收了心，正经八百地当学生，跟所有的新生一样，循规蹈矩、按部就班地去上课。

学校有些课还是蛮有趣的。

教我们政治课的是学校的一位领导，政治课本来很枯燥，又是几百人挤在一个大教室里，但领导的课却讲得极有水平，旁征博引、深入浅出，愣是把枯燥的政治理论讲得妙趣横生。每次上课，教室里总挤满了黑压压的脑袋，特别是女同学，一个个托着腮，听得如坐春风、半醉半痴。

我导师是个做事不爱张扬的人，他上课也很低调，不像其他的名教授，上课往往选在大阶梯教室，老师高坐在讲台上，一览众山小。导师的课很少开在教学楼里，他也没有申请固定的教室，每次上课的地点都是大师兄临时通知，有时候用系里的会议室，有时候用期刊阅览室，还有几次上课地点竟安排在了学校附近的一家茶馆里。那个茶馆就在吴双住的酒店后门对着的一条小胡同里，极为僻静，生意似乎很惨淡，只有偶尔搞各种活动或者我们上课时，茶馆才会热闹起来，显得略有些生机。

导师的课对我而言难度很大，因为是比较文学研究，对于作品的分析，不仅要读中文，还要读外文原作，而每次上课，导师都要给出大量的阅读书目，看似只有三个小时的课，用一周去准备都不是很从容。

宁大学术氛围冠绝全国高校的确不是浪得虚名，让从来都不惧怕学习的我倍感吃力。繁重的课业负担打乱了我的规划和行动步骤，其实，没能如期住进江海集团内部宾馆就已经让我乱了阵脚，我不知道该如何去完成二叔交办的任务。每天在教室和图书馆穿梭，忙得我不可开交，吴双也在忙活她的事，她似乎比我还忙，电话打过去经常不接，有时候要到晚上才回拨过来，问她在忙什么，她只是笑笑，也不多解释。

老康约了几个朋友，张罗着给吴双送行，听说吴双还要留一段时间，也就作罢了，但作罢的只是送行的主题，饭还是要吃，酒还是要喝的。

子怡是跟着杨超来的。

小丫头一进门，老康的眼睛就像两把直直的钩子，死死地钩在了子怡身上，大嘴咧得说话都不利索了。子怡似乎见惯了这场面，根本无视老康的热情似火，瞥了我两眼，却一屁股坐在了吴双旁边，拉着吴双的手，姐姐长姐姐短地控诉我一直不安排她们见面。

老康平生有两大爱好：一是美女，二是美酒。美女往往脾气大，有时候热脸还会贴个冷屁股，美酒则忠厚得多，不会跟他使性子。于是老康就招呼大家喝酒，等刘方到的时候，我们已经喝上半天了。

刘方也不是自己来的，还带来一个略显腼腆的小伙子。

看见吴双，刘方就笑着把小伙子推给她了，说："我快被你烦死了。以后你要再打听那个案子的事，就直接问小田得了。他是我们刑警队的秀才，对档案资料了如指掌，他要是还说不明白，就让他回家问他爸去，他爸是我们的老队长，退休了，那个案子，他爸也曾参与。"

大家这才知道吴双是动了真格的，留下来就是要写那个谋杀案。

老康是个豪爽人，早把热脸没贴上子怡冷屁股的事忘在脑后了，他端着酒杯，与吴双碰了一下，一饮而尽，说："大妹子，你在作品里要把我写进去呀，当初我可是正经被警察叫去过两回堂的。"

我觉得好笑，还有上赶子往谋杀案里凑的，就开玩笑道："咋把你写进去？死者是个姑娘，破案子的是警察，剩下的角色只有凶犯了，你整天寻花问柳，倒也不能排除嫌疑。"

"凶犯就凶犯呗。"老康大大咧咧地说，"将来要是投拍，说不定导演一高兴，让我来个本色出演，再搞个美人计，哥们儿可就半推半就、将计就计了。"

大家都被老康的话逗得哈哈大笑。

"凶犯隐匿多年，说明他心理素质极高，不光能分尸，关键是嘴要严，就这一条，老康你就不够格。"我点了支烟，笑着说。

"那可不一定。"吴双一本正经地反驳说，"凶犯都善于伪装，往往反其道而行之。康兄是耍笔杆子的，大家自然认为文字顶多能杀人但碎不了尸，对不对？刘方、小田你们应该好好查查他，如果老康曾经杀过猪、宰过牛或者当过石匠、木匠、铁匠呢？那嫌疑就大了，这可都是需要手上有力气的活计。"

"对，查他，越看他越像个隐匿的杀人犯。"大家一起起哄。

老康倒也不以为意，他端着酒杯笑呵呵地说："妹子，你就尽管写，只要能把案子破了，为民除了害，你把我写得罪恶滔天、十恶不赦，咱都没话说。刘方你们随便查，你哥我行得正坐得直，只可惜我只有这舞文弄墨的手，当不了铁匠和木匠，只能凑合着做个好酒贪杯的花匠了。"

刘方见他喝得高兴，也笑着说："就你那点屁事，还用得着我们查？赶紧把自己后院的火灭灭吧，外边的那堆火要是烧过去，就把你变成烤乳猪了。"

"外边的那堆火？"老康梗着脖子，愣了一下，似乎有点困惑。

刘方端着酒杯，不说话，脸上带着坏笑。

老康或许意识到了刘方满脸坏笑的含义，猛然把手里的酒杯往桌子上一放，气鼓鼓地骂道："你们这帮破警察，心理真阴暗，正经事不干，多少案子都破不了，却有闲工夫去窥探老百姓的隐私，外边点把火咋啦？只许你们官老爷四处放火，不让我们小老百姓点盏小油灯？"

刘方看老康有点认真了，忙给自己倒了杯酒，一饮而尽，赔笑道："我自罚一杯，哥哥，你别动怒，我不是怕你火盆歪了、油灯倒了弄个火烧连营自己也难受嘛，我们警察可没心思管你这闲事，现在警力还不够整天加班呢，你如果没杀人放火，就是整天在外边'星星点灯'我们也不管啊。"

我们都放下筷子，笑着看他俩斗嘴。老康的口才那是没的说，已经从四处留情到处点灯的"老花匠"化身为民请命、碧血丹心的"急先锋"，一阵疾风暴雨后，刘方已经只有招架的功夫了，被频频罚酒，连连告饶。

吴双一旦下定决心做一件事，就会全身心投入，有时候甚至到了废寝忘食的程度。刘方认为她不光准备得相当充分，而且另辟蹊径，以与警察办案方式完全不同的视角去梳理案子。当然，她查阅了大量资料，与小田的爸爸也见过面。见面那天，我没去，他们具体谈了什么，我不知道，那天正好我要去江海集团，就没有陪她。

其实，开学没几天我就去看过嘉树伯。他还跟过去一样，人保养得极好，西装革履，儒雅风流，头发梳得一丝不乱，笑眯眯地抽着烟斗。

我去过几次江海集团，每次，嘉树伯对我都很客气，他对参与国家南水北调工程竞标一事也毫不避讳，认为这是千载难逢的机会，但他并没有提与赵家合作的事，我从二叔那里学来的什么"协作型竞争"这个高深的词根本没有机会用上。

如果一定要说有什么收获的话，我只是知道了杨超不仅是江海集团总部的员工，而且深得嘉树伯的信任。

七

转眼就是中秋节了。

子怡跟我打电话的时候，我正与吴双一起看展览。

这是一个小型的私人藏品展。

宁州是古都，文化底蕴深厚，所谓"菜佣酒保都有六朝烟水气"，喜欢收藏的人自然很多。这种小型的私人藏品展经常举办，宁州人司空见惯，也就不怎么当回事了，不仅没见媒体有任何报道，就连在同一个酒店里住着，都没有听到什么动静，要不是碰巧，我和吴双都不知道在酒店的楼上还有一个这样的展览。

由于展览在行政楼层，上来的人不多，加上又临近中秋节，看展的人更是寥寥无几。整个展厅内，除了我和吴双，就只有一个后背靠在门框上奄拉着眼皮的瘦削中年人，不知道是看展累了还是他只是工作人员，那副慵懒的样子，不见得比东坡酒吧那两只脏兮兮躺在太阳底下睡午觉的老猫更有活力。

子怡打电话是问我要不要随他们一起去乡下过节。老爷子和冰姨已经到乡下了，她也要赶过去，老爷子让她问问我是怎么安排的，要是没事的话，就跟她一起去乡下看看。

我谢了老爷子的好意，说因为要与老师和同学聚餐，只能让她替我向老爷子和嘉树伯敬杯酒了。她在电话里咯咯笑起来，通过笑声我都能感觉到她上扬的嘴角透露出的调侃意味，她调笑着说："嘿嘿，拿导师说事的吧？你与编剧姐姐后天要开车出去玩对不对？别以为我不知道。"

我被戳穿了，就尴尬地笑道："这老康真是大嘴巴。不过我们聚餐也是真的，这不，我看完这个展览就准备去订饭馆呢。"

老康这家伙，什么都好，就是藏不住话。我的车开过来很少用，平时都是他开着，后天我准备与吴双去金牛湖拍照片，他没时间去，就把车还回来了。

与导师聚餐的事也是早就定了的。师兄们讲，导师一个人生活，节假日很少出门，一般过节时大家都会与导师一起聚餐，这已是"杨门"多年的传统了。

大师兄把找饭店的活交给了我。

我本来想让老康帮忙订个地方，可老康每次找的地方都人声鼎沸的，导师是个清雅的人，要找个安静别致的地方才好。正犯愁呢，吴双告诉我，说酒店楼上有几间很私密的包房，就在行政楼层，她看见有人在里面宴客，环境很不错，应该符合我们这些文人雅士的品位。

我俩也是上来看包房的时候才得知这里竟然有个这样的展览。

展品不是很多，也就几十件，有书画，有瓷器，也有一些玉质配饰、佛像和古籍，收藏者是个商人，算不上专业藏家，展厅门口挂着他雄赳赳的照片，还有一长串像征婚启事一样的简介。藏品五花八门，不仅未成体系，也良莠不齐。但看到墙角的那件掐丝珐琅器时，我不由得大吃了一惊。

这是一件铜胎掐丝珐琅羊尊，羊驮宝尊造型。尊为古代青铜尊形制，广口长颈，双龙做耳，羊身为腹，羊背开圆槽装器皿，颈底铸莲座一圈，通体施天蓝色珐琅釉，羊首回望，透着大气和端庄。

这件器物本就造型奇特，让人过目难忘，最不可思议的是驮尊羊的四足不是用传统的铜镏金工艺做成，而是镶嵌了四块蹄瓣分明的黑曜石，这种做法极为罕见，难道是原物有损毁，后来做的修补？但这修补水平也太高了，不仅浑然一体，有匠心独运之感，更给器物增添了一份威严和高贵。

我吃惊地愣在原地并不是因为这件器物在所有展品里熠熠生辉，相反，因为古董市场对掐丝珐琅器关注度不高，它应该不是藏品主人最珍视的，所以，它没有居于展厅的中心，而是被放置在了一个角落里。

我惊得下巴几乎掉了是因为几年前我在英国看到过一件与这件一模一样的珐琅器，一样的造型，一样的黑曜石镶嵌。可是那件器物，当时被我偷回了国。

是的，是我偷回来的。

大跌眼镜了吧，堂堂黄河集团的未来继承人竟然是一个喜欢偷东西的贼。

第一次悄悄打开邻居家的房门时，我也就十来岁，正是无所忌惮、总想着从家里逃离的年纪。

是对别人家好奇，还是埋藏在心底的叛逆促使我这么做，我自己也说不清楚。后来我看了一部电影，才知道十几岁喜欢溜门撬锁的并不是只有我一个，或许，这是那个年龄段被压抑着的孩子的癖好。

我开锁的本领属于无师自通。

邻居家门上挂着的铁锁号称"气死贼"，我只是用顺手捡来的半截钢条三捣鼓两捣鼓就捅开了。知道了自己"天赋异禀"，我就喜欢上了到别人家去"串门"考察。好在我从不拿走东西，也不把别人家弄得乱七八糟，一直到我考上大学离开家，也没人察觉我深藏心底的这个秘密。

如果不是在英国遇到了比尔·梅森，我甚至都忘记了自己还曾经拥有这样一项技艺。

比尔与我住在同一栋公寓，经常一起喝酒、聊天、追女孩。我刚去看了一场艺术展览，第二天却发现其中一幅我印象深刻的画竟然挂在了他公寓的墙上，我这才意识到我的邻居竟然就是那个专偷上流社会的比尔·梅森。比尔"走空门"的技术出神入化，他从未失手，在他看来，盗窃跟绘画、雕塑、戏剧、建筑一样，都是一门可以精益求精、终生追求的艺术，"就像是在创作"，比尔总这样描述他的职业。

是的，做贼并不一定非得是为生活所迫。

我做贼，只是喜欢做贼的感觉。

悄悄打开陌生的门，闪身进入别人的世界，那种兴奋、紧张和刺激感，常常会让我通体舒畅、血脉偾张，激动得浑身颤抖。

与比尔·梅森厮混了几年，我技艺大进，不过，我"走空门"，还跟小时候一样，只是到别人的家里看看、坐坐，绝少拿走别人家的东西。

绝少，不代表没有。

是的，在英国，我只偷一类东西——古董，那些西方人趁我们国家贫弱时抢掠到英国去的中国古董。

既然他们能趁我们还没清醒的时候盗走，我为什么不能趁他们睡觉时再偷回来？这是我们的民族瑰宝，为什么要让我们老祖宗留下的玩意儿藏在海外别人家的壁橱里呢？

我没有失过手，除了比尔·梅森也没人知道我有此"雅好"。我"干活"时极为小心，绝不留半点破绽，而且，到我手里的东西，就再也没有流出过。比尔跟我说，许多大盗都是因物品转手被警方顺藤摸瓜捉到的，转手是需要冒极大风险的。我偷东西，又不是为了换钱，自然不会转手，连比尔都不知道，震惊英国的好多文物失窃大案都是他的这个中国徒弟干的。

这事，我只告诉了二叔。

他来英国考察时过来看我，我就领着他看了我的"藏宝库"。二叔当时脸就白了，腿软得站都站不住，我扶着他，过了好一阵子，他的嘴唇还在哆嗦着。

二叔通过什么渠道把这些古董运回国内的我不知道，我只知道二叔把这些东西交给了博物馆，说是一位匿名的爱国华侨捐献的，里面就包含与这个一模一样的铜胎掐丝珐琅羊尊。

不会有这么巧合的事吧？

那只能是我当时交上去的那件又流出来了。可是，明明已经通过二叔交给了国家，入了博物馆，在报纸上都登过的，怎么可能再出现在市场上呢？我一下子呆在那里，挠着头，百思不得其解。

吴双见我发愣，就凑过来，她没有看出这件掐丝珐琅器的特别之处，更闹不清这背后的故事，歪着头看了半天，颇纳闷地说："这不就是景泰蓝吗？"

古董行里的事，吴双了解不多，她也不知道我在国外曾经偷过一些文物交给了国家，我在她面前没有显露过身手，因为回国后我再也没有动过任何偷窃的念头。

吁了口气，缓了一下神，我解释说："你那个景泰蓝的概念太宽泛了，肯定是受中学课本里叶圣陶老先生那篇文章的影响。实际上，在清末以前，珐琅器只归皇家使用，老百姓见都见不到的，每一件都价值连城。要是搁以前啊，这屋里所有的东西加起来也换不来这一件。"

我一边说着，一边就顺手拿了起来，果然看到了"大清乾隆年制"的刻款，与我以前见到的那件丝毫不差。

"看到了吧，大清乾隆年制。"我指着掐丝珐琅器的刻款给吴双看，"这可是乾隆皇帝用过的，正经八百的皇宫里流出来的宝物。"不自觉地，我已经犯了看展览的大忌，未经允许，直接上手了不说，还搬起那件器物，用手机拍了一堆照片。

但没有人过来制止我。那个靠在门口似乎活不过来的男人，也只是懒懒地冲我这边张望了一眼，又继续微闭着眼睛想他的心事了。

一直到订完包房，我的脑子还在想着这件掐丝珐琅的羊尊。

包房果然如吴双所说，不仅幽静，而且雅致。包房外有个宽敞的阳台，是喝茶赏月的好地方，一眼望去，鼓楼、玄武湖尽收眼底。

但订包房费了很多口舌。

虽然吴双有酒店的 VIP 卡，经理还是很犹豫要不要把这个房间给我们。"有时候，领导说来就来，现在不通知，不代表明天晚上不过来，你也要体谅我们的难处。"

"明天就是中秋节了，领导也要回家团圆啊，不可能节假日的还要请客吃饭吧。再说了，那边不是还有两间吗？即使临时有安排，也够用了。"我一边说着，一边把一个信封悄悄塞到他西服兜里。经理也没推让，把手放进兜里捏了捏，嘴里勉为其难地答应了，脸上的表情却是满意的。

聚餐通知照旧是郝师兄以短信的方式发出去的。

因为晚上要与导师、同学聚餐，我请吴双在外边吃了午饭，吃午饭时还给车子加了油。吴双计划晚上找刘方一起过节，我俩还去买了盒月饼，她带着跟刘方一起吃。

刘方最近值夜班，就住在分局里，吴双也就经常去找他，就案子的事问东问西，把刘方烦得够呛，却也无可奈何。

"她那一脸的真诚让人招架不住，你快阻拦一下吧，要不，同事还以为她是我女朋友呢。"刘方在电话里跟我抱怨。

"那你就领走啊。"我坏笑着跟刘方打哈哈。

下午，在酒店的房间里，吴双继续皱着眉头写她的剧本大纲，我看了会儿书，还用她的电脑上了会儿网。

我在网上搜索了半天那件掐丝珐琅器的资料，没有什么有效的信息，那条"匿名爱国华侨捐献国宝"的消息在很多网站上都被淹掉了，即使偶尔还能看到几张"国宝"的照片，也没有那件掐丝珐琅器，虽然它比较罕见，但与那些"国之重器"相比，确实微不足道。

我不搞收藏，也不懂鉴定，对古董知识更是一知半解，我只是很困惑交给国家已经入了博物馆的东西为什么又流了出来？又怎么到了这个藏家手里？难道还有一模一样的另一件不成？

我把用手机拍的照片复制到电脑上，放大了很多倍，一张一张地细看，其实，我根本也看不出个所以然来，甚至，我也看不出羊尊的黑色石头的四蹄是不是后配的，我只是觉得这种做法太少见了，有些怀疑而已，况且，哪有如此协调的补配，感觉比原作还完美。

吴双盘腿坐在沙发上，抱着一大堆资料阅读，这些资料，有的是她缠着刘方借出来的，有的是她在图书馆复印的，还有的是小田的父亲老田队长给她的，她见我霸占着电脑对着几张珐琅器的照片假模假式地研究，就时不时地撇撇嘴，嘲讽我几句。

我研究了半天，一无所获，就突发奇想，还是要问问二叔，但我又觉得直接问二叔有些唐突。就突发奇想，新注册了一个邮箱，匿名发给了二叔，邮件里除了照片，只写了三个字：犹记否？

八

不到下午六点，我俩就出门了。

我拎了两瓶酒，吴双拎了给刘方的月饼。

出门前，她还把挂在壁橱里的我的风衣拿出来，说晚上冷，让我穿上。我就在楼里吃饭，哪里用得着？就接过风衣，随手搭在了沙发上。

我比预定的时间提早了二十多分钟到的餐厅，但已经有不少同学到了。

大家正一边喝茶，一边在众口一词地骂郝安民。

我听了半天才听出个所以然来。

原来到时代大酒店餐厅聚餐赏月对杨门弟子而言还很新鲜，大家也很兴奋，不少同学也就早早地出了门。由于商务楼层必须刷专门的门禁卡才上得来，不明就里的书生们在电梯里上上下下了好几趟，就是到不了要去的楼层，本已经很窝火了，去问大堂服务员，服务员也没想到要到行政楼层包房就餐的竟然是一群穷学生，自然要盘诘一番，这让心高气傲的博士生们的自尊心哪承受得了？

大家进了房间，在一阵参观咂舌品评并找寻各种角度拍过几通照片后，喝着服务员斟上的香茶，对不在现场的郝安民发起了愤怒的声讨。

"什么鬼地方，狗眼看人低，看服务员那眼神，把我们当成刘姥姥了。"一位师兄恨恨地说。

"'今晚，我们捉着嫦娥的裙裾'，瞧郝胖子写的这酸不拉叽的话，嫦娥的裙裾没摸着，老娘的裙裾却被人家摸了个遍，以为我是恐怖分子呀。"说话的是师姐。

"师姐师姐，您这外套穿了有一个来月没换了吧，哪个地方是裙裾呀，指指让我们长长见识？"一同学打趣道。

师姐端起茶来咕咚咕咚喝了，一副愤怒的样子："在这奢靡之处，赏那空洞之月，如果不为陪导师，我才不会来呢，虚度光阴、空掷年华。"

"那你刚才照相最多，恨不得把人家那花瓶抱回家去，叉腰提臀的，是要彰显你的裙裾？"刚才那同学还在打趣。

"不为无益之事，何以悦有涯之生？"师姐感慨道，"等我博士毕业，手中有了权力，先关掉这些劳民伤财的穷奢极侈之所。"

一位同学或许是怕师姐"谈"兴大发，又或许是心有所悟，突然插话："大家还是先别发牢骚，先想想今天这顿饭会花掉多少银子吧。"

与我同届的孙晓光歪坐在沙发上，边吃着茶几上的水果，边幽幽地说："郝师兄短信说，今晚，我们捉着嫦娥的裙裾，相聚在时代大酒店的月光餐厅，看来这顿饭下来，我要先'月光'了。"

杨门聚餐，除了新同学报到、老同学离校是导师请客，其他聚会一般都是 AA 制。

也有主动请客的，郝安民去年有篇小说发表并获了奖，得了奖金，就请大家吃了回自助餐，把每个人都撑得恋恋不舍、流连忘返。

郝师兄让我找餐厅，我也是一时兴起，忘了杨门的传统，告诉他这地方可以赏月看风景，诗人气质的郝师兄立即发出了激情而浪漫的"今晚，我们捉着嫦娥的裙裾"的召唤，似乎他也没打听在这个地方吃饭花费绝对是不菲的。

我坐在那里，有点局促不安，犹豫着今晚要不要主动掏腰包请这顿饭，毕竟，这地方是我订的。刚开学时我也得到了大家很多照顾，请导师和同门师兄弟们吃顿饭也是应该的，几千块对我而言也不是什么大钱，在朋友圈子里我大手大脚也很有名。老康念念不忘的也是他在伦敦跟我混在一起时基本上没有掏过钱包。

我此时有些纠结，在这样的地方请大家会不会被误会为我要炫富，酒店服务员正常的几句问询都能刺伤这帮博士生玻璃般的自尊心，本来都是 AA 制，我无缘无故说买单大家会咋想？我莫名其妙地请客让同是新生的那两位又如何想？会不会因此坏了原来的规矩？虽然我脸上笑眯眯地看着同学争吵，与大家一起痛斥着不靠谱的郝胖子，可我内心波澜起伏，不知道下一步该如何收场。

导师出现在走廊里时，大家立即停止吵嚷，师姐和几个年长一点的师兄一起迎出来，那个被大家痛斥的郝胖子师兄也拎了两瓶酒，跟在导师后面。导师穿了夹衣，但还是一身白色，拿着那把折扇，看到大家迎出来，就微笑着一一打招呼。

似乎导师也是第一次来这个餐厅，进得房间，又到阳台转了转，击节赞叹说："好地方，果然是吟诗赏月的好所在。"

刚才还发着牢骚的师姐乐颠颠跑过去，把那夕阳余晖里的鼓楼、玄武湖等一一指给导师看，夸张地发着感叹。

郝师兄放下酒，接过我递给他的茶，悄悄说："本纪，这地方选得不错，先生今天兴致很高，路上还说不醉不休呢。你小子行，很会选地方。"我却心里在打鼓，还选得不错？你都快要被骂死了。

包房很大，布置得也算讲究。除餐桌和沙发之外，在房间一侧还有一片休闲区，立着一架鸡翅木的多宝阁，阁上错落有致地放了些瓷器和盆景，都很精致漂亮，阁后是茶台，摆着几件小巧的茶具。

导师一件件看，扇子合在手里，手背在身后。他的扇子上这次竟然拴了个黑色的扇坠，在身后晃晃悠悠。扇坠略大了些，有点像文人墨客用的闲章，形状也谈不上规整，配着他的白衣，倒也另有一番雅趣。同学们三三两两跟在老师身后，边看边评点。看了器物，又去看墙上挂的字。

墙上挂了几幅字，均是女书法家萧娴的。

萧娴本是贵阳人，书法师从康有为，一九四九年后一直寄居宁州，被岁月遗弃，默默无闻。

前几年，随着沈从文热、启功热、张爱玲热，文化界流行起"打捞"曾经的文化名人了。原来在那些肮脏的弄堂里，在低矮的房檐下，还"谪居"着一批曾经响当当的人物，于是有关部门开始"拯救"，挨家挨户搜寻，看到老头老太太立即查验，号称要留住文化的"根脉"，全然忘怀了也是他们毫不留情地把这些"根脉"扫出去，赶到弄堂的。

萧娴就是被这"考古"一样的搜寻发掘出来的。九十多岁的老太太突然就红了。好在老人家功力深厚，缝衣浆裳了几十年的手尚拿得动笔，人也纯朴，出席各种场合不需要拿糖地车接人搀轮椅推，自然广受欢迎。

宁州人就像江南的风景一样清秀雅静，但外表柔弱谦和不代表内心不飞扬张狂，宁州人就很喜欢请老太太写"大江东去"，不仅因为老人家确实把这几个字写得大气磅礴，出神入化，而且赤壁鏖战以少胜多打败了来势汹汹的北方人，从典故里也透着宁州人一点点的傲气。

导师饶有兴致地一幅一幅看萧娴的字，看了"大江东去"，也看了"飞雪迎春到，心潮逐浪高"，一边看，一边微微颔首，有时候还点评一两句，但看到最后一幅"龙飞云天外，骏马自行空"时，他竟然念成了"龙飞云天远",但看清楚是个"外"字时,愣了一下,似有所思,嘴里还念叨着"龙飞云天外,龙飞云天远",又摇摇头,过了一会儿才慢慢转过身来,还是摇了摇头。

我当时会错了意,以为导师对艺术品有兴趣,余兴未尽,就上前一步说:"旁边还有一个小型的私人藏品展,有几件器物相当不错,您要不要去看看?就在左近。"

导师右手拿着扇子,正轻轻击打着左手的掌心,嘴里好像还在这个"远"字和"外"字之间推敲,听得我说话,似乎想都没想,就顺口应道"好呀"。

由于是中秋节,办展的人或许着急回家团聚,我们到展厅的时候,展厅已经关门了,一把红色的U形大锁横在展厅的两扇玻璃门上,牢牢地把着大门。

几个同学扒着玻璃门往里看,展厅光线还并不很暗,也能看到里面的展品,我为了让导师看得真切,还打开了手机自带的手电筒功能,边往里照着边给他介绍。

其他的展品我当时也是草草看了下,就重点介绍了那件掐丝珐琅器,我看导师似乎蛮感兴趣,就有点卖弄地说:"我其实在海外还见过一件与这件基本一样的,也是羊尊,这两件器物最特别的还不仅仅是它们的造型,而是底足,竟然都不是传统的铜镏金的做法,而是用镶嵌手法,在每只底足上都镶嵌了一块黑色的石头……"

"黑石头?"导师透过玻璃门,目不转睛地盯着那件器物看,听我说到石头,就转过脸来,看着我问道,"你看得真切?真是石头?"

手机的手电筒聚焦能力太低,照过去光线已经散了,但依然隐隐约约能看到那羊尊是踏在四块方形的石头上的。"好像是黑曜石,如果是后配的,也一定出自行家之手,不仅浑然一体,而且我觉得比传统的做法更显高贵。"我继续卖弄道。

导师似乎更加来了兴趣，他把眼镜推到额头，歪着脖子，试图变换着角度往里看，动作有些滑稽，但神情异常严肃。

"您是不是觉得这件器物很特别？"我见导师如此专注，就讨好般地问道。

"很奇怪。嗯，是很特别。"他有点心不在焉地回应。

去展厅时，郝安民没有跟着，他留在餐厅那边安排酒水，等安排好了之后，就跑过来喊我们上桌。

听到郝安民的喊声，导师也只是"嗯"了一声，过了好一会儿，才颇为不舍地把目光移开，见大家在看他，就笑笑说："都是老祖宗留下的文化瑰宝呀。"他用手推了一下我的腰，"走吧，咱们吃饭去。"

郝师兄还是个摄影爱好者，每次聚会，他都是义务做摄影师。看导师进到包房坐下了，他就招呼着大家照相。导师坐着，我们轮次上前站在导师背后与他合影。郝师兄还请一个小服务员帮忙，给我们拍了张大合影。等这些忙活完，他才开始招呼大家入座。

服务员已经进进出出好几趟了，似乎有意催促上菜，但并没有造次行事，显然是训练有素。我们在屋里说话时，服务员都很自觉地站到门外，看我们全落座了，才进来布置盘勺杯筷。

郝师兄坐在导师边上，另一侧师姐当仁不让地坐了，我们三个新生也自觉地坐在最下首。菜是已经安排好了的，这里不像其他饭馆，菜都是要提前准备的，所以餐厅把菜单发给我时，我就把菜单给了郝师兄看，他调整了几个，我也嘱咐了餐馆，不要放生葱之类的。

餐厅已把菜单打印好，放在了桌子正中间。

师兄趁导师坐下端茶喝水时，把菜单拿过来呈给导师看。导师喝了一杯茶，缓了缓神，刚才有些发白的脸色也渐渐恢复了正常，他看了一眼菜单，又抬头看了我一眼，微笑着说："我以为也要看菜谱点菜呢，土了不是？既然安排好了，那就悉听尊便吧，大家说好不好？"

大家自然都说好。

饭菜做得精致可口，大家吃得都很开心，酒自然也就多喝了几杯。

导师的情绪也似乎被带动了起来，他一如既往地接受了每个人的敬酒，也回敬了每人一杯，还用扇子打着节拍，饶有兴致地听大家竞相吟诵古今贤达关于中秋的诗词名篇，看上去与往日并无二致。

我坐在导师正对面，看到他与大家说说笑笑，也依旧出口成章、妙语连珠，但今天有些奇怪，他眉宇间时不时流露出一丝淡淡的忧伤或哀怨，那情愫凝聚在眼窝里，就好像霜降过后还没有被采摘的葡萄，在枯干的藤架上无助地闪烁着冰冷的残芒。

月亮升起来时，我们吃了酒店赠送的月饼，师姐和几个同学还硬拖着导师到阳台上去赏月看夜景，银白的月光洒在阳台上，洒在他们身上，更映衬得一身白衣的导师脸色苍白，神态迷离。

酒宴向来都是热火朝天开始，意兴阑珊结束。我在大家都倦怠时悄悄去买了单，我知道，即使是 AA 制，这餐饭下来，对不少经济状况一般的同学也是不小的压力，既然是我选的地方，也就没有必要再把这压力转给大家了，聚餐，本来就是开心的事。

导师多喝了几杯，倒真的有些醉了，他虽努力维持着自己的风度和形象，但离开的时候，走路已明显有些踉跄。

郝师兄也喝了不少，他脚步凌乱地拉了我一起去送导师，走到了导师所住的楼门口，我才猛然意识到，原来导师不仅跟我住一栋楼，而且是同一个单元，他住在二楼，我住在四楼，中间只隔了一户。

导师从兜里掏出钥匙，郝师兄接过来，把房门打开，但他并没有进去，我搀了导师，刚迈进一只脚，郝师兄就从后边拽住了我的衣服，把我拽了出来。

导师进门开了灯，换了鞋，也并没有邀请我们进去，只是扒着门框跟我们说了声晚安，就轻轻将房门关上了。

我喝得不少，刚才送导师时被冷风一吹，酒劲直往头上冲。下得楼来，我正犹豫是直接回去睡觉还是去找刘方和吴双他们，郝师兄却拉了我一把，说："走吧，大过节的，我约了几个人，我们小范围去喝点啤酒聊聊天。"

"小范围？都有谁呀？"我僵着舌头问。

"去了就知道了，走吧。"郝师兄神秘地笑了笑，不容我分说，拖了我就走。

我跟着郝师兄走进东坡酒吧时，才发现刚才聚餐的人除了师姐和几个年龄大点的师兄不在，其他人已全部转战到了这里，我俩一进来，大家就笑嘻嘻地鼓起掌来。

"刚才你请了我们，这一轮是我们请你。"郝师兄一边把我按在椅子上，一边让大家倒啤酒。

"是呀，本纪，你仗义，我们也不能忘恩负义。同学一场，情深似海，何况我们还是杨门弟子，来吧，我们敬本纪。"与我同届的孙晓光率先举杯提议。

我本来就有些晕乎乎的了，哪里还招架得住大家的来回敬酒，没有多久就醉意翻涌，脑子不听使唤了。连自己怎么离开的酒吧，怎么回家睡下的，都全然不记得了。

九

　　我是被一阵急促的电话铃吵醒的。

　　电话是吴双打来的。

　　"你再不醒来，我就要去捶你的门了。你快过来。"她的声音显得很气愤也很焦躁。

　　"火急火燎的干吗呀？这才几点啊？"我把手机从耳边移开看了一眼时间，还不到早上六点，手机里显示有七个未接电话，都是她打来的。

　　"你马上给我起床，立刻过来。自己做的事情装什么糊涂。"她语速很急，口气生硬，电话"啪"地就挂了。

　　酒喝多了，脑袋很痛。打个嗝，满嘴都是腐臭味。睡前不仅没有刷牙、洗澡，连袜子还都在脚上穿着呢，昨晚穿的衬衣和裤子，被胡乱地扔在床前的地板上。

　　昨晚一定醉得很狼狈。

　　"一大早就这样催命，我做错啥了？"我一边嘟囔着，一边飞速起床，随便洗了把脸。我知道，吴双不是个爱发脾气的人，她这样怒气冲冲，一定是出了什么乱子。

　　我匆匆赶到吴双房间的时候，她正焦躁不安地在房间里踱来踱去。

　　"怎么了姑奶奶？出啥事了？你这一惊一乍的，把我心脏病都吓出来了。"一见面，我冲她嚷嚷道。

　　"你小点声。"她一把把我从门口拽进来，反手把门锁上，低声冲我恶狠狠地说，"赵本纪，你可真不让人省心，你这是要作死呢？"一边说着一边在我胳膊上使劲拧了一把，感觉不解气，又冲我屁股上狠狠地踹了一脚。

　　"到底怎么了？你吃错药啦？"我站在那里，丈二和尚摸不着头脑。

　　"还跟我装？"她气得眼泪都要出来了，指着我的鼻子，"你现在胆子越来越大了，你怎么能干这种事？你知不知道这是犯法呀。"她一边咬牙切齿地埋怨，一边用手指着沙发后面的皮箱，"你自己干的事情，自己不清楚？"

　　"祖宗，我干啥了呀？这大清早的，一顿把我臭骂，你又不是不知道，我昨晚肯定喝多了，现在脑袋还难受呢。"我揉着屁股，一脸无辜地说。

　　"还说喝酒，还说喝酒。"她扑过来，对着我胸脯又是一阵猛捶，眼睛里却满是眼泪，边捶边说，"迟早有一天，你就毁在这喝酒上。"

　　我抓住她的手："祖宗，你先别着急，到底出啥事了，你得让我死个明白呀。"

　　"你自己去看吧，就在箱子里。"她依然气鼓鼓的。

　　"箱子里能有什么呀？还能藏着个老虎？"我一边说着一边走过去，刚蹲下要伸手去揭箱子盖。

　　"你先别动。"她突然又抢在我前面，制止了我，然后拿起沙发边上的一块毛巾，包住了手，似乎运了一下气，轻轻地将沙发后面的箱子盖掀起了一道缝，那架势，好像箱子里面随时会钻出一只能吃人的猛兽。

只看了一眼，我的脸登时吓得煞白，本来还有些迷迷糊糊的脑袋咯噔一下就全醒了。

箱子里面倒是没有藏着老虎，那件昨天还在楼上展厅陈列着的"掐丝珐琅羊尊"正老虎一般兀立在箱子里，支棱的羊角就像两把带着寒芒的利剑，把我扎得从头冰凉到脚后跟。

"我的天哪！"我倒吸了一口冷气。

"阿本，这可不是恶作剧，你这是在犯法呀，喝多了酒也不能……"她见我也愣在那里，就把我拖到床边，按到床上坐下。

"你等我一下。"我好像缓过了神，伸出手去，打断了她。我坐在床上，脑子里一团乱，但总感觉哪里有些不对，但又不明所以，"我得好好想想，这怎么可能呢？这也太奇怪了。"

她没理会我在那里嘟嘟囔囔，又叉着腰，瞪大眼睛盯着我，似乎盯着我就能看穿我身上藏着的秘密，那眼光里夹杂着气愤、忧虑和难过。

我意识到了事态的严重性，也明白了她的着急和惶恐。

我极力去回想昨晚聚会后的事，送走导师，我和郝师兄他们又在东坡酒吧喝啤酒，但什么时候喝完的，我怎么回家的，大脑却空白一片，什么都想不起来。

难道真是我干的？我喝完酒又回酒店了？我仿佛掉进了冰窖里。

"你什么时候发现这东西的？"我大喘了口气，手哆嗦着给自己点上了一支烟。

"你还有心抽烟？咋办呢？快想办法呀，得给人家送回去呀。否则，抓到你会判你坐牢的。"她焦躁不安地说，但并没有上来把我的烟抢过去扔掉。

"唉！"我叹口气，无奈地说，"送回去也晚了呀，送回去就能没事呀？"

"那怎么办？我刚才想了，只能我去自首了，就说是我拿的。否则，你这一辈子就完了，你们老赵家名声也完了。"她说着，眼泪又流了出来。

我的心又咯噔一下子。

"你去自首人家就信啊？你去坐牢你这一辈子不就完了？"我抢白她道，"我一点印象也没有。你怎么就那么肯定这东西一定就是我偷了放在这里的？"

她愣住了，大张着嘴巴，好像不相信自己的耳朵，顿了半晌，才说道："天哪，你酒劲还没过去呀？赵本纪，你清醒一下好吗？除了你有钥匙，谁还进得了这个房间？服务员还没有来收拾呢，我又没碰那东西，它还能自己长腿跑来呀？"

我知道她误会了我的意思："你先不要着急，咱俩分析一下。肯定不是你拿的，你开不了那大门的锁；有可能是我拿的，因为我昨晚确实喝断片了，我自己都不记得怎么回去的。可是，也有可能不是我拿的呀。你想啊，我为什么要拿这个东西？为了卖钱？还是为了好玩？"

"是呀，拿人家这东西干吗呀？又不是咱们自己的。唉！"她叹口气，似乎如释重负，"只要不是你拿的，我还担心什么？吓死我了，这可不是闹着玩的，这是犯罪呀！"她边说着边拍了几下脑门，又突然如梦方醒，"不对呀，阿本，你有一次喝多了酒脑子不听使唤，还稀里糊涂地把邻居家的门打开了，你还记得吗？你昨晚说不定又犯这毛病了，一下午你就一直在那里拿这个东西的照片看。你想，要不是你拿的，谁会偷了不拿走，放到我的皮箱里呢？再说，他们也进不来我的房间啊。"她又紧张得哆嗦了起来。

"你先别那么紧张。这东西肯定不是你拿的。那只能有两个选项：一是我，喝多了，恶作剧也罢，故意也罢；但还有一个可能性，那就是别人拿的。你说别人没有钥匙，进不来你的房间，可是你想想，能从上了大锁的展厅里把这东西偷出来，进你这房门还有难度吗？"她被我问住了，呆愣着，半天没说话。

我接着说："聚餐前，我们同学还一起过去看展览，只是当时展厅锁门了，只在门外瞅了几眼，当时它肯定还在那里，我拿手机的手电筒曾照给导师看。我好多同学都在场，那门确实被一把 U 形大锁锁着，这玩意儿啥时候跑你箱子里的呢？你昨晚啥时候回来的？一回来就发现了吗？"

她没有跟我争辩，皱着眉头，似乎在回想，但我知道，她肯定还是认为是我拿的，我并没有说服她，别说说服她，我连自己都很难说服。

"昨晚我回来的时候应该十二点多了，刘方送我回来的，他没上楼。我回来时房门肯定是锁着的，灯也没亮着，我回来就洗漱睡觉了。我当时也没看箱子呀。要不是睡梦中突然想到今天咱俩要去金牛湖玩，总要拍些照片，我那个相机一直在箱子里，估计早就没电了，就一骨碌爬起来去充电，一开箱子就看到它了，我都吓傻了。一直给你打电话你也不接，我也不知道是几点了，本来还想充上电再睡一觉的，现在可好，吓都吓死了。"

"那你回来的时候发现房间有什么异样吗？睡觉也没有听到什么动静吧？"我又多问了一句。

我知道，事已如此，害怕也没用了。我逐渐变得冷静起来，感觉这里面好像还是有很多疑点的。我即使喝多了酒，犯浑，也不至于去碰这件对我来讲毫无用处的掐丝珐琅器，再说，如果我拿了这东西，为什么不带回自己的住处，而要把它放到吴双的皮箱里呢？但如果不是我，谁会去碰呢？偷了东西不拿走，藏到吴双的皮箱里又是什么意思？

"没有什么异样。服务员上午打扫卫生，一般情况下晚上也不会再进来的。我睡觉前门上都会挂防盗链，早晨给你开门时，防盗链还在上面挂着，那说明晚上，至少我睡觉期间，没有进来过人。"

我摇了摇头："把这种防盗链摘下再重新挂上，对一个技术好的小偷而言，比用火柴点支烟还简单，这说明不了什么。不过，应该不是你在时进来的，有人进来搬弄箱子你能不会醒？"

"那会不会是酒店服务员？可服务员为什么要偷了放到我这里？"

"似乎也不会。"我摇摇头，"如果是服务员藏东西，他们完全可以找个没人住的房间，现在又不是旺季，那么多空房呢，你说是不是？"

"那现在怎么办？咱俩报警吗？我一直害怕是你拿回来的，不敢报警，如果不是你，那咱们赶快报警吧。给刘方打电话？"她一边说着，一边站起身来。

"你咋还变成急脾气了呢？"我一把拉住她，"我说了，我记不起昨晚做的事情了，那要真是我一时糊涂去拿了呢？"

她又愣住了。

过了足有一分钟她才似乎醒悟过来，恼怒道："赵本纪，你这是要活生生折磨死我呀，到底是不是你干的？"

"我真的不知道。"我一脸无奈，"我只是觉得我不会干这事。但我昨晚确实喝多了。"

"那现在怎么办呢？咱俩得想办法，我不能眼看着你去坐牢呀！"她急得满脸通红，汗都要冒出来了，跺着脚说。

我看了看手表，快七点了。我知道，无论这后面有多么复杂和曲折，但这东西现在绝对不能留在我们手里，再晚些就真的说不清楚了。

我学了她的样子，也拿了毛巾包了手，打开箱子，把那件"烫手山芋"搬到桌子上，拿出手机，拍了无数张照片。

吴双愣愣地看着我忙活，没有说话，也没有过来帮忙。

比尔送我的那套专门开锁的工具就在车里，我从北京带了过来，只是以防万一。二叔交代我的正事中就包括要了解一下沈家竞标南水北调工程的思路和方案，我琢磨着说不定哪天用得上这套工具，也就随手带了来，藏在了汽车后排座位下面的缝隙里。

我并没有下楼去取工具。

昨晚和导师在展厅外边，我看到了那把 U 形锁，虽然很粗，但并不难打开，以我的技术，打开它用不了十秒钟。

"你的发卡呢？拿两个出来，捋直给我，然后穿衣服。"我一边拍照，一边背对着吴双说。我知道她有黑色的那种钢条发卡，洗脸时用来夹着头发。

她没明白我的意图，愣了一下，但还是慌慌张张地照做了。

吴双穿好衣服的时候，我已经将那件掐丝珐琅器装到了一个印着酒店标志的枕头套里，我把风衣披在身上。那件东西很沉，胳膊根本夹不住，我得用一只手使劲托着那器物的底端。好在风衣比较大，我又是披在身上，从外边不容易看到我手上的动作。吴双走在我边上，帮我遮掩着那只姿态很不正常的胳膊。

住酒店的人本来就不多，又是中秋节后的一大早，四周静悄悄的，我俩在走廊里没看到任何人，只有一名早起的服务员正从员工电梯里出来，抱了一大捆洗得雪白的床单，脸和身子都被成捆的床单遮住了。我俩经过时，服务员没停步，但嘴里还是说了声"早上好"，那声音从一大捆床单中传出，闷闷的，连男女都分不清。

行政楼层更是楼道昏暗，全无人声，就像一个闲置多年、没人关注的防空洞，只有楼道另一头的咖啡厅灯光较为明亮，但也没有听到什么声响。

走到展厅门口，我拽了吴双一下，她立即会意地蹲下，装作系鞋带。我只瞥了一眼那个挂在门上的大锁，就立即明白这事肯定不是我做的。

每次做事，我都会严格遵守比尔的教导，离开时清理现场，然后把锁按照原样锁好。

不做破坏，不留痕迹，这是比尔驰骋"偷界"几十年从未翻车所坚守的铁律。

现在，锁开着，斜着挂在大门的把手上，好像明显地在提示着经过的人，这里出状况了。只要有人有意识地多看一眼，就一定会发现问题。当然，现在展厅里还黑咕隆咚，没有人经过一片黑咕隆咚的展厅时会停下脚步专门盯着门上的锁看。

我轻轻推开门，抬脸观察了一下，没有发现闪着小红点的监控镜头，也没有任何的红外线监控设备，但我还是把风衣的帽子往脑袋上一罩，一个箭步冲进展厅里，在一片黑暗中寻到摆放那件珐琅器的台子，快速把手里这个烫手的山芋还了回去，取下枕头套，没做任何停留，旋即出了门。

吴双还蹲在地上装着系鞋带，她的手不停地把鞋带解开又系上，系上又解开，眼睛却警惕地盯着前面亮灯的咖啡厅。

我闪出了门，轻拍了她一下，她被吓了一跳，差一点叫出来，一看是我，二话没说，拽起我一只胳膊就狠狠地咬了一口。

我被咬得龇牙咧嘴，却不敢出声，冲她做的 OK 的手势也只做了一半就赶紧去抚摸那被咬出牙印的胳膊了。

我俩刚要离开，我突然又看到那把锁，就从衣兜里取出手机，对着那把锁，连拍了几张，然后用枕头套包上手，从外边把大门锁上了。

我拍照时，手机的闪光灯亮了，吴双惊恐得要命，她又是推又是拽又是掐，直到把我手机抢下，才把我从展厅大门口扯走。

行政楼层的咖啡厅虽然亮着灯，却并没有人，连服务员也没有，自然也听不到标准得就像复印出来不带任何感情色彩的"早上好"的问候。

我和吴双当然知道这里七点半之后才会有早餐，但吴双还是装作如梦初醒的样子，拍了一下额头，说："哎呀！来早了呀，这里写着七点半才开始供应早餐呢。"似乎自言自语，又像是说给别人听。她虽然是编剧，整天在演艺圈子里混，但她的演技实在太拙劣了，我拼命忍住笑，拉着她的手从客梯下了楼。

一进到房间，吴双赶紧反锁上了门，不停地用手拍着胸脯，说："快吓死我了，你以后可不能再这样干了。"

我没说话，把灯打开，风衣都没脱，就直接趴在床上，从兜里拿出手机，把刚才拍的那把锁的照片放大了看，一边看，一边摇头。

吴双见状，一边把风衣从我身上扒下来，一边也趴在床上，凑过脑袋来，跟我一起看，看了半天，也没看明白，就说："这有什么好看的？"

"好看的？"我白了她一眼，"这里面学问大了。"

我把锁眼的地方放大，指给她看："你看，锁眼这边上有一些新的擦痕，用钥匙开锁不会出现这种状况，但锁也不是被暴力强行打开的，锁眼被破坏的痕迹并不明显，说明开锁的人用的是专业的工具，而且手法还算娴熟……"

"好像你很内行的样子，这能说明什么？"她打断我的话，对我的分析不以为然。

"说明昨晚不是我干的，一定另有他人。"我很肯定地说。

"另有他人？"她冷笑一声，露出一副极为不屑的表情，"早说呀，早说另有他人，我才不陪你去把那破玩意儿还回去呢，我就报警了。小偷缺心眼啊？偷了东西不拿走，放到我的箱子里？都说贼不走空，对吧？那贼进了这房间咋不拿点东西走？我的电脑就在桌子上，怎么也值万把块钱吧。还有，既然小偷打开了箱子，为什么不把相机顺手拿走呢？这个单反相机，也值不少钱呢。我刚才看了，房间里什么东西都没丢。这是啥小偷啊，不拿东西还给我们送礼？赵大少爷，您哪，就别狡辩了。这事过去了就算了。东西呢，咱们已经给人家还回去了，即使将来查出来，我们也没有毁坏，也没有变卖，我们道歉，接受处罚，也没有什么大不了的。但是，以后喝酒你再敢喝这么多，再这样胡闹，就别怪我跟你翻脸。"

她认定这事就是我干的，我也只能苦笑。是呀，如果是另有他人，这人这样做是图什么呢？总不至于是闲得没事搞的恶作剧吧？

我们出去玩的时候，吴双已经把这事放下了，她玩得很开心，架着相机，跟许多摄影发烧友一起，拍了很多北雁南飞的照片。

"这些大雁啊，说不定都是从内蒙古草原飞来的。"她一边得意地欣赏着自己拍的照片，一边轻轻哼着"天苍茫，雁何往，心中是北方家乡"的曲调。

我对她早晨对我的分析鄙夷不屑还耿耿于怀，就挖苦道："哼，你算哪门子草原上长大的人？连马都骑不好，还心中是北方家乡呢？"

"懒得搭理你。"她白了我一眼，把相机收好，放到包里，把包往我脖子上一挂，说，"不会骑马就不是草原人啦？我妈妈是纯正的蒙古族，一辈子都没有走出过草原，我就生在蒙古包里，你说我是不是草原人？自以为是的人，你对真正的大草原才了解多少呀？！"说完，她就撇下我，自己继续哼唱着"鸿雁，向苍天，天空有多遥远"，蹦蹦跳跳地跑到湖边看几个老农撒网捉鱼去了。

吴双很少提起她家里的事，但我知道她是个苦孩子，从小就没有父亲，八岁时妈妈也去世了，她跟着在南方打工的舅舅长大，舅舅舅妈对她似乎也不好，她凭着一股韧劲考上大学，之后就很少回去了。

她说她是蒙古族时我们都不相信，除了热情、豪爽、仗义，她简直跟蒙古族沾不上一点边，尤其是长相，也许是青少年时喝的多是南方的水吧，她长了一副江南人的清秀模样。

金牛湖景区很大，配套设施也很完善。我们去农家乐吃了饭，还在老农果园里买了很多新鲜的水果，回来的时候，吴双提议顺路给刘方送点水果去，她说刘方值班很辛苦，跟苦行僧差不多，说得好像苦行僧不会自得其乐一样。

一打电话，刘方果然在。

吴双对这里已经熟门熟路了，连看门的保安都认识她了，进大门不仅没费劲，保安还指挥着让我把车直接停进公安局的院子里。

由于是节假日，办公的人不是很多，但也不是门可罗雀。

我停车的时候，就看见旁边一楼亮着灯的窗口底下站着个浑身脏污的小伙子，那站立的姿势很怪异，仔细一看，原来他的一只胳膊被铐在窗户的护栏上了。没有人管他，小伙子也很安静，不吵不闹，眼睛东瞅瞅西看看，就像拽着扶手乘公交车一样。

我从车里往外拿水果时，那小伙子看见了，就冲我龇牙笑了笑，说："给个苹果呗。"

我一抬手，扔了一个过去，小伙子很麻利，伸出没被铐住的手，"啪"一下就接住了，在身上蹭了两下子，就直接啃起来。

"嘻，多脏啊，你也不给人家洗洗。"吴双一边埋怨我，一边取了湿纸巾，走过去递给那个小伙子，让他擦擦。

小伙子头都没抬，也没接吴双递过去的湿纸巾，继续闷头啃他的苹果。

保安站在大门口，抽着烟，一副见怪不怪的神情："别管他，这种人不值得同情。人不大，却是个惯犯，整天小偷小摸，一个月总要进来两三趟，怎么管制都没用，放出去还是偷。"

吴双给保安送了些水果，带我上楼的时候，她盯着我看了一眼，那眼神意味深长，看来，她认定那东西就是我"拿"的。

刘方的办公室在二楼的楼道口。

我俩推门进去的时候，他正半躺在靠背椅上假模假式地看书，脚就搭在桌子上，桌子一旁的茶几上，横七竖八地摆着几个饭盒，里面是没吃完的饺子、鸭脖子。

我把拎着的水果放到茶几上，用下巴指了指那些饭盒，说："这是你的晚饭？"

刘方忙不迭地站起来收拾桌上的残羹冷炙，说："嘻，这是因为过节，改善一下，平时我的晚饭是那个。"他用手指了指旁边桌子上的几盒方便面。

我掏出烟，扔给他一支，自己也点上了一支，学着他的样子，半躺在他刚才坐的椅子上，把脚也搭在桌子上，吐了个烟圈："这人民警察当得也忒清苦了吧，吃这破方便面咋能破案子呀？"

刘方一边忙着收拾茶几，一边指挥着吴双找杯子倒水，听我这样说，就直起腰来，说："你不用这样阴阳怪气的，破不破案子跟吃啥没关系。警察忙起来，能顾得上吃方便面就不错了。要是整天没有案子发生，不用出警，让我顿顿吃方便面我都乐不颠儿的呢。"

我看他认真起来，就笑了，说："今天咋样？四海升平，一片和谐安宁，所以你才优哉游哉地在办公室看书吃泡面？"

"什么呀，我这屁股坐那里椅子还没热乎呢。几个同事刚回去，今天已经出警好几次了。这不，一起吃的饺子我还没来得及收拾呢。"他发着牢骚。

"当警察真不容易，这犯罪分子大过节的也不消停消停。人家警察也是人，也得过节团圆啊。"吴双一边擦杯子一边说。

"要是都像你这样体谅我们这些当警察的就好了。犯罪分子已经把我们折腾得够受的了，总还有些人，唯恐我们不忙，搞恶作剧，报假警，以遛警察为乐子，这种人才更可恨呢。"

刘方终于把茶几收拾干净了，把我刚才扔给他的烟点上，靠在桌子边上愤愤不平地说。

"这是啥居心啊？吃饱了撑的？损人不利己白开心？这种人多吗？"我一边翻看他正读着的侦探小说《另一方玩家》，一边随口问道。

"多吗？"刘方那语气似乎是说我这问题问得很幼稚，"哪天不都得有几起呀。"他见吴双擦好了杯子，正从茶几上把茶叶筒拿起来，就忙制止道，"别喝这个，别喝这个，大编剧来了，咱喝好茶。要是阿本自己来呀，给他点白开水喝就不错了。"

"真是个重色轻友的家伙。"我对他的玩笑话并不在意，用搭在桌子上的脚示意，说，"我白给你带了水果。"

"那肯定也是吴双提议的，你没那么善解人意。"他丝毫不领情。

"哼，"我抗议道，"没良心啊，至少我没投反对票吧，不也是我载着她来的不是？"

刘方没理会我的抗议，他从腰上取下一串钥匙，打开门后一个柜子上挂着的大锁，拉开柜门，从里面取出一筒新茶叶来，打开闻了一下："嗯，香，喷喷香。一哥们儿送的，我要不锁起来，早被这帮坏小子给我偷喝了。这样好的茶叶只有我们才华横溢的大编剧配喝。"他边说着边把茶叶递给吴双，也不忘揶揄我两句，"给他少放点，这么好的茶叶让他喝都白瞎了。"

吴双一边抿着嘴笑着看我俩斗嘴，一边接了茶叶去泡茶。

刘方忙活完了，就拉了一把椅子，坐下来，说："总算能歇会儿了。这一天，把我这腿给遛的，今天差点还跑你们酒店一趟呢。"

"我们酒店？吴双住的那个？咋啦？发生入室抢劫啦还是杀人越货啦？"我打趣道。

"要是那样的话，我就先把你定成嫌犯。"他接过吴双递过来的茶，喝了一口，禁不住啧啧称赞，"好茶就是好茶，透着一股子清香。"

"吊人胃口是不是？酒店咋啦，要去你们酒店？"我饶有兴趣。

"没咋。"他又喝了一口茶，"一大早，110接一电话，说酒店正办着展览的小展厅失窃了，有报案就得出警啊。我们一边准备出发，一边跟酒店保安部核实情况。结果，我们都上车了，那边打回电话来，说啥事也没有。这不又是一个拿我们开涮的吗？"

他说酒店展厅失窃时，我看到吴双正端着的水杯差点掉到地上，她张大了嘴愣愣地看着我，脸色立时变得煞白。

刘方正背对着她，没有看到她的失态。

我突然觉得这事有点蹊跷了，就把脚从桌子上拿下来，人也随即坐了起来。

念头一旦产生，就很难按捺住。我在头脑中快速思考了不到半分钟，就决定把这件事向刘方和盘托出。

我当然没有说我在英国偷了一些流失海外的文物捐给国家的事。

我只告诉刘方，我以前曾见过一件与正展览的这件掐丝珐琅羊尊非常像的古董，有些好奇，还拿起来看了看，没想到，那件东西竟然到了吴双的箱子里。

"这件事既然如此诡异，你为什么不报警呢？还要悄悄把那东西送回去，你到底是怎么想的？"刘方很耐心地听我把整件事情叙述了一遍，沉默了一下，很不客气地问。

吴双一开始见我要把事情说出来，极为诧异，拼命给我摆手，让我不要说。听到刘方一连串的发问，她又一副幸灾乐祸的神情，端着茶杯，看我怎么自圆其说。

"昨天晚上我喝太多了，脑子断片了，因为饭前陪导师和同学又去看了一次展览，那件器物一直萦绕在我脑海里，我也怕是自己喝昏了头稀里糊涂地干了傻事，当时的第一反应当然是立即送回去。"我老老实实地回答。

"你送回去了，所以，酒店保安部检查发现东西没丢。那是你拿的时候被人看到了，还是你送回去的时候被人看到了？"刘方是做刑警的，问话时不自觉地就带着陷阱。

"我送回去的时候，才意识到那东西绝不是我拿的，所以，就不存在我拿它被人看到的问题，送回去的时候还不到早晨七点，应该没有人看到。"我留意了他问话的陷阱，没有顺着他的思路往坑里跳。

"几点？早晨七点？"我掉不掉沟里，他并不十分在意，但他对我还回去的时间似乎有些疑虑。

"不到七点，楼道里一个人也没有，他唰地就进去，唰地就出来了，里面黑乎乎的，没人看见，展厅都没上锁，还是他出来后把门锁上的。"吴双补充道。

"七点？这有点不对呀。"刘方摇了摇头，他站起来，抄起电话，拨了几个号码，等那边"喂"了一声，他说："小李吧？你当班啊，我是刘方，你帮我查一下，上午有个报案的，说时代大酒店展厅失窃，你看看报案人是几点打来的电话，电话号码是哪里的，我在办公室，你查到告诉我。"

放下电话，他接着说："是不是因为展厅没上锁，所以你怀疑自己晚上喝多了酒，神志不清楚，稀里糊涂地跑进展厅把人家的东西抱出来了？"

"不是。"我很坚决地说，"我和导师几个人去展厅的时候，那时候是上着锁的，我们没有进去，只在门口观望了一会儿。后来我们一直在旁边的房间吃饭，导师有些不胜酒力，我和另外一个同学把他送到家，那时候我还很清醒。再后来我们又去东坡酒吧喝了一场，喝多了，怎么回家的，我不记得了。我也不记得后来去没去过吴双的房间，但我肯定回家就睡了，是吴双一大早打电话把我叫醒的，她是早晨五点多发现了那东西在她箱子里。"

"五点多？"刘方似乎又吃了一惊。

"是五点多。"吴双解释说，"阿本到的时候差不多六点了。我昨晚回去就睡了，也没有检查房间是否有什么异样。都睡了一觉了，突然想起今天要出去拍照，我那相机在箱子里放着一直没充电，早晨再充时间恐怕来不及。我就开了灯，从被窝里钻出来。可一打开箱子，我就被吓得魂飞魄散。你也知道，我并不是一个胆小的人，我当时的第一感觉就是，这事肯定是阿本干的，这两天他一直在惦记这件景泰蓝，还拍了照片，在电脑上研究。我赶紧打电话给他。他喝多了，睡得跟死猪一样，电话一直不接。我只好过一会儿打一次，过一会儿打一次，打了八回，他才赶过来。"

刘方很认真地听着吴双的解释，似乎想从她的话里听出点不一样的东西来。

他皱着眉头沉吟了一会儿，说："为什么你一看到那东西在箱子里，就立即想到是阿本干的呢？"

"没人有我的钥匙，除了服务员，谁能进我房间？再说，小偷干吗不把东西拿走，非要放到我箱子里呀？"吴双看了我一眼，似乎很忐忑地说。

"我也不是一定要放到你箱子里，除非是想吓你一跳。车里、我的出租屋里，都可以放啊。"我淡淡地辩解。

"阿本。"他转向我，说，"把东西还回去，说明你当时吃不准这事是不是与你有关，现在把这事说给我听，一定是你心里很清楚，这事肯定与你没关系。我猜得对不对？"

"你聪明。"我口气依然淡淡的，没有多说一个字。

"吴双认为是你干的，说明她知道你有动机，也有这能力。你一开始也怀疑是自己干的，说明你可能酒后干过，你失忆了，记不清昨晚干过的事，为什么你又很肯定这事不是你干的呢？"刘方继续卖弄着他的聪明。

我在心里琢磨着他这些话，也在急速盘算着要不要在他面前展现一下我的开锁"神技"。刘方放茶叶的那个柜子上就挂着一把锁，他刚才打开过，又锁上了。我用桌子上的曲别针去开这锁，绝不会比他用钥匙开费时更多。但我还是忍住了，我不想多此一举。

"我有吴双房间的钥匙，她不在，除了服务员，只有我进得去。我也确实对那件东西表示出了极大的兴趣。我喝多了酒，曾经稀里糊涂地把邻居家的门打开了，吴双知道这事。所以，她怀疑我，也有道理。我也曾经怀疑自己。但我还回去后，突然想起来昨晚的事了。还回去也许是个错误，但对我对吴双肯定都减少了麻烦。我不想惹麻烦。"

突然想起来昨晚的事是我现场胡编的，我当然想不起来了，但我没有必要告诉对方，那锁打开的方式与我的手法不一样。我确实不想惹这个麻烦。

正说着，刘方办公室的电话响了，是那个小李打来的。小李告诉他，报案时间是上午八点零五分，报案人为男性，匿名，未留联系方式，所用电话是个公用电话，离酒店并不近。

"蛮奇怪的，对吧？"刘方把小李提供的信息说给我俩听。我俩也是一头雾水。

"我还以为是恶作剧呢，看来还很复杂。"刘方放下电话，坐下来点上一支烟，"如果打报案电话的不是你，那这个报案人就有问题。"

"我当然没有报案。"我对刘方怀疑我报案很不以为然。"八点钟左右，我俩应该就在酒店吃早饭。"吴双也点点头，表示她当时与我在一起。

刘方没说话，继续皱着眉头："正常情况下，报案人应该是酒店保安部。我们打电话询问过，他们查看了一圈，说没有发现异常情况。那报案人如何知道酒店物品失窃呢？他是看到了展厅失窃，却没有看到你们还回去还是他本身就是制造失窃的人呢？当然，也不排除恶作剧，报案人说酒店失窃，而恰巧就真失窃了。"

"哪里有这样巧的事？"我对刘方的推理不屑一顾，"说不定就是这人干的。"

"当然，这种可能性不仅存在，而且很大。你知道，我们做警察的当然要考虑所有的可能性……"刘方还在解释，我打断了他的话，说："窃贼为什么不把东西拿走，却要放到吴双箱子里呢？是想嫁祸于人还是没有及时转移出去先找个地方存放？"

"不好说。"刘方摇摇头。"但有一条，"他说，"阿本，你把这事说给我听，这是对的。我是你朋友，也是警察，虽然暂时不能立案，但我会关注这件事的，我与你俩的感觉是一样的，这太蹊跷了。"他又把脸转向吴双，说："你确实仔细检查过，什么东西也没有丢吗？"

吴双笑了，说："我没有啥值钱的东西，最值钱的东西无非就是一台电脑、一个相机，都在房间里放着，小偷并没有拿呀。再说，我的东西再值钱，也比不过这件古董啊。"

"古董自己没长腿，不会无缘无故地跑到箱子里。"刘方没有笑，他沉吟了一下，"无论拿这件古董的人有什么动机，像阿本说的，是要嫁祸于人也好，是没来得及转移出去也好，至少，这两个目的都还没有实现，我本能地感觉这事可能还没有结束，说不定还会有其他后续动作。你俩呀，这段时间要警惕一些，我们也时刻保持联系。"

十

"我们都看过很多侦探小说，犯罪是要有动机的，这个贼这样做的动机是什么呢？"回来的路上，我开着车，吴双坐在副驾驶座上，皱着眉头问。

我白了她一眼，说："如果我知道，就不会把这事告诉刘方了。多一事不如少一事，谁愿意整天跟警察打交道呀。"

她没说话，皱着眉头一直沉思着。

快到酒店时，她突然好像发现新大陆一样，兴奋地说："这酒店应该有监控啊，至少楼道里是有的，让刘方他们查一下监控不就清楚是谁干的了吗？"

"或许是不方便吧。警方有自己的办事程序，酒店没有报案，也没有丢失任何东西。再说了，避开酒店的这种监控对有点经验的贼来说，就像翻过一道栅栏一样轻松，查估计也查不出什么东西。"我对她的新发现嗤之以鼻，顺手泼了点冷水。

我是在回屋后接到二叔电话的。

我刚洗完澡，正拿毛巾擦着头发，电话突然响了，拿起来一看，是二叔的。

"小子，越来越有出息了，竟跟你二叔玩捉迷藏，还'犹记否'呢。"二叔在电话里嘲笑我。

"嘿嘿。"我干笑道，"知道也瞒不过您，就是跟您开个玩笑。"

"你去宁州不光是为了读书，想着正经事，别一天到晚跟一帮狐朋狗友厮混，游手好闲的。"二叔张口就训斥。

"我明白，明白，不正在找机会吗？"我连忙点头应承。

看我态度挺好，二叔也就没再训下去，把话题一转，说："你发给我照片，我知道你啥意思，就直接把照片给当时接收那批捐赠的一位老专家看。他多年研究珐琅器，对这两件器物很熟悉，说一直传承有序，这件与你在国外弄到的那件原本就是一对。这件东西现在在哪里？你是怎么看到的？"

"是一位商人的，在一家酒店，正办私人藏品展，我也是偶然看到的。"我轻描淡写，没有提这件宝贝曾经鬼使神差地进过吴双的行李箱。

"嗯，跟我们估计的差不多。如果有机会，你可以把那件东西买下来。"

"买下来？"我有点没明白。

"对，东西虽是宫里的，但早就在民间收藏了。东西不错，但也没有价值连城，也不在国家禁止交易的文物名单上，我问了专家，行情价也就几十万。当然，你不一定要自己出面，请靠得住的朋友联系卖家悄悄买下就行。记住，买了，别声张，先放你那里，搁好，将来我说不定有用。"

"有用？有啥用啊？"我又问道。

"到时候你就知道了。我问过我哥，他说你手里的钱够用，你就去办吧。"二叔不容置疑地说。

"这……"

"别这这这的，让你去办你就去办，我有我的打算。沈家勤跑着点，尤其是嘉树那边，有事没事常去转转，别整天游手好闲的。买东西这件事，不要向任何人提起。"二叔说完，就挂了电话，留下我一个人光着屁股，对着空气发呆。

我不知道二叔葫芦里卖的什么药，神秘兮兮的，但我知道，他不想说的事情，纵是想尽办法旁敲侧击，他也不会多吐露半句。

联系藏家应该不难，展厅门口就有藏家简介。举办这种小型的私人藏品展，既有向朋友同行炫耀一下的味道，也有昭告收藏圈这些东西在我手里，可以相互置换和交易的意味。专业的藏家很少办这种展览，收到的东西也都匿影藏形、深扃固钥，等藏品形成体系或者足够丰富，或办博物馆或捐赠，当然，更多的人是留给子孙后代。

我根据藏家的简介在网上查了一下藏家的信息，信息不多，可见并非著名人士。藏家原来是做废品收购的，有了积累之后，专司纸张回收生意，应该就住在本市。

我本来想通过老康找一下这个藏家的电话，老康是知名的文化掮客，三教九流认识的人很多，可老康是个大嘴巴，越让他保密的事情他对外传播得越快。

通过刘方去打听当然最为保险。刘方是警方的人，找一个本市商人的电话肯定很简单，但刘方一天到晚忙得要死，吴双还总麻烦他，这件事再去麻烦他，我有点不好意思。再说，刘方多精明啊，我已经把这件器物的事跟他说过了，若是再提找这个藏家的联系方式，他一定会警觉，何必要多此一举呢？

我想到了杨超，他本来就在江海集团工作，肯定与商界有联系，正好我也可以凭这个借口去江海集团转转。

可杨超没在。

我碰到了嘉树伯，他正在电梯口送客人。

嘉树伯身材并不高大，但很有派头。头发梳得光溜溜的，穿着白色带袖扣的衬衫，发福的肚子藏在 Y 字形背带裤里，黑色的皮鞋擦得锃亮。

见到我，嘉树伯很热情，乐呵呵把我领到他的办公室，扔给我一根雪茄，自己也拿起一根，用雪茄钳剪好，用一个喷气打火机点着，猛抽了一口，又把雪茄钳和打火机扔给我，嘴里惬意地冒出一股浓烟，才往老板椅上舒坦地一靠，笑眯眯地说："今天不上课呀，咋突然跑这里来了？也不提前打个招呼。"

我每次来看嘉树伯，他都很忙，一共也说不了几句话。今天看他似乎还算悠闲，兴致很高。

我接过雪茄钳和打火机，又放到那个硕大的老板台上，自己从兜里掏出我的"中南海"，点燃了一支，说："我还是抽这个吧，您那个太冲了，我享受不了。今天专业课晚上才上，知道您忙，就没跟您打招呼，我过来本来想找杨超来着。"

"杨超出差了，可能要过几天才能回来。怎么样，那房子住得还舒适不？"他摆出了与我聊家常的架势。

"非常舒适，舒服极了，您和爷爷想得太周全了。"我站起身，再次表示感谢。

"你看，一转眼你都读到博士了，我认识你的时候你还是个腼腆的小男孩呢。老赵家后继有人，我替你爸妈高兴啊。"他以长辈的口吻说。

"您过奖了，我其实很不成器，您与我爸我叔叔都是至交，肯定也知道我过去的种种劣迹，知道他们为我操碎了心。"我有些不好意思，赶紧说。

他哈哈大笑起来："那当然。不过，谁都有这样的时候，年轻人嘛，都有逆反心理。我在国外时，也不愿意回来，经不住家父三番五次催促，只好回来继承家业。"

"我怎么能跟您比呀？您有着雄才大略，见识广博，我爸爸和叔叔们对您都极佩服，说您特别了不起，把江海集团经营得步步高升、如日中天。"我挑好听的话说，不过，也并不是给嘉树伯戴高帽，他确实不仅有魄力，而且懂经营，多谋善断，敢想敢干。他回国后才在沈老爷子的助阵下创办了江海集团，比黄河集团晚起步了十几年，但因为有沈家的声望，有他的精明和能干，江海集团气势如虹，与黄河集团已成分庭抗礼之势。

"我也是承继家族使命，骑虎难下。你爸才是时代造就的英雄，又有你两个叔叔辅助，加上你这个后起之秀，黄河集团大有一统天下的气势呀。"他笑呵呵地说，但语气里也似乎有一点不那么认同的情绪。

我装作没有听出他的弦外之音："我爸爸他们只是起步早，赶上了好时候而已，他们哪有您这气魄呀？我就更不行了，胡作非为，任性乖张，让家里操碎了心，这您又不是不知道。"我也不需要刻意掩饰，这些年，我一直离经叛道，玩世不恭，沈家与赵家走得很近，自然对我的情况并不陌生。

果然，嘉树伯笑了笑，说："年轻人嘛，都有糊涂做荒唐事的时候。"他抽了一口雪茄，笑着问，"咋的，听说来上学还带个小女朋友？"

"哪里是女朋友，是女的朋友。"我假装嗔怪道，"肯定是子怡在您面前告我的状，要不就是杨超。人家是个编剧，来这里搞创作的。要是真的女朋友，我还能不先领来让您把把关？"

他吐出一大口烟，哈哈大笑起来："女的朋友？咬文嚼字的鬼名堂还不少。你们年轻人有你们的玩法，我们这些老人家不干预，不过，不能玩出格。上学还要让个姑娘陪着，这要传出去，可不是什么光彩的事。"

我连忙点头，说："我一定注意，一定注意。其实也没有啥，就是个关系不错的朋友，过段时间她就回去了。我现在可老实了，导师要求特别严，整天功课都忙不过来呢，哪里还有心思瞎玩啊。"

他点点头，说："要是女朋友，自然得另当别论了；要不是，还是早些让人家回去，别耽误人家，你不也跟着分心吗？"

我俩东拉西扯聊了半天。当我问及南水北调项目时，他含糊其词，聊了几句，就转移了话题，我感觉他似乎无意与黄河集团一起联手竞标这项百年难遇的大工程，至少在当下，他们还没有下定决心。

我随口问了他认不认识一个叫张平方的商人，他似乎对这个名字很陌生，就问我是做什么的，我说现在好像是做纸张回收生意的，做得应该不大，是个小商人吧。

嘉树伯摇了摇头，很鄙夷地说："我不与这种人交往。"

在西方，过去讲血统，现在血统论打破了，但还是要讲阶层的，在中国，社会阶层还没有很稳定，但交际还是要讲圈子的。"别跟这些与你身份不搭的人乱交往。"他很认真地告诫我。

如果说连吴双都不信任的话，我确实再没有几个可以信任的人了。

我跟她说了要找那个藏品的主人，吴双果然瞪大了眼睛，紧张地说："你想要干什么？"

我不能跟吴双说我要买下那个藏品，否则，她会追根究底，而我确实不知道二叔要买下这个藏品的用途。我只能跟吴双说，我只是想了解那件器物的来历。

"找老康啊。"她随口说，"他就是个'交际花'，在宁州，哪有他不认识的人。"

"老康那个大嘴巴，要是让他知道了，整个宁州就都知道了。我暂时也不想让刘方知道，要不，你问问小田？"我知道吴双与刘方手下的那个警察小田一直联系比较多。

"您真是个少爷。这事还要麻烦别人，打查号台呀。那个人不是做纸张回收生意的吗？你不是知道他的公司名字吗？算了，还整天自命不凡呢，我来办吧，不就是找个电话号码吗？"吴双不屑一顾地说。

果然，她打了几个电话，没有几分钟，就帮我拿到了这个叫张平方的商人的联系方式。

我以有几千万码洋的图书要处置这样的借口将这个纸张回收公司的老板约在了学校不远处的一家茶馆里见面。

张平方与我想象的那种商人不一样。

他理着平头，穿着中式对襟服装，平底布鞋，手腕上缠着一串藏式星月菩提子佛珠，手里还握着两个核桃，一边走，一边在手心里转动着那对已经有些包浆的老核桃。

如果不是看到他环绕在脖子上拴着块翡翠牌子的金链子和小指留着的足有半寸长的指甲，我还以为他是个与世无争的居士呢。

"周边几个省的出版社和图书公司我都熟悉，看你眼生得很，兄弟是哪家公司的？手里哪来的那么多报废图书？"他坐下来，颇有些疑惑地看着我。

"我从北京来。"我给他倒了一杯茶，淡淡地说。

"北京的？我们在北京也有分公司，在金台路批发市场那边，你们仓库在哪里？"他很不客气，大大咧咧地坐下后，开门见山地问，核桃在他手里滴溜滴溜转。

"张老板玉树临风，一看就是文人雅士，很喜欢古玩啊。"我没有回答他的话，给他戴了顶高帽，转移着话题。

千穿万穿马屁不穿。果然，高帽抛出去，他神情和缓了很多，颇有点得意地说："业余爱好，小打小闹。"

"我在时代大酒店看到一个正举办着的藏品展，里面有对您的介绍，张老板是大藏家呀。"我笑笑，把不用花钱的高帽继续抛出去。

"大藏家谈不上，小有斩获而已。"他嘴里虽这样谦虚地说着，但脸上的表情是满足的，眼角的皱纹里堆积着志得意满、神气十足。突然，他狡黠的眼神闪了几闪，就像川剧里表演的变脸一样，一层浓密的云雾忽地笼罩在他的脸上，眼睛里瞬间闪出两道凶光。

"怪不得眼生呢，你不是想卖废书，你到底是干什么的？"他变得凶巴巴起来，身体也绷得像一张拉满的弓，好像准备向我扑过来。

我笑了，端起茶喝了一杯，说："找您谈生意的呀。谈笔能让您大赚一把的生意。"

"大赚一把？"他狐疑地问道，神态却又缓和下来，"现在生意比过去难做多了，一吨纸赚不了两百块钱，还要承担人工成本和运费，哪有什么能大赚一把的生意呀？"

"您不是在搞收藏吗？以藏养藏啊。"我慢慢把他往那件古董上带，想看看他的反应。

"以藏养藏？不不不，我的藏品是不卖的，将来我要建自己的博物馆。"他虽然把头摇得像个拨浪鼓，但我知道，做古玩生意的人为了抬高价钱，都不会主动说要卖哪样东西。

"我看了您的展览，就是正在办着的那个，"我循序渐进地说，"您的藏品太庞杂了，很难形成自己的藏品体系，如果您专注一个门类，一定会在收藏界声名大噪，将来无论谁想研究还是想开眼，都只能找您，您必然会成为这个领域的权威，也能建一个专业的博物馆了。"那件掐丝珐琅器放在展厅并不很突出的位置，这件藏品应该不是他看重的。

他喝了一杯茶，装着好像听进去了我的话，点点头："也有些道理。我其实可以专注于某一领域，比如说字画，在这方面我有些研究，也有很可靠的进货渠道。"

我又给他倒了一杯茶。"字画这个方向还不错，雅致，脱俗，市场潜力也大。谁不想在家里挂幅名人字画呀？这样您就可以把比较一般的东西卖掉，收回资金再购置更好的字画。"我试探着说。

"比较一般的？"他很精明，立即明白了我的套路，用卖主惯用的伎俩说，"我没有一般的东西，我的藏品可都是精品。"

"哼哼。"我冷笑了两声，开门见山道，"都是精品？现在谁还收藏景泰蓝？何况还是个残件。"

张平方是见多识广的人，我这话其实也暴露了我对他那件掐丝珐琅器感兴趣。

"你还别瞧不上那个残件，就那个残件，很多人都盯着呢，喜欢的人可不是只有你一个。"他抠着自己的指甲，慢吞吞地说。

"老兄，我虽然不如您内行，但也不是这个行当的生瓜蛋子，咱就没必要讲故事了。"我强装内行的样子，摆出一副见怪不怪的神情。

他又上下打量了我半天，就像屠夫在琢磨从哪儿下刀。停了半晌，他慢吞吞地说："我真不骗你，昨天的确有人给我打电话，我知道不是你，那声音比你老得多。他问我那件掐丝珐琅器卖不卖，我说卖，他让我开个价，我说不能低于八十万，那边倒没说还价的事，却问我这东西怎么来的，我就有点犯嘀咕了，说要不见面聊聊。那边没接话，过了一会儿，说了句再约，就把电话挂了。我寻思他肯定还会打电话给我。"他说得有鼻子有眼，我从他说话的语气里还真辨别不出这话的真假。

"掐丝珐琅器那么冷门，哪有几个人买呀？您张口就八十万，还不把人家给吓回去了？"我故意这样说，边说边用眼睛的余光瞄着他，我想看看他的反应。

"漫天要价可以就地还价呀，他也没还价呀。再说，东西上可刻着大清乾隆年制呢，皇帝御用的，稀世珍品，这样的古董我要价八十万还算多吗？"他意识到跟我说得有点多，眨巴了几下眼睛，又恢复商人的神色和状态。

我知道他还不算是真正的收藏专家，他的藏品已经暴露了他对古董的研究并不见得比我高明多少，就一边恭维着他一边挑着东西的毛病："您是行家，您自然也知道羊尊的底足是后配的，不完整了，属于残件，价格自然就大受影响了。"

说这话，我其实并没有什么底气，那底足是不是后配的，我也搞不清楚，但我揣测，张平方也不见得就真的很清楚。我查过资料，没有见过类似的底足，如果是面对专家，我自然不敢这样乱说，但我相信，他也没有看到过类似的底足。两个半瓶醋碰在一起，一个越装作内行，另一个就会越心虚。

果然，他愣了一下，说："后配的也要看用的啥材料呀，你没注意吗？那四蹄都是黑宝石，正宗乌鸦血，光那四块石头就值十万。"

"您确实是行家，那四块石头值不值十万块咱姑且不论，关键问题是这件器物算是有瑕疵了，这样一个残件能卖到二十万，那已经算是高价了。"我已经知道了他最高的期望值也不过八十万，就一边胡乱地挑着毛病，一边试探着出价。

我俩讨价还价，最终以五十万的价格谈成了生意。我付了他五万块钱现金作为订金，他打了收条给我。

"这次展览不顺利。"谈成了交易，我俩就多聊了一会儿。他告诉我，过去别人办这种展览，至少会卖掉一半展品，但他这次展览很不成功，其实只成交了我这一单。

"也不错了。这一单可是五十万呢，您那个展览也就一点场地费，花不了几个钱的。"我安慰他说。

"唉。"他苦笑一声，"你是不知道，人工费、场地费、保险费，还要打点各种关系，处处都要钱，我比较看好的几幅字画，一个问的也没有，还不如旁边包房里挂的几幅萧老太太的字呢，据说一个领导来吃饭，只看了两眼，就被请客的老板心领神会地打包买下直接送家里去了。我被哥们儿忽悠，非要搞什么展览，现在的领导不比以前，都很谨慎，即使去旁边吃饭，也不敢往展厅那边走，免得被人说闲话。"他敞开了心扉，继续发着牢骚。

看来在领导们经常去吃饭的地方办展览也是一种套路。我帮不了他什么，安慰的话说多了自己都觉得无力，于是就与他约定，三天后还是在这个茶馆，一手交钱一手交货。他说希望我能付现金，我答应了。

临出门时，我告诉他，这事不要向任何人提起，因为我也不是买主。他诡秘地笑了笑，点点头，然后很豪爽地说："我也在道上混了这么多年了，这些规矩还能不懂？不过咱们话也要说在前面，你若违约，订金我可不退；当然我若违约，会双倍返还你。"

张平方并没有告诉我这件器物的来历。

其实即使他说了，我也未必信。跟古董打交道的人，多是编故事的高手，故事编得天花乱坠，往往不是实情。不过这种刻有御制底款的物件，如果东西不假，往往传承有序，也不难找到其历代藏家和出处。

事情办得比我预想的还要顺利，心里自然一阵轻松。

送走了张平方，我立马给银行打电话，预约了去银行提现的时间，然后又跟二叔打了个电话。他没有接，我就发了条短信给他，说："进展很顺利。"过了好半天，二叔才给我回了一个字："好。"

我没有把买掐丝珐琅器的事告诉吴双，二叔让我悄悄去办，我尽可能地隐藏了自己的身份，跟张平方说我姓王，是从北京来的，他也没有留我的联系方式。

那天下午，我从银行取了钱，开了车，依约赶到茶馆。一次取几十万现金，虽然提前预约了，银行依然啰唆了半天，我赶到茶馆时，比与张平方约定的时间晚了十几分钟。

我把钱放进我的双肩包里，锁好车，进了茶馆，去了我们提前订好的房间，张平方还没有到。我泡了一壶茶，静静地等他。

又等了半个多小时，他还没有来。我怕我迟到了十几分钟，他看我没来先走了，就问服务员，服务员说这个房间没有人来过。

我只好接着等，但他依然毫无踪影，我有点坐不住了，就用茶馆的电话拨打他的手机，电话是通的，但没有人接。

我在接下来的半个小时里给他拨了十多通电话，每次都响铃半天，没人接听。

会不会他不认识号码不想接呢？

我没办法了，用自己的手机给他发了条短信，说："我是北京来的王先生，我已经在茶馆恭候了。"短信发出去，没有任何反应，我连发了几条短信，每一条都石沉大海，我再用手机拨打他的电话时，那边关机了。

我被"放鸽子"了。

我喝着茶，坐在那里胡思乱想，按说这价格也不低了，张平方为什么要放我鸽子呢？还有比我出价更高的？难道跟他打电话的那个人又找他了？不卖给我他也应该过来退我订金啊，为什么要爽约呢？是路上碰到什么状况了还是记错日子了？我寻思着张平方迟到的各种可能性，像思春的女人一样坐在茶馆里望眼欲穿，当然，我也在心里把张平方祖宗八代照顾了一遍。

没有奇迹发生，我在茶馆一直等到傍晚，张平方也没出现。

我郁闷地给二叔发了条短信，说卖主变卦爽约了，二叔没有回我。

银行已经关门了，我没法把钱再存回去，只好快快地开车回到吴双住的酒店，背了双肩包，垂头丧气地去了她的房间。

吴双正在房间里噼里啪啦地打字，修长的手指像两只蜜蜂在键盘上轻快地跳舞，看到是我，她紧锁的眉头舒展了一下，用下巴冲我打了个招呼，然后继续埋头敲字。

"嘿，嘿，写什么呢这么专注？即使灵感来了也不能不招待一下客人吧。"我一口窝囊气没处发泄，到她这里边发牢骚边找碴儿。

她根本没吃我这一套，抬起脸看了我一眼，边敲字边说："自己刷卡进的门，你算哪门子客人？自己招待自己吧，顺便给我茶杯里也加点水，我这一下午都没喝水了，嗓子都干得要冒烟了。"

这个笨蛋丫头，竟没有看出我正情绪低落，还对我吆三喝四。

我气鼓鼓地坐在沙发上，闷哼了两声，看她没有任何反应，只好站起身，自己拿了电水壶，一看，里面有水，摸一摸，早不热了，就按下烧水键，等水烧开了，拿过她的杯子，给她续了水。

"谢谢，辛苦您啦。"我做这些时，她眼睛一直都没抬，一边盯着电脑屏幕，一边伸手端起我刚倒上水的杯子，也不管烫不烫，拿起来就喝。

"渴成这个样子，真行，你为什么不到楼上的咖啡厅去写呢，那里不是又安静又舒适吗？还有人服务。"我看她那个狼狈的样子，不免埋怨道。

"楼上那个咖啡厅今天停业，我听服务员说好像什么地方被盗了，警察要调查之类的。"她一边忙着打字，一边心不在焉地说。

"被盗了？什么意思？"我心里突然一惊，"嘿，嘿，跟你说话呢。"我见她不理我，就冲过去，把她从笔记本电脑前揪开。

"被盗，不就是进小偷了吗？这还要解释呀？我着急干活呢，你别总给我捣乱。"她抬起脸，瞥了我一眼，眼神里充满疑惑，嘴角边带着嘲弄。就在她低头时，她突然又"啊"了一声，用手拍了拍额头，如梦初醒，"哎呀，阿本，我好像听服务员说是那个展厅被偷了，我一直想着剧本，没往心里去，好像真是，要不，咋不让上行政楼层咖啡厅了呢？"

我已经有预感了，但听到她这样说，心里又是一哆嗦。

我上前一把把她从座位上拽出来，急切地说："走，咱俩上去看看。"

她把我拽着她的手甩开了："你别去惹祸了，人家已经明确说不让上去了。"

我没理她，把她的鞋子从门口提溜过来，抬起她穿着拖鞋的脚，就往鞋里按，一边按，一边骂她："这事很重要，你这个糊涂虫，就知道写你那个没人拍的剧本……"

"有人拍，有家影视公司很感兴趣，他们等着要看大纲呢，我得赶紧发给人家，你就知道给我捣乱。"她一边辩解着，一边把我推开，自己蹲下，把鞋子穿上。

我俩还没站起身，就听到了屋外的敲门声。

"谁呀？"我随口问着的时候，已经极不情愿地把门打开了。

门口站着笑嘻嘻的刘方和小田。

"我俩来得好像有点不是时候，对吧？"看我和吴双都面面相觑地愣在那里，刘方略带调侃地问。

"对你俩来说有啥不是时候的，别假惺惺的了，进来坐吧。"我把门打开，把他俩让进来，没好气地说。

一下子又进来两个人，房间立即显得拥挤，我把双肩包从沙发上挪开，放进壁橱里，吴双则去找服务员要了两个杯子，给他俩泡茶。

"不用忙活，不用忙活，我们在办案子呢，只是过来找你们聊聊，一会儿还要去见见其他人呢。"刘方一边说着，一边随手把房门关上了。小田则坐在吴双刚才坐的地方，拿出了一个笔记本。

"知道了吧，楼上的那个展厅昨晚被人偷了，损失有点惨重。"刘方大大咧咧地坐在我刚才坐着的沙发上，把我和吴双挤得只能盘腿坐在床上。

我和吴双相互看了一眼，谁也没说话。

"你跟我说起过那件古董的事，所以，一接到报案电话，我就干脆主动请缨了。"刘方看着我，又看了看吴双，"小田不是外人，我在路上告诉了他那东西跑到吴双箱子里的事，我们过来，就是想请你俩回想一下，看看能否提供点破案的线索。"

我一边咀嚼着他的话，一边点上一支烟，也顺手扔给他一支。

"说说情况呗，怎么个损失惨重法？说老实话，要不是你们到门口了，我正拉着吴双准备上去看看呢。"我恢复了平静，抽着烟，淡淡地说。

"哦？"刘方接过我的烟，并没有点，拿在手里把玩着，头也不抬地说，"看来你对那件景泰蓝依然兴趣未减啊。"

我没有理会他。我知道现在要赶紧洗清自己，在办案警察的眼里可是没有朋友的，人人都是嫌疑人，何况，我与这件掐丝珐琅器确实有纠葛。

"是那件东西被偷了吗？还丢了些什么呀？"我强笑着问刘方。

刘方没说话，手里依旧把玩着那支烟，既没有往嘴里放，也没有收起来。

"五幅名人字画和一件清乾隆掐丝珐琅羊……羊尊。"小田看了看刘方，又看了看我，还翻了一下笔记本，接过我的话说道。

我和吴双又相互看了一眼，虽然还是没说话，但心里都打起了鼓。

"那五幅名人字画据说是晚清民国时期的，主人很看重，还买了高价保险，那个什么羊尊，那么重的一个东西，还在角落里，为什么也跟着一起被偷了呢？"刘方似乎在自言自语，但眼睛是看向我的。

刘方的话和眼神都让我很不自在，我实在不知道说什么好。

就这样一直干坐了好几分钟。

"唉！"我叹了口气，终于站起身，把烟头重重地按在烟灰缸里，伸手把放在壁橱里的双肩包拽了出来。

我使劲瞪了一眼刘方，冷冷地笑了一声，然后把双肩包的拉链拉开，把里面的钱悉数倒了出来。

四十五万现金堆了半张床，把在床上坐着的吴双惊得像被马蜂蜇了屁股一般跳起来。

"这……这……"

三个人全都愣愣地看着我。

"这是我要买那件你们说景泰蓝也好羊尊也好的钱，说好了今天成交的，张平方爽约了……"我把张平方给我写的那张订金收条也拿出来，交给刘方，说，"这是谈价钱时我交的订金。当时谈好的是五十万，我先交了五万，这里是余下的四十五万。"

"张平方？原来你找这个人的联系方式就是为了要把这件东西买下来呀？"吴双听到张平方的名字，立即反应了过来，率先打破了沉默。

"是呀。"我点点头，"对不起，我没有告诉你，是确实不想你为此担惊受怕……"

吴双是绝顶聪明的人，她说不定已然意识到我背着她去买这件器物一定有我的目的，而不仅仅是怕她担惊受怕。没等我说完，她就立即顺着我的话头嚷道："赵本纪，你胆子可真大，在人生地不熟的宁州就敢一个人背着一书包钱晃荡，你就不怕被人抢了？"

刘方目睹我带着情绪把钱倒了一床，也看到吴双被马蜂蜇了一般地跳起来，他是刑警，不仅懂得察言观色，而且善于逻辑分析，他其实很快明白了我要表达的意思。

他从兜里掏出烟，扔给我一支，又自己点上一支，狠抽了一口，却用和缓的语气说："阿本，这到底是怎么一回事啊？你跟我们说说，别让我们三个人一头雾水呀。"

这小子情商很高，一句话就纾解了因为他的怀疑让我产生的不满情绪，还顺势把吴双拉到了他的阵营里。

我接过他的烟，也点着，抽了两口，理了理思绪，就把与张平方见面，商定价格到今天取钱，张平方爽约的事一五一十说了一遍。

我没有说这东西是二叔让我买的，他们也没有人问我为什么突发奇想要把这件器物买下来，我有一些花钱任性、做事没谱的传闻，他们也都或多或少地知道。

"你刚才说正准备上去看看？怎么着，我陪你上去看看失窃现场？"刘方听完我的讲述，沉吟了一会儿，突然微笑着问我。

我看不出他是在试探我还是真的在释放善意。

"合适吗？"贼对于偷窃现场都有强烈的好奇心，何况，这事，确实把我卷了进去，我把手里的烟掐灭，站了起来，但嘴上犹疑地问道。

"没事。"刘方也站起来，不以为意地说，"这个案子我负责。对古董对收藏这些东西我也不甚了解，你至少比我懂，走吧，算陪我上去看看，说不定能帮我们想出些点子呢。"他转过头安排小田："你与吴双先聊着，我俩去去就回来。"

现场其实并没有"惨不忍睹"。

如果不是去过几次展厅，对里面的展品有所了解，单从外表看，根本看不出这里曾经发生过失窃的事。

酒店可能没有经历过这种事吧，显得有些杯弓蛇影、草木皆兵，甚至有些小题大做。他们在行政楼层的咖啡厅门口挂了个暂停营业的牌子，在客人进出的楼梯口，拦了一根细绳，绳子中间挂着一张A4纸大小的白纸，上面打印了"非请莫入"四个字。

而失窃的展厅没有太多的保护措施，玻璃大门关着，也并没有上锁。刘方一抬手，就推开了门。

"不是凶杀案，现场没那么讲究，我们都勘查过了，也拍了照片，这些展品很快就该打包拉走了。"刘方解释道。

那几幅名人字画我有一些印象，画家虽谈不上是一流大师，但也都是晚清民国时期声名显赫的人物，如果确系真品，估计能卖出不错的价钱。张平方应该比较看重这几件艺术品，在展厅的中心位置专门竖了屏风一样的隔板，用来悬挂这几幅名人字画，参观的人只要一进展厅，首先看到的就是这批字画。不过，现在那个地方空了，只留下几枚孤零零的钉子。

"损失不大嘛，这不很多藏品都还健在吗？"我倒不是有意说风凉话，确实，大部分的展品还都完好无损地摆在那里，活像在寂冷的后宫中等待被宠幸的妃嫔。

刘方没理会我的话，他冲我努努嘴，让我往角落里看。其实我刚才话一出口就后悔了，我说话的同时已然发现原来摆放那件掐丝珐琅羊尊的台子上空空如也。

那件东西果然又不见了。

我突然明白了刘方要陪我上楼看现场的目的。

是呀。如果是小偷瞄着来偷东西，为什么不洗劫一空而只拿走几件东西呢？如果小偷是冲着那五幅最值钱的名人字画来的，为什么顺手牵羊时不就近拿一些小巧的瓷器玉器，而要费劲巴拉地去搬那件硕大笨重的掐丝珐琅羊尊呢？何况，那件羊尊还在角落里，去拿时还要拐个弯，多走好几步路。

如果小偷是奔着羊尊而来顺手"牵走"了那五幅名人字画呢？至少在逻辑上说得通，字画本来就轻，卷起来就可以带走，而且，那五幅字画就摆在了展厅正中间。

什么人会对模样并不美观而且在古董市场非常冷门的掐丝珐琅器感兴趣呢？

不仅是刘方，连我也自然想到前几天那件羊尊"跑"进吴双箱子里的事。

这事太蹊跷，刘方信没信我当时说的话我并不知道，但吴双似乎并不十分相信，她更倾向于认为是我酒醉后自己干的，这点，她虽然嘴上没说，但我从她当时的眼神里读得出来。我以后每次出去喝酒，她都紧张得一塌糊涂，担心我喝多了再冒傻气。

但我自己清楚，那事，再蹊跷，再离奇，再无人相信，但确实不是我干的。

"小偷是怎么进来的呀？"我在展厅看了一圈，没发现太多的异常，做过贼的直觉告诉我，昨晚光顾这里的小偷应该不是泛泛之辈，至少，不是把现场搞得乱糟糟的笨贼。

楼道和展厅里都有监控，但我没有问监控的事，我知道，避开监控对身手敏捷技艺高超的职业盗贼来说并非难事。

自从进了展厅，刘方就一直站在门口，抱着胳膊肘倚在门框上，紧锁着眉头，不知道在想什么，偶尔冲我这边瞥上一两眼，并没有跟着我踱来踱去，对我刚才的问话，似乎也充耳未闻。

"那把锁呢？"我没有看到展厅大门上的锁，就继续问道，"我记得展厅原来是用一把U形锁锁门的。"

刘方这回好像听到了我说话，他迟疑了一下："嗯，是一把U形锁，锁被技术科拿走查验去了。"

"唉！"我略带遗憾地感叹了一声。

"怎么了？"刘方看出了我的遗憾表情，他从靠着的门框上起身，一边掏手机，一边走过来，"我这里有那把锁的照片，你要看看吗？"

我心里当然想看看，但嘴上说着"合适吗"，我说着"合适吗"的时候，已经把眼睛凑到他跟前了。

刘方鼻子里"哼"了一声，但还是把手机打开，调出了几张照片。

只一眼，我就知道是那把锁，一点没错。

贼对于锁的记忆绝不会比魔术师记牌的能力差，牌记差了，顶多会失手，要是贼把锁弄混了，可能要翻车。

"你把照片放大些……对，锁眼那个地方，再大些……"我眼睛盯着他的手机，指着照片，有些急迫地说。

刘方鼻子里又"哼"了一声，但还是照我的话做了。

"有什么发现？"刘方见我盯着手机看，却半天没说话，就把手机从我眼前拿开，往兜里一揣，故意讥讽道，"好像你能看出点什么一样。"

"应该不是一个人做的。"我脱口而出，说完，我就有些后悔。

略微犹豫了一下，我盯着刘方的眼睛，还是很坚定地把我想说的话说出来了。

我说："刘方，我心里很清楚，你违反规定，让我这个外人上来看现场，其实你在想两次拿走这件掐丝珐琅器的是不是同一个人。当然，你肯定也在怀疑这事与我有关系，你只是不好意思说罢了。"

刘方似乎被我说中了心事，他抬脸看了我一眼，讪讪道："瞎说啥呢，你想多了。"

我笑了笑，又摇了摇头。

我把自己的手机拿出来，翻了几下，找到前几天我和吴双在清晨把那件东西送回去时我拍下的照片。因为光线很暗，吴双当时又紧张得不行，扯着我要离开，照片拍得很差，但一张张放大，也能依稀看到锁口的模样。

我当然不能告诉刘方我曾经是个贼，但我可以承认我对锁有研究，有钱人什么变态的事都做得出来，何况，研究锁也不违法。

"你能看到我拍的这把锁的锁眼吗？锁眼四周有清晰的划痕，锁口稍微裂开，并有向上提拉的痕迹，很明显，这是用锐物顶住锁芯的撞针挑开的，而你手机里的照片，四周没有新的划痕，锁口有松动但没有倾斜，说明这次应该是用钥匙顶开的，但锁口边上缝隙很大，应该是钥匙在锁芯里转了几圈才找到撞针，把锁打开。如果我没猜错的话，昨晚进来的人开锁手法应该比上一次的那个更老练。"我说着这话的时候，刘方一会儿看看我的手机，一会儿又把自己的手机拿出来，左一眼右一眼，把两张照片比对着看。

"行啊你。"刘方拿着两部手机比对了半天，才说出这么一句话，我听不出他这话是褒我还是贬我的意思，但我相信，我刚才的话他应该听进去了，而且，以他这样的刑警，应该能从这几张锁的照片里看出一些端倪。

刘方把手机还给我的时候，我又主动说了一句："我从小喜欢拆拆卸卸，就爱捣鼓这些零零碎碎的玩意儿。"我不知道这句话算不算画蛇添足。

送走了刘方他们，吴双就又扑到电脑前了。

影视公司说有家播放平台对她的故事感兴趣，等着看大纲，她不想耽误太多时间。"如果那家平台公司能投拍这个项目，那影响可就大了去了，说不定真会促使警方重新启动对这个案子的调查呢，对那冤死的姑娘我也算是做了件善事。"她边打字，边义愤填膺地说。

我知道劝阻不了她，看她忙得似乎连饭也吃不上，就下楼买了些吃的，放在她的房间里，把那一大包钱从背包里取出来，放进了她房间的保险柜里。我做这些事时，吴双看都没看我，她已经沉浸在她的创作中了。

回到我住的屋里，我看了一会儿书，又拨打了几次张平方的电话，还是关机。

我洗漱完，躺在床上，翻来覆去睡不着，这段时间发生的事一幕一幕在脑子里闪过，我似乎觉得有些地方不对劲，但又想不出问题出在哪里。

我吃了一片褪黑素才勉强睡着，没睡多久，就被一个电话吵醒了。是个陌生的号码，时间也才刚过早上七点。"真讨厌。"我气鼓鼓地按了拒接键，刚想再睡，电话又响了，还是那个号码。

"哪位？大清早的干吗？"我接了电话，没好气地嚷道。

电话那头说话的人倒是不急不躁，说话也彬彬有礼，在他啰里啰唆地介绍完自己是保险公司理赔专员后我没有再挂电话。我知道即使挂了，这帮孙子还会不依不饶、锲而不舍地打过来。脸皮不厚做不了保险，他们就像蚂蟥一样，爬到你腿上不叮出血来是决不会罢休的，他们才不会考虑你的感受呢，根本不理会你是身临险境还是火烧眉毛，他们在乎的只有一件事，那就是达成自己的目的。

再暴躁的人遇到做保险的也只能没脾气。

我无奈坐起身，对电话那头说："你说吧。我着急有事，希望你能简短点。"

电话那头却提出了得寸进尺的要求，说一两句话说不完，希望见面谈。我恨得牙痒痒的，刚要爆粗口，那边却又不紧不慢地说了句："我们知道您住在哪里，十分钟我们就能赶过去，您要是觉得爬四楼到您家里去谈不方便的话，到您女朋友住的那家酒店的咖啡厅谈也行，他们现在已经营业了。地方由您选。"

我除了恨不得用脑袋去撞墙还有什么别的想法？要是警察能有做保险的这种无孔不入的能耐和近乎厚颜无耻的执着，哪里还会有破不了的案子。

我到酒店咖啡厅的时候，两个中年男子已经等在那里了。

不用介绍，我一眼就能认出他们是保险公司的。

洗过多次的西服是公司统一配发的，皱巴巴地包裹着两具不辞辛苦的躯体，虽然举手投足间并没有那么得体，但两人的眼睛都透着能干和精明。

我没有听完略胖一些的那位背书一样客套的寒暄，一坐下来，就直接问道："说吧，找我什么事？"

我在路上的时候已经想到了，他们找我可能与张平方的投保有关，昨天刘方也说起过展品投保的事。但我想不出这事与我有什么关系，而且，我也想不出，他们为什么那么快找到我，还把我的底细打听得清清楚楚。

略胖的那位先开了口，询问的果然是张平方那件掐丝珐琅羊尊的事。

一开始，我还是很配合的，我想早点结束这无聊的谈话，就一五一十地把昨天与刘方说的情况告诉了他们一遍，还告知了他们与张平方见面的那个茶馆的名字。

"您觉得五十万买这样一件来历不明的东西是不是被骗了？这件东西市场价最多能值多少钱？"那个瘦一点的人突然话锋一转，冷冰冰地给我来了这么两句。

说实在的，我对张平方谈不上有什么好感，我也没有必要为他说好话，但这两个人大清早就把我吵醒，而且在谈话中还处心积虑地挖坑，让我颇为不爽，我最烦一边虚伪地客套着一边私下里玩花招、耍小聪明的行径，我没有顺着他的思路往坑里跳，冷笑一声，反问了他一句："那你说这东西该值多少钱？"

做保险的人根本不在乎别人的冷言冷语，他们早已在冷嘲热讽中修炼成仙了。

瘦男人没有理会我话里的敌意，依然按照自己的思路讲下去："我们做过功课的，类似的甚至比这好得多的景泰蓝艺术品价格也没有多高……"

"那你们功课做得实在不够好。"我没好气地打断了那男人的话，"都是瓷罐子，在超市里七八块钱也能买到，那为什么鬼谷子下山那个青花大罐卖了好几个亿？这种类比没道理也没有意义。"

胖一点的那位看我不咋配合，就递给我一杯水，一边劝我消消气，一边说："我们也是为了公司利益，不能由着不法的人去骗保，对不对？"

我也觉得自己刚才有点冲动，就端起水，一饮而尽："这事与我没啥关系，我只是觉得这东西不错，想买下来收藏，价格也是你情我愿的事……"

"但如果这东西来历不明是不是就与您有关系了？您买赃物也是违法的。"那个瘦一点的人明显是扮演黑脸的角色，没等我说完，就语气生硬地打断了我。

"赃物？你什么意思？"我吃了一惊，冷笑道，"你是说张平方这东西是偷来的？偷来的东西他还敢明目张胆地办展览？理不理赔是你们自己的事，但为了赖账用这样的说辞，你们不觉得有点不地道吗？"

"不不不，您误会了。"胖一点的又打圆场，"我们只是探讨这种可能性。张平方没有告诉您他怎么得到的这件古董吧？这是人家家藏的，怎么就到了他手里呢？他是通过什么途径获取的？我们只是想与您探讨他得到这件古董的手续是否合法，与您没关系，没关系。"

"那你们找他去，找我干什么？我哪里知道他得到的途径合不合法呀？我知道的我都跟你们说了，赔不赔他是你们的事，与我也没有关系，他拿到赔偿也不会分我一毛钱。已经要成交的东西却飞了，我也挺撮火的，本来买古董是个很私密的事，现在弄得人人皆知……"

我的话又一次被瘦男子打断："我们听说您也是代别人来买的，这个……"

"与这事有关系吗？"我愤怒地站起身，"你们这听说，那听说，啰里啰唆，如果你们怀疑这东西失窃与我有关，你们就报警，警察自会抓我，也轮不到你们来质询。对不起，我还有事，你们以后不要再来打扰我，我也不会再接你们的电话。"说完，我看都没看这两人，气哼哼地拂袖而去。

在酒店大堂门口，我点了一支烟，正犹豫要不要回出租房再睡一会儿呢，就看见刘方从车里下来，手里拎着一塑料袋包子，一边走，一边吃。

"哦？起那么早？"刘方看到我，笑嘻嘻地过来打招呼。

我没说话，等他走近了，就扔下手里的烟，上去一把把塑料袋抢过来，拿起包子就往嘴里塞。包子很小，我一把下去，抓起五六个。

"嘿嘿，拦路抢劫呀，你给小田留几个，你没吃早点？"刘方措手不及，塑料袋被我抢去了，他围着我转，试图把我藏在身后的包子抢回来。

"吃啥早点啊，天没亮就被保险公司的两个人吵醒了，这是哪家的包子呀，怎么这么好吃？"我一边往嘴里囫囵地塞包子，一边答道。

"废话，当然好吃了，这是正宗的共和春的包子，我排了半天队才买到的，被你半路拦截，一会儿小田他们还吃啥？"刘方趁我不注意，从塑料袋里又抓走了好几个，猛往自己嘴里塞，"走吧，跟我去酒店坐会儿，等小田他们来了，你请吃早饭。"

回到酒店大堂的时候，保险公司的那两个工作人员已经离开了，咖啡厅的服务员正在收拾刚才桌子上的水杯。

大清早，咖啡厅没有几个客人，刘方挑了个角落的桌子，我俩坐下了，一边说着包子给小田留着，一边又都控制不住，各自伸手拿了一个塞在嘴里。

我吞下嘴里的包子，向刘方控诉刚才被保险公司骚扰的事，感叹了半天他们的无孔不入和超高的办事效率。

刘方叹气道："保险公司办案，只选取对自己有利的证据，他们不会在乎事情的真相，有时候为了达成自己的目的，还会有意识地隐瞒真相。就像这个案子，只要证明张平方在投保时存在问题，他们就可以理直气壮地拒绝赔款。我们不行啊，我们不仅要搞清楚事情的来龙去脉，还要查找丢失物品的下落，而且，最重要的，我们必须把罪犯绳之以法。"

"那你们发现了嫌疑目标了吗？"我看他软塌塌地坐在那里，一副疲惫的神情，完全没有年轻人刚起床的朝气蓬勃。

他歪着脖子看了看我，又摇了摇头，突然坐直了身子，神情严肃地说："阿本，你是我的朋友，如果不是你那天把发生的事情告诉了我，如果我不了解你的做派和为人，就目前我们所掌握的情况看，你还真是有嫌疑。"

"为什么呀？你知道我犯不上啊！"我苦笑一声，有点慌乱。

"是呀，我知道你犯不上。可是监控里拍到你在展厅周围出现过不止一次，而且还拍到了你拿起来看那件掐丝珐琅器，你说，仅凭这两条，你是不是就有嫌疑？"刘方没理会我的苦笑，继续敲打我。

"但我没拿呀，我是想买的，这你也知道。"我庆幸早早与刘方说了实话，至少，我很坦荡，也不用遮遮掩掩。

"我知道呀，所以才与你一起探讨探讨，你也不用紧张。以我的判断：第一，你应该没有与张平方联手做局，这事你还真是犯不上；第二，这件东西应该不是你拿走的。如果你想用这种方法去拿，上次也就没必要再还回去了。"刘方不急不躁地说，他的话不生硬，但也给了我不小的压力。

"你刚才说监控里有拍到我，那说明展厅里有监控啊，查监控不就一清二楚了吗？"我试探着建议道。

"没你想的那么简单，展厅的监控探头在角落里，无法覆盖整个展厅。至于行政楼层楼道里的那个监控嘛……"他犹豫了一下，还是说道，"有时候会不开。"

"不开？为什么？"我有点吃惊，"这是什么鬼酒店，安了监控竟然不开。"

"酒店说也有难言之隐。"刘方看我这反应，冲我神秘地一笑，还是说了实话，"有时候领导会在上面的包房宴请客人，为了省去麻烦，酒店保安部会在包厢有重要客人时关掉那一层楼道里的监控，久而久之，也就成了惯例。"

"还有这破规定？中秋节晚上我们在那里吃饭，我们不是重要客人，那个监控也关掉了吗？"

"关掉了，保安部的解释也合理，他们只知道包房有客人吃饭，至于是什么样的人、是不是重要客人，他们也没法评判。一般情况下，只要包房里有人吃饭，他们都会关掉监控。"刘方淡淡地说，一副见怪不怪的神情。

"哦？刘方，那会不会那天晚上把东西拿到吴双房间的人也了解这个情况呢？如果是这样，这岂不是缩小了侦破范围？"我提醒他。

刘方却摇了摇头："我也以为是这样，但是我发现，如果从员工电梯上去，一直到展厅门口那一段，即使开了监控，也监视不到，如果盗贼不知道监控会关，他作案时碰巧从员工电梯上下，照样发现不了行踪，这就增加了更多的可能性。"

"你们调查了半天其实屁发现也没有啊。"我有点泄气，"对了，我给你说过，有人给张平方打电话，也想买那件掐丝珐琅器，这条线索你们查了吗？这条线索很重要，说明关注这件古董的可不是只有我一个。"人有时候就会这样，为了洗清自己，要赶紧找个"背锅"的，我当时只是听张平方说了那么几句，我甚至也怀疑这个打电话的事是张平方虚构的，"你不买，别人还等着买呢"，这是商家惯用的伎俩。

我当然不会全然相信张平方的这套说辞，但这个时候，我需要拉一个垫背的，宁可信其有，要是他说的是真的呢？那不是说明还有另外一个觊觎景泰蓝的人吗？

"放心，我会查的。"刘方懒懒地说。

"大堂和其他楼层的监控呢？小偷偷了东西，总要带出去的，几幅画还好说，那个大家伙重量可不轻，你们也没有发现什么线索吗？"我有点不死心。

"唉，别提他们这破监控了。"刘方叹口气，说，"这家酒店虽然高级，但它的监控系统实在太落后了，图像模糊不说，还经常出故障。你以为你能想到的我们没想过呀？"

"嘻，我也是瞎操心，就盼着你们赶快破案，你也知道，这事跟我可没半毛钱关系。"我可得赶紧撇清自己，本来嘛，读博士就让我极感吃力了，加上还有二叔三天两头安排我干这事那事，南水北调竞标的事也还没有半点眉目，要是再卷进一个偷窃案子里，丢人现眼不说，自己也麻烦。

"怎么会没有半毛钱关系呢？你与这案子关系可大了。"刘方一边看着手机里的一些图片，一边随口说道。

"这话怎么说？"我大吃一惊，不禁紧张起来。

"嘿，瞧你这点屁胆，没吓尿裤子吧，吴双说你看了很多侦探小说，又出国见过大世面，还指望你能帮我们出点主意破案呢，原来只是个纸上谈兵的赵括呀。我逗你呢，你与案子有五十万块钱的关系呢，怎么说没有半毛钱？"他看我神情紧张，不禁哈哈大笑，边戏弄我边安慰道，"我们警察办案是讲证据的，这事不是你做的，你担心什么？还能冤枉到你头上？"

警察办案是讲证据和程序的，但保险公司的这两位工作人员做事就没有那么讲了，他们无孔不入、连蒙带骗、谎话连篇、不择手段。一大清早骚扰了我不说，还三番五次地去敲吴双房间的门，缠着吴双问这问那，把这个一向好脾气的姑娘惹得咬牙切齿、七窍生烟。

晚上，我从图书馆出来，感觉肚子有些饿，就约了吴双去吃消夜。我知道，她急着写稿子，一整天都没怎么好好吃东西。

一见面，吴双就向我大吐苦水："这是什么人啊，还大公司的呢，可真没有素质，也不管别人有没有时间，情不情愿，如果不配合他们，他们就一而再，再而三地烦你，还说一些威胁人的话，好讨厌。"吴双处处与人为善，很懂得体谅别人，她能说出这番话来，可见那两个人真是惹恼了她。

我只能苦笑着劝慰她，其实，我也是一肚子苦水，耽误了好几堂课不说，导师的课也还没有准备充分，在图书馆里坐了半天，愣是对着书看不进去，所以才想着与吴双一起去喝个啤酒，吃个消夜。

但冤家路窄，你越不想看到的人，他就越在你眼前晃。

我俩没有去学校南门外边那条热闹非凡的黄岛路，而是从西门出去，走了一条较为僻静的巷子，但刚走出校门不远，一抬脸，在路口拐角处的一个小超市门口，有两个穿着西装的人正站在那里，与服务员说着话。

真是倒霉透顶。

这条路走的人不多，我俩刚一露面，那两个说话的人就看到了，旋即带着职业的微笑迎了过来，那笑容，就像在田字格里描摹文字，标准得挑不出丝毫毛病。

那胖子一走路，腮帮子上的肉都颤巍巍的，但挂在脸上的笑容没有一丝掉下来。

"出去散步？"胖子眉开眼笑地与我们打招呼。

我俩确实也不需要他们的真诚，既然已经没法退回去了，也就冷漠地点点头，没说话，只想着快步走过去。

"赵先生，还有个小问题想问问您，就耽误您一两分钟。"胖子依然带着肉嘟嘟的笑。

"抱歉，该说的都已经说过了，我不想再与你们有任何交集。"我一边说着，一边与吴双一起加快了步伐。

胖子迎到我们跟前，看我们没有停留的意思，便说："配合一下嘛，就一句话的事。"一边说着，一边又折回头，跟在我们身后。

"您想知道那东西什么人开价八十万吗？"瘦一点的那个人没有跟

着胖子迎向我们，而是站在超市门口，看我俩要走过时，突然冲过来，伸开手臂拦着我说道。

我一下子愣住了。

这句话对我太有震撼力了，难道……难道张平方真的没说谎？难道还真的存在一个这样的电话？

"啊？真有这样一个电话？是谁呀？"我说着，脚步不自觉就迟缓下来。

吴双一把拽住我。"不想。"她清脆地回答道，说完，扯着我的胳膊恨不得跑起来。

一口气走出小巷子，我俩才放缓了脚步。"这两个人可真够敬业的，这么晚了还做调查呢。"我叹口气。

"哼，坏人越努力，作恶就越多。"吴双不依不饶，"这两人，一句实话都没有，处处挖坑让人跳，他们的话一句都不能信。"

"看来他们挖了一个很大的坑让你跳了，得罪了我们的大编剧。"我看她气鼓鼓的样子，就笑着打趣她。

吴双也笑了："他们竟说你与那个张乘法串通一气去骗保……"

"什么张乘法呀，是张平方，你这个糊涂蛋。"我笑着纠正她。

"管他张什么的，反正都是数学。他们说你为了占小便宜去骗保，你说这话我能信吗？我认识你这么多年，你坏事荒唐事是干过不少，但占别人便宜的事好像没咋干过。以我对你的了解，你也绝对不会去干的，是不是呀，赵本纪？"吴双愤愤不平地说着，但又热切地盯着我，唯恐我说出一个让她失望的字眼。

"这还用说吗？你竟然还用疑问句。"我故作生气地拍了她一把，说，"我是啥样人，你还不知道？"

十二

　　第二天下午，刘方又约我见面，他找我的时候我还没下课，只能发短信给他，让他先去吴双那儿等我。

　　一下课，我抓起书包，与谁都没打招呼，就急匆匆地赶过来。我进门的时候，吴双跟刘方正解释着什么，手里还拎着我的风衣。

　　"你们搞个破案子总折腾我俩干吗呀？我不是已经跟你解释过了嘛，这事与我没关系。"一看到吴双和刘方都是一脸严肃的神情，我就知道肯定又是案子的事。

　　"阿本，那天晚上你是不是没穿风衣呀？我记得给你拿出来你又扔下了。"刘方还没说话，吴双看我进门，立即急切地问道。

　　"哪天晚上？"我皱起了眉头，略感紧张地问。

　　"就是那天啊，房间进贼的那天。"吴双似乎觉得她一提哪天我就该立即想到。

　　"中秋节那天，你晚上与导师和同学不是一起聚会了吗？那天，你还记得你穿的什么颜色的衣服吗？"刘方看吴双着急，就接过话补充道。

　　"又怎么了？"我不禁警惕起来，"那天我穿的是衬衣呀，白衬衣吧，我钱包是放在裤兜里。哦，对了，你当时帮我拿了风衣出来，我说吃饭就在楼里，用不着穿风衣，就随手放在这个沙发上了，对吧？"

"就是就是。"吴双看我记起来了，连忙点头，对着刘方说，"我没说错吧，我就记得他那天没穿风衣嘛。"突然，她停顿了一下，仿佛又想起了什么，把头转向我，疑惑地问："你说把风衣放在沙发上？不对呀，阿本，我怎么记得我回来的时候风衣在床上，我当时还纳闷了一下呢，一般情况下你不会把外边穿的衣服直接往床上扔的呀！"

"行了，你俩不用绞尽脑汁去想了，这事我心里有数了。"听了我俩的对话，刘方终于沉不住气了，打断说。

"不是，你啥意思呀？咋就又扯到我风衣上了呢？"我拉开壁橱，把风衣放进去，又轻手关上，对刘方略带不满地说。

刘方坐下来，瞟了瞟我，从兜里掏出了两张照片，递到我眼前，神秘地笑笑，说："眼熟不？"

我拿起照片，看了一眼，说："这是什么破照片？拍得这么不清楚，你们偷拍的？嘿，这不就是我吗？这……不就是这件风衣吗？"我纳闷地指着照片问吴双。

吴双拿着照片仔细地看了半天，说："阿本，这人不是你，你没有见过你的背影，我可是整天见，虽然照片很模糊，脑袋还被风衣帽子遮住了，照片里的这人不是你。肯定不是。"

"可这风衣太像了。"我又拉开壁橱，把风衣拽出来，一边看风衣，一边看照片，"真的很像，基本是同款。"

"风衣倒是很像，但人不是，肯定不是。"吴双看着照片，又看了看我，斩钉截铁地说，"这高矮胖瘦从穿着风衣的背影里是不太容易分辨出来，但我知道，这绝对不是你，不信你穿上，让刘方看看你背影。"一边说着，一边把风衣扯过来，不由我分说，直接披在我身上。

"那倒也不用。"刘方看着我被吴双摆弄得像个呆傻的木偶，就笑着把照片拿回来，揣进了兜里，"别折磨他了，没人能比你更熟悉他，你说不是,那肯定是错不了的,我要的也是这个答案。"他掏出烟,扔给我一支,然后直接点上,抽了一口,冲我龇着牙,带着一脸的笑。

我脱下风衣,放在了壁橱里,也坐下来,鼻子"哼"了一声,说:"是你这个狗东西在折磨我,到底怎么回事呀?怎么又扯到这个风衣上了。"

"就是,就是。"吴双也一反刚才的风风火火,又恢复了她小鸟依人的样子,也坐下来,眼睛看着刘方,似乎也认可了我把刘方称为"狗东西"。

刘方不以为意,他不紧不慢地弹了一下烟灰,又在沙发上伸了伸腰,跷起二郎腿,俨然大侦探一般,说:"我充分怀疑那天晚上有人穿了阿本的风衣,两次进入了你的房间……"

"充分怀疑?"还没等他发表长篇大论,我就开始质疑了,"什么叫充分怀疑呀?还两次进入房间?这人干吗……"

"阿本,你别打岔,听刘方说。"吴双瞪了我一眼,蹙眉道。

"不打岔就不是他了。"刘方嘟囔道,他把眼睛转向吴双,"你仔细检查过,确实没丢任何东西吗?"

"我没有东西可丢,最值钱的东西都在这里呢,电脑、相机、手机、卡、钱包,还有啥?衣服、鞋子,都没丢。"吴双无奈地摊了摊手,回答道。

"性变态,对,性变态,偷女人内衣……"我恍然大悟道。

"什么呀?"吴双突然脸一红,连忙说道,"我没丢,啥也没丢,连化妆品都没丢。"

刘方点点头:"放心,我会搞清楚的。其实呢,我们从大堂的监控里看到阿本十点多和另外两个男人一起出的酒店,那时你没穿风衣。你说与同学去了东坡酒吧,我们也在那里查到你的行踪了。根据监控拍下来的这两张照片,从显示的时间看,这个人晚上十一点零五分在楼道里出现,虽然只是一闪,可能是从某个房间出来的,十一点二十四分又出现在楼道里，也只是一闪。当时你在东坡酒吧，不可能回来，吴双是十二点多回来的，我送的她，自然有印象。那个时候，吴双房间应该是没人的。但由于吴双的房间在最边上，从监控里看不到，所以，这个人是否进出过吴双的房间，还无法确定。但这人是谁？为什么监控只捕捉到他一闪的画面？如果他穿的这件风衣是你的，那就更值得怀疑了。这个人去吴双房间就为了穿这件风衣？第二次他出现时已经过去了十多分钟。那么这十多分钟他去哪里了？是不是他把那件古董带下来了呢？"刘方抛出了一连串的问题，把我和吴双都问得晕头转向。

"他这样折腾图个啥呀？"我一脸迷惑。

"现在还不好说，或许是小偷偷了东西，不好马上运出去，临时找个安全的地方藏着，等有机会再转走，这种事经常有……"刘方揣测。

"那不对呀，小偷应该找个没人的房间藏啊，那多安全啊，哪能找个住人的房间藏东西呀？太容易被发现了。"我对刘方的揣测不以为然，立即反驳道。

"不不不，没人的房间才最不安全呢，你想想，酒店的空房，随时都有可能住进人去，入住前，服务员是不是得打扫检查？你新入住酒店是不是也会把房间的壁橱抽屉打开看看？吴双这儿反而安全，她是长住客呀，轻易不会翻箱子，要不是碰巧第二天出去玩，吴双也不会半夜去取箱子里的照相机，对不对？"看到吴双点头，刘方对自己的分析很得意。

"扯，贼不走空，贼不走空，如果说小偷怕拿了笔记本电脑引起吴双注意，毕竟那是明面上的东西，可为什么他不顺手拿走箱子里的照相机呀？这单反相机也值几个钱吧？反正不开箱子也发现不了。"我提出了不同的意见，看吴双又在那边点头。

"你是应声虫吗？光知道点头，你咋想的？"我不满地问吴双，我知道，别看她不声不响懵懵懂懂，其实她是个极为聪颖的人，心思比我要细腻得多。

"你俩说的都有道理呀，但我在想另外一个问题，小偷上次为什么只偷了景泰蓝，这次却拿走了那么多件东西，既然他觉得一时不好带出酒店，还要找地方存放，为什么上次不拿字画或者一些小东西，偏要费劲巴拉地去搬那么重的一个大家伙？按理说，这种大家伙最不应该被偷，拿起来吃力，卖起来显眼，为什么两次都是这个大家伙被偷呢？这贼是有毛病还是就是奔着这个大家伙来的？如果这两次都是同一拨贼，那很明显他们的目标应该是这个大家伙，如果不是同一拨贼，那为啥都拿了这个大家伙？"她扑闪着大眼睛，一脸迷惑地看着我俩。

我和刘方面面相觑，谁也没有想出合理的答案。

刘方和小田他们对案件一筹莫展的时候，保险公司却已经跟张平方针锋相对地干上了。

保险公司经过一周的调查后，只退还了张平方当时投保的保费，但拒绝了他失窃理赔的要求。这一下子可惹恼了张平方，他不仅找了律师要跟保险公司打官司，而且要召集媒体，对保险公司口诛笔伐。保险公司也没有示弱，明确回复说，他们已经做了清晰的调查，手里握有证据。如果张平方敢打官司，他们会抛出证据，起诉张平方恶意骗保。

是老康打电话告诉我这个消息的。

老康从来都是消息灵通人士，他还不知道我也被卷进这个案子里，在电话里扯着嗓门兴奋地跟我说："这下可热闹了，张平方是一个有便宜不占就觉得吃了亏的主儿，保险公司也不是省油的灯，就等着他们把事情闹大看热闹吧。"他颇为神秘地问我："你知道保险公司的撒手锏是什么吗？"

"我哪里会知道？我只知道保险公司向来霸道，手里没握证据也照样蛮横不讲理。"我在思忖老康为什么突然给我打这个电话，难道仅仅是为了邀我一起看热闹？

"哈哈，我掌握了内部消息。"他突然压低声音说，"张平方丢失的那五件东西里面，有一件是景泰蓝的什么东西，据说是别人的家传之物，那场浩劫时被抄走了，人家曾经多次寻找，甚至在公安局报过案，张平方怎么弄到手的说不清楚，保险公司认为是赃物。这不是最主要的，你知道那东西原来是谁家的吗？"老康很得意地跟我显摆。

我没说话，我知道我不用回答他也会马上告诉我，老康肚子里是憋不住秘密的。果然，过了没有三秒钟，老康大笑着说："是沈家，你的那个亲戚，大名鼎鼎的沈家。"

"沈家？"我确实吃了一惊。

我突然明白了二叔为什么要让我买下那件掐丝珐琅器了，这件宝贝竟然原来是沈家的，怪不得保险公司与我说很怀疑张平方取得这件器物的合法性。

放下老康的电话，我立即跟二叔拨了电话。二叔没接，我又拨了第二次，响了好多声，才听到接通的声音，二叔没有说话，传来的是窸窸窣窣的脚步声。

"咋啦？我在大会堂开会呢。"二叔的声音略带不悦。

"您早就知道那件羊尊是沈家的，为什么不告诉我？"我在电话里对二叔发泄着不满。

二叔迟疑了一下："晚上十点后咱俩通话，这事说来话长，我开着会呢。"

我又给刘方打了电话，问他在不在办公室，刘方说他刚从外边回来，还没来得及洗把脸呢。我边说让他等我一下，边招手打了辆出租车，直奔公安分局。

"什么事呀，这么火急火燎的？"刘方已经帮我泡好了茶，我一进门，他就笑着问我。

"你是否也早就知道这件古董原本的主人是沈家？"一见面，我就气鼓鼓地问刘方。

"早？不早呀，我也是接手这个案子的侦破工作后，在整理背景材料时才了解到这一情况，现在还没有去核实呢。"刘方不以为意地说。

"到底怎么个情况？"我急切地问道。

刘方看了我一眼，笑了笑，从桌子上的烟盒里抽出一支烟，点上，又扔给我一支，自己抽了几口烟后，才慢吞吞地站起身，从身后一个文件柜里拿出一份卷宗，打开，从里面翻出两张复印的纸来，不紧不慢地说："沈家的情况，你比我熟悉，不是保险公司说的那个样子，什么沈家到公安局报案寻找遗失的古董，根本不是那么回事。"

他顿了顿，看我没说话，又接着说道："沈伯远确实在他平反政策落实后有到公安局报案的记录，那是寻人，寻找一个叫陈阿娇的女人，原来是他们家的保姆，沈伯远的母亲自杀后，保姆就不见了，也没有回到原籍。至于这件古董，你也知道，沈家的大部分收藏品在二十世纪五十年代已经捐给国家了，只留了一小部分，经历了那场浩劫，哪里还留得下？何况他那种家庭，怎么可能不被抄家呀？沈伯远向有关部门打过报告，也找过市里领导，希望能找寻并归还家里被查抄的一些物品，清单里有这件景泰蓝。据说有一些归还了，但大多数都没了踪影。大致就是这么个情况。"刘方说着，把那两页纸从卷宗抽出来，递给我。

我没有接，也没有看，只淡淡地问了一句："那……那个陈阿娇找到没有？"

刘方长叹一声："沈老是有名望的人，又是历届省市领导的座上宾，要是有线索，谁也不敢怠慢。关键是上哪里去找呀？听户籍那边的同事们讲，沈老提供的保姆原籍也比较模糊，再说，乡下叫陈阿娇的女人多了去了。过去春节团拜时，沈老有时还会跟市领导提这事，后来也不提了。估计呀，早就不在人世了。一个在资本家家里干了大半辈子的保姆在那场大浩劫中多半也不会有好日子过的。"

沈家的事我是知道一些的。沈家虽是名门望族，但人丁并不兴旺。

伯远公虽为沈家长房长孙，但其父已逝，其叔叔和堂兄弟们二十世纪四五十年代纷纷移居海外，伯远公追求进步，就和新婚的妻子一起陪多病的母亲留守老宅。五十年代他被错划成右派，发配到青海劳改二十多年，与家人音讯隔绝。同样是资本家小姐出身的妻子也因为海外关系六十年代就被关进牢房，死于狱中。嘉树伯初中没毕业就不得不响应号召下乡插队，一去不返。一生刚烈的老太太多次被批斗，挨不过疾病的困扰和精神的蹂躏，在孙子被遣农村后，选择了自杀。伯远公八十年代回来，面对家庭惨状，欲哭无泪，万念俱灰。直到九十年代，嘉树伯才从国外回来，他在乡下被折磨得活不下去，靠偷渡出境才捡回了一条命。

说起沈家事时，妈妈总唏嘘不已。她是一个思想很保守的人，但对冰姨与伯远公的关系持宽容态度，对冰姨极其友好，她觉得伯远公这一辈子太苦了，晚年有个红颜知己，也是可以理解的。

嘉树伯据说是因婚姻生变，一个人带着才两三岁的子怡从国外回来，也没有再娶，全身心投入重振家族产业的事业。子怡是伯远公和冰姨一手带大的，她对他俩的感情倒比对她爸爸的感情深得多。想到子怡，我突然想起了杨超，对呀，似乎好久没有杨超的消息了。

"在帮你的嘉树伯跑项目呢，好像三天两头出差，前两天还跟我通过电话，说等忙完这段时间约你和老康几个人吃饭呢。"刘方与杨超也很熟，我们对这个阳光帅气的大男孩印象都不错。

二叔这次没有爽约，刚过晚上十点，电话准时响了。

二叔告诉我，他也是与博物馆那位著名的鉴定家聊起这件器物时才知道，这两件掐丝珐琅羊尊原为一对，均系沈家旧藏。二十世纪五十年代初，伯远公将家中大部分珍藏捐给国家，由于羊尊为其祖父昔日所钟爱，一件已由其叔叔带到海外，老太太就做主将这一件留下了，作为家族纪念。

"你在英国得到的那一件应该是他家人带出去的，据说沈家人在海外都未从事祖业，与国内家人关系也渐渐疏远。在宁州出现的这件很有可能就是当时老太太留下的，沈老爷子多次询问过，也曾经委托业内的藏家帮着留意寻找，但一直没有找到。我觉得这件东西并不名贵，根本无法与沈家当初捐给国家的那些藏品相比，可伯远公对这件东西始终念念不忘，说不定有什么深意。如果我们买下来，送给沈家，不妨做个人情，将来一起参与南水北调工程时，我们提些要求，沈家也不好回绝。"二叔说。

"可是沈家似乎没有想与我们一起团结协作的想法呀，我几次试探，无论沈爷爷，还是嘉树伯，好像都在刻意回避。黄河集团现有的实力应该是超过江海集团的吧，为什么一定要拉着他们一起呢？我感觉人家对这个南水北调工程并没有像咱们这样热衷啊？"我有些疑惑地问。

"你不晓得。"二叔耐心地跟我解释，"沈家从清初就负责南方的水系治理，已历十几代，积累的不仅是技术、经验，还有各种第一手的水文资料。有些资料已经公开，但有些是沈家的不传之秘，这不传之秘究竟有多少，谁也不清楚。你三叔说，沈家好像从治水初期就着手绘制"江南堤坝管涌源分布图"，历代补充，只是外人从未得见。如果掌握了这些管涌源的分布，引水北上就可以避开这些暗沟陷阱，这太重要了，无论对国家还是对承包商，意义都极为重大。我让你留意这张图，当然，也可能不是一张两张，你想，这是他们家祖祖辈辈传下来的东西，肯定珍贵无比。可是每次参会，沈家始终避提分布图的事，是想独享祖宗的遗产还是这张图根本就不存在，众说纷纭。我们之所以不停地向沈家示好，沈家肯定也明白，但一直不接橄榄枝或许是另有原因吧。"

"商业竞争时代，人家祖上留下的资源为什么要跟大家共享？我觉得人家不提这事理所应当，尤其我们还是人家的竞争对手……"我自作聪明地对二叔说。

没等我说完，二叔就打断了我："你不了解伯远公，老爷子没有那么狭隘。我觉得问题可能还是出在嘉树身上，他是把商业利益看得比较重的人。商业利益可以谈判的嘛，这么大的工程也不是他一家吃得下的，何况在很多地方，他江海集团也需要我们的支持，这账他明白得很，可为什么迟迟不接受我们的提议，这有点让人想不通。"

他想不明白，我更想不明白了。"但这事与这件羊尊有什么关系呀？您知道老爷子在找这件羊尊，所以想买下来送老爷子一个人情，不会就这么简单吧？"我觉得以二叔的足智多谋，事情应该不仅仅如此。

果然，二叔停了半晌，说："老爷子多年来一直通过各种渠道去找寻他家的一位老保姆，这就有点不寻常。这件羊尊或许对老爷子有另外的意义，找寻老保姆是因为念旧还是老保姆掌握着沈家的一些秘密呢？当时老爷子的母亲自杀时，据说只有这位老保姆在场，难道沈家的一些不传之秘掌握在老保姆手里？这件羊尊与老保姆有没有关系呢？"

"哦，老保姆叫陈阿娇，老太太去世后就没了踪影，好像也没有回到原籍。"我把在刘方那里了解的消息告诉了他。

"沈家的事复杂呀。"二叔叹口气，"你做两件事。一是继续时不时地去江海集团，你经常去，实际上就是给你嘉树伯带去一种无形的压力，当然，你也要留意那个传说中的'江南堤坝管涌源分布图'是不是真的存在，如果见到了，还是按我过去跟你说的那样，只拍下来，不用破坏，更不要拿走；二是沿着羊尊这条线，顺藤摸瓜，看看能否找到与沈家牵扯的一些东西，帮上沈家的忙，把人情做足，将来在道义上我们占主动。不过你也要多加小心，我总觉得这事很蹊跷，好像有哪里不对劲。"

十三

老康一心想看的热闹竟然没有"闹"起来。摩拳擦掌的保险公司没有起诉张平方，破釜沉舟的张平方也没有开新闻发布会背水一战，双方突然就都偃旗息鼓了，就像一块石头扔进大海里，连个大浪花都没有泛起就沉到水底了。

"怎么会是这样？"唯恐天下不乱的老康对这一结果极不满意，他坐在吴双房间的沙发上，扯着嗓门嚷嚷，"媒体是干什么吃的？竟然连个屁都没放。"

不光媒体没放屁，连在老康嘴里说"我让他往东，给他八个胆都不敢往西"的张平方这次也没有给老康面子，老康在电话里追问到底怎么回事的时候，张平方一开始还支支吾吾，到后来干脆把电话挂了，再打，直接关机了。这可把老康气坏了，他把电话使劲摔在吴双的床上，大骂张平方见利忘义。

老康是来找我们吃饭的，他还约了刘方和杨超，也约了子怡。

吴双过几天就要回北京了。

影视公司对她的剧本很感兴趣，想约她当面聊。老康一直是我们这帮人的老大哥，一听这事，立即张罗了饭局，说要给吴双送行。

饭局上，老康对张平方还耿耿于怀，大家讨论的话题也就变成了这件尚无头绪的失窃案。老康一会儿挖苦刘方工作不力，案子到了警察手里，就石沉大海；一会儿又变成了福尔摩斯，自问自答地对案子做了多种可能性的分析。跟老康在一起，带着耳朵就行了，嘴巴也只能用来吃东西。老康一旦说起话来，要插句话，那可不比开车在北京二环路上加个塞更容易。

杨超这回却迎难而上了。

他用一个空碗扣住老康的大嘴巴："哥呀，咱们是来给人家吴双姐送行的，也让人家大编剧讲讲她的剧本，你就把这件失窃案分析得再透彻，公安局也不发你一毛钱奖金。"

老康的嘴上扣着个碗，还在喋喋不休呢。不过老康倒是识劝的人，看着光顾着说话还没有来得及吃的一桌子菜，就把发言权暂时让给了吴双，自己埋头大吃了。

大家都听吴双讲她的剧本，我悄悄问子怡："你知不知道失窃的这些古董中有一件景泰蓝原本是沈家的？"

子怡看了我一眼，拿餐巾纸抹了一下嘴："前几天我给爷爷打电话，他似乎说起过，我问他详细情况，他说不想提这些伤心的事了。"

"哦，那就是爷爷也知道这事了？"我说完就后悔了，这不是明知故问吗？

子怡莞尔一笑："何止是这事呀，连你想去捡漏花了几十万没买成的事爷爷都知道。"

我脸一红，心里想，这糗出得可真不小。

"我为啥要买，你知道不？"我也用餐巾纸擦了擦下巴，有点悻悻地说。

子怡又看了我一眼，笑了笑，没说话。

我在心里揣测着说话的尺度，既然二叔的初衷是买了东西送沈家以图讨个好，东西没买成，我先把"好"抛出去吧。我说："听说这是沈家的东西，家里人让我买下来准备送爷爷的。"

子怡并没有流露出特别吃惊的神情，她环顾了一下四周，用手捂着嘴，一副果不其然的神情："冰姨早就料到了，她说本纪又不搞收藏，他悄悄去买，说不定是想给老爷子一个惊喜呢。"

我在心里得意地笑了，再一次对冰姨刮目相看，不过，我更在乎老爷子的态度。"爷爷怎么说？"我装作不动声色，试探着子怡。

子怡似乎看穿了我的心事，她收敛了笑容，叹了口气："看到了吧，爷爷当时的神情跟我差不多，只长叹了一声，啥也没说。"

"嘀咕什么呢？"老康打开腮帮子狂吃了一气，嘴在忙，眼睛却没闲着，见我和子怡在窃窃私语，就摆出要加入的架势。

我嘿嘿一乐，没说话，子怡冲老康做了个鬼脸，就扭转头，装模作样地听吴双讲话去了。

吴双没有谈太多她的剧本，她正在跟大家讲一部韩国电影，据说这电影一上映立即引起巨大反响，韩国还为此修改了法律。

老康肯定也是知道这部电影的，他竟然放下筷子，一直等吴双神情严肃地讲完那个令人震惊的故事，也没有插话，连句感叹都没有，这实在不像他的风格。

老康半天没说话，大家还有点不习惯，连刚讲完电影的吴双都困惑地看了他几眼。

老康闷坐了好长一会儿，突然长叹了口气，端起一杯酒，没有与任何人碰杯，说了句"你带着使命而来，纵烈火焚身也在所不惜"，一扬脖，自己把酒喝了。

他在酒桌上总时不时说些没头没脑的话，也不知道是他的即兴创作还是引用了哪位前辈先贤的至理名言。

我给张平方打过几次电话，他都没接，直到吴双已经回北京好几天了，他才联系我，他还欠着我五万块钱订金呢。

我们还是约在了那个茶馆里，我赶过去的时候，他已经到了，正坐在那里一边喝茶，一边盘他手上的核桃。

"不好意思了，我摊上了这样的事，简直是飞来横祸，对不住了。"他一边说着，一边把桌子上的一个牛皮纸袋推给我，纸袋开着口，我能看到里面装着现金。

"这是不可抗力造成的，不是我不讲商业规则，我的损失要大多了。"他怕我要求双倍返还订金，先把话说开了。

"不是保险公司赔您了吗？您还有什么损失呀？"我坐下来，喝了一杯茶，问道。

"没你想的那么简单，和解而已，我不想跟他们较劲了，犯不上。"他把手里的核桃装进中式衣服的外兜里，又从手腕上取下已经磨得油光锃亮的手串，在手里慢慢把玩着。

"经历了这事，我们也算是朋友了，别人交给我的事我也没办成……"我试图与他多聊几句，刚一开口，却被他打断了。

"说实话，我做梦也没想到这件东西会丢，顺手牵羊牵什么不好，偏偏把最重的这个大家伙偷走了，这小偷真是个神经病。"想到啃了一口的鸭子还飞了，他话语间不自觉有点气急败坏。

"嗐，不是已经报案了吗，找到了不还是您的吗？"我安慰他。

"找到？上哪里找去？杀人越货的案子警察还忙不过来呢，我这种小老百姓的失窃能给立案就不错了，还指望着破案？警察哪有那么多工夫和精力？我听他们办案的人说，小偷很狡猾，基本没留下什么线索，碰到这种事，只能自认倒霉了。"他快快地发着牢骚。

"您还算有远见，给展品买了保险，有保险公司赔付，您其实也就浪费点精力，也没什么损失啦！"我看他牢骚满腹，就给他斟了一杯茶，劝慰着他。

"嘻，别提了。"他叹口气，"你是不知道，书画容易被偷，我是投了重保的，这件掐丝珐琅器，那么大，还那么重，不值钱还很难带出去，谁承想它会被偷走呢。"他一边说着，一边懊悔地拍了拍自己的大腿。

我旁敲侧击了半天，张平方也没有向我透露半分与保险公司和解的内容，更绝口未提沈家参与其中的事，问到那件东西的来历，他只是说是过去收废品时顺带收的，什么人送来的，他已经全然不记得了。

他越不提，越让我感觉到他似乎要刻意回避什么。

我第一次与他见面时，曾谎称自己姓"王"，但保险公司的两人一见面就直呼我"赵先生"，听子怡讲，沈家也知道了那个准备花几十万买下这件古董的人是我，这信息应该是从他这里透露出去的，他势必早就知我姓赵了，可我俩聊天时，他还坚持称呼我为"王先生"，是不想让我难堪还是故意装傻呢？我看不透，但感觉这个唉声叹气的小商人其实骨子里极其精明和狡猾。

还真让张平方说对了。

这种失窃的案子公安局屡见不鲜，刘方他们查了一段时间，还没有理出个头绪来呢，先是小田被抽调到另一个案子里去了，没两天，刘方又去主导一件银行抢劫案去了。

我本来就是一个对什么事都不是很上心的人，更谈不上刨根问底了，没人烦我，这件事也就渐渐被我抛到脑后了。

吴双再次来宁州的时候已经快要过元旦了，邀请吴双来宁州过元旦竟然是子怡提议的。

吴双回去后，我一天到晚忙于上课，与大家联系都不多，倒是与子怡时不时地见见面，我俩也单独出去吃过饭。

别看子怡年纪小，她家族使命感还挺强，总感叹我们生在这样的家庭，是没有其他选择的，只能继承长辈们奠定的基业，责无旁贷地前行。

"你那是在逃避，是不负责任的，你让赵家把那么大的家业交给谁？还有成千上万的员工呢？他们未来要指望谁？"我与她说起我对家族产业没兴趣，只想跟导师一样做个自由自在无拘无束的学者，她像个小大人似的批评我，"多少人羡慕着你，你哪能自己随意放弃呢？何况，管理企业也不是什么难事，无非是出谋划策、发号施令罢了。"

被众人宠爱含着金汤匙长大的小女孩说些想当然的话，我不以为意，要是别人这样劝我，我说不定还会有些逆反和厌恶，但对子怡，我也只是一笑了之。一个还没出大学校门的小姑娘，她哪懂得生意场的诡谲和社会的复杂呀？

圣诞节那天，我们一起聚了聚，是杨超请的客。杨超工作比较忙，说了好几次请大家吃饭的事，但他总出差，直到圣诞节那天，才终于兑现了承诺。

席间，大家问起吴双，我说她在北京琢磨修改剧本呢，影视公司已经确定了要立项，她正按人家的要求写着剧本呢。

"在哪里写不是写呀？邀请她来宁州过元旦吧，我都有点想她了。"子怡出神地托着腮帮，娇滴滴地说。

那天她穿了一件翠绿色的高领羊绒衫，白色的牛仔裤，把修长的身体衬托得凹凸有致，让没出息的老康总时不时地拿眼睛瞄着她浑圆的屁股意乱神迷。

"是呀是呀，请她来请她来。"大家对吴双印象都不错，一听到子怡的提议，立即同声应和。

我在大家的起哄架秧子下拨了吴双的电话，她未加思索就爽快地答应了，一一向大家问好后，她还专门叮嘱了刘方，说有几个关于案情的细节要回来向他讨教。

吴双在宁州只待了一周，还是住在时代大酒店。

吴双来的第三天还是第四天，我张罗大家又聚了一次，算是给她接风兼送行。

那天，宁州罕见地下了场雪，一片银装素裹，刘方和杨超因为堵车都迟到了，被我们狠狠罚了酒。

大家纵情欢歌、拥炉赏雪，都开心得不得了。尤其是老康，听说吴双的剧本就要立项了，端着酒杯，指着窗外大发感慨："看到没有？天理昭彰，你们肯定都看过关汉卿老爷子的《感天动地窦娥冤》吧？吴双妹子这个剧本一旦公映，那个案子说不定很快就会真相大白，你们看看，这不就是征兆吗？吴双一来，突然下雪了，这就是冥冥之中自有定数，正应了那句话：沉冤得雪。"

吴双的行程安排得很紧凑，除了跟我们吃了一次饭，就一直在忙活她剧本的事，据说接连去了刘方办公室好几趟，与小田的爸爸也见了好几面。

她走的时候，我开车去送她。在路上，吴双突然对我说："阿本，我感觉我住的那个房间又进去过陌生人。"

"真的？"我没有在意，笑道，"怎么，又多出来啥东西啦？"

"没有。"她摇摇头。

我看她一副若有所思的样子，连忙问道："那丢什么东西了吗？"

"也没有。"她还是摇摇头。

我有点莫名其妙："那你凭什么认为有陌生人进过你的房间？再说，酒店的房间，服务员不得天天进去打扫呀？"

她蜷缩在副驾驶座上，眼睛茫然地看着前方，过了好半天，才快快地说："我感觉有人动过我的电脑。"

"你的电脑？"我看她一副紧张兮兮的样子，不禁笑了起来，"你电脑里能有啥呀？也没什么值得保密的，顶多有几张昔日情史的照片而已。我可没动你的电脑，对你的隐私我既不好奇也没兴趣。"

看我急着撇清自己，她白了我一眼，叹口气："我从来也没想瞒你什么呀，上次我写的大纲莫名其妙地就没了，我一直以为是自己不小心删了，只好重新写。可这次，我就是有一种感觉，好像又有人看过我写的东西。"

"你呀，"我一只手把着方向盘，另一只手拍了拍她的大腿，说，"你就是写谋杀案太投入了，把自己都写得神经质了，回到北京，好好休息休息，别胡思乱想，整天琢磨着自己吓唬自己。"

吴双没有再自己吓唬自己，第二天晚上她突然打来的一个电话，倒是把我吓个半死。

十四

吴双打来电话的时候都已经是深夜了。

宁州没有暖气，冬天就显得特别冷，我住的房子虽然有空调，但空调的暖风还是没法跟暖气比，尤其是刚洗完澡的时候，即使把自己裹在浴巾里站在空调下面吹半天暖风，依然浑身筛糠，跟掉进冰窟窿的落汤鸡似的。

我就是在裹着浴巾正哆嗦着的时候接到吴双电话的。

"喂……"我歪着脑袋，用耳朵和肩膀夹着手机，两只手和胳膊都缩在浴巾里，嘴唇跟牙齿在交战。

"我在临沂呢。"要是在平时，吴双一定能从电话里听出我的窘迫，但这次没有，她甚至都没有问我在干什么，电话一通，立即开门见山地说。

"哪儿？临沂？"我的浴巾差点掉到地上。"你不是今天到北京了吗？怎么跑到临沂了？你啥时候去的？怎么回事呀？"

"晚上到的，你明天上午没课吧？要是没课，到火车站接我一下，我刚买了早上的火车票，十点半到站。"她好像还在外边，我能听到她急匆匆的脚步声和耳边寒风的呼啸声。

"到底出什么事了？你这急匆匆的，到临沂干什么？"我已经顾不上哆嗦了，忙钻进被窝里一连串地发问。

电话那头风声很大，她好像正迎着风，怒号的风把她的话吹得断断续续，我只依稀听她说要先找个酒店住下。

"到了酒店马上打电话给我。"我冲着话筒喊道。但耳边传来的全是风声和她被风吹得不停咳嗽的声音，我怕她听不清楚我说的话，就又给她发了条短信，告诉她，住进酒店后马上给我回电话。

我给她发短信的时候应该还不到晚上十二点，但一直到了两点多她才回我的短信。

"睡了吧？我住下了，放心吧。"

我怎么可能放心？一晚上，我就缩在被窝里，手机一直搁在枕头边，迷迷糊糊，毕竟睡不踏实，所以，短信一来，虽然只是"嘀"的一声，我立即把电话拿在手里，给她拨了过去。

"到底怎么回事？你跑临沂干什么去了？你就不怕被人拐走了？"知道她住下了，我心里也就踏实了些，虽然已经很晚了，还是不自觉地揶揄道。

吴双没有理会我的半开玩笑，"我晚上到的临沂，见面跟你细说吧。"她的声音是沙哑的，想必是因为疲惫，也许是吹多了风。

"行吧，安全就好，那你快睡吧，估计也睡不了多大一会儿，还要早起，明天……什么明天，已经今天了，上午我去火车站接你。"我在被窝里已经暖和过来了，但感觉此时吴双没有要与我多聊的意思，就赶紧催她睡觉。

吴双一时兴起突然跑去一个地方，这种事以前也发生过，"去看个东西"，我问她的时候，她就叹口气，淡淡地说，似乎在回避着什么。她不想说，我也没有多问。谁心里还没有点小秘密呀？就像吴双也不知道我擅长溜门撬锁。

"我今天过来的事，你没有跟任何人说吧？"从火车站接了她，刚坐到我车里，她立即问道，那紧张兮兮的神情，就跟地下党接头似的。

"没有啊。"我抱怨道，"您老人家这神出鬼没的，我也来不及跟别人说去呀，再说，我跟谁去说呀？"

她看我一脸蒙，"扑哧"一声先笑了，推了愣在驾驶座上的我一把，说："肯定昨晚没睡好吧，走，先到你那里去，我要给你看个东西。"

我一边发动车子，一边诧异地问："什么东西呀？你一会儿神出鬼没，一会儿又鬼鬼祟祟，是盗了曹操的墓还是挖了杜十娘的坟？违法乱纪的事我可不做，咱是一身正气的良好市民。"

她知道我故意逗她，一边笑，一边撇嘴，"哼，你要是安分守己的良好市民，社会上就没几个坏人了。"然后她话锋一转，接着说道，"一会儿我要是把那东西拿出来，你别把眼睛瞪得跟铜铃似的就行了。"

"到底什么东西呀？你搞得神神秘秘，咱俩又不是特工队。"我一边开车一边嘟囔。

吴双没再理我，直到我们把车停好，上了楼，她甚至还洗了把脸，才不紧不慢地从自己的双肩包里取出来一个黑色塑料袋，打开塑料袋，里面是一个包裹得严严实实的报纸包，她小心翼翼地把报纸包打开，往我眼前一摊。

报纸包里是四块方方正正的黑色石头，乌黑发亮，大大咧咧地躺在报纸上。

"这……？"我有些疑惑地看着吴双，吃惊地问道。

"是不是很眼熟？"吴双拿起其中一块，在我眼前又比画了一下。

我接过来，翻来覆去地看了一圈，又拿起另外一块，仔仔细细地观察着。

"不会吧？这也太像了，形状、大小、色泽，而且都是四块……"

看着手里的石头，我益发觉得不可思议。

"像？"吴双从我手里接过一块石头，用手指着说，"你看看这里，看到上面这凹槽印了吗？每块都有，而且是新的，这意味着什么？是不是说明这四块石头是刚从某些东西上拆下来的？"

我的心顿时一凉。

那印痕像极了那件掐丝珐琅器的四足。

"不可能吧，哪有这样巧的事？"我还抱有一丝侥幸，如果确实是那件掐丝珐琅器的四足，那件东西可能被毁了。

"是呀，我就是拿不准，所以在电话里没有跟你说。"吴双看我也在纳闷，就坐下来，眼睛却急切地看着我。

"也有一点应该不一样的地方。"吴双看我没说话，又站起身来，把石头拿在手里，指给我看，"你看看这里，这三块石头的底边上都有一个浅浅的刻痕，同样的位置，都是正中间，像是故意把这条线断开一样，不知道这是什么意思。你记不记得那件掐丝珐琅器的底足石头上有没有这个刻痕？"她把那三块有刻痕的石头摆到我眼前，显然，她已经提前仔仔细细把石头研究过了。

"哦？"我把石头一块块拿起来，眯起眼，挨个儿审视，确实，看那刻痕，肯定不是新刻的，而且，肯定是故意刻的，因为不偏不倚，都在石头一侧的正中间，只是如果不把石头翻过来，一般都注意不到。

"那好办了。"我一拍桌子，说，"如果那件掐丝珐琅器的底足上也有这几道刻痕，那就基本可以证明这石头就是从那上面撬下来的，对不对？再巧也不可能连刻痕都一样吧？"

吴双点点头："是呀，所以我才问你，记不记得那东西上有没有刻痕？"

"你可真蠢，那时谁会注意这些呀？不过，咱们有照片，我不是拍了些照片吗？一比对不就清楚了？"我放下手里的石头，连忙去找我的手机。

"也是。"吴双一拍脑门,"照片我电脑里也有,你当时不是拷贝到我电脑里了吗?我肯定没删。早知道昨晚我就比对了,这心,悬了一路。"

我在找手机的时候,吴双已经把电脑打开了,我忙伸长了脖子和她一起去看,好在照片还在。

我俩一张照片一张照片地打开看,从头看到尾,对照片的关注点全在那件掐丝珐琅器的外形上,即使拍了底足,也只有侧面,没有一张拍到那几块石头的底面。

"唉!"我泄气了,"光关注那件器物的形态了,我记得当时还拿起来了看看呢,咋没有留意这几块石头的底面呢?"

吴双也颇觉失望地摇了摇头,不死心地问:"就这些照片吗?我记得你拍了好多呢,那天早晨你还拍了呢,我越紧张你拍得越起劲,咔咔咔,好一阵拍呢。"

她这一说,又提醒了我:"对呀。那天早晨还拍了很多呢,那些照片我还留着呢。"我打开手机,开始翻以前的照片。

"你拷贝到电脑里,这样咱俩能看得更清楚。"吴双收拾着电脑,一连声地说。

我俩又把脑袋凑到了一起。

那天早晨,由于天还没亮,酒店房间的光线很差,加上我也紧张,照片质量很差,不少都拍虚了,但即使这样,依然有几张照片拍到了石头的底部。

"是一样的刻痕吧?你拿石头过来再看看。"吴双操作着电脑,把图片放大了好几倍,她的手已经在抖了。

我看看石头,又看看照片,再看看石头,又看看照片,心里却有一种说不出的滋味。既怕是,又怕不是;既盼着是,又希望不是。

如果是，那就多了一条破案的线索，但也就坐实了那件老器物已经被毁了；如果不是，那这东西从哪里来的？与那件器物有没有关系呢？

吴双也与我一样，看看照片，又看看石头，看看石头，又看看照片。

好几张照片上都看到了刻痕。虽然照片拍得很差，有的地方不是很清晰，但刻痕还是能看得出来的，而且与手里的石头处于基本相同的位置。

这已经不可能只是个巧合了。

过了半晌，我俩一直面面相觑，谁也没有说话，但心里都很清楚，这四块石头，应该就是那件掐丝珐琅器的四足。

"你怎么知道这东西在临沂？你咋拿到的？"我先打破了长时间的沉默，从烟盒里拿起一支烟，点着，吸了一口。

"唉！"吴双叹了口气。她把我手里夹着的烟抢过去，放在嘴里，也吸了一口，又塞回我手里，看了我一眼，才幽幽地说，"你还记得上次咱们在临沂见到的那个白胡子老头吗？"

"当然记得，不就是酒店里卖文玩的那个张大千吗？"我又抽了口烟，边说着边递给她，她没有接，垂下眼帘，点点头："我当时给他留了电话，说要是碰到比较奇特的石头时告诉我一声，如果我喜欢，一定会买。"

"我就说嘛，那天你肯定又犯老毛病了。"我把烟掐灭在烟灰缸里，"你又不收藏石头，每到一个地方，还偏要去逛石头摊，看看这些年你买的那些石头，得有好几箩筐了吧……"我还没说完，就看到吴双的眉毛已经竖起来了。

"你还想不想听我说呀？"她用那双丹凤眼瞪着我，故作嗔怒。

我搞不明白吴双为什么对石头情有独钟，她既不收藏也不研究，就愿意到各处看那些稀奇古怪的石头，而且还特喜欢不同寻常的黑石头。她加入了好几个石头发烧友的 QQ 群，也下载了好多有关石头的照片。问她为什么时，她顶多说一句"就是喜欢嘛"。再问，她就低下头，任你说破天，也再不多说一句。

我知道她的脾气，一看到她柳眉倒竖，忙认输道："你说，你说，我不打岔了。"

"冰箱里有什么喝的吗？给我倒点水也行啊，一点都不绅士，还从英国回来的呢。"吴双见我立马低眉顺眼、点头哈腰，自己先笑了。

"好，好，我错了，我错了。"我赶紧从冰箱里拿出来两罐可乐，一想吴双喝不得凉东西，又马上拿了杯子，倒了一杯奶，放进微波炉里，热了一分钟，拿毛巾捧着，乐颠颠地跑过来，放在她面前，还煞有介事地装着用腮帮子去试试杯子的温度。刚从微波炉里拿出来的玻璃杯自然是热的，我的脸当然不会直接贴着杯子，但我故意装作被烫了一下，一龇牙，大叫一声。

"行了，别装了。"她看着我拙劣的表演，"扑哧"又乐了，"你的脸离杯子还有两里地呢，我又不瞎。奶热了也就一分钟，能温乎就不错了。"她端起杯子，摇晃了一下，一饮而尽，说："看在你表现还不错的分儿上，我就给你说说这四块石头怎么来的吧。"

昨天早上，吴双从宁州回到北京，刚下火车，就接到了那位仙风道骨的老爷子的电话，说前几天有个外地人拿了这四块石头在临沂古董街上卖，说是黑宝石，要卖十万块钱，转了好几个店，都说不是宝石，就是一般的黑石头，最后到了老头家的店里，老头也说这肯定不是宝石，可能连黑曜石都算不上，但觉得石头有股古朴气，就报了五千块钱的价，那人肯定对价格极不满意，犹豫了半天，但还是卖了石头拿钱就离开了。老头拿着石头琢磨了好几天，也没弄清楚这石头是做什么用的，只是感觉有些不一般，就猛然想起要买特别一点的石头的吴双来了。

"一看你那么热切地跑过去，然后就高价推销给你了。"我笑着插话。

"瞧你，把人都想得那么坏，哪像你说的那样。"吴双从椅子上站起来，伸了伸懒腰，"老爷子电话里说他搞不清楚这石质，乌黑发亮，而且很重，你想这老爷子一把年纪都没有见过的石头自然吸引我呀。回家的路上，我一查，北京竟然隔三岔五有飞临沂的航班，而且当天下午就有一班，我一想，得了，也别回家了，直接买机票就奔机场去了。"

"真的呀？你坐飞机到的临沂？难怪那么神速呢。"我也站起来，活动了一下腰。

"神速什么呀，那飞机小得跟面包车似的，在空中晃晃悠悠，还要在潍坊起降一次，歇上半天，我到临沂时都已经是晚上了，与那老爷子聊完，就半夜了。所以，赵本纪同学，除前天晚上你送我去火车站时咱俩在大排档吃了碗面之外，本姑娘到现在还没有正经吃过一顿饭呢，赵大公子是不是该带我吃点东西了，要不，你面前马上就要出现一个饿死鬼了。"

我一看手表，已经快下午两点了。

"祖宗啊，你可真行，就你那烂胃，作吧你。"我一把抓起她的外套，给她披在身上，推着她就往外走，"走，走，走，我带你先吃饭去，吃完饭再带你去酒店。"

"还酒店啥呀，晚上我就坐火车回北京了。"她边系鞋带边说。

"行了，你省省吧，今天必须好好睡一觉，回不回去明天再说吧，咱俩还有好多事得晚上一起研究呢。"我不容她辩驳，扯了她的手，直奔饭馆去了。她一说饿，我的肚子也咕咕叫起来了。

吃饭时，我让吴双给时代大酒店打电话订了房间，她是 VIP 客户，酒店不光服务好，价格也相当优惠。

把这一切忙活完，我俩又回到我的小屋，确实，我俩还有很多东西要合计合计。

上楼的时候，我们竟然在楼道里遇到了我的导师。

吴双是第一次见到我导师，紧张得不知道说什么好，导师还是那么温文尔雅，微笑着与我们颔首还礼。

"你导师果然气度非凡，举手投足间都透着一种儒雅，让人不自觉地在他面前矮了下去。"一进房门，吴双不由自主地感叹。

"那当然，"我见识了吴双见到我导师时的手足无措，就得意地笑笑说，"怎么样，腹有诗书气自华，用在我导师身上是不是最妥帖不过了？"

"是呀。"吴双点点头，自嘲道，"人家那真是文人范儿，要说咱们书读得也不少，咋气质一点也不升华呢？在人家面前一站，立马露出了乡下丫头的怯懦和粗鄙。"

"胡扯吧你。"我把她脱下的外套接过来，挂到了我的衣橱里，然后打趣道，"说明你书还是没有读到家，我导师也不是名门望族出身，也没成长在书香门第，还上山下乡接受了好多年贫下中农的再教育，可这没耽误人家读书啊，多年下来，手不释卷，自然把人熏得风雅起来。就咱俩，整天流窜于市井，混迹于酒肉之间，想雅也雅不起来，还是老老实实地做个俗人吧。"

"俗人就俗人吧，俗人得食人间烟火。"吴双说话间，已经烧上了水，又刷了两个杯子，看了看我狼藉的厨房，就挽起袖子，准备收拾。

"歇会儿，歇会儿，这活用不着你，我请着钟点工呢，明天让她来打扫一下就行了。"我连忙把她从厨房里拽了出来，我知道，要是不拦住她，以她那爱干净的劲，今天非要给我来个彻底大扫除不可。

"我一个蹭吃蹭喝的乡下俗人小丫头……"

"行了，祖宗，快洗手去，咱俩还得合计正事呢，这四块石头咋处理你也不想想？"吴双知道孰轻孰重，一听这话，她立即放下手里的抹布，洗了手，乖乖地凑到桌子上，"咋处理呀？你说呢？"

"是个什么样的人卖给那老头的？会不会是……"我坐下来，手里拿着石头，皱着眉头试探着问。

"我问过那老爷子，他说那人也就三十多岁，黑黑的，瘦瘦的，说的是苏北话。怎么，你怀疑卖石头的人就是小偷对吧？"吴双很聪明，一点就透。

"苏北口音？三十多岁……"我摇了摇头，讷讷地说，"我本来有点怀疑是张平方自己做局，他好像跟我说起过，说这石头就值十万，可张平方也不黑不瘦啊，说的也不是苏北话。"

"张平方有那么傻吗？那他胆子也忒大了，这可是犯法呀。"吴双瞪大了眼睛。

"小偷不知道犯法呀？为了钱，铤而走险的多了去了。"我顿了顿，又说道，"应该不是张平方，他肯定没有那么傻。"

"是呀，只卖了五千块钱，被抓到还要坐牢，太不值了。"她感慨道。

"要是人人都遵纪守法就好了。"我突然想到一个问题，"你与那个老爷子说这可能是赃物的事了吗？"

"没有。"吴双很肯定地摇了摇脑袋，"当然没说。我当时也不敢确定，就是现在，我依然觉得或许只是个巧合呢。你想，谁会把一件那么好的古董毁掉，只卖几块石头，而且才卖了几千块钱？"

"你没听那老爷子讲吗？那人要卖十万的，五千是不值得，要是能卖十万是不是就值得了？只是如意算盘没打好。再说，如果不搞收藏，那件完整的东西怎么出手？被人发现怎么办？只能拆开卖，卖一点是一点。"我一边耐心跟吴双解释，一边开动大脑，想着这窃贼到底是什么路数。

"你说，咱们会不会弄错了？或许这石头就不是从那件掐丝珐琅器上拆下来的，只是很像而已……"吴双想不明白为什么要把好好的东西毁了，又开始怀疑我们此前的判断。

"那如何解释四个凹槽和上面那些完全一致的刻痕？天下哪有那样巧的事？"我其实也想不明白，嘴上虽然没有认输，心里也存有疑虑。

"万一呢？万一……万一就那么巧呢？就像这四块石头咋就被我碰上了，不也是巧了吗？"吴双话说得很没底气，她也知道她的这个"万一"已近乎不可能。

"我也希望如此呀，可事实上，那东西已经被毁掉了。"我叹了口气，不再跟她争辩，就转移了话题，"你当时与那老爷子聊时，他说没说这石头是做什么用的？"

"说了，但他也不确定。"吴双说，"他也是根据石头上的凹槽，说了好多可能性，最靠谱的，也只是推断说可能是一个摆件的底足。"

我点点头："你没有与他多聊几句卖他东西的那个苏北人的情况吗？他说啥了没有？"

"当然。"吴双毫不迟疑地说，"不过，我没有直接问，怕引起他警觉，走漏了风声，就与他东拉西扯了半天。他说，两省临近，去他们那里卖东西的苏北人不少，但那个苏北人很面生，他们收古玩时，一般都会随口问问东西的来历，当然，也没人真的会相信卖家说的话。苏北人说打牌赢的，被人骗了，还以为很值钱呢。"

"打牌赢的？"我又皱起眉头。

"那老爷子不是说了嘛，他们也就是随口一问，没人会真信卖家的话的。"

"那个人只卖了这四块石头？没有其他东西，比如字画什么的？你问老爷子了吗？"我的手指轻轻敲击着桌面，大脑却在飞速运转。

"哼。"吴双不屑一顾地嘲笑道，"我当然问了，但我肯定不会像你这样连珠炮似的发问，那老爷子是个老江湖，我这样问，不就把他惊着了？那人确实只拿了这一件东西来卖。老爷子的一个朋友，也是在那条古董街开店的，听说这石头被老爷子买下了，还过来揶揄了老爷子几句，说那个苏北人第一个去的就是他家，拿着这几块破石头，张口就要十万块，他觉得这人是个棒槌，看他身上也没有别的货，就把他轰出去了。老爷子也问过那人，还有没有其他东西，好一起算价。那人说没有其他东西了，打牌赢来的，以为是宝石呢，没再多说啥，拿了钱就匆匆离开了。"

"那几道刻痕呢？老爷子看出什么门道没有？"我没理会吴双的嘲笑，又追问了一句。

吴双摇了摇头："我也问他了，他说不像是随意乱刻的，也不是新刻的，可能是八卦符号什么的，但不明白这里面有什么含义。"

我把那几块带刻痕的石头翻来覆去地摆弄了半天，还是看不出个所以然来，只能一再叹气。

"下一步你有什么打算？"看了看同样一头雾水的吴双，我抽出一支烟，点着，抽了一口，试探着问道。

她也皱了皱眉头，用手理了一下眼前的刘海："你说要不要把这几块石头交给刘方？这也没有什么特别有用的信息，会对他们破案有帮助吗？"

"悬。"我抽着烟，不紧不慢地说，"我原以为这个苏北人是窃贼或者与窃贼是一伙的，你想苏北人跑到临沂去卖东西，是不是很可疑？而老爷子说苏北人常到他们那里去卖货，所以，这也算不上是什么值得怀疑的理由。这个苏北人跑到古董街，挨家去兜售，并没有躲躲藏藏，说明他有可能不知道这是赃物。他说打牌赢的，被骗了，也说不定是真话。"

"那不对呀。"吴双对我的分析很不以为然，"如果找到这个苏北人是不是就有可能顺藤摸瓜？"

"你去哪儿找那个苏北人呢？即使找到那个苏北人，也不见得能找到偷东西的人，这些信息我觉得对刘方他们帮助不大。当然，交给他们可能是比较好的选择，反正你也没想真的要收藏这几块石头。"

十五

果然与我预想的一样。

刘方他们根据石头的线索，做了大量的排查工作，但忙活了半天，没有啥收获，既未能圈定犯罪嫌疑人，也没有追踪到那些失窃古董的下落。

但也不能说他们一无所获。

吴双不想让人知道是她把石头带回来的，第二天一早就回北京了，我包了这四块石头拎给了刘方，说是我一个亲戚发现并买了过来的。

我估计刘方和小田去了一趟临沂，最大的收获也就是查出了石头是吴双花钱买的。

"吴双咋还喜欢收藏石头呢？"刘方从临沂回来，约了我喝茶，顺手把一个纸包塞给我，我打开一看，是一包钱。

"那傻姑娘花了六千块钱买的，人家老爷子说五千就行，她硬塞给人家六千。一想这做派，再加上老爷子对相貌的描述，我就知道什么你的亲戚呀，肯定是她。"刘方喝着茶，瞪着我，一阵冷笑。

我知道再瞒也没用，也就跟着他嘿嘿乐了几嗓子，然后把钱推回给他。"行了，你们也没这笔预算，公家也不会给你报销。她一直说你帮了她那么多，总想着为你做点啥，就让她出点血吧。"吴双靠写作生活，没有多少积蓄，她毫不犹豫地拿出六千块钱买这四块石头，估计也确实想帮刘方提供些破案线索。她多次与我说起过，刘方、小田一直帮助她，她欠着好大的人情呢。

刘方又把钱推了回来，说："这钱不是我出的，我也确实报销不了，这是人家失主出的，说还要包个大红包当面谢谢呢，我替咱那傻姑娘收下了。"

"失主？"我摇了摇头，点上一支烟，抽了一口，说，"难得呀，这次张平方表现得还算大方，像个爷们儿。"

"什么呀？哪里是张平方啊？是你那亲戚，沈老爷子。我给他说了，是你和你的朋友帮着把这四块石头寻回来的，那件东西毁了，老爷子有些难过，但看到石头，还是激动了半天，说不定老爷子要请你吃饭，你可是帮了沈家一个大忙，超级大忙啊。"刘方吐了口烟圈，阴阳怪气地说。

"哦？这话怎么说？"刘方的话引起了我的高度警惕，我只好用哈哈大笑来掩饰自己的不知所措，笑着问，"超级大忙？有多大呀？"

"多大？我告诉你，无穷大。"看我一脸茫然的样子，刘方往嘴里塞了几粒茶馆送的花生米，边嚼边说，"沈家不是一直找他们家的老保姆吗？念旧情是一方面，更重要的是找沈家祖上留下的一些东西，据说是祖训要求秘不示人的。老爷子的母亲不是在那场浩劫中自杀了吗？东西可能着落到保姆身上了，结果呢，嘿，东西找着了。"

我大吃一惊，后脖颈直冒汗，我猜想沈家祖训里要求秘不示人的，应该就有那幅传说中的"江南堤坝管涌源分布图"。

"找着了？怎么找着的？那保姆找到了？"我瞪大了眼睛，心都跳到嗓子眼了，一连声地催刘方道，"快说说，咋……咋回事了？"

刘方看着我一副急不可耐的样子，又笑了笑，他慢吞吞地喝了一口茶，把嘴里的花生米吞了下去，不慌不忙地挖苦我道："你着什么急呀，又不是你们老赵家找到了祖上的东西。我为什么说老爷子说不定要请你吃饭呢，凭什么请你吃饭？应该请吴双吃饭才对，事是人家办的，名声被你捞到了，让人不服气。"

"说事，说事，哪里那么多牢骚？名声算你的，慢吞吞急死个人。"我赶紧打断他。

刘方看了我一眼，用鼻子"哼"了一声，接着说："就是你们买回来的那几块石头，你不是还跟我说有几道刻痕看不懂吗？人家沈老爷子就看了一眼，说那是个卦象图，三拼两拼，就明白了，说什么水风井。结果，还是我们派出所的一个同事帮忙，在他们老宅旧址不远处的一个枯井里，挖出了一大包东西，用塑料布裹了好多层，裹得严严实实。拆开一看，全是沈家老辈人留下的账簿、图册什么的，厚厚的一大摞。你说奇不奇？都是纸的东西，埋在地下几十年竟然没潮也没泅，一点没损毁。据说老爷子看到东西就跪了下去，号啕大哭，直喊祖宗有眼，哭得好几次都背过气去了。"

我听得浑身汗水直流，心情更是无法描述，也不知道是该懊恼还是庆幸，手脚肯定冰冷，我已经明显感到自己的手在抖，但在刘方面前，我强装镇静："啊？卦象图？就……就……就那几道刻痕？咱俩不还研究了半天吗？也看不出是什么卦象图呀？那水风井又是啥意思呀？"

刘方一边喝茶，一边嚼着花生米，似乎并没有注意到我的异样，他轻描淡写地说："咱俩怎么能看得出来？道行不行呗。别说咱俩，临沂那个老头，穿得跟崂山道士似的，一副仙风道骨的样子，不也啥都没看出来吗？那是人家沈老爷子的母亲刻的，老太太临终前把东西藏好，给儿孙留了暗示。水风井就是那幅卦象图，具体是多少卦来着，我也没记住。人家沈家人自小就研习《易经》八卦，看一眼当然就明白了，咱们哪里懂这个呀？"

晚上，我跟吴双打电话，她一听，高兴得都跳了起来，说："真的吗？那我们算做了件好事呀，你沈爷爷他们一定会很高兴的，太好了，

太好了，没白忙活。"这个没心没肺的丫头，光替别人高兴了，哪知道我心里的苦。我整天挖空心思、绞尽脑汁就想找到这幅"江南堤坝管涌源分布图"，谁承想，锁图的钥匙就在自己手里，我竟然没能开门看看，还乐颠颠拱手送出去了。

跟二叔通话的时候，我还在垂头丧气。

二叔倒是显得非常豁达，他很激动："这是好事呀，对沈家，对社会，尤其对南水北调工程，都意义重大呀。你想，好几代人的心血，上百年的资料积累，如果找不到，那是多么令人痛心的损失呀。孩子，虽然我们与沈家是竞争对手，那是商业行为，但在大是大非、公德大义问题上，无论我哥还是我还是你三叔都不会含糊的，我们由衷地为沈家高兴，为搞水利事业的人高兴，这会让大家少走很多弯路。老爷子那是有格局的人，何况，在这件事上你还帮了忙，起了作用，你放心吧，沈家是不会藏私的。将来无非是在商业利益上你争我夺、争长竞短，但这与找到凝聚着先人智慧的这些资料相比，算得了什么？等着吧，咱们先装作不知道，等沈家对外说这事的时候，再表示祝贺。"

二叔很少一口气跟我说这么多话，而且说得如此动情。

临挂电话时，我还听他在嘟囔着"好事呀，真为沈公高兴"，我感受得出，二叔的高兴是真诚的，是发自内心的。

但是，直到春节临近，沈家并没有对外公布此事。

不仅如此，刘方自信满满地认为沈家会盛情请我吃饭甚至老爷子说不定要敬我几杯酒的事也纯属子虚乌有、无从谈起。

接近一个月了，沈家竟然没有一个人与我联系，这颇为奇怪，连一向运筹帷幄、镇定自若的二叔都有点坐不住了：

"本纪呀，是不是弄错了？东西真的找到了吗？你信息可靠吗？既然人家没邀约，看来咱们得主动一下了。春节快到了，你这两天去趟沈家，以拜年为借口，去探探情况。"二叔在电话里指示我。

"拜年？过去不都是节后才去拜年的吗？"

"嘁，你咋不明白呢？节后是正式拜年，节前你给沈家辞行去呀，就说学校放假了，你准备回山东过春节了，特地来跟老爷子辞行。"二叔耐心地给我出着主意。

这可出乎我的意料："可是二叔，我今年没准备回去呀。我想在宁州过年呢，还约了朋友过来……"

"回家待上两三天就回去。"二叔劝我说，"家里需要你的时候别总打退堂鼓，再说，年后给老爷子拜年不也得回家拿些像样的东西吗？"

我听出了二叔的不高兴。可是，我约了吴双来宁州一起过春节，这不是等于放人家鸽子吗？

"跟人家辞行，不就打个电话吗？人家还会专门邀请你去家里？"我觉得二叔的提议有点异想天开，就想办法找借口。

"你放心吧，老爷子是讲老礼的人，会当面交代你逐个给我们捎好，那还能不邀你去家里坐坐？"二叔颇有把握地说。

话说到这份儿上，我还能说什么？我只好叹口气，怏怏地说："行吧，我只能试试，人家要是没说让我去家里，我可不上赶子去，那我也就不回去了。"

"你敢？今年你必须回家吃年夜饭。我和你三叔也要回去，五月底南水北调工程就要投标了，我们得一起设计一下。"二叔以不容置疑的口气说完，就把电话撂下了。

我只能摇摇头，苦笑一声，在那里一支接一支地抽烟。

与吴双在宁州一起过春节还是我提议的。

山东人过春节就讲究走亲访友。尤其是我家，春节前后几天，络绎不绝全是人，你要笑容可掬地应酬，还要极其恭敬地说些虚头巴脑的奉承话。我最烦这些。从英国回来，我就很少回山东过春节。

北京有很多哥们儿，春节也不回家，我们聚在一起喝酒聊天、K歌滑雪，有时候还会在雪地上骑马追兔子。赶上下雪天，顺着野兔的爪印，先让狗轰一阵子，然后大家骑马合围，纵马猛追，直到把兔子累得气喘吁吁，跑不动了，一把抓起，剥了皮，架到火上就烤，那叫一个快意。

吴双也极少回家，她也无家可回。我们喝酒聊天、K歌滑雪时，她也参加，但骑马追兔子、烤兔子这种野蛮的活动，她是绝不掺和的。

"太残忍了，将来你会下油锅的。"每次我们吃完回来，她都会对那个总喜欢活剥兔子的哥们儿大声斥责。

"放心吧，到了油锅里我也会先捞块肉吃了再说。"那哥们儿是做律师的，心黑嘴硬。

我知道春节期间她无处可去，就约她来宁州。"不会又是一大帮人吧？"她在电话里问我。

"今年一个人不约，就咱俩，连刘方、老康他们都不告诉。"我信誓旦旦地承诺。

"真的吗？那太好了，太好了，我天天下厨给你做好吃的，保证你吃得满嘴流油，幸福得跟地主老财似的。"她在电话那头欢呼雀跃。

这让我怎么跟吴双说呀？这段时间，她已经储备了东北的酸菜和木耳，买了云南的蘑菇、贵州的酸豆角，还从一个做电视主持人的朋友家拎回了一块内蒙古的羊肉。

"我给你做手把肉，让你尝尝正宗的草原羊肉是多么鲜美。"昨天，她还在电话里开心地向我炫耀，为了能把这些做菜的材料运过来，她竟然把机票退了，换成了火车票。

我却要放她的鸽子，回山东过春节，把她一个人扔在宁州，这话，纵是我脸皮再厚，也有点说不出口。

打给沈家的电话是冰姨接的。

每次跟冰姨通话，她都会邀请我去沈家玩，"陪爷爷聊聊天、下下棋，我做几道拿手小菜给你们尝"，热情得不得了。但这次，听到是我打的电话时她好像有点愣神，特别是当我说出准备回家过春节想过去向爷爷辞行的时候，她明显愣了一下，然后说："老爷子这会儿在休息，等他睡醒时我告诉他。"完了就把电话挂了。

我打电话的时候是下午，直到晚上八九点钟的时候，冰姨才回过电话来，还是过去的吴侬软语，邀我后天去沈家做客，说老爷子要给我父母捎些礼物。

我把与冰姨通电话的事告诉了二叔，他沉吟了半晌："老爷子是个讲究人，一辈子要面子，要是家里真有什么不方便，咱这样做会不会是将了老爷子一军？"

我没明白二叔的话，他也没有再给我解释，只是一再叮嘱我言行举止都要周到得体，不能失了礼数。

第二天，我去花卉市场买了一盆还算名贵的兰花，去做客总不能空着手大摇大摆地去。把花抱上车的时候，我突然想起我导师也是喜欢花的，就又买了一盆。

导师不在家，估计是去图书馆看书了，我把花放在他门口，留了张字条。傍晚的时候，导师发了条短信给我，说"谢谢本纪，花已捧入室内，很漂亮，任是无人也自香"。

沈家的小院我来过几次，也算是轻车熟路了，虽然老爷子、冰姨对我都很热情，子怡也调皮可爱，还时不时地开开我的玩笑调节调节气氛，但我每次来都硬着头皮，沈家的礼数太多了，多得让人无法不拘谨。

我没有想到嘉树伯竟然在家。这是我来宁州后头一回在他家里碰到他。

子怡没在，大门是冰姨出来开的。

"天冷，没让老爷子出来，在客厅候着你呢。"我把捧着的那盆花放到院子里，给冰姨行了礼，她笑盈盈地接过我的大衣和帽子，用下巴指了指客厅的方向说。

老爷子听到我的声音，已经从椅子上站了起来，我抢步向前，给老爷子深鞠一躬，喊了声"爷爷"。

我扶老爷子坐下的时候才发现坐在一旁的沙发上正抽着烟斗笑眯眯地看着我的嘉树伯，我连忙过去打招呼。

"行啦，小子，咱们吃过洋饭的就不用那么拘礼了。"嘉树伯大大咧咧地冲我挥了挥手，接着说，"你爷爷身体不太好，我说本纪是自家孩子，何必那么客气呀？这不，还是坚持要在这里等你。"

我连忙走到老爷子跟前，蹲下来，说："爷爷，我跟子怡一样，都是您的孙辈，您干吗那么客气呀？您身体不舒坦来着？"

老爷子伸出手，拍了拍我的胳膊，颤巍巍地说："老了，年纪大了，不中用了，世侄帮沈家如此大忙，甚于救老朽一命，我铭感五内，感戴莫名……"

二叔交代我说，如果见面时，沈家不先把找到东西这事挑明的话，我就要装作什么都不知道，毕竟，人家还没有正式对外说，我也只是由公安局的哥们儿私下告知的。

但我无法确定老爷子说帮了大忙这话算不算挑明，正踌躇间，嘉树伯倒是先打断了老爷子的一番感慨。

"就是你的一个朋友，不是买回来几块石头吗？老爷子根据那个线索，找到了过去的一些东西，多是前人留下的文稿笔记，我们还在整理，看看从中能不能找到祖辈传承的那些水文资料的蛛丝马迹。但老爷子是念恩的人，对你、对你的朋友都很是感激。"嘉树伯看我一脸迷茫，就接过话头解释道。

文稿笔记？蛛丝马迹？我来不及细细咀嚼嘉树伯这话里的信息，一边客套地说着"本属应该，何况也是举手之劳"，一边看向老爷子，老爷子垂着头，没再说话，而且把眼睛也闭上了。

"本来想把那件古董买下来，给老爷子一个惊喜来着，没料想出了那么一档子事，想想心里还是挺难过的。朋友以为是我喜欢呢，正好碰上了，就顺手买下了。"我想着把我掺和进这件掐丝珐琅器的事说圆满了，但话说出口，自己也觉得有些牵强。

"世侄一片苦心，老朽很是承情。"老爷子睁开眼睛，看了一眼嘉树伯，又看了一眼我，把手里的手杖杵了一下地，过了半晌，却又叹了口气，缓缓说道，"知恩图报，乃做人之本，岂可忘怀？垂暮之年，还能一睹祖上遗泽，死也可瞑目了。"

这话让我极为惶恐，我赶紧站起身来，恭恭敬敬地说："您老人家言重了。您身体健健康康的，我爸我妈都还期盼着陪您再游大明湖呢。"

"就是嘛。"嘉树伯也在旁边帮腔，"人一上岁数啊，就思虑太多，加上这段时间忙着研究老祖宗的那些古旧书册，身体不免疲乏。"他站起身，走到老爷子身旁，接着说："本纪不是外人，一会儿吃饭，我陪着就成了，您要是乏了，就去后院休息吧。"

"还好，还好。"老爷子说着，还是站起身来，冲我拱拱手，点了一下头，郑重其事地说，"令友大德，感激不尽，请一定代为致意。"我一边说着"哪里敢"一边搀着老爷子出来。

我们说话的时候，冰姨没有在客厅里，看到老爷子出来，她忙进屋拿了大衣给他披上，指着院子里我买的那盆花，说："这是本纪捧来孝敬您的。"

老爷子点点头，说："兰花好呀，我爱幽兰异众芳，不将颜色媚春阳。兰花好，让世侄破费了。"

我赶忙又说了一些客套话。

老爷子站在院子里，看了一眼冰姨，冰姨立即会意，指了指门口三个透明的塑料箱子："都在这里了，都准备好了。"箱子里的东西用包装纸包着，摆放得整整齐齐。

"本纪呀，我就不挨个儿给你打开了，都是一些土特产，拿不出手的东西，算是我们的一点心意吧。箱子上都写了名字的。"冰姨一边说着，一边把箱子挨个儿指给我看，"这箱子里的东西是给你家的，这个箱子是给你二叔一家的，那个箱子是给你三叔一家的。"

我躬身向冰姨致谢，又向老爷子表达了感谢。

老爷子又是拱拱手，说："一芹之微，不成敬意，请代我们转达问候。"我连忙深鞠一躬，表示感谢。

嘉树伯也从客厅里出来，手里拿着烟斗，我又向他表达了谢意。

老爷子把一切交代完，又对我说："年老体衰，我就不陪你吃饭了，回到山东，请向家里人多多问候吧。"我刚要称谢，他又接着说道，"你们赵家，白手起家，开基立业，做到现在，很不简单。你父亲虽有草莽之气，做人做事却也光明磊落，作为经商的人，我是很佩服他的。"说完，点点头，又摇了摇头，用手杖在地上杵了两下，就在冰姨的搀扶下去后院了。

"咋样？拘束得一头汗了吧？"等老爷子走出老远，嘉树伯才笑着过来打趣我。

我不好说是，也不敢说不是，只好憨憨地冲他笑笑。

"人一上岁数，思维就僵化，做晚辈的还得毕恭毕敬，否则，教训起来没完没了。所以，还是我陪你吃饭吧，要是老爷子坐在那里，你不得时时刻刻地点头如捣蒜？"他拍拍我肩膀，"走吧，进屋，咱俩抽一袋烟，饭就应该差不多了。"

我跟他进了屋，坐下，他拿一个专用的打火机点了烟斗，抽了一口，一看我还在那里愣着，就笑着问："没带烟？"

我笑着摇摇头："来这里，没敢带。"

他哈哈大笑起来，一边说着"你小子，还挺能装"，一边从旁边拿出一支雪茄，问我："雪茄抽不抽？"

我连忙摆手："您留着吧，那玩意儿味太冲，我享受不了。"

"我给你卷一支，你尝尝我这个烟丝。"他从旁边的一个烟丝包里拿出几张卷烟纸，三下两下就卷好了一支烟。

"您还会卷烟？"我诧异地问道。

"下过乡的人有几个不会卷烟的？只是那时候抽不上烟丝，只能把树叶子碾碎了当烟抽。"他把卷好的烟递给我，我抽了一口，果然味道颇佳。

"这烟丝好，够劲，还有一股焦甜味。"我吐出烟雾，吸了口气，在嘴里回味道。

"那当然了，这是津巴布韦的烟丝。那地方我去过，经济落后得一塌糊涂，产的烟丝却地道得很，味道纯正。"他放下嘴里的烟斗，也给自己卷了一支。

"嘿，您这烟斗有些意思，我从没见过这样的烟斗，跟件艺术品似的，太霸气了。"那烟斗个头比一般烟斗大，带着一种原始的朴拙，却又不落俗套。

他点点头，笑着说："你小子还算有点眼光，也说了句实话，你没有见过这样的烟斗很正常，你要是见过那就是吹牛皮了。"

"啊？孤品啊？"我拿着烟斗翻来覆去地看了半天，也没有看到落款和编号，烟斗的款式很特别，打磨得也很光滑，但拿在手里，却有一种枯涩感，不像市面上的烟斗那般圆润和细腻。"是制斗大师专为您定做的吧？倒是很符合您的气魄和豪情。"我倒不是阿谀奉承，话也是由衷而发的。

他哈哈大笑着把烟斗接过来，拿在手里把玩了一会儿，说道："你呀，别迷信大师，大师要是不了解抽斗人的心境，做出来的东西就死板僵硬，不见得比木匠强到哪里去。"

"瞧您说的，典型的藐视权威。"我跟他开着玩笑。

他笑呵呵地把烟斗收起来，说："权威，权威，有权才能发威。"

正说话间，冰姨进来了，喊我们上桌吃饭。

十六

春节的脚步一天天临近了。

吴双早买好了来宁州的车票，而且还在不断地为我们一起过春节做储备。"今天又有小收获。"每次通电话，她都兴奋地给我报告一下又买到了什么好吃的东西，让我实在难以开口说情况有变，好几次了，话到了嘴边，却又生生地咽回去。

一拖再拖，都临近她来的日子了，我还没有鼓起勇气告诉她实情。

老康组织了节前最后一次饭局，他今年要陪老婆去东北丈母娘家过年。

"老康东窗事发了。"大家还没到齐的时候，小田悄悄跟我讲，"他在外边跟一个文艺女青年乱搞，被老婆逮着了。"

我大吃一惊："啊？他夫人我见过的，一个东北女人，凶悍得很，那还饶得了他？"

小田摇摇头，继续压低声音说："是呀，闹得很凶，听说老康也很倔强，宁可光着屁股跪在老婆面前自扇耳光也不说那女的是谁，你看，脸都被老婆挠花了。"

我偷偷去看正扯着嗓门打电话的老康，果然脸上还有些伤痕，一想到五大三粗的老康赤条条跪在媳妇面前扇自己大嘴巴子，我禁不住笑出声来，吓得小田一个劲地扯我的衣服。

但大家谁也没拿老康开涮，也没人去问他脸上伤痕的事。

虽然我们知道，老康不是个开不起玩笑的人，但这个时候去揭人伤疤就太不厚道了。

子怡进来的时候，看到了老康的脸，刚要张嘴，就被杨超一把拦住了。

“你哪天走？我还以为你已经回去了呢。”子怡反应倒也快，白了杨超一眼，然后又在下边狠踢了他一脚，一转身，走到我旁边，坐下了。

“导师临时安排了个活，我这两天得把它赶出来，弄完就回去了。你就在宁州陪爷爷？”我在来的路上，就想到了子怡可能会来，提前先编了个谎。

这谎倒也说得过去，导师临时安排了事，要不，你着急忙慌地去辞行，却赖在宁州不走，也不好解释呀。

子怡哪知道我心里咋想的，她小嘴一噘，说：“我才不陪他们呢，爸爸这段时间在家，跟爷爷总吵架，烦死了，我约好了同学去海南玩，去看天涯海角，你要不要去？”

我苦笑一声，说：“我不是得回家吗？”

“哈哈，也是，瞧我这记性。”她拍着自己的脑袋瓜哈哈大笑起来。年轻真好，满脸都是灿烂的阳光。

“让杨超陪你去，给你提行李，当保镖。”我看到杨超一个人在那里坐着玩手机，就跟他们开了句玩笑。

“哼。”她撇了撇嘴，又白了杨超一眼，满腹牢骚地说，“人家才不去呢，大忙人，马屁精，整天跟在爸爸屁股后边，变着法儿惹爷爷生气，想跟我去我还不带他呢。”说完，她把头一歪，一副气不打一处来的样子。

刘方是最后来的，一进门，先作揖道歉，又讨好般地给大家发了一圈烟。

"回去过春节？"他递烟给我的时候，问道。

"回去几天，吃个团圆饭，就尽早回来。你咋过？"

他笑了笑："我还能咋过？值班呗，年年如此。吴双在北京过春节？你也不过去看看？"

"有啥可看的？说不定她哪天又跑来了呢。"我含糊地回答道。我也想到了大家可能会问起吴双，所以，我故意说个含糊话，给自己留点余地。

"来宁州呗，我们欢迎她，她可比你在我们中间有人缘。"他大大咧咧地说。

"等我回来，等我回来。"老康听到了我跟刘方的对话，隔着好几个人，扯着嗓门吼道，"告诉吴双妹子，初六以后再来，我初六就回来了，初六以前，谁也不许再聚了，要等我回来一起聚。"

二叔一再催问我回去的日期，二婶和堂妹已经提前回山东了，他也买好了除夕一早的票，中午就能到家。

"你不会比我还要晚到家吧？"他在电话里诘问我。

"不能不能，您放心吧。"我一边打着马虎眼，一边思量着何时动身合适。

从沈家一回来，我就把去做客的情况一五一十地跟二叔做了汇报。"从头到尾一句都没有提水文资料的事，尤其是那幅图？"二叔耐心地听我讲完，很纳闷地问。

"人家嘉树伯说了，找到的只是老辈人留下的文稿笔记，还在整理，说看看能否从里面找到水文资料的线索，那说明那幅图应该还没找到吧。"我猜测着。

"你那朋友不是说找到了好多账簿和图册吗？旧日里对数据的记载多以账簿的形式，即使有文稿笔记，不是还有图册吗？"二叔觉得有些蹊跷。

"我也说不好，我那朋友应该没有在现场，说是他的一个同事告诉他的，是不是误传我也不清楚，那朋友还是很靠谱的。再说，账簿什么的他也不懂啊。"

二叔沉吟了一会儿："不对，从老爷子的话里感觉不是这样。要是那些水文资料找不到，老爷子怎么可能死也可瞑目呢？你别忘了，他可是不折不扣的水利专家，那些过去沈家秘不外传的水文资料对他来讲才是最重要的遗泽呀。"他咂摸着老爷子的话，觉得事情不是我猜想的那么简单。

"那是啥意思呀？您是不是觉得其实那些东西已经找到了，沈家人不想让外人知道，才故意说是文稿笔记的？"我讲出了自己的疑惑。

"应该不会。"二叔很干脆地否定了，"老爷子是个好面子的人，把沈家的名誉看得比性命都要紧，断然不可能做这样的事。否则，沈家以后在业内如何立足？何况老爷子也绝不是这样的人。他认为水利首先是利民，其实沈家过去一直是这样一个理念，利民才能获利。别的不说，就说这幅'江南堤坝管涌源分布图'吧，大家知道了哪里有管涌分布，施工的时候就会避开，不仅节省人力、物力、成本，最主要的是规避了风险，如果不小心破坏了管涌，说不定会造成堤坝崩塌，引发洪涝灾害，那可不是闹着玩的，人命关天。所以，公利高于私益，这是水利这个行业老辈人的共识。"

"照您这样说，那还有什么可担心的？沈家是水利世家、行业翘楚，这些规矩还能不懂？何况老爷子又德高望重……"我觉得二叔有些杞人忧天，不免插嘴道。

"你看，听话只听一半。"二叔打断我说，"我说的是老辈人的共识，不代表当下。你嘉树伯人虽精明，又善于管理，但他毕竟是半路出家，江海集团能异军突起，主要还是靠沈家在业内的声望，又有老爷子亲自出马，起点高，发展自然快。这几年，我看嘉树已经基本掌控了企业，老爷子越来越后撤了，对沈家而言，那是人家爷俩交班，外人不好置评，但对水利界而言，并不见得是福音啊。"

"我觉得也没有什么呀，老爷子是传统的，嘉树伯是西化的，用他的话说就是吃过洋饭的，经营理念不同而已。"我与嘉树伯接触并不多，但对他的印象颇好，觉得他风趣爽朗，反倒是觉得老爷子那一套已经过时了，说话都半文半白的，现在谁还这样？革故鼎新，本就应该。

"咱俩不讨论这个问题了，我只是告诉你，赵家频频向沈家示好，一是感激老爷子多年的帮助，二是遵守行业规则……"

二叔还没说完，我就急不可耐地打断了他："那幅'分布图'是人家沈家的祖产，自有知识产权，人家想公开就公开，人家不想公开那也是人家自己家的事，这算什么行业规则？都什么年代了，还要恪守这陈规陋习。"

二叔愣了，过了好一会儿，才缓缓说道："本纪，你要记住，水利，首先是要造福黎民百姓，其次才能考虑商业利益，这个理儿，放到哪朝哪代都不能改。水利工程，粗制滥造能成吗？修堤筑坝，偷工减料能成吗？一点纰漏，都能造成万劫不复的灾难。有良心的水利人，多年来一直遵循着这个规则，这怎么能是陈规陋习呢？如果你是这样的一个认知，那你永远都不能进入这一行。"

二叔批评我，却忘记了我压根儿也没想进入这一行。但他的话还是挺让我震动的，我只看到了爸爸他们作为生意人你争我夺的一面，却从未想过这个行业的职业操守、江湖道义，老爷子说我爸爸虽然有草莽之气，却也光明磊落，看来，黄河集团应该是遵守了这个行业规则的。

"我们把姿态放低，实际上是想向沈家传递一个信息，只要大家一起把南水北调工程做好，有商业利益可谈，由江海集团牵头，以江海集团为主，利益由他们拿大头都没问题。这个工程量太大了，一家承揽，十年不见得能完工，但是大家通力合作，可能三五年就能做完，这样的一个旷世工程，提前一年，你想想能造福多少人？"

"那就与老爷子和嘉树伯说清楚嘛。只要能造福社会，我们唯他们马首是瞻就是了，我想，沈家也是深明大义的，大局当前，团结协作嘛。"我向二叔建言。

二叔对我的话并不以为然，他喃喃说道："我们已经表达得再清楚不过了，沈家当然心知肚明，但迟迟不肯接招，这就让人很困惑了。"

"那您是担心嘉树伯不讲行业规则吗？我觉得他挺听老爷子话的呀，再说，他是沈家人，是行业的领袖，久负盛名，总不至于冒天下之大不韪吧？"我自作聪明地分析。

"道理是这个道理。但你嘉树伯是有权力欲望的人，一直雄心勃勃，总想找合适的机会，击垮所有对手，像沈家以前一样，垄断水利行业。其实这并不利于行业发展，有竞争才有活力。老爷子格局高，也不见得认同他的想法。"

二叔心思缜密，擅长分析，听他这样说，我脑子就闪现出那天嘉树伯说的"有权才能发威"的话来，联想到子怡提到她爸爸这几天在家总跟爷爷吵架的事，我觉得二叔的分析有道理。

"您当时让我留意这幅图，也是担心江海集团将其秘藏不对外公布，挟图自重，对不对？"我想起从北京来时，二叔叮嘱我，如果见到"江南堤坝管涌源分布图"，不要拿，更不能损伤，只需拍下来就好。

二叔没有回答我，停顿了半晌，突然问我："本纪，你知道投鼠忌器吧？"

"当然，当然。"我点头应答，但还是没有明白二叔的意思。

"有了这幅图，"二叔缓缓地说，"无论同行中哪家施工，都能规避很多风险，少走很多弯路，这是沈家祖上的贡献，这戏就该人家姓沈的唱，别人都没有资格去抢这功劳，但这戏沈家要是不唱或者出了其他差池呢？总要多留心眼，凡事预则立，不预则废。我让你拍下这图的事，你不要以为我只是为赵家考虑，我也没有那么狭隘。南水北调工程早一天完工，就能早一天造福苍生黎民，这道理不说你也懂，大事不拘小节、大礼不辞小让，这样做，虽非正大光明，却也……"

"我明白。"我爽快地答应道，没有让二叔再说下去。

"尽量早点回家。"二叔说，"家里知道你今年回来过春节，都很高兴，你妈早就在准备你爱吃的东西了，我哥表面上不说，心里也乐得很呢。回来了咱们要一起商量年后投标的事，毕竟，江海集团是我们最大的竞争对手，你跟老爷子和嘉树伯最近都接触过，他们的情况你也熟悉一些，是继续等他们还是咱们单独投标，都需要权衡规划，我哥把这次投标的事看得也是比天大呀。"临放电话前，他又嘱咐了我这么一大通。

当我吞吞吐吐地终于把要回家吃团圆饭的事跟吴双说了之后，她的反应倒还比较平静。

"阿本，你回家几天也是对的。你也好久没回家了，爸爸妈妈也盼着团聚呀。"虽然她这么说，但从她的语气里，我还是感觉到了她有些失落。

"最多三天，我初二就回来，一定回来，我带你再去趟金牛湖，那儿冬天人少，咱俩去拍照片。"我在电话里信誓旦旦地说。

"既然回去了，就多待几天，你不用担心我，我在哪里不都是一个人过吗？你回去了就好好陪陪爸妈，我可以在你那个小屋里写东西呀，我准备了那么多好吃的，等你回来，一样样做给你吃，你把肚子留好就行了。"她还跟过去一样轻声细语地安慰我。

我还是等着接了吴双，在宁州又陪她待了一天，第二天上午才开车回的山东。好在路也不是很远，我到家的第二天，就是农历除夕了。

二叔的话让我很有些压力。

一开始我并没有这种感觉，经过二叔的提醒和分析，我细细回想，觉得这次到沈家做客，还是能捕捉到一些异常的蛛丝马迹的。

人一旦生了怀疑之心，那就觉得处处可疑了。

虽然老爷子礼数周到，但毕竟我是晚辈，帮沈家也是应该，老爷子何必如此郑重其事地道谢，甚至说出"甚于救老朽一命""铭感五内，感戴莫名"这样的话呢？

谈到找到的东西时，嘉树伯说多是前人留下的文稿笔记，老爷子为何神色严肃，还说"垂暮之年，还能一睹祖上遗泽，死也可瞑目了"，如果按二叔所说的，老爷子是水利学家，最在乎的自然是祖上留存的水文资料，那些东西若没找到，老爷子怎能"死也可瞑目"呢？嘉树伯是因为性格爽朗才在这件事上显得有些大大咧咧、等闲视之吗？

还有，那天为什么谈话时冰姨始终没进屋呢？只是因为要给我收拾东西还是故意回避谈论此事？

我百思不得其解，越想越觉得奇怪。

我没有问刘方，上次他已经说到了账簿和图册了，我想再核实一下，就去找了小田。

我打着吴双的幌子去找的小田，我知道，他俩关系铁得很。

"你吴双姐问我，通过那几块石头提示的线索，沈家挖出了什么宝贝呀？你说一个女孩子家，咋那么好奇呢？"为了达到自己的目的，我不惜把吴双黑了一把。

"人家当编剧的，不好奇咋能搞创作呀？"小田为吴双辩护道。

"说得也是，她还让我找你打听打听，现场有没有拍照片什么的。"我一听他的话，立即又提了得寸进尺的要求。

"扯，我姐让你找我打听？她为什么不直接找我，还要通过你拐弯抹角地问？"小田不愧是警察，立即就察觉了我露出的马脚。

"嗐，她不是怕你为难嘛，跟你一说，你又得为这事犯错误，再说了，她脸皮也薄，不想让人知道她有那么强的好奇心。"我赶紧解释说。

小田是个爽快的人，连忙说："没事，没事，我也只是听说，没有关注这个事，不过那个派出所我也熟，我有同学在那里，我可以问问他。"

"好呀。"我松了口气，"不用着急，你顺便问问，也不用大张旗鼓地……"

我还没说完，小田就一口答应："明白，你放心吧。"

刘方总说，别看小田有时腼腆得像姑娘，做事却非常干净利索、毫不含糊。果不其然，我刚吃完晚饭，还没有刷碗，他电话就打过来了。

"你找我还真是找对人了。"他在电话里笑着说，"那天晚上出警的就是我同学。"

"晚上？"我不自觉地问了一句。

"是呀，晚上散了戏以后。哦，对啦，你不知道那一片现在是个戏校吧？部队的戏校。要不怎么说需要我们出警来着，要不是我们协调，人家部队能让你随便进去乱挖吗？那片早年间有几个大宅子，二十世纪六七十年代都充公了，后来就圈起来成了部队的戏校。不说这么多了，反正是我同学陪着去的，也费了不少劲。主要是那地方已经平了，一开始是沈总带着人去的，找了半天也没找着，后来又去接了他家老爷子，老爷子转了几圈，然后定了一个地方，往下一挖，果然是那口枯井，在井壁上一个洞里找到的那些东西，据说那老爷子一看打开的东西就跪下了，抱着东西号啕大哭，几个人拉都拉不住，还挺感人的。"

我能想见当时的景况，心里不免有些戚然。

"都挖出些什么东西呀，让老爷子那么激动？"我赶紧问道。

"我同学说没看到什么金银财宝，他一直帮着照明来着，打开塑料布包着的东西的时候，他看了一眼，上面是些挺大的厚本子，都用蓝缎子、红缎子绷着面，好多本呢，最下面的一本特别大，也特别厚，是黄缎子绷的面，似乎写着什么图，那家老爷子一看到这些，就立即晕过去了，我同学忙着去搀老爷子，也没顾上细看。"小田一五一十地说。

"那东西呢？"我不知道我为什么会问这样的问题，话说出口，我就有点后悔。

"我同学说谁收起来的他没有看到。他跟一个随着老爷子来的女的还有沈总一起把老爷子搀上车送走的，后来沈总也上了自己的车走了，他和一个姓杨的小伙子一起把挖的地方弄平整了，那小伙子还给部队值班的留了五百块钱，说是补偿费。我问我同学，那小伙子是不是叫杨超呀，他说好像是。所以呀，赵哥，你要是再打听细节，就得找杨超了，当时，是他把那包东西从井里取出来的，也是他亲手打开的。"小田一口气说完，我在电话里听到他咕咚咕咚喝水的声音。

我谢了他，说："你说得已经够清楚了，我觉得这些足以满足吴双的好奇心了，我可不去找杨超，要找，等吴双来了，让她自己去找吧。"

放下小田的电话，我愣了半天的神，小田的同学犯不上撒谎，他也不知道我在找什么，难道二叔担心的事真要发生？否则，找到的这些东西里，明明有什么图，即使不是那幅"江南堤坝管涌源分布图"，嘉树伯为什么说只是些文稿笔记呢？

我决定在回家前找机会铤而走险一次，反正我的那套工具就在车里。

吴双果然拎了大包小包过来，我要是不进站台去接她，她根本出不了站。

"你这是要搬家呀？"我又好气又好笑地看着她一趟一趟从火车车厢里往下运东西，"人家就该罚你款，让你带这么多东西。"

"没有，人家列车员不仅没有罚我，还帮我搬上车呢。"她不以为意。

"你这是连超市都搬来了，搞得跟宁州没有菜市场似的。"我数了数大大小小的包，四个，每个都鼓鼓囊囊的。

"哼，全是好吃的，谁让你不陪我来着，我趁你不在的这几天全吃完，让你回来干瞪眼。"她歪着脖子看着我，一副挑衅的模样。

我苦笑一声："别说你，就是猪八戒，这几天也吃不了这么多东西。有能耐你就吃得干干净净，我就看你有多大肚子。"

"行呀，"她不甘示弱，"今天我就做，做好了有本事你别吃。"

我知道跟女孩子斗嘴没个好下场，就赶紧赔笑脸："今天算啦，今天我没本事，你做我就吃，而且肯定大吃，明天的，不，明天晚上的——上午我还得赖着再吃一顿，明天晚上，做得再香，我也不吃。"

"废话，明晚你回家吃妈妈做的饭去了，我做的当然不吃了。"她气鼓鼓地说。

我俩已经说好了，我不在的这几天，吴双就住我的小屋，反正第二天我就走，所以，接她的那天晚上，我是去酒店住的。

我去酒店住，也有我的考量，我已经踩过几次点，也做过充分调研了，我准备那天晚上"拜访"江海集团总部。

嘉树伯平时就在集团总部住，他的办公室我去过几趟，里面的内部结构我也注意过，他的那个大老板椅的背后，其实有道暗门，里面说不定有个房间什么的，虽然我从来没看他打开过，但我见过那种做暗门的样式。

有钱人似乎有个通病，无论中国的还是外国的，概不例外，都特别愿意自己亲手藏东西，而且还特喜欢在墙上挖个洞，把东西藏在墙里。有的甚至会在墙上开个暗门，里面搞间房，会不会金屋藏娇不知道，但"黑屋藏金"倒是经常有。暗门多开在自己的座位背后，有钱人总觉得只要隐藏得好，越显眼的地方越不会被发现。外边要么弄排书柜或者衣柜，要么弄幅大的画，一遮盖，似乎就天衣无缝了。

他们哪里知道，有经验的贼都是善于观察细节的。

我在嘉树伯的办公室里与他聊天的时候，就注意到他座位背后的墙上挂着的三幅画中，有一幅的画框上的灰尘明显比另外两幅的少，再仔细看画后面的壁纸，磨损比其他地方严重，我心里就明白了，这画后面肯定有机关，说不定是扇暗门。在国外我见过这种情况，也曾经"没收"过一个英国老贵族藏在暗洞里的一件西周青铜鼎。

吴双一进家门，就甩开膀子开始打扫卫生。

"能歇会儿吗？刚请钟点工打扫过没几天，这不还挺干净的吗？"我插不上手，看她一个人忙活，心有不忍。

"要过年了，必须从里到外全面清扫，好辞旧迎新啊，再说，你看你屋里的东西，摆放得乱七八糟，总要收拾得干干净净，看着整齐，心里也舒服。你把回家的东西收拾好就行，打扫卫生这事也用不上你。"她一边干一边说。

吃完晚饭，我俩泡茶喝，聊了一会儿天。

吴双说着话的时候就哈欠连天了，她坐了一夜火车，估计在火车上没睡好，又干了半天的活，已然累坏了。我说走的时候，她也没有再留，捂着正打哈欠的嘴，说："行吧，明天你还要开车，早点回去睡吧，我今天啥也不干了，就剩下你这几大包资料和相片什么的了，明天再归置。"

我在时代大酒店开了房，洗漱完倒头就睡了，一直到手机振动，我才醒来，这是我给自己上的闹钟，果然深夜两点了。

我穿好衣服，又检查了一遍自己的那套工具，然后顺着员工通道下了楼，时代大酒店我已经很熟悉了，知道哪里有监控，哪里是盲点，不过，我一点也不担心，他们那监控，对我而言其实就是个摆设。

酒店里静悄悄的，大堂值班的服务员也都或躺或趴地睡着了，我没有走大门，从员工进出的后门闪身就到了街上。

街上也没有人，平时酒店后门总有一两辆拉活的出租车，因为临近年关，酒店没什么客人，出租车司机也给自己放假了。

深夜两三点钟，是人最困的时候，除了昏黄的路灯和料峭的寒风，整个城市都似已进入了梦乡。

我开了车，又故意兜了几个圈子，才踩一脚油门，开到江海集团大楼边上一条偏僻的小巷子里，停下来。

我已经打探清楚了，嘉树伯平时住在集团内部宾馆的一间套房里，但这两天他没有住在这里，江海集团大部分员工已经放假回家了，只是偶尔有几个人白天还来上班。

大厦值班的保安晚上肯定喝过酒，还没走到大门口我就听到了如雷的呼噜声，一股酸腐的酒味弥散在附近的空气里。

为保险起见，我还是先直接去了集团的宾馆，在嘉树伯常住的那间套房外竖耳听了听，没有任何呼吸声。整个宾馆黑漆漆一片，感觉空无一人。

我下了楼，嘉树伯的办公室就在宾馆下面一层，这样安排，或许是为了他工作和休息起来方便吧。

因为总裁在这里办公，这一层的装修比其他楼层高档很多，楼道里有三个摄像头，他办公室门口还有正对着的一个。

我拿出比尔送我的那块避光布，这是件高科技产品，只要是水平移动，即使在监控室里，一般也发现不了异样，当然，如果碰到红外线或者热感应摄像头，那就穿帮了。

楼道里装的只是普通摄像头，所以，我一点不用忌惮。

嘉树伯的办公室里有股浓烈的烟味，茶几上的烟灰缸里，堆满了各种烟头，还有半支未抽完的雪茄，看来下午或是晚上，这里开过会，服务人员还没有来得及清理。

硕大的老板台上，倒也没有堆积太多东西，只有一些文件报告和一些待审批的支出凭单，我翻了翻那些文件，多是各部门和下属机构的情况汇报，对我没有太多的价值。

我是奔着那个暗门来的，自然先冲暗门而去。

我轻轻取下那幅画，把它立在地上，用手电筒照了照，并没看出有什么缝隙，用手背敲了敲墙面，里面是空的，我的判断没有错，但怎样开启这个暗门呢？

因为戴了手套，我用手沿着壁纸，在空洞的地方，又按又推，折腾了半天，那暗门纹丝不动，这倒是奇了怪了，按说，这种暗门都是按压式的，一按就能开启的。

这是怎么回事呢？我又试了一遍，还是打不开。

费了这么大劲，进都进来了，也不能就这样放弃呀。

我一进门就已经把办公室的窗帘拉上了。这是我谨慎的地方，手电筒光线再弱，也有可能被远处的人发现，虽然嘉树伯的办公室位于二十二层，附近很少有这样高的居民楼，但保不齐有失眠的人拿着望远镜到处乱看呢。

算了，已经这样了，总不能白跑一趟，想到这里，我随手就把房间的灯打开了。

借着灯光，我又仔细地观察着墙面，终于，我看到另一幅画下面的壁纸上有一点轻微的污迹，我把那幅画轻轻掀起一条缝，被画挡住的地方污迹大了一些，我按了一下，"噗"的一声，旁边的墙上有一扇小门开启了一条缝。

我笑了，也不过如此嘛。

我把门打开，里面是个很深的洞，别说放几张图，就是放几十幅卷轴画都绰绰有余。

但拿手电筒往洞里照时，我却大吃一惊，里面哪有什么图，连张像图的东西都没有。

偌大的洞里只有一个没做完的烟斗，一个铁皮盒子里盛着十几块打磨得很精致、各式各样的石料，一套很古朴的刻刀，烟斗下面压着一沓打印纸。

我把打印纸拿出来瞧了一眼，也不是什么机密文件，好像是篇稿子，只有几十页，这不是我要找的东西，我拿手机随便拍了两页，又放了回去。

烟斗已经成型了，只是欠打磨，上次嘉树伯抽的那个烟斗说不定就是他自己做的，难怪他对制斗大师不屑一顾呢。可他那手真不像是能做烟斗这种活的。我拿着烟斗看了看，与他正用着的那支差不多，也是豪迈型的。

那套刻刀应该有一些年头了，包裹着刻刀的皮套尤其带有岁月的痕迹。我翻了翻铁皮盒子里的那些石料，多是寿山石、巴林石、青田石，还有一块类似老象牙，基本上都是刻章用的，我以为又是一个喜欢石头的呢，看来嘉树伯喜欢的是篆刻，石头有的已经刻了字，我拿出来，看了看，字是反的，没看出刻的是什么，就把有字的几块用手机都拍了照片，也一一放了回去。

我把脑袋伸进洞里，用手电筒又照了一圈，发现角落里有块塑料布残片，我心一紧，把塑料布拿出来，也没看出什么来，闻了闻，没什么味道，犹豫了一下，还是放回去了。又搜寻了一番，发现确实没有其他东西了，我只能失望地把暗门合上，把那幅画重新挂了回去。

我在嘉树伯的办公室里踱来踱去，把他的文件柜也翻看了一遍，甚至纸篓都翻了一下，也没有寻找到对我有用的东西。

没翻的只有卫生间外边靠墙立着的那个硕大无比的保险柜了。

虽然比尔也教过我开保险柜的方法，但没有做好准备，我是不敢轻易动保险柜的，那东西，一旦弄错了密码，就会"嗷嗷"叫起来，即使侥幸逃脱，也会暴露行踪。

没有十足的把握，决不轻举妄动，这是比尔驰骋"偷界"几十年从未失手的法宝。我下了好几次决心，运了几次气，最终，还是放弃了。

这个时候，我不能冒险。

我沮丧地回到酒店时，天还是黑的。

我把衣服脱掉，钻进被窝，想再睡个回笼觉，可躺在床上，死活也睡不着。

吴双做好了早饭，喊我去吃，我看她还在揉眼睛，不免有些诧异："怎么，睡得不好？"

她没好气地说："就你那被子，全是烟味，我跟钻进灶台烟囱里一样，怎能睡好？"

"嘿，不讲理啊，昨天你换了干净被罩的呀。"我抢白她道。

她一边盛饭，一边说："被罩是干净的，关键是你那被子，肯定没少躲在被窝里抽烟，要不是因为没有可替换的，我昨晚就起来给你拆洗了。"

她盛好饭，坐在我对面，看了我一眼："哎哟，您老人家睡得也不咋好呀，瞧你那黑眼圈，咋了？失眠啦？是回去要见到初恋情人了激动得睡不着呢，还是梦到了小时候递字条的姑娘辗转反侧呀？"

我走到镜子前，看了看自己的眼睛，果然，眼圈有些发黑，我不甘示弱，讥讽她道："快吃你的饭吧，说得跟很有经验似的，看来小时候收到的字条不少呀。"

"咋了？我天天用收到的情书背面当草稿纸，你眼气呀？"她毫不示弱。

"吹牛不上税吧你，就跟从小是个万人迷似的，我就纳了闷了，那些写字条的小伙伴都没长大吧？咋一沓一沓收情书的万人迷到现在还待字闺中呢？"我成心逗她，一边吃饭，一边挖苦她。

"哼。"她把筷子往桌子上一放，气哼哼地说，"我待字闺中还不是因为你这个癞皮狗整天把着大门。"一说完，自己脸先红了，愣了一下，忙端起饭碗，闷头吃饭，不再理我。

我看着她的模样，嘿嘿笑了笑，知道再调侃她，她就该把饭碗扣在我脑袋上了，也就赶紧识趣地闭了嘴。

吃完饭，吴双从箱子里拎出来一个大包："这些是我托云南的朋友寄过来的牛肝菌、鸡枞什么的，你带回家，宁州的特产你那亲戚不是都准备了吗？我估计你二叔回去肯定会带些北京的东西，琢磨着你也不能空着手，就请人代买了一些云南的土特产，我都分装好了，毕竟是远道带来的，家里人吃个稀罕。"

我知道她爱吃云南的这些东西，就推辞道："家里呀，啥都有，别带了，都带回去了咱俩还吃啥？"

"咱俩吃别的。"她根本不由我分说，拎起东西，就准备送我下楼。

"再喝会儿茶，你着什么急呀？"我赖着不想走，坐在椅子上没动。

"行啦，早点走吧，免得家人牵挂。答应我，不能超速，累了困了立即去服务站歇会儿。"她拍了拍手里的另一个小包，接着说，"这个大保温杯里是你路上喝的茶，记得到服务站时续些水，这些是你路上吃的水果，都已经洗好了。"

"行吧。"我看了看手表，确实也该出门了，就站起身，和她一起下了楼，把东西都装好。我本来伸手想抱她一下，被她一把推开了，"回家抱你的初恋情人去，别碰我。"说完她又觉得有点不留情面，就指指楼上，"让你导师看到笑话你。"

我觍着脸笑了笑，钻进驾驶室，把车窗打开，说："外边凉，你赶快上去吧，我到家就给你报平安，有事就给我打电话，联系刘方也行，反正他值班。"

"快走吧，别啰唆了，都跟我说了多少回了，一定要注意安全，不能开快车。"她站在楼道口摆着手跟我说，一直到我驶出好远，我看她还站在楼道口呢。

有个朋友用万马奔腾、排山倒海形容春运，我还笑他夸张，当我行进在春运的高速路上时，立马就服气了，觉得他描述得实在恰如其分。高速路就像两条"车头攒动"的长龙，那边行驶而来，这边滚滚而去。

吴双叮嘱我，不能超速，我想不听也做不到，车辆的行进速度虽不能说像蜗牛，但感觉也不会比公交车快多少。

一口气开了接近四个小时，走了还不到一半的路程，半包烟已经让我抽没了，吴双泡的茶也喝得差不多了。我找了个服务区，准备上个厕所，歇息一下，还跟她发了条短信，说："谨遵教导，绝不超速，聆听指示，例行休息。"

短信刚发过去，她就把电话打过来了。

"累坏了吧？"她关切地问，"早就想跟你打电话了，怕影响你开车。"

"哦？这一会儿就想我了？"我嬉皮笑脸地逗她。

"呸。"她在电话里啐我一口，"那么大人了一点正经都没有。我陪你说会儿话，你也好趁机休息休息。"

"好呀。反正我也上完厕所了，茶杯也接满水了，正好我也抽支烟。你说吧。"我调整了一下座位，懒懒地歪躺在驾驶座上。

"我问你，你对你导师的经历了解多吗？"她上来就问了这么一句，让我觉得莫名其妙。

"怎么突然对我导师感兴趣了？今天你看到他了？"

"那倒没有。"她说，"我上午不是帮你整理堆着的那几包资料了吗？看到你和导师的合影了，我也就是随便问问。"

"我导师是名人啊，网上有他的介绍，一查不就得了。"我漫不经心地说。

她却叹了口气："网上写得太简单了，只说他当过知青，你知道他当时在哪儿插队吗？"显然，她已经上过网了。

"插队？"我嘟囔了一句，"我没听他说起过他的知青岁月，但我有个师兄有一次提起，好像是内蒙古……"我记得有一次大家聊天，有一位师兄当时讲的，但一下子想不起是哪个师兄了。

"内蒙古大草原，对不对？他在草原上待过的，是不是？"还没等我说完，她就急不可耐地插嘴道，语气里带着紧张和兴奋。

"是吧？应该是。插队当然要去草原了，下乡下乡，肯定不会待在城市里呀，你别着急，等我回来向他求证一下。"我没有听出她语气里的反常，还是有些漫不经心。

"是哪个草原呢？"她似乎都没有好好听我刚才的话，我话音未落，她马上又追问了我一句。

"你这火急火燎的脾气，真拿你没辙，我不是说了嘛，等我回来，向他老人家求证一下，不就得了。"吴双脾气有点急，对什么事都喜欢打破砂锅问到底，搞不清楚誓不罢休，我知道她就这个样子，也就耐心地劝慰她。

"你不是说你师兄知道他在哪个地方插队吗？你问一下你师兄啊，

他肯定清楚。"她没理会我的劝慰，还执着地出着主意。

"你着的哪门子急呀？我不是跟你说了嘛，我记不起是哪个师兄说的了。"其实，我这话有点冤枉吴双，我刚才并没有说记不清是哪个师兄，我只是懒得打电话，觉得她想一出是一出，嗓门不免提高了不少，语气里也带着不悦。

"好吧，好吧。"她听出了我的不耐烦，有点失望，但也没再纠缠这事，又问我走到哪里了，肚子饿不饿，洗好的水果吃了多少。

"哎，我有个好主意。"刚要挂电话时她突然说，"你明天不得给导师拜年吗？你电话里可以问问他呀。"

我差点把刚喝到嘴里的茶喷出去："你这算什么狗屁好主意！人家不爱提过去的事，肯定有不爱提的道理。大过年的，我给人家拜年，然后问'您老人家当年是在哪儿插的队呀'，我是拜年还是查户口？有本事你去问，他就住在二楼，与咱们只隔着一户，初一你去拜年去呀，你好意思问？咋那么好奇呢，一个小姑娘家？想跟人家攀亲戚还是怎么着？"

她被我夹枪带棒地训了一通，也没再辩解，只回了句："好吧，好吧，那你自己开车小心点，到家报个平安。"

我开到家的时候，已经华灯初上了。

进了爸妈住的小区，我给吴双发了短信，告知她我已经到家了，让她放心。她只回了一个字："好。"

十七

山东人过年，就两件事：吃饭，串门。

吃饭还好说，无非倒茶敬酒说些中听的客套话，串门可是能把人折腾死的。

我家亲戚本来就多，七大姑八大姨表叔表舅已经数不胜数，再加上爸爸叔叔的同学、朋友、商业伙伴，我一看爸爸列出的名单，竟有七十多家，好家伙，我就是马不停蹄，放下东西就走，也真够我跑的。

何况，好多亲戚我已多年没见，他们也不见得还记得我的模样，拎了礼物，我还要先自报家门，有时候还得与亲戚聊上几句，喝人家一碗茶。据说，过节串门，主人斟了茶，客人要是不喝一碗再走，就是不给面子。

有的人家还在房屋中间供着祖宗的牌位，地上铺着块毡布或者摆几个蒲墩，逝者为大，无论辈分高低，进了门，二话不说，你得先磕四个头再与别人寒暄。

才刚一天，我的膝盖已经肿得像个馒头了，肚子里灌了各式各样的茶，打嗝都带着茶叶味，除了除夕吃完年夜饭，我去二叔那里聊了一会儿，我甚至还没有与爸爸妈妈单独坐下来说会儿话呢。就是这样跑，亲戚还没串完一半，看着那份名单，我直嘬牙花子。

初一晚上，二叔和三叔都被市里接走参加市领导主持的新春团拜活动去了。吃过晚饭，我看爸爸没有出门，妈妈正给他泡茶，就凑过去，坐在他们旁边，聊了还不到十分钟，我的电话忽然响了，掏出来一看，竟然是刘方打来的。

"给你拜年，现在不算晚吧……"我的"吧"字还没说出口，就被刘方硬生生打断了。

他没跟我啰唆，开门见山："本纪，吴双出了点状况，需要你尽快回来。"话像一把冰锥，当时就给了我一个透心凉。

"吴双怎么了？她出了什么事？"我急切地问道。

"她被车撞了，现在在医院抢救。"他没有多说废话。

"抢救？"我大吃一惊，声音都发颤了，"怎么回事？很严重吗？"

他叹口气："人还在昏迷，不算轻，你快点回来。"

"天哪！"我只觉得手机像一块大石头压着我的胳膊，压着我的心，压得我透不过气来，我的眼泪唰地就下来了，声音当时就哑了，"行，那我今晚就赶过去，你把医院的地址发给我。"我喘着粗气说。

我和刘方的对话爸爸妈妈都听到了。他们看着我，眼睛里全是关切，又相互看了一眼，谁也没说话。

我用手抹了一把脸上的泪水，跟爸爸妈妈深深鞠了一躬："爸爸，妈妈，对不起了，我今晚必须赶回宁州。"

爸爸还没说话，妈妈抢先开了口："这怎么行啊，黑灯瞎火的，今天晚上说什么我也不能让你走，你要去，也要等明天。"

"你把眼泪擦掉，男子汉大丈夫，流泪能解决问题吗？你先告诉我们到底是怎么回事？这是什么人？为什么你必须回去？"爸爸盯着我的脸，语气很严肃。

我抽泣了一下，又抹了一把眼泪，说："我的朋友，我最好的朋友，除爸爸妈妈外我最亲的人，她去宁州本来是要同我一起过年的，结果，二叔让我回家……我就回家了，把她一个人留在那里了。我必须回……我必须回是因为她是孤儿，没有父母兄弟姐妹，只有我算是她的亲人。"说着，我的眼泪又止不住了。

爸爸妈妈互相看了一眼，爸爸没说话，妈妈已经开始抹眼泪了。

"那……那是你邀请人家去宁州的？"爸爸顿了一下，又正色问道。

我含着泪点点头。

"本纪，你要记住，你邀请人家就要对人家负责，这是做人的本分。这事你该提前跟我们讲的。"他叹了口气，看了妈妈一眼，说，"唉，还是个苦孩子。"

妈妈用餐巾纸擦着眼睛点点头。我知道，爸爸一旦做了决定，妈妈从来不会反对。

"这样，你马上去收拾东西，多带些钱，我现在让人问一下航班和火车的情况。"爸爸当机立断地说。

我慌忙上楼，把电脑、充电器、钱包、钥匙装进双肩包里，又随便抓了两件衣服，塞了进去，也想不出要带什么了，就急急忙忙跑下楼。

妈妈心疼地看着我，又茫然地看看爸爸。

爸爸正抽着烟，看我下来了，把手里的烟按灭在烟灰缸里，说："你现在有三个选择：一、坐明天最早的航班，上午九点半起飞，十点半到，从机场到市内需要一个小时，十一点半应该能到医院；二、坐今晚的火车，有一班你已经赶不上了，晚上十二点多还有一班，明早八点就能到，车票我已经找人帮你预订了；三、开车，我已经让小王叔叔赶过来了，他开夜车有经验，你俩轮着开，六百多公里，这时候高速路虽然没啥车，但最快也要五个多小时，现在出发，到那里也要凌晨两三点了。你自己权衡后决定吧。"

话虽这么说，但我能感觉到爸爸是希望我坐火车的，他说车票预订了时明显提高了嗓门。"也不差那几个小时吧，坐火车至少还能睡会儿，明天一早也就到了。"妈妈也不想让我开车走，她拽着我的胳膊，眼睛却是看着爸爸，希望他发话拦住我。

但爸爸没说话，只把目光投向我。

我已经心急如焚了。

"我还是开车走吧，也不知道那边的情况，早一分钟是一分钟，今晚即使在家，我肯定也睡不成。"我咬咬牙，向爸爸恳求道。

爸爸做事，一向斩钉截铁，看我果断地下了决心，他没劝我，转身对妈妈说："那就让他走吧，救人如救火，在家里他也煎熬。小王开车，我还是比较放心的。"突然又转身问我，"你那车行吗？不行再换辆车。"

"没问题，我刚做过保养。"我连忙答道。

"行吧，那就这么定了，小王一到，你们就出发。去了一定找最好的大夫，不惜一切代价，有什么需求，立即给家里打电话。"说完，爸爸又拍了拍我的肩膀。

我出发时，只给刘方发了条短信，没有与二叔、三叔他们打招呼，我知道，爸爸肯定会替我解释的。

路上，我给刘方打电话，问情况怎么样。他只说他也在医院呢，等我到了再说。他说得越少，我心里越有一种不祥的预感，心里就益发急躁。

小王叔叔从部队复员后就一直给爸爸开车，开了很多年，现在已经是公司车队的队长了，但爸爸出远门时，还总用他开车，他胆大心细，做事极有条理，我们全家都很喜欢他。

他看出我心里很急，就一边把车开得飞快，一边还安慰我，我几次想替他开一会儿，他都回绝了，说："你还是在车上眯一会儿吧，到了医院，还有好多事情等着你忙呢。"

我在车上确实睡着了。

睡梦中一会儿是吴双抱着膝盖与我一起喝茶聊天耍嘴皮子，一会儿是眯着她那双丹凤眼与我调皮逗乐使小性子，一会儿是她穿着那件红棉袄在冷风里送我上车，一会儿是她在老祁家被那只看家的大鹅撵得吱哇乱叫。

我真愿停留在梦里永远不醒来，我实在难以接受即将面对的冷酷现实，她的命已经够苦的了，可老天爷为何专挑善良的人欺负呢？

而且，她去宁州，确实是我鼓动的。如果不是我心里揣着个小九九，虽然她说会到宁州看我，也肯定不会在我报到时就跟过来呀，何况，这次过年，又是我把她诓来的。满腹的罪恶感和懊恼，让我心如刀绞，追悔莫及。

如果她残疾了，缺胳膊断腿了，甚至坐轮椅了，将来可怎么办呢？即使我承诺照顾她一辈子，我怎么跟她家里人交代？就我这性格，我能说到做到吗？

汽车一路风驰电掣，我们到宁州的时候，还不到凌晨两点。

吴双在中心医院，我赶到时，刘方已经在急诊大楼门口等着了。

"怎么样了？"看到刘方，我一把拉住他，有点失魂落魄。

他把手里的烟扔在地上，用鞋子踩灭，叹口气："情况很不好，阿本，你要有点心理准备。"他说"你要有点心理准备"时，抽了一下鼻子。

我的脑子是木的，我不知道这是什么意思，只拽着刘方的衣服，急吼吼地说："她在哪里？她在哪里？你带我去看她。"

他拍着我的肩膀，眼睛里已经湿润了，声音颤抖着："我知道，兄弟，我知道，我带你去看，去看。"

在 ICU 里，我透过玻璃窗看过去，吴双静静地躺在病床上，一动不动，浑身上下插满了各种各样的管子。她的一头秀发已经被剃掉了，脑袋套在一个保护罩里，脸色惨白得像个死人。

"医生呢？为什么没有医生？她到底怎么了？"一看到这场景，我立马就失控了，一把拽住刘方的领子，厉声喊道。

刘方眼睛里噙着泪花，由着我撕扯，一声不吭。

听到我的吵嚷声，楼道里出来几个人，跑到最前边的，是小田。

"你告诉我，你姐怎么了？这到底是怎么了？"小田过来搀我的时候，我又薅住了他的衣服。

"阿本，你小点声，这里是医院，还有其他病人，我们进来说。"他回头对着跟在他身后的一位警察，又解释道："这是赵先生，刚从山东赶过来。"

他们几个连拉带扶地把我搀进一间办公室，一个护士模样的人倒了一杯水，放在我面前的桌子上，一时间，谁也没说话。

"她舅舅回电话了吗？说啥时候到？"小田看刘方进来，闷头坐在了门口的一张椅子上，就靠过去，轻声问道。

"说最快也要后天。"刘方叹了口气，神色木然，"你跟阿本说吧。"

"唉！"小田也叹口气，"还是让马警官说吧，我心里……也难过。"他转身，拿了一张餐巾纸，揩了一下鼻涕，然后走到我跟前，说，"赵哥，这位是马警官，我姐的这起事故是他处理的，让他给你说说情况吧。"

我的眼泪一直在流，脑子早就不听使唤了，浑身冰冷，一句话也说不出来，目光呆滞地看看小田，又看看那位警察。

"这位算是家属吧？"那位马警官一边说着，一边从兜里拿出一个本子，翻开，"情况是这样的。今天下午五点四十七分，我们接到报案，说本市鼓楼区宁海路附近发生一起交通事故，我接警后，六点零二分到的现场，是一辆小汽车行驶中与行人相撞，行人受伤严重，重度昏迷，肇事司机没有逃离，他报警后也打了120，六点零五分，救护车赶到，将伤者送至鼓楼医院，因伤势严重，后又送至中心医院。肇事司机已为我们控制，暂时排除了酒驾、毒驾的嫌疑，当然，责任认定我们还在研究和分析。从现场的情况来看，可能是突发事故，伤者受到汽车撞击，头部落地，当场昏迷，车辆前保险杠受损……"

在这位交警啰里啰唆的叙述中，我的脑子渐渐复苏，"流泪能解决问题吗？"几个小时前爸爸批评我的话语如在耳畔，是呀，哭有什么用？现在要救人。

我突然伸手制止了警官继续讲下去，说："谢谢您，警官，我现在不想知道具体的案情，也不在乎是谁的责任，现在首先要做的是救人。"我把脸转向刘方："刘方，吴双现在的情况到底怎么样？为什么病房现在没有医生？是因为没钱吗？"

那个马警官先接了一句，说："肇事司机那边先垫付了一笔钱，他也表示会积极赔偿。"

"我们不要他的钱，一分钱也不用他的。但吴双要是有个三长两短，他要以命抵命。"我恶狠狠地发话。

听到我刚才的问话，刘方站了起来，叹口气，说："吴双是脑损伤，需要做开颅手术，医院必须让家属签字。"

"我签，我签字。"我一边说着，一边站起身，从兜里摸出出门时妈妈硬塞给我的一张银行卡，递给小田，"小田，你让医院用这张卡，把那边的钱给他退回去，我们不用他们的钱。"

小田看了看我，又看看刘方，没有接，说："那边是……回头我再跟你说吧。"

"刘方，你现在领我去找医生。"我不容置疑地把卡塞到小田手里，起身出了门。

"阿本，我找过医生了，他说你签字不行，人家要亲属签字，咱们签了都不行。"刘方跟着我出来，在楼道里说。

"你们警方担保也不行？"我站住脚，扭脸问道。

"两码事，医院有医院的规矩，死规矩。"刘方气哼哼地说。

果然，就算我说破天，医生死活不同意。

"赵先生，你的心情我十分理解，刘警官和田警官与我们沟通了几次，也说了伤者的家庭情况，但你们负不起这个责。这么跟你说吧，伤者是重度脑损伤，专家组已经会诊过了，初步结论是有可能是脑死亡，你知道这意味着什么吗？做开颅手术，只是寻找万一能治疗的可能性，未经家属同意，我们贸然做了手术，家属会认为是我们手术导致的，这种医疗纠纷我们经历过，教训惨痛，所以医院才坚持没有家属签字绝不能动手术。我们是做医生的，还能不知道救人吗？"

"可是，她舅舅在广东，最早后天才能到，难道我们就眼睁睁地这样等吗？"我问医生。

"他授权我签字行吗？责任我们自负，我跟医院签协议，出了任何问题都是我们的，与医院无关。"我哀求道。

"不行啊，赵先生，你们什么关系我不管，但你与伤者没有任何法律上的亲属关系，你与我们签协议是没有用的，医院也不会同意。"医生依然硬着心肠，一点都不通融。

"她现在唯一的亲人就是她舅舅，只要她舅舅签了字，您这边就能手术对吗？"刘方突然插话道。

医生点点头，说："是这样。"

"但并不代表她舅舅必须当着您的面，在医院里签这个字，对吗？"刘方咬字眼道。

医生突然被刘方的这番话弄蒙了，他愣愣地看着刘方，说："刘警官，我没明白您的意思。"

"这样，医生，您也是想救人，只是医院有规定，不能违反，也怕患者家属将来找麻烦。您看这样行吗？我把医院的这份协议传真到广东警方，请派出所的民警拿着协议找到伤者的舅舅，与他讲清楚，请他当面签署，再传过来，由医院备案，这样应该没问题吧？"刘方解释道。

医生还在琢磨刘方的话，他又补充道："我是做警察的，第一，我绝对不会弄虚作假，弄虚作假是违法的；第二，我会让警察拍下他签字时的照片，免得将来不认账；第三，我会在协议后边附上他的身份证复印件等，作为证据。"

我听明白了，医生也听明白了，他思索了半晌，吸口气说："理论上可行，只是传过来的是复印件，我不知道医院能不能认。"

刘方显然不想节外生枝，他说："医生，救人要紧啊。我再向您保证：第一，她舅舅过来时，我让他把签字的协议原件带过来；第二，如果您觉得有必要，我让他在您面前再签一次；第三，这件事警方也在参与，您看我和田警官一直在这里，您这也是在支持我们警方的工作。"他还故意把"警方"两个字强调了一下。

我心里非常感动。我知道，他和小田在这里，只是尽朋友之道，一件交通肇事案轮不到他这样的刑警出面，他说警方也在参与，只是想给医生施加压力罢了，这是要冒风险的。而且，他还要动用广东警方的关系，这也是假公济私。

医生看了看刘方，又看了看我，坐在那里，一声不吭，过了良久，才下定决心般说道："好吧，那就按你们说的办，不过我也得提醒你们，伤得太重了，希望非常渺茫。"

"即使只有万分之一，甚至十万分之一的希望，您也别放弃，救救这个苦命的人吧，求您了。"我看医生终于答应了，对着他深鞠一躬。

刘方也上前敬了个礼，说："谢谢您，医生，我保证今天上午十点前把签字的协议给您送过来。"

"好。"医生也站起来，握了握我们的手，说，"一言为定，那我就开始做术前准备，争取十点开始手术。"

我俩从医生办公室出来时，马警官已经走了，只有小田一个人在楼道里焦躁地踱步，看到我俩，他迎上来，轻声问："怎么样？"

刘方点点头，说："十点手术。"

我们三个顺着楼道走到 ICU 门口，隔着玻璃，看到吴双的惨状，我的眼泪又止不住了，身体也在发抖。刘方拉了我一把，说："走吧，下去抽支烟。"

小田说："你俩抽烟去吧，我在这里等着，万一医生、护士要找人呢？"

"下去透透气吧，你也待了一晚上，今晚应该不会有什么事了。"刘方拍了拍小田的肩膀说。

到了院子里，我掏出烟，递给刘方一支，递给小田时，他摆了摆手，我才猛然想起，他不抽烟。

"到底怎么出的事呀？你俩了解吗？"我抽着烟，问道。

刘方叹了口气，说："其实下午两三点钟的时候，她给我打过电话，我才知道她在宁州。她问我在没在办公室，我当时正开车，准备去串几个门，就说现在不在，明天下午会到办公室，问她是不是有事，她说就是想打印个东西，出去转了一圈，发现几个打印室都关着门呢。我还笑话她说大年初一，哪有不关门的，不过，打印室都在门上留有联系电话，说不定会有人过来给她开门的，要是着急的话，可以试试。她谢了我，没再说啥，我当时也忙着出门，唉，我就没多问几句。可能是因为她给我打过电话吧，交警才通知的我，不过，那时候已经是晚上七点多了。"

"我刚才与那个马警官聊，他说出事的地方不是十字路口，没有监控，他们的评估报告还没有出来，但根据现场的情况和他对肇事司机的问话，他觉得吴双姐当时应该是横穿马路，走得急了些，没注意到行驶的汽车。司机也说他一直正常行驶，也看到了马路边东张西望匆匆赶路的这个行人，没想到刚行驶到她身边时她突然斜刺里冲向马路中间，再采取措施已经来不及了，一下子就撞在一起了。他说这个季节傍晚五六点钟的时候特别容易出事，天刚黑，路灯还没亮，汽车呢，有的开灯，有的没开灯，加上这两天路上又没人，司机大多比较麻痹，往往开得快。他们会调看周边的监控，也会寻找目击证人，希望尽快出分析评估报告和责任认定书。"小田接过刘方的话头，向我解释道。

"如果只是撞了一下，冬天穿得那么多，应该也就是骨折什么的，咋就一直昏迷不醒了呢？"我纳闷道。

"唉!"小田叹了口气,说,"是,司机说撞到人后立即刹车了,马警官也检查了刹车的痕迹,只是撞击力度比较大,我姐被抛出两米多远,据说落地时头先着地了。"

"你说她急急忙忙出去干什么去呢?她电话里找你打印个什么东西?这大过年的她要打印啥呀?"我问刘方。

"她也没跟我说呀。"刘方郁闷地说。

小田说:"马警官说因为周围人都不认识她,没法确认她身份,查了她的电话,和她最后通话的是一个开打印室的,那人说他也不认识,只说要打印东西,他就过来开门了,刚开门就看到车祸了,他也没想到出车祸的人就是要来打印的。后来警察根据电话才又找到方哥。"

"是,"刘方接话道,"我与朋友正吃饭,刚坐到桌上,就接到电话,问我认不认识这个电话的机主。我当即意识到出事了,一边接电话,一边穿衣服,路上,我又通知了小田。到了医院,看到她这个样子,我心里难受死了。一开始还没想告诉你,看她身上好像还好,以为能醒过来,医生检查后说问题很严重,不知道结果会怎样,我俩商量了一下,觉得还是应该早点告诉你,所以,我就给你打了电话。"

我长叹了口气,问:"是什么样的车撞的呀?"

小田看了一眼刘方,迟疑了一下,说:"是辆轿车。"

"知道司机是个什么人吗?"我又问道。

两个人相互看了一眼,谁也没说话。过了一分多钟,刘方看了一下手表,说:"小田,你盯着吧,让阿本睡会儿,我去找医生拿签字协议,天亮了得跟她舅舅较较劲,这个蒙古族男人,犟得很。"

我一看,已经清晨五点多了,对小田说:"小田,你回去歇会儿吧,我在路上睡了一会儿了,这里我盯着就行,你也累了一天了。"

"没事的,连轴转对我们来说是家常便饭,也习惯了,我在这里陪你。"小田说。

十八

吴双的手术算不上成功。

我知道，医生已经尽力了。刘方说主刀的是医院顶尖的神经外科大夫，医院知名的几个专家全都参加了会诊，也只是把她从死亡线上拉了回来，但吴双始终昏迷。

"她的意识还是存在的，求生的欲望也很强烈，以往也曾有过昏迷几年后突然清醒过来的案例。"医生对在手术室外边等候了一天一夜的我和刘方说。从医生疲惫和失望的神情里，我感觉这可能只是句安慰人的话。

吴双的舅舅虽然一眼望去眉宇间仍带着蒙古族汉子的粗犷和豪迈，但因为一直在广东生活，说话做派已经有些生意人的模样；她的舅妈更像南方人，浑身上下收拾得干净利落，衣着也很光鲜，举手投足间透着精明和活络。小田去机场接了他们，又带他们吃过了饭，才领到医院来。

虽然小田在路上给他们打了"预防针"，但吴双问题的严重性还是大大出乎他们的意料。看到吴双的样子，她舅舅痛苦地用拳头猛砸自己的脑袋，她舅妈也扯着喉咙哭了几嗓子，我和刘方赶紧上前去劝。

吴双的舅舅舅妈不认识我，我估计吴双应该也没有与他们提起过我，一看都是我和刘方在忙前忙后，刘方穿了警服，他们就自然把我当成肇事司机了。

她舅妈上前一把薅住我的衣服，照着我的脸就挠了一把，一边挠，一边喊："我好好的孩子让你给我祸害成这样，你要给我赔，你赔我的孩子。"她舅舅一看，也顾不上用拳头砸自己的脑袋了，飞起一脚先端在我肚子上，紧接着就是一拳，打得我两眼当即冒了金星。

刘方纵然是刑警，也被眼前突发的这一幕吓了一跳，愣了一下才明白过来，忙一个箭步把他们拦住，嚷道："打错人了，这是自己人，他是吴双的朋友，男朋友。"

这两人倒也识劝，听刘方这么一说，立即住了手。

她舅妈讪讪地说："男朋友？这妮子整天疯疯癫癫，我还以为她没有男朋友呢，有男朋友不带给我们看看。"她舅舅倒是也爽快，我刚被小田扶起来，他就冲过来，一把抱住我说："对不起了，兄弟，要不你给我一拳吧。"

我苦笑着摇了摇头，既没有想到先挨了一顿打，也没有想到刘方竟脱口说出我是吴双的男朋友，这个时候，我也不能去辩解呀，我跟谁解释去呀？

吃过晚饭，吴双的舅妈回酒店休息了，刘方和小田也都各自回去了，只剩下她舅舅和我在 ICU 外的长凳子上坐着守夜。她舅舅显然没有在医院陪护过病人，在凳子上根本坐不住。也就过了两三个小时，他说口渴了，买瓶水去，没几分钟，却拎上来四瓶啤酒，随手递给我两瓶。

我赶紧说："在这儿喝酒不太合适，反正现在也没什么事，咱俩下去喝吧。"

坐在急诊大楼门外的台阶上，我喝着啤酒，跟他说，吴双是因为我邀请才到宁州来的，她出了事，我要对她负责。我也跟他解释了，我俩关系很好，但没有确定男女朋友关系，不过，无论吴双未来怎样，我会一直照顾她的。

"你是个好人，讲义气，够朋友，我喜欢你。"他豪爽地说，"吉雅是个苦孩子……"

"吉雅？"我纳闷道。

"吉雅是她的蒙古族名字，她妈妈起的。她到南边跟我上学，就改名叫吴双了，我们跟吴姓没关系，是她自己一定要叫吴双的。"喝着啤酒，这个粗犷的蒙古族汉子跟我讲了很多吴双的事。

他们家是纯正的蒙古族，世世代代在中国和蒙古边界的草原上游牧，他姐姐叫苏布得，虽然没读过书，但人长得漂亮，能歌善舞，是当地草原上的一颗珍珠。

二十世纪七十年代的时候，总有一些考察队到他们那里去探矿，每年都有，考察队需要草原上的人做帮手，给工资的。有支南边过来的考察队选中了他姐姐去做饭，他们全家都很高兴，虽然考察队一年四季在野外疯跑，还总去荒无人烟的山里沟里，但对草原人来说有工资拿，苦点累点算不了什么。

他姐姐跟着考察队出去了一年多，回来的时候精神就有些不对劲了，有时候会一个人坐着发呆，还时常自言自语。后来，家里人发现他姐姐怀孕了，问让她怀孕的男人是谁，他姐姐死活不说。

他阿爸和几个牧民追到那支考察队的营地，把营地里的所有男人都揪了出来，用马鞭抽着苏布得让她指认，一条马鞭都抽断了，她就是不说是谁。营地里的领导怕影响了民族关系，也强令职工主动招认，说可以既往不咎，但始终没人站出来。有个大婶说总不会是那个时不时过来做帮工的小乞丐吧，在这里待了几个月突然不声不响就走了。所有人都说绝对不可能，那人瘦得像架羊蝎子，一天到晚不说话，跟个闷葫芦似的，苏布得这样活泼漂亮的姑娘，怎么可能喜欢上一个无处可去的流浪汉？

蒙古族人虽然不像汉族人那么封建保守，但苏布得怀的是野种，这让当父亲的在牧民面前感觉很没面子。孩子一生下来，他就分给了她们一顶蒙古包和几只羊，把她们娘儿俩赶了出去，从此与她们断绝了关系。

"那个孩子就是吴双，她妈当时给她起的名字叫吉雅，在我们蒙古语里有因缘的意思。在草原上家里要是没有男人想生存简直太难了，何况苏布得精神不太好，时不时地犯糊涂，一糊涂起来就往死里打吉雅，清醒过来又抱着吉雅哭。娘儿俩就靠着几只羊讨生活，日子过得那叫一个凄惨。小吉雅八岁的时候，苏布得得病死了。我那时刚开始在南方做生意，乡里人告诉我，说这孩子没人管了，我要是不接走，冬天一来，不冻死也会被狼吃了。小时候苏布得很疼我，我念着这情，只好把她接到我跟前去养。这孩子脾气犟得很，好在她要强，知道读书，后来考上了大学，还在北京上了班，我这也算对得起苏布得了。"这个蒙古族汉子边说边感慨，话语间也是颇为动情。

我的心已经缩成了一团，像有千只手在揪拽，在撕扯，在揉搓，不是疼，要不早就疼得痉挛、麻木过去了。我知道吴双没有父母，过去吃过很多苦，但我怎么也没想到她竟然有这样一个悲惨的身世，那个瘦弱的身体里流淌着那么多让人难以承受的悲伤、苦难和不幸。

眼睛是干涩的。我这个极易流泪的人竟然没有涕泗横流，或许流到脸上的泪已经被风吹干了，脸是冰的，脑是木的，人是傻的。我拼命一般大口地抽着烟，机械地往肚子里吞咽着从腹腔上来的阵阵酸楚和苦涩。

我不知道该与吴双的舅舅说些什么，安慰他？同情他？感谢他？还是与他一起拎着酒瓶子木然地望着夜色中远处昏黄的路灯？

"唉，她说过出生在草原，我当时竟然还嘲笑她说草原上的孩子怎么能连马都骑不好。"我不知道怎么搭话，就没头没脑地说。

"她不会骑马。"她舅舅面无表情，眼睛依然呆滞地望着远方，"苏布得神神道道，一直不让她碰马，怕她骑马跑了就不回来了，再说，她家就只有几只羊，我都不记得她们有过马。"

交通事故的分析报告出来了，吴双横穿马路，负事故的主要责任，肇事司机未能及时躲避，存在处置不当行为，负事故的次要责任。一听这结果，吴双的舅妈立即跳了起来，大喊大叫，骂警察处事不公，欺负外乡人。但听到司机表示愿意承担吴双住院和康复期间的所有费用，并提供五十万元的赔偿时，也就停止了吵嚷，在警方的协调下，几经谈判，还算痛快地与肇事方签署了不再追究的谅解协议书。

这些事我都没有参与。

我对责任的认定并不在乎，对肇事司机是什么人更毫无兴趣，我每天就坐在医院里的长凳上，隔着 ICU 的玻璃窗望着昏迷的吴双默默发呆，饿了，就到医院小卖部里买两个面包；困了，就到停在楼下的车里打个盹儿。

我不知道最终协商后的赔偿数额，我只知道拿到赔偿金后的第二天，吴双的舅舅和舅妈就回南方了，把照顾吴双的任务交给了我这个伪男朋友。临走之前，吴双的舅舅还来医院看了她一眼，她舅妈除了刚来的那天，再也没有到过医院。

刘方和小田每天都会抽空过来坐会儿，看我胡子不刮，脸也不洗，一副魂不守舍的样子，就一再劝我不要这样消沉下去。"她在睡着，你一天到晚在这里盯着有意义吗？你这是在给人家医生制造压力。"刘方批评我。

我垂着头，不吭声。

"你至少应该回去洗洗澡换换衣服吧，她要是醒了，就让她看你现在这副熊样子，恶不恶心？"他在我身上闻闻，损我道。

我白了他一眼，没言语。

"肇事司机那边想过来看看，跟你当面赔罪……"小田试探的话还没说出口，我立即暴怒道："让他滚得远远的，我永远不想见到他。"

刘方跟小田使了个眼色，制止他再说下去。一看我发怒了，小田也立即闭了嘴。

他们劝我的时候都小心翼翼的，避免提到吴双的病情，也躲闪着"植物人"这三个字，其实，我们心里都清楚，这残酷的现实已经不可避免地摆在了眼前。

"她手里还有一些事没有处理完，你总该帮她处理一下吧，还有，你就不想弄清楚她急急忙忙到底想打印啥？"刘方在楼下陪我抽烟的时候，又劝我。

"还能有啥？她的剧本呗。她当下也没有其他活。"我嘟囔道。

"剧本网上不能传？干吗要那么着急呀？大年初一的，我说第二天下午到我那里去打印都不行，非要自己出去打印。"

我心里一凛，旋即又叹口气，说："也许是她自己的私事，谁知道呢？"

刘方瞪了我一眼："你总要去了解一下吧，要是很重要的事呢？她那么着急，就是不想耽误嘛。我们整天在这里垂头丧气有什么用？能帮上她的，我们尽可能地去帮，她着急要办的事，我们帮她去办，否则，我们还算她的什么朋友啊！"

"唉！"我禁不住长叹一声，眼泪又流了下来。

我懊恼、内疚、痛苦、悲戚，心如刀割，肝肠寸断，他们又怎能理解？

"阿本啊，你难过，我何尝不难过呢？小田不难过吗？我们这些兄弟朋友哪个不难过？可难过她就能醒过来吗？我们也不是医生，在医院里我们能起什么作用？还不如回去看看，她还有什么事没做的，我们帮她都去做了。"刘方说话的时候，声音里也带着悲戚。

吴双的棉袄、鞋子、家门钥匙、交警队退回来的碎了屏的手机，以及她其他的个人物品小田都整理好交给我了。刘方看到那棉袄上有不少血迹，让小田扔掉，我没同意，我把衣服、鞋子都装到一个塑料袋里，背回了家。

十九

　　虽然家里好几天没有人了，但依然干净整洁，门上贴了新的对联，窗帘、地垫、浴巾、餐布、沙发罩都是刚洗过的，玻璃、镜子、墙上的挂件也新擦过，连东倒西歪的书和四处乱放的杂物也都被码放整齐了，一向凌乱的房间被收拾得整整齐齐、井然有序。就连临时挂衣服的衣帽架都被仔细擦洗过，还精心做了一下设计，架尖上面放了我的一顶帽子，吴双把自己的围巾调皮地绕在了帽子下面，像一个守在门口的卫兵。

　　只有写字台上有些乱。

　　吴双的电脑开着，她没有出门合上电脑的习惯，我说过她好多回，她就是改不了。电脑边上泡着一杯茶，好几天没倒，茶水已经发黑了。茶杯边上扔着半袋子饼干，饼干是我留下给她的，应该快过期了。

　　我把茶水倒掉，把饼干扔进了垃圾桶里，垃圾桶很干净，里面只有几片撕碎的纸。

　　我用抹布擦桌子的时候发现吴双的电脑下面压着两张照片，一张是我与导师的合影，一张是我们几个新生与导师的合影，照片都是中秋节那天晚上聚餐时郝师兄拍的，他洗好送给我的。跟照片一起压在电脑底下的还有一个印着宁州大学的牛皮纸信封，信封应该是郝师兄送我照片时装照片的那个。我不写信，没有买过有学校标志的信纸、信封，但郝师兄当时给了我好多照片呢，不止这两张啊。信封上有字，我拿起来一看，写的是：敬呈杨德中教授亲启。

看到导师的名字，突然想起刚才上楼时经过导师家门口，当时我有些心不在焉，但还是无意地往他看了一眼，导师家的大门是虚掩着的，里面似乎还有说话声，这太不寻常了，导师是很忌讳别人去他家的，门虚掩着又是什么意思？

我立时感觉有些异样，顾不上看信封，连外套都没拿，就穿上鞋，下了楼。

导师家的门果然是开着的。

我敲了敲门，里面的人停止了说话，有一个颇为熟悉的声音问："谁呀？"

"我，本纪。"我听到刚才似乎是郝师兄的声音，就顺手推开了门。

郝师兄正与系里的一位老师蹲在房间里整理东西，一见是我，他愣了一下，然后站起来，猛然向我扑了过来，一边扑，一边号啕："本纪，我们没有导师了。"

"什么？你说什么？"我大吃一惊，一把扯住了郝师兄的衣领子，怒吼道，"你胡说些什么？"

郝师兄根本没有理会我的怒吼和我伸出来要动手的拳头，他泣不成声地扑在我身上，肥硕的大脸上满是鼻涕和眼泪。

"你是一年级的赵本纪吧？"那老师也站起身，并没有把抽泣着的郝师兄从我身上拉开，而是先去关上了门，又掸了掸身上的灰，才叹口气说，"杨教授出了点意外……"

一听有意外，我的心就咯噔一下，身子像突然掉进了冰窟窿，吴双刚出意外，还在医院里，导师又出意外，今年这是怎么了？

"严重吗?"我没缓过神来,忙不迭地问道。

那老师摇摇头,叹了口气,没说话。

"人在哪儿呢?要紧吗?"我又问了一句。

郝师兄抬起头来,用两只大手掐着我的肩膀,摇晃着我的脑袋,痛不欲生地说:"先生没了,已经没了。"

"啊!"我这才反应过来,感觉心都要炸裂了一样,一口鲜血涌上喉咙,腥得难受,我呕了几次都呕不出来,泪水却早已夺眶而出。

爸爸总说我眼窝子浅,这一点我随妈妈,看别人流眼泪我都会不自觉地唏嘘,何况听到至亲的人去世的噩耗呢。我的眼泪像大河决堤般倾泻而下,禁不住与郝师兄抱头痛哭。

"别哭了,"那老师叹了口气,上前把我俩分开,"你导师喜欢清静,你们一哭,也会搅得四邻不安。"

导师一辈子不给别人添麻烦,因为楼里还住着其他上了岁数的老师,他每次上下楼都把脚步放得很轻。

抽噎中,郝师兄告诉我,导师是初三晚上因突发心肌梗死去世的。

"心肌梗死?"我很诧异,差点大叫起来。

师兄拉了我一把,悄悄告诉我,初三晚上,导师还去了图书馆,但他那天很反常,一副烦躁不安的样子,似乎连书都看不进去,图书馆的老师见他脸色不好,就劝他早点回家,他也听劝了,据说走出图书馆没多远,就一头栽到了花坛里,等大家发现,送到医院时,人已经不行了。

"他过去有心脏病吗?咋突然就心肌梗死了?"我有些困惑。

"他从来不体检,哪里会知道呀?"师兄悲愤地说,"听其他老师讲,过年那几天先生也去图书馆看书了,但情绪一直很低落,好像遭受了什么打击,一会儿激愤,一会儿消沉,反正跟平时很不一样,医生也说有可能是突然受了某种刺激,情绪波动,又加上冬天……"

"打击？他那么一个淡泊名利、与世无争的人，谁会打击他？"我抽噎着。

"是呀，"师兄恨恨地说，"要是让我知道了谁敢跟先生过不去，我一定不会放过他……"

"你俩别乱猜了，"那老师似乎听到了我俩说话，也看到了郝师兄咬牙切齿的神情，就走过来，说道，"杨教授肯定早知道他心脏有问题，否则，他也不会提前写好遗嘱，交代后事了。"

"遗嘱？"我又纳闷了，按说我导师这个年龄的人，不至于呀。

"唉！"郝师兄叹了口气，拿了面巾纸擦了擦眼泪，又递给我一张，才低声说，导师几年前就写好了遗嘱，把后事都交代清楚了，希望去世后不搞告别仪式，不发讣告，把他的东西捐给学校，骨灰撒到他曾经插队的草原上去。

"先生的遗体现在在哪里呀？我得去给他老人家磕个头。"我平复了心情，擦了擦一直就没有断过的泪水。

郝师兄看了我一眼，伤心地说道："已经火化了呀，这都好几天了。将来去草原帮先生撒骨灰，我要去的，你去不去？"

"去。"我含着泪，忙点头道，"当然要去，当然要去。"

从导师家出来时我已经筋疲力尽。

悲痛和连续几天在医院熬困带来的心力交瘁让我在干活时精神恍惚，屡屡眼前发黑，几次险些栽倒。

回到家，我勉强冲了个热水澡，连胡子都没刮，就裹着浴巾一屁股瘫坐在床上。

我太愕然了，年前导师还好端端的，怎么才几天的工夫就阴阳两隔了呢？爷爷奶奶去世时，我还小，对亲人的死亡还没有特别深的体会，导师的突然离世，让我真切地感受到生命的脆弱、命运的无常，我一个人默默地呆坐了许久，内心却是波澜起伏。

在唏嘘感叹中我忽然想起那个信封，那个写着导师名字的信封。

信封就在桌子上，压在吴双的电脑下面。

咦？给我导师的信怎么会在我家？

我一个激灵，坐了起来，忙拿起信封，里面是空的，什么都没有。

是郝师兄送照片时写错了？或者用的是写给我导师的废信封？可是，不对呀！这字迹明显是吴双的，吴双怎么可能会给我导师写信呢？

一瞬间，我的脑袋像炸了一样，"轰"的一声就蒙了。

我把信封又拿起来，错不了，这字绝对是吴双写的，她没有正经练过字，字写得比较差，我总嘲笑她，她这几笔字，我闭着眼也能认出来。

这……这……这是怎么回事呢？

平白无故，吴双为什么要给我导师写信？

现在只有信封，信在哪里呢？

会不会是我导师看到了吴双的信了受了刺激？啊？吴双不会跟我导师的去世有关吧？

我的天哪！

想到这里，我浑身的汗毛都立了起来，刚洗完热水澡，身上立马又冒出了一身的冷汗。

"不能，不能。"我不停地安慰着自己，闭着眼睛，闷头连抽了两支烟，才让自己狂跳的心略微平静了一点，"他们又不认识，怎么可能？怎么可能？"我在心里嘟囔着。

可信封就摆在那里，吴双手写的"敬呈杨德中教授亲启"那几个字在信封上极为醒目。

可是，信呢？她送出去了？难道这只是个作废的信封？

桌子上再无其他东西，旁边的书架上除了书和光盘，只有我复印的几摞资料和我上课或者阅读时用的几个笔记本，郝师兄给我的那些照片我也看到了，厚厚的一沓，吴双用一个系头发的皮筋将它们束在了一起。

我把垃圾桶搬过来，把里面扔着的撕了的纸片拿出来，纸片撕得不碎，也好辨认，有一张是复印纸，一面是我不记得从哪儿复印的论文，一面是吴双写的只有"尊敬的杨教授，您好"几个字。另外的几张纸是从我笔记本上撕下来的，也只写到了"尊敬的杨教授，您好！很抱歉"，下面用笔长长地画了一道，估计是字没写好，一怒之下，又撕了。

吴双不会着急要打印的东西恰恰就是给我导师的信吧？

她给我导师写什么信呢？我导师就住在楼下，有什么事不能当面谈？再说，她与我导师也扯不上关系呀。

可是，信封、撕碎的纸片，很明显，吴双给我导师写了信。如果我导师是因为吴双的信而受了刺激，我的老天爷，我越想越怕，那……那……她与我导师是什么关系呢？

突然想起年前我回山东的路上吴双急不可耐地跟我打电话的情景，我禁不住又倒吸了口凉气，这里面一定有事，一定有事。

要是吴双与这事有关，那她真惹出天大的乱子了。

可吴双出车祸这事呢？

这一连串的联想，让我极度惶恐起来，疲倦和困顿早被恐惧驱逐到爪哇国了。

我把她写了字的这几张纸片和那两张照片还有空的信封都摆到桌子上，强迫自己坐下来，点上一支烟，盯着这几件东西，试图理清它们之间的关系。

抽了三支烟，除了两张照片上都有我导师，我实在看不出照片和写信之间有什么必然的联系。但从写的信来看，特别是"抱歉"两字后面那怒气冲冲的一笔，会不会是吴双觉得自己字写得不咋样，改为敲字了呢？敲好后出去打印，而信封没法打印，所以提前写好了呢？

对，要是那样的话，找到那封信一看不就全都明白了吗？我一拍大腿，如释重负。

吴双基本上属于在家办公，我知道她的电脑未设密码，开机就能用，这样也便于她随时爬起来就写东西。我过去也用过她的电脑，但未经她的允许，我从不去看她电脑里的东西，每个人都有自己的隐私，我在西方待过多年，在这一点上非常注意。

她的电脑还在桌子上休眠，我随便敲了一个按键，发现电脑竟然是锁上的，需要密码才能开机。

嗐，她倒是长记性了，啥时候把电脑设定密码了呢？平时总大大咧咧，关键时候却又画蛇添足，这丫头也真有她的。

我拍了一下脑袋，开始检查小田交给我的吴双的东西——摔坏了屏的手机、家门钥匙、几十块零钱、一袋开封的口香糖、一包纸巾。

没有 U 盘。

没有 U 盘她拿什么去打印呢？难不成出去不是为了打印？那她着急忙慌地出去又是为了干什么呢？

我在那里猜了半天，决定还是要给小田打个电话问清楚。

小田回答得很肯定，说："把东西退还的时候都是我办理的，肯定没有 U 盘，是不是当时从身上摔出去了，因为东西太小大家没有发现，或者摔碎了警察没有重视？我可以明天打个电话再问问。"

这也不对呀。小田不是说她最后是给一个开打印室的人打的电话吗？那人不是也在等她吗？那说明她出去就是要打印东西的，难道除了信件，她还要打印别的？

她打印别的也不能没有 U 盘啊。

难道她已经把信给我导师了？可信封还在这里呢。如果没给我导师，那……那……我导师出事是不是与吴双就扯不上关系了？

先看看信再说。

我在她的电脑上试了几个密码，她的生日，她的手机号码，连我的生日都试过了，都显示密码不对。不过，这也倒不是多么困难的事，我把我的电脑打开，拿 U 盘下载了清除开机密码的软件和启动工具，然后把 U 盘装到她的电脑上，打开了她的电脑。

我要是有所警觉的话，应该在开机的时候检查一下她的电脑是不是有人动过，或者留意一下电脑有无异样。但当时我脑子里没有这根弦，甚至过去吴双跟我提过似乎有人动过她电脑的事，我那时也没有想起来。

吴双的电脑桌面上没有这封信。

我查找最近打开过的文件，排在最上面的文件名字就一个字：信。我用鼠标点开，却显示找不到该文件。

我又启动了搜索功能，吴双电脑里与信有关的文件不少，但只有点开这个文件时，显示的都是找不到该文件。

难道说她已经把信送出去了？还是怕我看到，拷贝到 U 盘上后直接删除了？那她到底写的什么内容呢，为什么怕我看？她知道我是从不看她私人的东西的，那她急急忙忙删除又是为了什么呢？

也不对呀，我家并没有多余的信封，那个空信封还是郝师兄送照片时带过来的，会不会她送出去时没用信封呢？

没用信封她为什么要在这信封上写上我导师的名字呢？而且，不用信封的话，她为什么把这个信封留在桌子上呢？那本来是装照片的，很明显，她准备用这个信封，便把照片用皮筋束了起来。

吴双跟我导师写信是什么意思呀？她想干什么？会不会与我有关系？我坐在那里抽着烟瞎琢磨，回想着那几天吴双有什么反常言行。

上次她来的时候碰到我导师了，她紧张地躲在我身后，不知道该怎么打招呼，但这次来，似乎并没有见到。

前几天，在我回家的路上，吴双曾问起我导师在哪里插队的问题，我没有当回事，还以为她只是怕我开车累，陪我聊会儿天强迫我休息休息呢。我绞尽脑汁地回想着我们当时的对话，她好像提到整理资料时看到我和导师的合影了，师兄拍的这些照片里我与导师的合影很多呀，为什么她要单拎出这两张呢？

我把书架上那一沓照片拿过来，全摊到桌子上，照片不仅有中秋节的，还有迎新聚会、新年聚会我们杨门弟子簇拥着导师在校门口的合影，还有师兄在我上课发言时抓拍的。

我先分析她单拎出的那两张照片。

照片里都有我，也都有我导师，如果吴双关注的是我，那我还有单独的照片，也有与郝师兄的合影、与师姐的合影，还有我们几个新生一起的合影，她为什么不拎呢？那关注点应该是我导师，可新年聚会时我与导师的合影拍得更清晰，还有一张我上课发言时导师欣赏地看着我的照片，应该说是所有照片中拍得最好的，两人的表情都很生动，她也没选用。我把所有的照片理了一遍，没有导师单独的照片，郝师兄只是把照片中有我身影的洗了一份给我。

那两张照片还有一个共同点，就是都是在中秋节聚会时拍的。

我把中秋节我们聚会的所有照片都摆在一起。

那天照片拍了不少，尤其是我们在阳台赏月的时候。在阳台上我与导师也有合影，大家当时轮着跟导师合影，还一起朗诵古人咏月的诗词。吴双拎出来的这两张都是室内的合影，导师微笑着坐在餐桌后面，我们笑逐颜开地站在他身后。室内合影还有一张，是我们的集体大合照，是当时郝师兄请一个服务员帮着拍的，吴双并没有拎出这张来。我把这张集体大合照跟吴双挑出来的那两张照片仔细比对，发现只有吴双压在电脑下面的那两张照片选景时带进去了一部分餐桌，桌子上空无一物，唯有我导师的那把扇子，估计是拍照时他把扇子顺手放在了桌边，白色的桌布上，那个硕大的黑色扇坠格外醒目。

看到扇坠，我猛然想起吴双对黑色石头的痴迷，这扇坠是石质的吗？从照片上我分辨不出来，感觉像石头又似与石头不一样，形状也不那么规整。平时导师喜欢拿着那把折扇，但我记得只有中秋节那一次拴了扇坠。

扇坠？石头？

难道吴双给我导师写信就是因为这块黑色的石头吗？

我又在吴双的电脑里搜了半天，还是没有找到那封信。吴双肯定是用电脑写过信的，文件删去了，电脑里的痕迹并没有清除。

那信会不会已经到了我导师手里呢？吴双没用信封，或者她用了其他信封？

先前在我导师家，我和郝师兄主要是整理导师的藏书，按照导师的遗愿，藏书捐给学校，我俩一个打包，一个登记，导师的个人物品包括信函之类的东西都是那位老师在整理，他整理过后均一一码放在一个蓝色的塑料箱里，刚才并没有拿走。

我去看看。

导师家现在肯定没有人，打开他房门的那把锁，对我而言，不会比点支烟更费事。

我甚至连自己的工具都不用带，刚才还一直在那里忙活，也不用担心指纹足迹的事。

打开房门，扑面而来的是一股阴冷。也真奇怪，房子才几天没人住，原来温暖如春的小屋立时变得阴森寒冷起来。

能做贼的，都不是胆小的人，我胆子尤其大。饶是如此，一进房间，我还是下意识地打了个寒战，犹豫了一下，还是把书房的台灯打开了。

虽然是深夜，台灯的光倒也柔和，我想念着导师昔日就是坐在这里焚膏继晷、宵旰攻苦，他的容貌浮现在眼前，泪水不自觉顺着脸颊又流了下来。

年前我送他的那盆兰花还摆在窗台上，虽然已多日无人照料，依然还有花瓣在绽放，正应了导师给我短信里写的那句"任是无人也自香"。

只是，一切已经物是人非了。

导师的家与楼上我住的房子是同样的格局，面积不大。以我导师的地位和影响力，他完全可以住进面积更大、条件更好的房子，据说，每次调房子，他都把机会让给了别人。房间布置得也很简单、朴素，这样一个生性淡泊、波澜不惊的人，怎么可能会受刺激而心梗呢？我打心底里不愿意相信这个现实。

可现实就冷冰冰地摆在面前。

他的东西，已经在打包了。他的藏书，我和郝师兄整理了大半天，也才整理了一部分。他的信函和个人的笔记之类的东西，那老师已基本收到了一个蓝箱子里，桌子上有份登记簿，我浏览了一下，没有多少我熟悉的名字。打开蓝箱子，翻了翻，也没有看出个子丑寅卯来。

我突然想到他的那个黑色扇坠，对呀，吴双盯着的好像是那个扇坠，可扇坠去哪里了？扇子倒是有几把，都在书橱里放着，但并没有那个扇坠。

导师是极爱扇子的。

我经常看到他拿着把白色素面扇子，并不见得为扇风，只为手里有件器物罢了。我在他书橱下面的抽屉里又翻到了半抽屉扇子，多数已经残破了，想必都是用旧了的，我打开看了看，大多是素面的，只有两把扇面上题了字：一把上写了"空床卧听南窗雨，鹿门独赋角弓诗"，没有落款，只在一个边角处，写有"辛未之秋"四个小字；另一把上写的是"龙飞云天远，骏马自行空"，依然是在一个边角处，落有"丙寅之秋"四个字。我没有见过导师写毛笔字，但这很像他的笔迹。

我以为导师这样精致的文人，一定会写日记之类的，但翻遍了他的家，除了文稿和备课笔记，我没有找到任何关于他个人记忆的文字，连他的影集，也很少有老旧的照片。他不喜欢抛头露面，也基本不接受采访，这已众所周知。他的照片多是与学生的合影，最久远的也不过是他读大学或者研究生时照的，两三寸的黑白照，清瘦的脸上充满了憧憬和好奇。

没有吴双的信，也没有那个黑色的扇坠。

我一个人在导师的房间里待了足足有一个小时，这已经犯了做贼的忌讳，贼担心夜长梦多，讲究速战速决。我只是对一无所获心有不甘，恨不得连导师家的墙壁都轻轻敲了一遍，总期望哪里有个暗洞，能找到一些我希望看到的东西。但我把自己折腾到出了一头汗，最后还是失望了。

我把导师家翻了个底朝天，也没有看到那扇坠，感觉他好像很钟爱的样子，不可能扔掉呀，难道前段时间送人了？

我悻悻地离开，本着"贼不走空"的原则，顺手拿走了那两把题了字的旧扇子。

出门前，我犹豫了一下，还是从厨房里盛了一碗水，浇在窗台那兰花的花盆里。突然想起两句诗："庭树不知人去尽，春来还发旧时花。"心里顿时涌起了无限的悲伤。

二十

第二天早晨，起床后，我简单洗漱了一下，到厨房里去找吃的。厨房的案板上放着两盖帘已包好的饺子，早就馊了，旁边还有一大团和好的面和半盆拌好的肉馅，散发着酸臭的味道。昨晚回来没有顾上来厨房，竟然没有注意到。

我把这些东西清理到垃圾箱里。看了看冰箱，里面东西塞得满满的，都是吴双从北京背过来的。我叹了口气，找出了包方便面，开火煮上，又打了个荷包蛋，煮得差不多了，就随便扒拉了几口，随后径直开车去医院了。

医院里还是老样子。

我在 ICU 外扒着玻璃窗看吴双的时候，一个女护士走出来，对我说："刚才给她擦了擦脸，现在输的还是营养液。"

"我能进去看看她吗？就一眼。"我看她面色比其他人和善，就大着胆子恳求道。

"不行。"她毫不通融地说，"你身上全是细菌，这里面必须保证无菌。"

我叹口气，问道："有什么进展吗？"她摇摇头，似乎也怕我多问什么，就快步离开了。

我给郝师兄发了条短信，说需要我时，尽可招呼，然后就坐在病房外的长椅上，默默地发呆，心里却在胡乱地琢磨着。

溜门撬锁我很在行，读书考试，我也不怵，可要说到逻辑推理，虽然我也读了不少侦探小说，但这确实是我的短板，我缺乏吴双那种细致的分析能力和执着的劲头。

想得脑袋都大了，我还是一头雾水。也许吴双的信根本就没发出去，导师受刺激，大概率与吴双没关系，那个信封，或许只是个巧合吧。

吴双和导师都是我最亲近的人，要是两人都活得好好的，我盼望着他们之间的关系越亲密越好，可是现在，我可不希望他们之间有一丁点关联。

可吴双为什么要给我导师写信呢？这真让我头大。

郝师兄一直没有回我的短信。

在医院待到下午，我看没有什么事，也帮不上什么忙，就跟护士打了个招呼，准备回我的住处眯一会儿。本来这几天又困又累，昨晚也没睡好，我想回去补个觉，要是晚上有机会，我还想再到导师家看看。

在医院急诊大楼停车场里，我遇到了刘方。

"正要给你打电话呢。"看到我，他迎过来说。

"哦？有事？"我诧异地问道。

"没事。"他说，"我去开会，路过这里，顺便过来看看，估计你在上边呢。"

"我正想找你呢。"我一边给他递烟，一边把我导师出事的事情跟他说了。他是刑警，估计见惯了死亡，对一个老人因心肌梗死去世也没觉得有什么大惊小怪的，就淡淡地问了句："那你们的学业怎么办？"

学业？因为事发突然，我还真没想过这个问题，就摇了摇头。

"没看到讣告呀？"他抽着烟，依然一副见怪不怪的神情，"他这样的名教授去世报纸肯定要登讣告或者发新闻的吧？"

"不不，"我又摇了摇头，"据说他交代过后事，不搞告别仪式、不发讣告的。"

"交代过后事？"刘方瞪大了眼睛，把烟一扔，说，"什么意思？你不是说因为心肌梗死去世的吗？心肌梗死的人，哪有时间交代后事？"

"不不，你误会了，说是以前写了遗书……"

"以前？"刘方突然提高了嗓门，诧异地问，"他先知先觉呀？知道自己会出意外？是不是他以前就有心脏病？"

"我也不是很清楚。"我赶紧含糊地搪塞。

我很犹豫要不要与刘方说那个信封的事。

刘方是警察，如果他出马，应该很快就能解开我心中的谜团，可正因为他是警察，而且是个眼睛里揉不得沙子的好警察，要是他得知吴双的信跟我导师的突然去世有关系，他绝不会留情，即使吴双是朋友，现在还在 ICU，不省人事。

老康总嘲笑说，刘方是个典型的"两面人"，平时很随和，做事也讲义气，但你要是做了出格的事，他立即翻脸不认人，越是熟人，下手越狠。

刘方可不是一个能徇情的主儿，即使我需要他的帮忙，很多事也不能对他和盘托出，一个是吴双，一个是我导师，都是我的亲人，绝对不能节外生枝。

我必须把握好尺度。

晚上我们一起吃的饭，吃饭时，又说起吴双喜欢石头的话题。

"她为什么喜欢石头？你一直不知道她在找什么样的石头？"刘方

边吃饭边问我。

"不知道，她好像不愿提这事，问起她时，她只是笑笑，从不多解释。我感觉她应该是喜欢黑色的特别一点的石头吧。"我吞下一口饭，"她没跟你说过喜欢什么样的石头吧？"

"废话。"他白了我一眼，"你们在一起那么长时间，她都没跟你说，怎么可能跟我说这事。哦，对了，她舅舅知道她迷恋石头吗？"

"你还别说。"我放下筷子，"那天我还真与她舅舅聊这事来着。他说这孩子心里有事从来都闷着，不愿说。迷恋石头这事从小就有，一放学就往人多的地方钻，看到别人手里拿俩健身球都琢磨着怎么扒开人家的手看看。她舅妈有一次拆洗枕头，在枕头里见到她藏了个黑乎乎的小石块，不是很大，但很沉，把枕头都弄坏了，为此还把她训了一顿，后来再也没见过那个小玩意儿。她舅舅还以为她长大了不干这些事了呢。你说她那么小的时候就关注石头，是不是这东西真跟她身世有关？"

刘方摇摇头，拿餐巾纸擦擦嘴，又摇了摇头："我觉得悬。她妈去世的时候她都八岁了。她妈妈不对外说她爸爸是谁，但临终前不可能不告诉她吧？至少叫什么，哪里人，长什么样，总会告诉她吧。她后来执意改名叫吴双，是有什么含义？是不是与姓吴的有关？如果分析一下当年的考察队、当地以及附近的姓吴的，这范围才多大呀，调查起来也不复杂，顺藤摸瓜不就找到了吗？但好像她并没有这样做。如果从心理学的角度分析，她爸爸遗弃了她们，她该恨他才是，恨他，干吗还要找他？为了报仇？她是那种心中充满怨恨的人吗？绝对不是。再说，她也没那么傻呀，我觉得石头的事不见得与她的身世有多大关系，说不定另有隐情。"

"另有隐情？什么隐情能驱使她这样做？没听她舅舅说吗？小时候就盯着人家手里的石头，这么多年，还是如此，这得什么样的动力呀。"我倒并不是完全不认可刘方的分析，只是觉得吴双的行为过于奇怪。

"哼，你问我，我问谁去？你都不知道，我上哪里知道去，我们才认识多久？"他讥讽我道。

我没有理会他的讥讽，停了半晌，问他："你再好好想想，那天她着急去打印，就没说打印什么？"

刘方闭上眼，想了一会儿，还是摇摇头："确实没说，主要是我急着有事，也没问，似乎是说了句就几页纸，你在她电脑里找一下不就完了？"

"她把那天写的东西全删了，电脑里找不到。"我脱口而出。

"那简单。"刘方不以为意地说，"删过的东西，恢复一下就行，你要是不会的话，我可以请技术部门的同事帮忙。"

"不用，不用，我也会弄。主要是觉得她删除了，是不是涉及她的隐私，不想让我看到呀，否则，她删了干什么？恢复嘛，算了，你已经为她'以权谋私'好几回了，别让人说闲话，我要是自己弄不了，就去找路边搞电脑维修的小店，他们能耐大得很。"我谢了他的好意，真诚地说道。

"倒也是，"他点头表示认同，随后又长叹一声，颇感懊悔地说，"要知道会出这事，我那天还串什么门去，带她去办公室打印不就得了。"

晚上，郝师兄才给我回电话，得知我一个人在家，他直接跑过来了。

他在我屋里叹息了半天，说开了整整一天的会，校长、书记，系里的所有领导还有一些老教授都参加了，也算是内部的一次缅怀会，很多人对先生的突然去世，既愕然又惋惜，校长发言时还流泪了，说一定尊重先生的遗愿，低调处理他的后事，也要求系里尽快整理出版先生的文集。

"讣告还是要发的。校长也说了，先生虽然不喜欢抛头露面，不爱参加社会活动，但他这样的在国际上都有名望的学者突然间没有了动静，学校无法对外界解释。"师兄喝了我给他泡的茶，快快地说。

"先生好像也不怎么喜欢媒体，我听说他从不接受媒体专访。"我也端了一杯茶，坐在师兄对面，说。

"唉！"师兄叹口气，说，"先生这个人，就喜欢安安静静做学问，他不愿意别人打扰他的生活，你看平时他跟我们有说有笑的，可一遇到记者采访，他就紧张得不行。上次在学校里开的一个国际学术会，他还是会议主席，会后有个记者问他什么问题来着，好像是从知青的视角看什么社会现象，他竟然半天没说话，脸色煞白，还是中文系的一个教授替他回答的，那教授也当过知青，据说当时看了电影《沙家浜》，为'芦花放稻谷香岸柳成行'的风光所感召，主动要求到那片芦苇丛生的地方插队落户的，对知青岁月，感触颇深。"师兄是个善谈的人，一勾起话头，立即滔滔不绝。

"对了，我们导师也是插过队的，他具体插队的地方在哪里呀？我光知道是内蒙古大草原，好像插队好几年呢。"我突然想起吴双曾经问到我导师插队的地方，忙问师兄。

"咱们先生命好苦哇，他插队时才十五岁，十五岁我们还屁都不懂呢，他竟然去了一个非常偏僻的地方，据说生存条件极其艰苦，要不是今天开会，我也不知道这个叫巴彦淖尔盟乌拉特后旗的地方，过去也只是知道他在内蒙古草原做过知青。"师兄感慨道。

"巴彦淖尔盟乌拉特后旗？"我自言自语道，我记得吴双的舅舅讲，他们老家是锡林郭勒盟东乌珠穆沁旗，不知道这两个地方离得有多远。

"我们何其有幸，得遇先生，又何其不幸，先生不能看着我们到毕业。"师兄继续发着感慨。

"他看着呢，他在天上会看着我们的，他不会放弃我们的。"我心里一阵难过，安慰师兄说。

他抽了一下鼻子，叹口气，说："是呀，他怎么会突然心肌梗死了呢？从来没听说他心脏有问题呀，今天开会老师们还说，他这样一个波澜不惊的人，那两天情绪却出奇地反常，很奇怪。你说先生是不是遇到什么棘手的事情了？咱们是他的弟子，不能坐视不管。"

"那当然。"我毫不犹豫地说，"他跟别人说过没有？那两天出了什么事？"

师兄摇了摇头："你还不了解咱们导师？他遇到天大的事，只会憋在心里，绝不会跟别人透露半句的。"

我听了，心里咯噔一下，吴双不也是这样的人吗？

二十一

刘方很聪明,我并没有与他说吴双写信的事,那信封我也早就收起来了,但他觉得吴双打印的只是几页纸,又那么着急,便推测吴双要打印的可能是一封信。

"你把她删除的文件恢复了,看一下不就明白了吗?她都这个样子了,你还介怀什么?"他一再劝导我。

是呀,我介怀什么?我又不是小心眼的人。我只是害怕吴双的这封信,真的跟我导师的突然去世有关系,两个都是我至亲的人,我该如何面对这个局面?

我一向优柔寡断,内心也确实是五味杂陈,几次我打开她的电脑,思忖半天,还是犹豫着又合上了。

我一拖再拖,只是心里充满着恐惧。

师兄说导师插队的地方在内蒙古的巴彦淖尔盟乌拉特后旗,吴双的老家在锡林郭勒盟的东乌珠穆沁旗,我在网上查了一下,两地相距有一千多公里呢。一千多公里,就是骑马,也得七八天,按理说不该有什么交集。我突然想起,导师是恢复高考后的第一届大学生,那年入学虽晚,但吴双出生时,导师早就离开了草原,读了一年多大学了。

瞧我这笨劲，想什么呢？我狠狠地捶了自己一拳。

不得不说，科技的长足进步让很多事情都变得轻而易举，甚至简单得让人吃惊。我交了钱，把吴双的电脑交给数据维护公司的一个正叼着烟的小胖子，他用胖乎乎的双手在键盘上敲击了几分钟，乜斜着眼睛，带着吊儿郎当的神情，懒懒地问我，想恢复的文件名字是什么。我还在犹豫，他却一副无所谓的样子，说："你就说哪天的吧，我把那天的数据全给你恢复了。"

"大年初一。"这点我没含糊，我知道吴双也正是那天出的事。

"初一是哪天？"他一边嘟囔着，一边敲击着键盘，一分钟不到，就说，"行了，找到了，就两个文件，看看是你要找的吗？"他把电脑屏幕往我跟前轻轻一推。

"两个文件？"我嘀咕了一声，忙伸头去看，屏幕上果然多出了两个文件：一个文件名字是：信；另一个文件名字是：剧本（新）。我用鼠标点了一下，两个文件都能打开。

前后总共花了还不到五分钟。

小伙子利索地帮我存了盘，转手把电脑还给我，对我的连声道谢，只是微微翘了翘略显肥厚的嘴角。

竟然有两个文件。

那天她为什么还把新写的剧本删了呢？是误操作还是另有原因？我又被弄得一头雾水了。出门时拎了电脑，差点把一位穿着高跟鞋正急匆匆进来的年轻姑娘撞趴下。

虽然我很想知道吴双给我导师写信到底写了什么，但我还是没有马上打开信就看。我不是个急性子的人，而且，我也不知道为什么，总感觉有些奇怪。

有时候，做贼的人很迷信直觉。

回到家里，我泡了杯茶，又皱着眉头发了一阵呆，等心神略定后，才慢吞吞地打开电脑，点上一支烟，忐忑不安地去读吴双写的这封信。

尊敬的杨教授：

您好！

我为自己这两天的失礼行为向您道歉，非常对不起您，请您多担待，多谅解。

打扰您，搅乱您的安宁，我极羞愧，尤其是在春节期间。本纪跟我说过，您喜欢清静，嘱我上下楼梯时都要放轻脚步，我谨记着呢。若不是迫不得已，若不是穷途末路，我绝不会如此焦躁、冒失和无礼。就像在汪洋中飘零了二十多年，好不容易看到了一丝光亮，即使现在是一只飞蛾，我也只能迎着烈火而上了。

打扰您我实在不安，可不打扰您，我或许永远也解不开心中的谜团。二十多年的四方寻觅、日夜祈盼、苦苦企望全都系在您身上。

不，实际上是在您那块黑色的石头身上。

那石头，我也有一块，昨天您也看到了，与您的确实是一样的。

您肯定也知道，这石头虽非珍宝，却极为罕见，据说只有这样的两块，它们原本是在一起的。我已知晓您在草原上做过知青，如果您确系这块石头的主人，那您一定明白我下面讲的这个故事（昨天我本来是要讲这个故事给您，不意您误会了我，非说我别有用心，不容我解释，将我赶出来。当然，我也不该说那些过激的话，在这里，向您赔罪）。

请您消消气，耐心看完这个故事：

一九七八年秋天的一个夜晚，在锡林郭勒草原一支地质考察队营地外的垃圾坑里，帮考察队做饭的蒙古族姑娘苏布得见到一个饿得奄奄一息的流浪汉正偷吃她刚倒掉的垃圾。她救了他，还把他介绍到考察队去做帮工。这个年轻的流浪汉不爱说话，只知道拼命干活，谁也不知道他从哪里来，也没有人在意他，只有苏布得觉得他又瘦又弱，盛饭时会多照顾他些。

苏布得是个热心肠的善良人，看那个流浪汉整天闷闷不乐，有时候就去找他聊聊天，一来二去的，也就熟了，那个人说他本是南方来内蒙古插队的知青，为了帮助朋友，搞得自己无法返乡，不得不四处流浪。

蒙古族本来就是一个崇尚英雄、看重义气的民族，流浪汉为朋友两肋插刀让苏布得心生好感。他告诉苏布得，他其实已经考上了大学，但他没有去读，把机会让给了与他感情深厚的朋友。他的这个朋友，做梦都想上大学，但没有被录取，出于仗义，他就让朋友拿着他的通知书上大学去了，虽然两人长得很像，他也怕被人认出来，检举了他们，所以，他就没有再回知青点，但他也回不了老家，只能四处流浪。为了证明自己所说的是真话，他还拿出了一块黑石头，对，就是我手里的这块，说，这种奇怪的石头天底下只有两块，他一块，他的朋友一块，这石头坚硬无比，象征了他和朋友之间坚不可摧的情谊。

他的仗义和英雄行为，他的准大学生身份，都感动和吸引着没有读过书、天真纯朴的苏布得，她像爱戴雄鹰一样接纳了这个被营地里所有人都瞧不起的蓬头垢面的流浪汉，不仅私下里照顾着他，还偷偷地与他约会，甚至还时不时与他住在一起。

他是不是告诉了苏布得他的真实姓名已无从知晓，但他确实跟苏布得讲了，他的名字不能让人知道，否则，他会被抓回去，他的朋友也会被从大学里撵出来。所以，苏布得的父亲抽断了一条马鞭，她也没有说出他是谁，甚至，她在临死前，也没向她八岁的女儿透露任何关于那个流浪汉的信息。

是的，那个八岁的女儿就是我，苏布得是我的妈妈。

那个流浪汉踪迹全无，他是大学生也罢，他是流浪汉也罢，虽然，他是我生物学意义上的父亲，但我对他的一切毫无兴趣，也不想知道关于他的更多信息。

但是，我始终难忘苏布得的一句话："他为什么不辞而别还骑走了我的马？"这句话，她每天都要呆呆地望着远方，念叨无数遍，我听了好几年。

他不辞而别尚能理解，那是他的自由，但他偷走了草原人最为倚重的朋友——她的马。这让她难以释怀，死而不得瞑目。

这块石头或许是他交给苏布得的，或许是他匆忙离开时落下的。多年来，我一方面质疑着这故事的真实性，一个毁了一个女人一生的人，一个抛弃了对他有救命之恩的人，怎能指望他说的是实话？另一方面，我又苦苦寻找与它类似的另一块，如宿命一般，明知不可能，却又放不下。

看到您的这块石头，我极为震惊，甚至恐惧，以至于失态、失礼，就像挣扎在河水中，濒死之际抓到了一根稻草，我鲁莽冒失，不只是怕稻草在我手中滑落，而是它突然颠覆了我以往的认知，那另一块石头，竟然真的存在。

我得再次请您原谅是因为我未经您的允许偷拿了您的石头和我手里的这块做了对比，我发誓我没有进入您的房间，我只是用竹竿拴了网兜从阳台外取走了您的石头。我为我恶劣而疯狂的行为再次向您道歉。

尊敬的杨教授，我敬重着您，跟本纪一样爱戴着您。您两次将我从您家推了出来，您不想听我的叙述，甚至拒绝承认与这石头有牵连，但从您的表情里，从您第一眼看到我手里石头的愕然、震惊和瞠目结舌中，我已然洞悉，您不仅清楚地知道这石头的来历，而且与这石头有着千丝万缕的联系。

而且，在您的眼神里我甚至读到了极度的不安和惶恐。

您过虑了。

我没有想到您的反应会如此强烈，情急之下我说了过头的话，在这里，跟您道歉。同时，我向您郑重保证，我不想搅乱任何人的生活，也无意寻求石头背后的真相，更不会在意那流浪汉是谁。其实，无论他是谁，我都不想与他有任何瓜葛，我宁可永远相信那个蒙骗无知蒙古族姑娘的侠义故事本身就是随口编造的。

我别无他求，只是要替那死去的苏布得问一句话：当初，他不辞而别，为什么还要偷走她的马？

这问题，一直把直性痴情的蒙古族姑娘苏布得困扰到死（真是可笑，她给我取的蒙古语名字竟然叫吉雅）。

我二十多年苦苦追索，只想寻求这句话的答案，这样，才能告慰苏布得的在天之灵，只有这样，可怜又可悲的她才可以死而瞑目。

所以，尊敬的杨教授，看在逝者的分儿上，拜托您了。石头在您这里，您肯定有办法、有渠道联系到与这石头有关的那个人，就请帮我问这句话吧。

您的石头璧还，另一块石头也请您代为转交。苏布得死了，这石头，对我没有任何意义，更无纪念的价值。

麻烦您，拜托您，感谢您。

再次为我的不理智、鲁莽和荒唐向您道歉。

此致

鞠躬

祝您春节快乐（因为我的失礼，搅乱了您的安宁，再三道歉）

吴双　敬上

我把信从头到尾读了好几遍，百感交集，呆呆地坐在椅子上，闷头抽了半天的烟，一动也不想动。

心里乱极了。

我不知道自己傻呆呆坐了多久，直到电话铃急促地响起，电话响了好多声，我才懒洋洋地拿起来接听。

电话是二叔打来的。

他让我找医院要一下吴双的脑 CT 片子，寄给他，他请北京权威的专家再给看看，咨询咨询有无更好的治疗方案。

我那天匆匆离开，连招呼都没打连夜赶回宁州，二叔他们都没有挑我的不是，反而觉得我讲义气、敢担当，懂得关心别人，在乎别人，不像过去那样漫不经心、麻木不仁和冷漠了。有时候他们也会打个电话问一下我朋友的病情，只是小王叔叔回去后，爸妈才知晓在宁州我这个突遭车祸的朋友竟然是个姑娘。

放下二叔的电话，我竟感到极为失落，一种难以名状的伤痛涌上心头，使得我竟匪夷所思地想家了。这可是自上大学以来的第一次，十几年了，即使我漂泊海外，离家万里，也从未产生过这种感受。

导师没了，吴双病了，我有一种被亲人抛弃了的挫败感，仿佛这座城市都变得寒冷、陌生起来，我置身于孤立无援的昏暗天地中，特别想扑进一个温暖的怀抱，特别想找一个没人的角落痛哭一场，哭得椎心泣血、肝肠寸断。

那封信，让我感到极度压抑，心好像坠到了脚底。

人需要宣泄，可是我没有任何可以宣泄的出口，吴双的信里包含了太多的信息，关涉到她，关涉到我的恩师，天哪，别说宣泄，我连一丝信息都不能漏出去。

烦躁、忧虑、无助的情绪郁结在我的胸腔中，憋闷得我经常寝食不安、彻夜难眠。

可我又确实束手无策。

我已经无从去验证导师是否看到过吴双的信。

但吴双的信还是透露了一些信息。导师跟吴双肯定是见过面的，而且见了至少两次（您两次将我从您家推了出来），两人应该谈得不是很愉快（我没有想到您的反应会如此强烈，情急之下我说了过头的话），我无法想象文质彬彬的导师反应强烈甚至将吴双从家里推了出来是什么样的状况，而向来温婉善良的吴双又说了什么过头的话？是她说了过头的话导致导师反应强烈，还是导师反应强烈才迫使她说了过头的话？但有一点是肯定的，那就是导师见到了吴双的黑石头（从您第一眼看到我手里石头的愕然、震惊和瞠目结舌中，我已然洞悉，您不仅清楚地知道这石头的来历，而且与这石头有着千丝万缕的联系），可导师为什么要拒绝承认与这石头有关系呢？石头背后隐藏了什么秘密？我原以为吴双的身世或许与导师有关呢，他们都长得偏瘦弱又白白净净的，从信里看，吴双的生父应该是那个流浪汉，流浪汉肯定不是我导师，那个时候导师已经上大学去了。一提上大学，我心里又是一惊，流浪汉的朋友没有考上大学，他把机会让了出去。而后我又释然了，以导师的学养，岂有考不上大学之说，何况，我很清楚地知道，导师因为学业优异，大三时就被破格录取攻读研究生了。吴双在信里也说了（我宁可永远相信那个蒙骗无知蒙古族姑娘的侠义故事本身就是随口编造的），那导师见到吴双，或者说见到那石头，有什么不安的呢（在您的眼神里我甚至读到了极度的不安和惶恐）？眼神里能读出不安吗？这是不是吴双习惯了文学笔墨，主观臆断呢？

别看吴双一副柔弱娴静的样子，有时候做事也风风火火，她能连家都不回，半夜三更直接杀到临沂，跑到素不相识的人的家里去看石头，可以想象她有多愣，脾气有多急。我怀疑是这姑娘从照片里看到了我导师的黑扇坠，立即火急火燎地下去问询了，或许言语之间，冲撞了导师，把老夫子惹生气了，被撵了出来，所以她才在信里一再道歉。

可能与导师两次沟通不畅，吴双才动了写信的念头（您不想听我的叙述，甚至拒绝承认与这石头有牵连），吴双所叙述的，应该就是信里写的这个故事。如果导师没有看到信，那他就有可能既不知道吴双讲的这个故事，也不知道吴双想请他跟那个流浪汉传话这个事。我觉得吴双在信里着重强调了（我不想搅乱任何人的生活，也无意寻求石头背后的真相，更不会在意那流浪汉是谁），似乎是在努力打消导师的疑虑，对诉求表达得也很直接很清楚（我别无他求，只是要替那死去的苏布得问一句话：当初，他不辞而别，为什么还要偷走她的马？），而且认为导师并不难办到（石头在您这里，您肯定有办法、有渠道联系到与这石头有关的那个人，就请帮我问这句话吧）。导师是一向与人为善的，这种举手之劳的事，按道理他没理由拒绝呀，何况，吴双叙述的还是一个凄苦的故事。

那只有一个可能性，导师没有看到这封信。

可是，导师受到刺激，受到打击，情绪极端反常，以至诱发心肌梗死，这一切的源头，会不会与吴双上门有关系呢？

信里是看不出来的。

造化弄人，导师突然去世，吴双寻找了二十多年的线索中断了（二十多年的四方寻觅、日夜祈盼、苦苦企望全都系在您身上），这根她挣扎于河水中抓到的唯一的稻草，还是滑脱了。如果吴双还能醒来，她得多么失落。

她再也无法帮她那苦命的妈妈去问那负心的流浪汉为什么不辞而

别还要偷走她的马这句话了，痴情的苏布得也只能死不瞑目了。

纵然我有心帮她，也无从查证，一切，因为导师的突然去世而烟消云散了。

我甚至不免冷酷地揣测，这亏得是吴双出事昏迷了，她要是清醒着，知道了是这样的一个结局，这对她得是一种什么样的沉重打击呀。

我常常自怨自艾，有时候又黯然神伤，时不时还会把从导师家顺手带回的扇子拿出来琢磨，其实我也就是瞎琢磨，那扇子早被用得残破不堪了，我从中读不出任何信息。吴双的那封信我倒是读过很多遍，每次读，心里都很难过，却也一筹莫展，琢磨琢磨扇子，无非是换换心情。

导师过去肯定是练过毛笔字的，扇子上的字写得劲骨丰肌、不落俗套，尤其"龙飞云天远，骏马自行空"这十个字，很是遒劲刚硬、雄健洒脱，带着一种豪放之气；"空床卧听南窗雨，鹿门独赋角弓诗"却又清新飘逸，落笔如云烟，让人感觉有些缠绵悱恻。题款的时间我都查过了，"辛未"是一九九一年，"丙寅"是一九八六年，确实是旧物了，都过去那么多年了。

最让我困惑的，还是那两块石头。吴双信里写得很清楚，她拿了导师的石头做对比，"您的石头璧还，另一块石头也请您代为转交"，如果导师没看到信，或者说吴双的信没有送出去，那石头就应该还在吴双这儿，可是石头呢？我把家里恨不得掘地三尺了，也让小田问了处理现场的交警，都说没看到什么石头，那两块黑色的石头哪里去了？

就这样不翼而飞了？这让我始终难以释怀。

二十二

我做梦都没有想到，开车撞了吴双的人竟然是杨超。

当小田又一次提及肇事司机想请我吃个饭并当面道歉时，我同意了。

冤家宜解不宜结。吴双已然这样了，总不能把肇事方也撞个不省人事吧。我纵然心中愤恨却也无可奈何，何况，责任主要还是吴双的。肇事司机那边已经承担了医药费，还赔偿了吴双的舅舅舅妈一笔钱，将心比心，谁也不是故意的，还能让人家怎么样呢？

在去见面的路上，刘方对我说："吴双出事，大家都很心疼，但事情既然发生了，再纠结也没有用，还是得往前看。无论对方是谁，是什么样的人，到时候你也别太激动，咱们姿态要高一点，整天抬头不见低头见的，事情过去了也就过去了，也显得咱们宽宏大量。"

我当时没有细咂摸他这话的含义，也没有往其他地方去想，就点头道："是，要是闹能让吴双醒过来，我天天去闹都行。放心吧，我会把握分寸的，我也不是不明事理的人，跟人家闹别扭干什么？人家与她无冤无仇，也犯不着故意去撞她，摊上这样的事，谁也不愿意，谁也没想到，我谁都不怨，只能怨吴双命不好，该有这么一劫。"

话虽是这么说，但当我知道肇事司机就是杨超的时候，我还是没有控制住自己的情绪，只感觉到血一下子冲进了大脑里，当场就发飙了。

是否动了手，我已经完全不记得了，我脑子里只有杨超低着头站在我面前赔不是的一个画面。事后小田说我当时极为冲动，像一头发疯的老虎，几个人按都按不住。

杨超和子怡去医院看过吴双几次，杨超怕见我，每次只让子怡一个人上楼，他在楼下车里等着。

我也是后来才知道吴双的医疗费用和赔偿都是江海集团出的，杨超那天是急着去替嘉树伯办事，开的是集团的车。

嘉树伯还专门跟我打了电话，说了一些带有歉意和安慰我的话，我能说什么呢？也只能一阵唏嘘，让泪水在心底流淌。

学校的确尊重了导师的遗嘱，谨慎处理了他的后事，在开学前低调地发布了讣告。虽然春节刚过，人们还没有从假期中缓过劲来，但这件事依然在学术界引起了不小的震动，缅怀导师的文章也陆续见报，尤其是已经毕业了的杨门弟子，已开始联络倡导给导师做雕塑、立碑的事，被学校叫停了。我和郝师兄都报名要求到草原去撒导师的骨灰，也没被允许，是高我们几届已经留系工作的一位同门师兄陪着导师老家的一位远房侄子一起去的。导师一直未婚，也没有什么直系亲属，这位侄子很年轻，据说也只是听父母说起才知道还有这么一位在大学当教授的亲戚。

吴双依然在医院 ICU 昏迷，她的病情看不出有任何好转。二叔打过电话的第二天，我就把她的片子寄到北京了，二叔应该早就收到了，但也没有任何反馈，我在心里已经慢慢接受了她醒不过来了这个残酷的现实，也在帮着她处理一些她没完成的事。

吴双是自由职业者，她没有固定上班的单位，写剧本是她当下唯一的工作，与影视公司也只是契约关系，她写好剧本大纲，交给熟悉的影视公司审核评估，项目确定后，才会签署合作协议。

她一倒下，这个谋杀案项目肯定暂时没法往下进行了，与她对接的那个影视公司联系到我时，我只能实话实说。一听说吴双出了这状况，这个项目对接人难过了好半天，一直不停地叹息。

"项目只能泡汤了。这样的剧本需要强大的逻辑能力和一环套一环的推理设定，很难找到合适的人接续，即使找到人，写出来的也肯定不是她脑子里构想的那个故事了。唉，太可惜了，太让人痛心了。"他不停地说着痛心和可惜，在电话里，我分辨不出他可惜和痛心的是项目的流产还是吴双的突然倒下。

第二天，他又打电话给我，说他们这个项目组的几个人商量过了，他们每人都拿出了一点钱要汇给我，还让我把吴双最近新写的内容一起发给他，他去跟影视公司谈谈，让影视公司按吴双的工作量支付费用，"这个项目到现在为止她还没领过一分钱呢。"他感慨道，"我们帮不上忙，只能尽自己的心了。"

我谢了他，说："我在她电脑里找找，把她写的东西和准备的一些资料都发给你们，只要对你们有用，随便怎么处理都行。钱就算了，现在还好，肇事方垫付了医药费，也没有其他的花销，大家的心意我已经心领了，如果以后遇到困难，再请您和大家伸出援手。"

说实话，我很少看吴双写的东西，剧本不同于小说，小说可以天马行空、汪洋恣肆，剧本受到固定格式的限制，有些畏首畏尾放不开，远不如小说读着过瘾。

她写这个大学谋杀案，从一开始酝酿的时候我就泼冷水，但她一意孤行，我也就懒得多说了，随她去了，她知道我的态度，所以，她宁可与刘方探讨，也不与我交流。我只知道她各种资料准备了不少，大纲和人物设定什么的也早就写完了，似乎也立项了，但剧本写的什么，写了多少，我并不清楚，她没有与我聊过，我也从来没有看过。

这个项目，看来她还真是下了不少功夫，我在她电脑里用关键词

223

搜索时，竟出来了上百个文件，我一个一个去浏览，发现她也挺有意思的，把剧本文件存得到处都是，有的甚至放到了同学聚会的根目录下面，有的干脆取了个乱七八糟的文件名，即使按照最近的时间搜索，也能搜出来一大堆。

"好像电脑会丢文件一样，存那么多地方干什么？也不嫌麻烦。"我只能嘟囔着，一个一个打开去看，去整理，总不能一股脑把这些重复的东西都发给人家影视公司的人，让他们再一头雾水去吧。

我以前没看过她写的这个剧本，但看到有两个人物的名字，竟然有一种似曾相识的感觉，钱小红、安学武，好像在什么地方见过，但又想不起来。

有个东西就在嘴边恨不得脱口而出但偏偏就卡住了，就像闹肚子好不容易找到厕所却解不开裤腰带一样难受，我在那里左思右想，脑子里这层窗户纸隐隐约约，可就是捅不破，只能郁闷得一根接一根地抽烟。

我也不管哪版是她最新的剧本，就拜托数据维护公司那个小胖子帮忙找回来标着最新的那版和一些资料，包括大纲和人物小传什么的，全打包在一起，发给了影视公司的项目对接人。

导师去世了，我们杨门弟子被分配到其他老师门下，我跟作家胡三峰成了同门。新导师很和蔼也很宽容，对我们要求不算苛刻，学业压力顿时减轻了不少，我除了每天去医院看看吴双，还有大把的时间可以坐在电脑前发呆。

刘方拎着几瓶啤酒、哼着小曲过来敲门时，我正皱着眉头，坐在椅子上怅然若失。

"大冬天的，谁喝啤酒？"我开了门，没好气地对他说。

"啤酒好，舒心沁脾，消除烦恼。"他嬉皮笑脸地说。

"谁烦恼了？"我一边接过他手里的东西，一边嘟囔道。

他冷笑一声，盯着我的脸，说："谁烦恼谁知道，反正我眉头没有皱成个疙瘩，一副失魂落魄的样子。"

我被他说中了，只好讪讪地笑了笑。

他进了门，把外套脱下来挂在门后的衣帽架上，自言自语道："交了个大款朋友，喝酒还得自己掏钱买，鲁迅先生说得好，越有钱的人越抠门。"

"你瞎说啥？鲁迅可没说过这么没水平的话。"我讽刺道。

他摇摇头，笑着说："你是博士生，你说了算，为富不仁，鲁迅总说过吧。"

我不想跟他斗嘴，洗了两个杯子，把啤酒打开，倒了两杯，又去冰箱里翻出来半袋花生米，两根香肠。花生米直接摊到了桌子上，香肠一人一根。

我端起杯子，与他碰了一下，说："咋的？大刑警闲来无事，来跟我探讨鲁迅来了？"

他端起杯子，一饮而尽，自己又倒了一杯，说："说话这么不着调，还狗屁博士生呢。渴死我了，今天在外边跑了一天，水都没顾上喝一口。"

"那我给你泡茶去？"虽然吵吵闹闹，毕竟是好朋友，看他一脸疲惫，我连忙又刷了个杯子，给他泡了杯茶。

"一直在家待着？"他估计是真渴了，我刚把茶泡好，他就端起来喝了一口，被烫得龇牙咧嘴，还没忘了说话。

"没有，上午有课，傍晚去了趟医院，刚回来一会儿。"我懒懒地答道。

"没进展？"他也常去医院看吴双，"没进展"也只是他随口一说，吴双的病情进展情况我俩都很清楚。

我摇摇头，算是回答他了。

"石头还是没找到？"他知道我一直在找吴双的石头，也来这里帮我翻找过好几回。

我又摇了摇头。

他没有提要看吴双信的事。我已经告诉过他，吴双着急打印的是一封信，是她个人的事，我没有提导师，也没有提信的内容。

"真是咄咄怪事。"他感叹道，"这屋子还能进来贼不成？"

"笑话。"我讥讽他道，"贼不偷别的，就为偷块黑石头？大刑警水平也不过尔尔，难怪连个盗窃案都破不了。"

我与他开玩笑也不是一回两回了，他也习惯了我的冷嘲热讽。

"别说那没用的。我是没腾出手，要是腾出手，哼。"他气哼哼地把杯子里的啤酒一饮而尽。

"破不了案子的刑警也只配喝点啤酒，别说你帮我找到那石头，就是把那个盗窃案破了，我都请你喝茅台。"我阴阳怪气地说。

他又"哼"了一声，摇摇头，说："你这激将法对我没用，啤酒挺好，舒心沁脾，我不馋茅台，那是有钱人喝的。"

我跟他说已经把吴双写的半半拉拉的剧本发给影视公司了，那项目可能要泡汤。

"真是可惜了咱们那姑娘的一腔热血了，她还指望着这部电影推动一下那个尘封了的案子重新调查呢。"他长叹了一口气。

"你看过她写的东西吗？"我脑子一热，突然问道。

"我倒是想看呢，人家不给呀。"他快快地说，"好几次了，每次聊起来，都说跟影视公司有保密协议，不拍完不能把故事和情节外泄。别说剧本了，写的什么，写成啥样也没跟我透露过半句呀。"

"那就是她也不见得给别人看了？"我又追问了一句。

"别人？我不知道，那就看这个别人是谁了，反正没我看过，小田也没看过。有一次小田还跟我说起，说吴双姐也不是我们公安战线上的，又不懂我们办案的程序，能写出破案的故事来吗？我说编呗，编剧编剧，不就是编吗？其他人，比如说你，那我就说不好了，对不对？"他边喝酒边发牢骚。

"你不用拿我说事。"我辩解道，"我跟你的待遇没啥差别，若不是我要跟影视公司发这些资料，我也从来没看过。"

"你感觉咱们大编剧这剧本写得怎么样？"他点上一支烟，又扔给我一支，饶有兴趣地问道。

我咧了嘴，勉强笑了笑，说："你已经说了，编呗，编剧编剧，不就是超能编吗？"

老爷子生病的事，是子怡无意中提及的。

自从吴双出事后，杨超心中有愧，每次见了我都是躲着走，我总凶巴巴的，连子怡都不敢跟我太亲近了。

那天她来看吴双，在楼道里打电话说拿药的事，我才知道老爷子病了。

春节一回来就忙活吴双的事，又赶上导师突然去世，我竟然还一直没有去沈家。

我赶紧给二叔打电话，把老爷子生病的事告诉了他。

二叔一听，立即着急起来，忙不迭地催着我赶紧去看看，说要是病情严重，他可以请北京的专家过去诊治。

按照二叔的嘱咐，我第二天就买了些东西前去探望。

因为提前打了电话，冰姨替我开了门，接过我手里的东西，直接把我引至后院老爷子的卧房。

老人正在沉睡中，冰姨刚俯身要叫，我忙上前制止了，默默看了老爷子两眼，就拉了她，悄悄从老爷子床榻前退了出来。

看来老爷子病得不轻，似乎已卧床数日，人瘦得近乎脱相，脸色苍白，须发凌乱。

　　我眼窝子浅，见不得人遭罪，想到老爷子年前还精神矍铄，现在竟似进入暮景残光，心里无比难过。

　　"爷爷这是怎么了，竟一下子瘦成这样？"等跟着冰姨回到前厅，我不禁脱口问道。

　　"唉！"她给我倒了杯水，坐下来，长长地叹了口气，说，"年前就病了，一直强撑着，人上了岁数，精力不济了，再跟以前那样干活，身体哪吃得消？这不，一过年，倒下就起不来了。"

　　"去过医院没有？医生怎么说？"我关切地问道。

　　"老爷子那脾气。"冰姨摇摇头，"死活不肯去医院，就怕人去探望，总说去医院耽误时间，年纪大了，有时候就执拗得很。"

　　"二叔还问要不要从北京请个专家来看看呢。"我及时转达了二叔的问候。

　　"千万别。"冰姨摆摆手，"替我们谢谢你二叔的好意，也倒是请了中医来家看，只是一时还未见好转，着实让人心焦。"

　　我看她也是眼露疲惫，满脸憔悴，估计是连日劳累所致，就劝道："还是去医院看看吧，住几天院也好，让医生全面检查一下，调理调理，您也能松口气，这样下去，也会把您累病的。"

　　"唉，不听劝。"冰姨说着，两行清泪顺着消瘦的脸颊流了下来，"就这样还惦记着没干完的事呢，非要把自己熬到油尽灯枯不可。"

　　"爷爷也真是的，事情再要紧也不能不顾身体呀，什么事还非得他老人家亲自干？"

　　冰姨又叹口气，拿面巾纸擦了下眼睛，嘟囔道："还不就是惦记着把年前找到的那些祖上留下来的东西整理出来吗？整天不要命地干。"

　　一说到老爷子连日劳累，我就估计可能是上次找到的沈家那些东西了，嘉树伯也是说他们还在整理，那天他说这话时就坐在我现在正坐着的位置。

在茶几的一角，我冷不丁地看到了嘉树伯的那个硕大的烟斗，就顺手拿了过来，边把玩边说："让嘉树伯多干嘛，老爷子指导不就行了，还非要亲自动手？"

"他？"冰姨又用鼻子"哼"了一声，代替了要说的话。

我一时无语，不知道该说什么，突然想起上次嘉树伯在这里卷烟，说起下过乡的人哪有不会卷烟的，就没话找话地说道："嘉树伯也是下过乡插过队的，对吧？"

冰姨点点头："那个年代，出身不好的人，有几个不下乡的呀？很小的年纪就被撵到乡下，他跟爷爷一样，都是遭过罪吃过大苦的。"

"他插队到哪里去了？不会是内蒙古大草原吧？"我突发奇想，试探着问道。

冰姨抬头诧异地看了我一眼："是呀，是内蒙古大草原，他跟你说过？"

啊？真是内蒙古，我心里不禁咯噔一下，忙问："内蒙古什么地方，您记得吗？"

冰姨皱着眉头，想了一下，说："他去的那个地方可偏了，叫巴什么盟……"

"巴彦淖尔盟？"我脱口而出。

"对，对，就是这个巴彦淖尔盟，太拗口了，内蒙古咋起的名字都曲里拐弯的？"冰姨是唱戏的出身，有时候说起话来还像个小姑娘。

"估计是蒙古语发音，自治区嘛，总要体现出民族特色，他在巴盟的哪个旗？"一听在巴盟，我不禁好奇起来，我导师插队不也是在巴盟吗？

"哪个旗？我可有点记不住了。"冰姨挠了挠头。

"乌拉特后旗？"我有意提醒道。

"不，不。"冰姨很坚决地摇了摇头，"不是这名字，好像是唱歌旗

229

还是潮歌旗来着，肯定不是乌什么后旗。"

原来与我导师并不在一起呀，我有点泄气，就随口说道："那时候草原生活可不容易。"

"可不？"冰姨端起杯子，喝了一口水，脸色略微红润了些，颇有感触地说："据说条件特别艰苦，那地方跟原始社会似的，非常落后，他倒没怎么说过，我是听老爷子说的。你嘉树伯的性格你还不了解吗？喜欢吹嘘自己的丰功伟绩，当知青这段可是他走麦城的时候，你问他，他也只是支支吾吾，我还以为他跟你说起过呢。"

我没在沈家吃饭，坐了一会儿，见老爷子还没醒来也就离开了，心里却有说不出的滋味。

也许是因为冬天刚过，也许是因为老爷子一病，疏于打理，沈家里里外外都好像有一种落寞之气，就连后院那棵郁郁葱葱、芬芳馥郁的桂花树，也显得有些垂头丧气，在春天将来之际，竟还没有暗香浮动、枝叶纷披，只有屋檐下鸟笼子里的那几只黄雀，听到人声，依然毫无顾忌地叽叽喳喳地叫。

牵念着老爷子的身体，却又帮不上忙，本以为嘉树伯也是内蒙古知青，与导师或许有交集，他们却又没在一个地方插队。导师的离世，吴双的昏迷，现在老爷子也重病在身，沉疴难起，这让心情本就不佳的我益发愁眉不展、郁郁寡欢。

开车回去的时候，我跟二叔打了电话，向他汇报了老爷子的身体情况，他叹息了半天，说老爷子不愿去医院，要不要建议他们从北京请个中医过去，我告诉他，现在看的也是中医，据说是很有名望的一个老大夫，可老爷子对看病的事似乎不怎么配合，把冰姨折磨得够呛。

"嘉树呢？他什么意见？毕竟是亲爷俩，有些话儿子出面好说些。"二叔在电话里出着主意。

"我没有见到嘉树伯。"我老老实实地回答，趁二叔在沉吟的工夫，我随口问道，"您知道嘉树伯在内蒙古插队的事吗？"

"他原来是在草原上插队的呀，我不大清楚，光知道他是偷越国境跑出去的，嘉树很少提过去的事，你打听人家这些事干吗？"二叔一开始语气还挺和缓，后一句明显提高了声调。

"没事，没事，只是随便问问。"我连忙岔开话题。

导师与吴双之间的关系，对任何人我都不能也不敢吐露半句。好在我们家的人都不大喜欢打听别人的事，你不说，一般不会刨根问底。

我爸妈不爱探听人隐私，我二叔、三叔也是这样的人，别人的私事，你不主动说，他们从来不会追问。除夕夜，我在二叔房间里聊江海集团和沈家情况的时候，翻弄手机，不小心让他看到了我跟吴双的一张合影，他也只是微笑着看了我一眼，既没有问我的私人问题，也没有问照片上的这个姑娘为什么如此亲昵地跟他三十多岁还不谈婚论嫁的侄子吊着膀子。

想到照片，困扰了我好多天的吴双剧本上那似曾相识的两个名字突然在我脑子里冒了出来，对，那两个名字，我当时就是在照片上看到的，就是回家前我潜入嘉树伯办公室找东西时拍的照片。

薄薄的窗户纸一旦捅开，记忆的洪流立刻变得势不可当，一瞬间，我灵光乍现，脑子就像被闪电劈开了一样。

我在嘉树伯藏东西的那个暗洞里看到过一沓打印纸，当时只是奇怪那个暗洞里为什么会放打印过的纸，以为是什么重要文件，浏览了下，发现与江海集团和沈家都没什么关系，像是部文学作品，就没在意，随便翻了翻，拍了几张照片，就放回去了。除夕那天，我与二叔在他房间聊那分布图的事，还随手把照片调出来，看了看里面的内容。

我对那两个名字记忆深刻，不仅因为那是人名，容易记忆，而且，那两个名字是黑体字，在照片上非常醒目。

前几天翻看吴双的剧本，那两个名字，也是黑体字。

念头一起，我立时惊出了一身冷汗，险些把车开到隔离带里去。

"冷静，要冷静。"我在心底使劲对自己大喊。

好在没出事。我先把车开到了路边，按下临时停车的按键，愣了好一会儿，才长长出了一口气。

路上车水马龙，肯定有人看到了我刚才开车差点失控的窘态。

我没有理会路人诧异的目光，也没有顾忌把车停在了非机动车道上招来的谩骂。喘息略定，我闭上眼，先去回想那沓打印纸的内容，很可惜，当时只是匆匆一瞥，只记得是文学的东西，不涉及沈家，也与水利无关。我又努力去想当时翻看照片时还记得的内容，因为满篇都是文字，我一边与二叔说话一边浏览，觉得没有什么价值，看完随手就删了。

唉！我懊恼地使劲用拳头捶了自己脑袋好几下。

我不死心，又把手机拿出来，把过去的照片一张一张调出来看，连掐丝珐琅器的图片都还保存着，就那几张照片我删掉了，连个漏网之鱼都没有。

也不知道我删除时是出于什么心理，或许真是应了那句老话，做贼心虚。

坐在车里，我颓丧了好半天，本来想着直接去医院看看吴双的，竟又稀里糊涂地把车开回了小屋。

一进家门，我立即把前几天发给那个对接人的文档打开，找到吴双写的剧本大纲和人物小传，没错，就是钱小红、安学武这两个名字。

但嘉树伯那里为什么会有吴双写的剧本呢？

我设想了各种可能性，甚至连影视公司拉江海集团投资或者赞助的事都想过了。我给影视公司的那个对接人打电话，东拉西扯一通后向他旁敲侧击。他明确告诉我，绝对不可能外传的，这个项目只有公司的几个人知道，而且，大家都知道行业内的规矩，再说了，剧本都还没弄好，八字刚有一撇，不可能谈什么招商。

我想不通为什么嘉树伯那里会有吴双的剧本稿子，即使影视公司招商或者找江海集团赞助，这样的事也轮不上嘉树伯这个集团的总裁亲自看剧本吧，再者说，他干吗把剧本藏到这么隐秘的地方？

　　难道是我看错了，还是我的记忆出了偏差？

　　可是，如果不是吴双的剧本，那嘉树伯那个暗洞里又是什么呢？我分明记得是一沓稿子，而拍下来的照片……我真恨不得把自己手给剁了，为什么要着急把那照片删了呢？

　　得知嘉树伯在内蒙古做过知青时，我一开始颇为震动，还以为峰回路转、柳暗花明了呢，转而一想，哪有那么巧的事，何况导师与嘉树伯之间根本没什么联系，不免笑自己疑心过重，杯弓蛇影。可是，如果嘉树伯那个暗洞里就是吴双的剧本呢？即使嘉树伯与我导师没关系，那他看吴双的剧本干什么？他是怎么拿到吴双的剧本的呢？

　　我抽了半天烟，脑子里一团糨糊，怎么也想不出个所以然来。

　　老祁跟我打电话的时候，我才想起来我还有个马场，还有几匹马养在他那里。过去都是吴双定期替我给老祁付养马的钱，吴双病倒了，老祁联系不上她，就把电话打到我这里来了。

　　我没有跟老祁说吴双出车祸的事，老祁两口子都极仗义，把吴双当自己妹子一样，要是他们知道了吴双现在这个样子，说不定一冲动，就会坐上火车赶过来探望。

　　我猛然记起老祁的夫人是蒙古族，他又是个草原通，每年都有几天会到内蒙古贩马，蒙古语说得比汉语都利索。老祁竟然知道吴双有块黑色石头的事，他不仅见过，而且有那块石头的照片。这让我颇为吃惊。

　　"嘻，这话说起来时间可不短了。"老祁告诉我，"不知道聊什么来着，聊起来了，她就拿出来一块小黑石头，问在草原上见没见过这样的东西，你嫂子告诉她，蒙古族人忌讳黑色，看到这样的石头也不会往家捡，我觉得那小石头沉甸甸的，上面还有些刻刻画画的痕迹，就说'你给我张照片，我下次去草原时问问那些萨满，他们见多识广，说不定知道这东西咋回事'。后来她就给了我一张照片。"

"那照片还在吗？"我急切地问。

"在吧，"老祁含含糊糊，"我得找找，应该在。吴双妹子托付给我的东西，我不会乱扔的，我觉得她好像对那块小石头看得挺金贵，还叮嘱我在马场别嚷嚷这事。我一会儿就去找，丢不了，丢不了。"

我问他现在谁在马场呢，他说今天来的人不少，都骑马出去了，只有牛大力牛总跟雪姑娘在大炕上正睡觉，说要养足精神晚上去追兔子。

牛大力是我铁哥们儿，搞资本运作的，这老哥除了做事不靠谱，干啥都极为靠谱。吃喝玩乐，样样精通，尤其是烧得一手好菜，水平绝对不亚于五星级酒店的大厨，吹拉弹唱，也颇有功底，更兼生得孔武有力，自然极讨女孩子欢心，他身边从来就不缺花枝招展的美女。我很纳闷就他这样一点谱都没有的人，竟然也把事业做得风生水起，每次问到他，他都哈哈一笑，说，资本运作本来就不靠谱，靠谱的人哪驾驭得了不靠谱的行当。

做事靠谱的是雪姑娘。

雪姑娘不是真姑娘，身份证上是如假包换的爷们儿，而且还留了两撇修得很齐整的小胡子。他在一家顶有名的医院做牙科医生。雪姑娘姓薛，人长得儒雅白净、神清骨秀，因总自称"本姑娘"，又喜穿一身白，我们就都喊他"雪姑娘"了。

老祁一找到照片，我就给雪姑娘打了电话。

客套了几句后，我请雪姑娘把照片拍下来，发到我邮箱里。

他果然是做事极认真的人，从多个角度把照片翻拍了，拍得清晰无比。我拿出有导师石头的那张照片，不用细致对比，一眼就能看出，这两块石头之间一定有着千丝万缕的联系，大小、形状，连上面刻刻画画的痕迹都差不多，难怪吴双死缠着我导师不撒手呢。

二十三

我正一筹莫展时，刘方给我打了电话，他似乎兴致很高，说在出差回来的路上，让我晚上留着肚子等他过来一起吃饭。

好几天没他的消息，原来他出差了。

这家伙总是神出鬼没，我感觉有点怕他。

刘方对吴双事情的热心，似乎并不仅仅因为吴双是我们的朋友。他是位极敏锐又有一定经验的刑警，从吴双房间里莫名其妙地多了件掐丝珐琅器起，他就已经开始留意和思考了，他是否看出了一些端倪，我并不晓得。他若无其事的神情里，流露的是不疾不徐、任意随性。就像吴双着急要打印的那封信，他主动问过，我含糊其词，他就再也不提，一副无所谓的样子，他越漫不经心，我越觉得他念兹在兹、锲而不舍。

客观地讲，刘方是位好警察，好警察总是充满正义感的。我不敢把所有事对他和盘托出，以他警察的身份和疾恶如仇的性格，一旦掺和这事，局面就不是我所能左右的了。

可是，我也没有理由拒绝他。

自吴双出事后，他知道我心绪沉郁，总时不时地找我聊聊天，劝劝我。导师去世后，他来得就更勤了。

心里孤寂，身边是需要有这样的朋友的。

而且，我知道，如果我想弄清楚导师之死与吴双有没有关系，有时候，也真的需要他的帮助。

刘方本来想约我找个小饭馆喝酒的，看我有些懒洋洋的，就跟小田一起买了些熟食，拎了瓶酒，直接来我家了。

"这可是专门为你买的你们家乡的烧鸡，在火车上我都没舍得吃。"刘方一边摆凳子一边拿出一个纸包，很得意地跟我炫耀。

我看了他一眼，没搭他的茬，默默地去刷了几个杯子，又从厨房的柜子里取出了瓶有些年份的茅台酒，这是我从二叔家拿的，一直没舍得拿出来喝。

"怎么样，我猜对了吧。"刘方一边撕烧鸡，一边用屁股拱了一下正在往盘子里装菜的小田，得意地说，"告诉你不用买酒、不用买酒，我就知道阿本肯定有好货，果不其然吧，而且是高级货。"

小田只是埋头干活，竟然没搭茬。自进了房间，他与我打了个招呼，就一直没说话。

等他俩带来的熟食都切好摆好了，我把酒也给大家倒上了，刘方端起酒杯，似乎准备说几句祝酒词，小田突然说道："要是我姐现在也坐在这里，该多好呀。"言语里带着悲戚，他与吴双交情甚好，从来都直接称呼吴双"我姐"。

"你这小子，一点眼力见儿也没有。"刘方把酒杯往桌子上一放，"就不该带你来，净破坏气氛。阿本，咱不理他，小屁孩，就是不懂事。"他又端起杯子，与我碰了一下，"刚才我俩去了趟医院，我说晚上找你喝酒，他非要跟着来。"说完一扬脖，把酒喝了，又对小田说，"你看不出来阿本今天心情不好呀？咱们要说点高兴的。"

小田挨了训，一句也没辩驳，端起酒杯，与我碰了一下，一句话没说，一扬脖，也喝了。过去我们聚会，他基本不喝酒，每次都主动做大家的驾驶员。

我心里当然知道他们两个的好心，端起酒，说了声"谢了"，也一口喝了。

"阿本，你该为我俩高兴的。"刘方一边为我们倒酒，一边说，很显然，他在试图制造些轻松的话题，调节一下气氛。"不对，实际上，我俩来是为了感谢你的。"

"我怎么了？"我理解刘方的苦心，一直不搭话也说不过去，就把心中的愁绪先放在一边，愕然地问道，"你俩高兴怎么还会有我的事？"

刘方看我说话了，就又端起酒杯来，与我碰了一下，说："知道吧，你帮我们破了案子，嫌疑人押回来了，他已经在交代情况了，那个失窃案很快就要水落石出了。你说是不是该谢你？"

"要谢，也应该先谢我姐。"小田又闷闷地说了一句。

"你小子……"刘方在桌子底下伸腿就给了小田一脚。

"怎么回事呀？是张平方那个案子？"我装没看着，没理会他俩的小动作，但一听案子破了，自然也就来了兴趣。

刘方倒是没有回避，说："是，我们得承认，这事确实多亏了吴双。通过她上次在临沂买石头那条线索，我们追踪到了偷窃时代大酒店展品的人，那小子落网了，我俩出差就是抓他去了。案子已经有眉目了，吃水不忘挖井人。来吧，小田，咱俩一起敬敬阿本吧。"

小田被训又被踢，自然学得乖巧起来，他苦着脸与我碰了碰杯子，说："是，是要好好谢谢本纪大哥，这还真不是个普通的盗窃案，要不是顺藤摸到了瓜，案子真够我们折腾的。"

我是做贼的，一听抓到了小偷，兴致也就上来了，忙放下酒杯，说："先别忙着喝酒，跟我唠唠，咋就不是个普通的盗窃案了？难道还有其他猫腻不成？"

刘方笑了笑："这你突然有精神了？别那么多好奇心，喝酒，喝酒，等案子结了你就清楚了。"

"嘻！不带这样的，吊起人家胃口来，又让人憋着。"我举起酒瓶子，在刘方眼前晃了晃，继续说道，"这可是茅台，刘大刑警，案子破了，我兑现诺言，你总得说道说道，这案子咋破的吧？再说，我又不是小报记者，也不是老康，还能给你们泄密咋的？"我与刘方有过约定，案子破了请他喝茅台，虽然我事前并不知道案子破了的事，但茅台既然拿出来了，他不说清楚，这酒想喝到肚里，也没那么容易。

看我按住酒杯不让他们喝，刘方气得瞪着小田，埋怨道："你小子要么不说话，要么就把不住门，这家伙好奇心比谁都重，兜不住了吧？这馋虫都勾出来了，不让咱俩喝……"

小田咧开嘴，傻傻地笑了笑，说："阿本不是多嘴的人，再说了，那家伙不是撂了吗？阿本帮了我们那么多忙呢，前期帮我们做了好多调研和配合工作，按说他也可以有知情权。"

"就是嘛，你不是还求我帮你破这个案子吗？我总有一点点权利知道案子的进展吧？"我给自己脸上贴了金，大言不惭地说。

"屁！你破啥了？这时候跳出来装大尾巴狼了。"刘方鄙夷道，"哪有这样待客的，倒上酒不让喝。"

我继续胡搅蛮缠道："当时说的是庆功酒，我都不知道案子破没破，咋庆功？再说，"我嘿嘿一乐，把姿态放低，央求道，"在不犯错误的情况下，透露两句嘛，让人憋死就太不仗义了。"

"嗯，"刘方点点头，说，"这个态度嘛，还说得过去，看在你今天拿出这么好的酒的分儿上，跟你点拨两句，偷东西那小子是个老手了，进去过好几次，知道被逮着扛是扛不过去的，见到我们，立马撂了，你猜怎么着，这小子竟然是受人雇用去偷的……"

"受人雇用？什么意思呀？"我没听明白，诧异地问道。

"你看，阿本果然没想到吧？"刘方看了看小田，笑着说，"路上我俩还说呢，阿本要是知道这小子是受人指使才去偷的，估计得蹦起来。"

"别……别……我不蹦，你接着说，谁雇用的？"我怕他转移话题，忙又把话头引回来。

"你猜呢？"刘方与我和小田碰了碰杯子，仰脖灌下一杯酒，用手擦了擦嘴边的酒渍，卖着关子说。

"不会是张平方吧？那可真是蓄谋骗保了。"我吃了一惊。

"真还说不定。"刘方倒是突然正经起来，说，"小偷说他不认识指使他的人，电话里谈好的价钱，五万块钱，偷展厅摆在中间的五幅画，先付了一半订金，事成之后，把画还回来给另一半。为了让他有积极性，还说他可以多拿一件东西，多拿的东西归自己。"

"不会是张平方。"我脑子飞速转动了一下，极为肯定地说。

刘方和小田都愣了一下，小田说："你怎么那么肯定？"

我拿起刘方递给我的鸡腿，慢慢啃了两口，又与他俩碰了一杯，喝下才说："如果是张平方，他一定会把那件掐丝珐琅器也买回来，我给他出到了五十万的价，这价格不低呀，小偷又不知道，他买回来转手卖给我不就得了，怎么可能由着小偷把东西拿走毁掉呢？"

刘方却摇了摇头，说："你说的有一定的道理，但如果我是张平方，我不会冒这个险。这样一来，自己不就暴露了吗？商人一贯多疑，你说保密，他信得过你？五十万和保费哪个更合适？问题的关键还不在这里。关键是，小偷有几个守信用的？他知道偷走的这些东西价值肯定远超还没到手的那两万五，所以，他爽约了，东西到手，立即溜之大吉了。所以，即使按你所说的，张平方想追回那件掐丝珐琅器，也追不回来了。"

"全不守信用啊，这不就是黑吃黑吗？"我感慨道。

"这个顶多算骗坑骗。你知道小偷为什么要费劲巴拉地去偷那件掐丝珐琅器吗？"刘方喝了杯酒，吃了几口东西，问我道。

"为什么呀？难道还是个喜欢古董的贼？"我大惑不解。

刘方瞥了我一眼，笑着说："那还不是因为你。"

"因为我？"我吓了一跳，忙道，"什么意思？难道小偷认识我？"我脑子里转了几转，心里纳闷，我也不认识这边的小偷，难道偷这些东西的是那天去刘方办公室时碰到的铐在窗户护栏上的那个毛孩子？

"小偷当然不认识你，估计你也不认识他。我问他那么多东西不拿，为什么要拿这个沉甸甸的景泰蓝？那小偷说，他也不知道哪个更值钱，他想中秋节晚上动手，就在前一天去踩点的时候，碰到了一男一女两个年轻人在那里看展览，那个男的好像很懂的样子，一直拿着这件东西翻来覆去地看，还说这一屋子的东西都没这一件值钱。你不是和吴双那天下午去看的展览吗？说的是不是你呀？"刘方边喝酒边笑着说。

"你别说，我去看展览时，还真有点印象。吴双说'这不就是景泰蓝吗'，我当时给她解释了半天，好像是说过这话，旁边有个人，瘦瘦的，我以为是工作人员呢。本来去看展览的人就不多，那他说的还真有可能是我。"我酒没喝多，脑子很清楚，一下子就切到了那天下午的场面，现场确实有个人在留意我和吴双说话，作为同道，我也隐隐约约感觉那人身上有贼气。

"什么有可能啊，他一说那一男一女的模样，我俩都立即想到了你和我姐。"半天没说话的小田笑着补充道。

"啊。"我一拍大腿，懊恼地说，"原来是我把人家张平方给害了呀，我要是不多嘴，这小偷说不定也就是拿点玉器什么的。"

"所以呀，以后不要不懂装懂，把别人坑了，自己也没落着好。想买的东西没买上，亏不亏呀？"刘方嘴不饶人，立即借机揶揄了我两句。

"行，行，我错了，我错了，你刚才说他中秋节晚上要动手来着，对吧？那他为啥没动手？又拖了那么多天。对呀，不就是那天晚上那件东西跑到吴双箱子里去的吗？"我回过味来，赶紧问道。

"我说好玩就好玩在这里了。"刘方又卖关子，端起酒杯，说，"咱三个一起整一个？"

我一仰脖喝下去，说："快说，快说，一到关键时候，你就憋我，故意吊我胃口，居心叵测，恶贯满盈，小田你说，你说。"

小田边吃菜，边笑眯眯地看着我俩，摇着头，不说话。

我急得恨不得挠墙，只好又用恳求的眼光看着刘方，他悠闲自得地又吃喝了一阵子，才慢吞吞地说："说起来，那小子也真是个倒霉蛋。他头天踩完点，想着第二天晚上动手，傍晚的时候就躲到了楼顶的空调外机下面，就等夜深人静时出来作案了。谁承想，那天晚上你们同学竟然在展厅旁边聚会，还闹到挺晚，服务员都站在楼道里，他爬上爬下了好几趟，你们不走，他也不敢露头。好不容易你们走了，服务员又热闹起来了，又收拾又打扫，还有几个在楼道里走来走去哼着小曲，他只好一直待在那个又冷又潮的空调外机底下了。终于听得下面安静下来了，刚一探头，却发现他藏身的不远处，两三个小姑娘正拿了月饼在那里摆出架势要赏月呢，他尿都快被吓出来了，缩着头，屁都不敢放。只是楼顶风太大，几个小姑娘吃完月饼，闹腾着拍了几张照片就离开了。他才终于踏实下来，下了楼，看楼道里的灯也终于暗下来了，心中窃喜，刚蹑手蹑脚地闪到展厅门口，一抬脸，却发现展厅里一个人正拿着手电筒在那里端详着那件景泰蓝呢，他登时吓得魂飞魄散，觉得那天时运太差、流年不利，东西也不敢再偷，撒丫子先溜之大吉了。"

刘方讲得绘声绘色，好像他亲眼见到了一样，要不是穿着一身警服，会让人以为坐在旁边正喝酒的这位是说书先生呢。

"哦？那端详景泰蓝的那位又是什么人呢？"我颇觉奇怪地问。

"你说呢？那天晚上吴双房间里多了什么？"刘方一脸笑地冲我扬了扬下巴。

"不会就是那个人把那东西搬到吴双屋里的吧？"我恍然大悟，连忙嚷道。

刘方和小田看我一副如梦初醒的样子，两人一起嘿嘿地乐起来。

"不排除这种可能性，只可惜那个笨贼一晚上被吓了几次，已经惊慌失措、六神无主了，说没记住那个人的模样，只记得个子不矮，披着件风衣。明白吗？披着件风衣。我还问他是不是下午说那件东西很值钱的那个男青年，他说没看清，个子有点像。你看，要不是我对你了解，又掌握了你那晚上的行踪，你小子跳到黄河里也洗不清了。"他继续拿我开涮。

"洗不清？"我根本不领他的情，说，"我清清白白干吗要往黄河里跳？清者自清，没有不分明的事，只有拎不清的糊涂警察。这人是谁呀？你们两位都喊着这案子要破了，茅台酒也喝了，那景泰蓝跑到吴双屋里这事总得有个解释吧，两位警察大哥？"

"你这激将法用得很拙劣。"刘方根本不为我连挖苦带将军的话所动，他悠然地喝了一杯酒，说，"就要真相大白了，你着的哪门子急呀？路径清晰了，线索也明朗了，那还不很快水落石出？一些要案或许破起来稍微有点难度，就这个小屁案子，哼哼，咱们手拿把攥。"

"吹吧你。"我不屑一顾地说，"有本事你把吴双写的那个杀人碎尸案也破了，那才叫牛呢。"

"你这叫抬杠。"刘方被我一奚落，脸都涨红了，高叫道，"你知不知道这是扎在我们每个宁州刑警心上的一根刺呀？你知不知道我和小田还有那么多老刑警都支持吴双去写这个案子，虽然对我们来讲这是耻辱，但我们不怕丢丑，就是希望能引起大家的关注，能找到破案的线索。吴双不辞辛苦，坚持写，我们顶着压力，努力帮，不就是为了早日把这案子破了，将凶手绳之以法，还受害人一个公道吗？无论过去多少年，无论那恶魔藏得多深，只要还穿着这身衣服，这个案子我们永远就不会放弃，你就等着瞧吧。"他说得慷慨激昂，眼睛圆睁，额头上青筋暴起，内心想必是充满了愤懑。

这案子像块大石头一样压在他们心底，压得每个人都痛心疾首。我自觉失言，忙倒了酒，不停地道歉。

他俩一时都没有说话，脸色阴沉着埋头喝酒。

我有些手足无措，就随便岔开话题，想缓解一下尴尬的气氛。

"嘉树伯好像在内蒙古插过队呢。"我漫不经心地说道。

刘方和小田都从吴双舅舅口中得知了她悲惨的身世，也一直在帮我寻找吴双丢失的那两块黑色的石头，与吴双有关的事他俩都很上心。

"那又如何？"小田抬起脸，似乎被我没来由的这句话弄愣了，眼睛里带着困惑。刘方头都没抬，过了好一会儿，才不慌不忙地问了一句。

我故意叹口气，惆怅道："你们说，他会不会跟吴双的身世有关？"

"哼。"刘方不以为然地冷笑道，"你头上一句脚上一句的，有什么根据？"

"那倒没有。"我老老实实承认，"他在内蒙古当过知青，年龄也合适……"

嘉树伯在唱歌旗还是潮歌旗插队，我导师在乌拉特后旗插队，虽然都是内蒙古插队知青，但他俩没什么交集，我把嘉树伯拉出来，无非是找个他俩感兴趣的话题，免得大家继续沉浸在压抑的气氛里。

"去内蒙古当知青的多了去了，成千上万个呢，个个都像吴双的爹啊？"刘方一脸不屑地撅了我一句。

"你可别乱说。"小田放下酒杯，坐正了身子，一脸严肃地说，"如果吴双姐是你嘉树伯的孩子，那事情可就变复杂了。"

"有什么复杂的？"我不明所以，话也问得愣头愣脑。

"你个呆瓜。"刘方骂了一句，他可算抓住了嘲弄我的机会，连讽带讥，"就你这样的呆瓜还想着帮吴双找出真相呢？连点眼力见儿都没有，你看不出杨超在追子怡呀？"

刘方夹枪带棒的一席话让我更加糊涂了，我知道杨超整天向子怡献殷勤，可子怡还是个大学生，她对杨超不冷不热的态度我们都是有目共睹的呀。

我甚至觉得子怡对我还有点意思呢，杨超？不可能。以我对子怡的了解，她应该不会对杨超太感冒。

吃完饭，小田洗碗的时候，刘方凑过来问我，为什么把吴双的身世跟嘉树伯联系到一起了，是不是有什么突然的发现或者线索。我就知道这小子心细如发，任何蛛丝马迹他都不会放过。我知道嘉树伯与吴双扯不上关系，刚才只是找了个说话的由头罢了，也就老老实实告诉他，今天去沈家，了解到嘉树伯原来在内蒙古插过队，就突发奇想了。

"你导师也是在内蒙古做过知青的。"他看似漫不经心地提醒我道。

"吴双出生时，我导师已经读了一年多大学了，这点常识你该懂吧。"我揶揄他说。

他讪讪地笑了笑，说："我只是告诉你，不能大海捞针，每个在内蒙古插过队的你都查一查，那要查到哪辈子？"

"可是，我找不到吴双的石头，没有线索呀。"我有点泄气。

"交警也说当时没看到什么石头。"小田洗完了碗，过来插话道。

"杨超呢？杨超也没看到石头？"刘方看了我一眼，又看了看小田。

"杨超？"小田若有所思道，"似乎没有问过他。"他看了一下手表，"今天有点晚了，明天我问他。"

"算了，明天还是我来问吧。"刘方接话道。

他们走了之后，我把老祁给我的吴双那块石头的照片，还有带有我导师石头的那两张合影，放在一起对比着看了半天，虽然不像看到实物那么直观，但从照片上也能隐约感觉到这两块石头就像天然的一对，吴双也只有紧盯着我导师，才能顺藤摸瓜，即使这石头并非我导师所有，那石头的源头在哪里？会不会跟我导师的知青生活有关呢？

从石头，我又联想到吴双的剧本，除非我的记忆出了问题，否则，无论如何也没法解释，嘉树伯藏东西的暗洞里，为什么会有吴双的剧本，一个搞水利的人他莫名其妙地研究剧本干什么？

☾ 二十四

那天晚上，我竟然鬼使神差地又去了一趟嘉树伯的办公室。

其实我犯了"走空门"的大忌。

我不光喝了酒，而且喝得还不少。刘方、小田我们三个喝光了一瓶茅台后，又把他们拎来的那瓶白酒干掉了。

比尔跟我说过，做这一行要想不失手，必须恪守两条铁律：一是沾了酒绝不"干活"；二是一定要提前做好功课。

这两条，我都没有做到。

刘方他们走后，我坐了一会儿，也就洗漱上床了。

人一喝了酒，就不免有些兴奋，在床上翻来覆去地睡不着，脑子里一直在琢磨：那个暗洞里藏的是不是吴双的剧本？一会儿觉得就是，一会儿又感觉自己当时看花了眼。这个疑问就像在眼前晃却吃不到嘴里的肉，勾着我的馋虫，吊着我的胃口，让我欲罢不能、百爪挠心。

一开始，我并没有想去嘉树伯的办公室，只是睡不着，想着出来透透气。

刘方走的时候，脚步已经跟跄了，我让他把车停在楼下，打车回去。他摆着手笑笑说："放心吧，今晚不查酒驾。"随后他发动了车，载着醉得跟面条一样的小田，一溜烟开走了。

疑问充斥在我脑海里，我一筹莫展，在床上烙了半天大饼，翻得自己都烦了，就干脆穿了衣服，下楼开了车，准备兜兜风，透透气。

已经夜里十一点多了，天气很冷，街上没什么人，车也很少。过去这个时间，有些热闹的十字路口还会见到卖烤白薯的，可能是刚出正月，外地人回来的还不多，开车转了一圈，也没看到一个人影。

我边兜风边胡思乱想，竟然把车稀里糊涂地开到了江海集团大楼的楼下，上次我停车的那条巷子里。

我那个时候才下定决心上去看看。

那套工具倒是在车里，只是我没有换衣服，还喝了不少酒。就因为喝了酒，我胆子不仅大了起来，而且有点混不吝的架势。

就像开车久了的人，遇到紧急状况，靠着本能也会做出正确反应一样，做贼，我不是新手，虽然从车里下来时，我还有些头重脚轻，可一靠近江海集团的大楼，我立即屏息，缩腰，蹑手蹑脚，不自觉地就进入了状态。

为保险起见，我没有坐电梯。

除非万不得已，贼一般不会选择坐电梯，电梯里常有摄像头不说，要是让人堵在电梯里，那就无异于瓮中之鳖了，逃都没地方逃。

黑暗的楼梯间，寂静无声，我戴上手套，把那只纽扣一样的小手电筒的光线调到最弱，别在裤脚的一侧，让它只能照到脚下。轻轻地吸了口气，我踮起脚尖，一口气就爬了二十多层。

我知道嘉树伯的办公室就在二十二层。

我把手电筒从裤脚上摘下来，别到袖口上，轻轻推开楼道门，伸头探了探，楼道里很安静，只有些许的光亮，而那三个摄像头竟然都是关着的。

"运气不错。"我在心里感叹一声，马上屏声敛息快步走到嘉树伯的办公室门口，刚要掏工具开门，突然发现门缝里透出一丝光亮，糟了，办公室里的灯竟然是开着的。

我当时就惊出了一身冷汗，即刻闪身撤到了黑暗的楼梯间。

这么晚了，嘉树伯怎么还在办公室？

我惊魂略定，感觉有些异样，办公室要是有人，我为什么没有听到任何动静？会不会是他忘记关灯了呢？

一害怕，酒已经醒了一半，心里不免犹豫起来。

此时打道回府，却又有些不甘，毕竟，在黑暗里我提心吊胆爬了二十多层楼。但如果贸然再去试探，恰巧办公室里出来个人，我就彻底歇菜了，躲都躲不开，就更甭提解释了。刚才还感叹自己运气不错，难不成要跟中秋节偷揣丝珐琅器的那个笨贼一个下场了吗？

盘算了半天，我咬咬牙，决定去楼上嘉树伯住的房间看看。如果他此时睡下了，那估计就是他忘记关灯了，他要是不在，谁会半夜三更去他办公室呀？总不会我真的跟那个倒霉贼一样遇到了同行？如果此时他没在楼上，那我就赶紧撤，管他在不在办公室，我不能去冒这个险。

这就是没有提前做好功课要付出的代价，我在心里暗暗懊悔。

楼上竟然有动静，像是有人在说话。

我踮起脚尖贴着墙走过去，发现声音正是从嘉树伯住的套房里传出来的，声音不大，我听不清说的是什么。

我往四周看看，走廊里昏暗，没看到人，就大着胆子，悄悄溜到门口，眯起一只眼睛，另一只眼睛凑近门缝，使劲往里观看。

都说南方人干的装修活比较到位，果不其然，门缝不仅细小，还装上了隔音条，我除了隐隐能看到屋里有微弱的光亮，什么也看不见。身子趴下去，脸贴到地上，我透过门板下面的缝隙往里看，结果还是一样。

我只有靠听了。

耳朵贴到缝隙处，隐约能听到是嘉树伯在说话，不像他平时说话那般清亮和爽朗，声音压得很低，好像防着隔墙有耳。

隔墙有没有耳我不知道，隔门肯定有耳。

我支棱着耳朵，胳膊都麻了，听了半天，也没有等到与嘉树伯对话的声音，只间或传来一两声叹息和轻轻的抽泣声，让我感觉房间里像是有个女人，我大气不敢出，所有神经都聚集在贴着门的那只耳朵上，也只听得断断续续，似乎是嘉树伯在说"这么多年都熬过来了""熬出头了""不会辜负"之类的安慰话。

这算不算男女间的情话呢？

难道房间里是嘉树伯的女朋友？嘉树伯竟然还维持着一段地下恋情？而且应该是时间不算短的地下恋情，否则，嘉树伯怎么可能说"这么多年都熬过来了"之类的话？

胳膊已经酸麻，我悄悄换了个姿势，还是听不到那人说话，更看不见一丝容貌，我开始犹豫还要不要继续听下去。

赵家人都不太关心别人的私生活，我也是如此，尤其是对于别人的隐私。嘉树伯个人的生活，我了解得不多，他独身多年，有个女朋友按说也在情理之中。

正思酌着，胳膊不自觉地靠到了门上，靠得门突然发出"嘎吱"一声。

声音并不大，但在夜深人静中，也足以令人警惕，果然，引起了嘉树伯的注意。

"谁呀？"他一边说着，一边朝门口走过来。

"不好。"我在心里暗叫一声，立即把身子拱起，脚尖点地，一溜烟就跑进了黑暗的楼梯间。

嘉树伯打开门，探出大半个身子四下里张望，人并没有走出来，嘴里嘟囔了一声，又把门重重地关上了。

他这一开门，把我吓得魂飞魄散，我躲在楼梯间的黑暗处，本能地缩起身子，蹲在那里，一动也不敢动，足足有半支烟的工夫，心还在怦怦跳，冷汗顺着脖颈直往下流。

但我毕竟是个有点经验的贼，虽然身处险境，惊恐万状，但还是在嘉树伯关门的那一瞬间，不失时机地往他房间里瞟了一眼，虽然只是一眼，我看到了房间里一抹穿着杏黄色衣服的身影，显然，那是一个女人。

我千辛万苦爬上来可不是为了窥视嘉树伯的私生活的，也不是来听他与女人聊天的。可他此刻就在楼上，他办公室里的灯还亮着，随时可能下楼，这个时候，我还要冒这个险吗？

我陷入窘境，有些骑虎难下。

可要是不验证一下那暗洞里的东西是不是吴双的剧本，我即便回去了，心里也不踏实，能睡得着觉吗？

咬咬牙，只能豁出去了。

竖耳听了听，嘉树伯似乎还在喋喋不休，我伸头观察了一圈，发现暂时没有异样，立即提了口气，轻手轻脚地下楼，径直走向嘉树伯的办公室。

开门前，我扒着门缝往里又看了看，竖起耳朵听了一会儿，确信里面没人，就拧了一下门把手，发现门是锁着的，我掏出工具，轻轻一拨，门锁就打开了，我一闪身，进了房间。

屋里的吊灯和桌上的台灯竟然都亮着。

我进门的同时，已经用眼睛快速扫描了四周，在心里提醒自己，如果一旦有动静，卫生间和那个大保险柜后边可以暂时躲避。这是比尔的经验，他说进入一个封闭空间，必须提前选好藏身处，一旦出现紧急状况，可以马上躲藏，许多人都是由于临时躲藏不及而束手就擒的。我"干活"时轻易不敢乘电梯，也是因为电梯里无处可藏。

这次与上回可不同，灯是亮的，我也轻车熟路，没用一分钟，就把嘉树伯精心藏匿的暗洞打开了，伸手进去一摸，却摸了个空。

我连忙把头探进去，把手电筒打开，果然，暗洞里一张纸也没有，上次的那一大沓打印的稿子不翼而飞了。

我在心里暗骂一声。

洞里只有那个没做完的木质烟斗、那套老刻刀和那盒用于刻章的各式各样的石料，堆在一个角落里，似乎在冷眼看着我，不怀好意。

刻章又不丢人，为什么要把这些东西都藏到这里呢？我狐疑地拿起那个烟斗，又看了看那套刻刀，没有发现什么异样。那盒子还是盛满了各式各样的石头，我把盒子搬出来，想看看下面有没有猫腻。

盒子一拿出暗洞，我立刻就盯上了夹杂在那些石料中间的两块黑乎乎的小石头。老祁把吴双石头的照片发给我，我已经在电脑上对比一下午了，连石头上面的刻痕都印在脑海里，只一瞥，我就不禁大吃一惊，这两块可真像极了吴双和导师的石头。

毕竟，我还没有见过那两块石头的实物。石头握在手里，似乎要比一般石头略重。我把盒子先放了回去，把这两块石头留在手里，想拿到灯下再观察一番。

我还没走到台灯旁边呢，突然听到了楼上的响动，动静不大，但也足够让我警觉，因为嘉树伯此刻正在楼上。身处险境，自然不敢放松警惕，在保持冷静的同时，我的两只耳朵始终紧张地支棱着，随时注意着外边的风吹草动。

声音只是"嘭"的一声，已足以让人心惊肉跳了，这像是关门声。我一愣，立即反应过来，迅速把暗洞关上，把那遮挡的画也不管是歪了还是斜了，先挂了回去，出于本能地又把所有的灯全关掉，一个箭步就躲到了那个大保险柜的后面。

我刚把这一切弄完，还在喘息着，就听到了窸窸窣窣的脚步声，脚步声是奔着办公室这边来的，我的心随着脚步声的越来越近已经跳到了嗓子眼，腿也开始哆嗦起来。

有些贼会在入户后将门虚掩，以便于逃走。比尔告诉我，千万不要这样做，一旦有人来，夺门而逃的概率几乎为零，况且门虚掩着，会引起路过的人或者主人高度警惕，更易暴露行踪。所以，我严格遵守比尔的教导，只要进入室内，先把大门按原样锁好，然后立马找寻遭逢危机时的庇身之所。

此刻，我就躲在早先看好的那个大保险柜的后面，心惊胆战地听着已经来到门口的脚步声，听着钥匙插入锁孔的声音，眼睛死死盯着大门。

门开了，进来的是嘉树伯。

我拼命屏住自己的呼吸，但心狂跳不止，对今天的一时冲动我现在才真正后悔莫及，脑海里不停地盘算着，一旦被发现，是推开他夺路而逃还是束手就擒、讨好求饶。

嘉树伯进了门，并没有往里面走，甚至连灯都没有开，只从门后的挂衣架上取了大衣、围巾和帽子，就又锁上了门，出去了。

我的手心里满是冷汗，后背也早就被冷汗浸湿，一直等他脚步声走远，甚至听到电梯运行的声音，我的心还迟迟不敢落地。

在惊慌和战栗中我煎熬了一分多钟，那真是煎熬呀。

隐约听到电梯门开合的声音，我还是不敢确定嘉树伯是否走远，但无论如何，这里已不能久留。我赶紧起身，摸着黑把刚才匆匆挂上的那幅画扶正了，轻轻摸到门口，冲外面张望了两眼，确信楼道里没有人，我才小心翼翼地把门带上，蹑手蹑脚，快步蹿进了黑暗的楼梯间。

顺着楼梯间，我一口气从二十二楼下到一楼，在一楼，我又驻足观察了好半天，才从后门闪身而出，那个值班的门卫，这次没有喝酒，腰里挂着根警棍，正站在大堂门口精神抖擞地巡逻踱步。

直到坐进车里，我的心才略微平静下来，但衣服被汗水浸透，又冰又冷，我发动了车子，开了暖风，把手套摘下来揣进衣服兜里，一摸兜，我愣住了，那两块黑石头，慌忙之间我没有放回暗洞里，而是顺手揣在了自己身上。

登时我就有些傻眼了。

要不要把这两块石头送回去呢？那个暗洞一定就是嘉树伯藏自己私密东西的地方，我两次造访均一无所获或许只是运气不好，但如果发现少了东西，他一定不会再将重要的东西往那里放，而且，他会比过去更加警觉，那我想要弄到二叔交代的"江南堤坝管涌源分布图"的机会就更加渺茫了。

可是现在再送回去，那风险岂不是更大？刚才那一幕已经让我胆战心惊了，如果再迎面撞上，那我可真就无话可说了。

这两块石头如果真是我导师和吴双的，那这可是吴双所要追寻真相的关键物件，而且，还牵扯着我导师的过去。

一想到吴双，我又打消了送回去的念头，去他的"分布图"吧，我得先把吴双的事情搞清楚再说，那可怜的人还浑身插着管子在医院躺着呢。

两块石头只是很随意地放在嘉树伯那个石料盒子里，说明嘉树伯应该并未像我导师或者吴双一样视若珍宝，那么多块石头，少一两块他也不见得马上就能察觉，不行过几天我再送回来，他还能每天都打开暗洞数自己的石头吗？我在心里宽慰着自己。

纠结了好半天，在车里我连续抽了好几支烟，最后还是把石头揣上，回家了。

到家时已经快深夜一点了，我又困又冷，一到家，连澡都没洗，脱了衣服就直接钻进被窝里了，醒来的时候，已经是第二天上午了。

我躺在床上，把昨晚去江海集团的情形又回想了一遍，忽然，一个画面出现在我脑海中，昨晚上楼时，怎么似乎看见了导师家有亮光？

我打了个寒战，只感到魂飞魄散、毛骨悚然，汗毛孔好像都要炸开了。

没错，昨晚回来停车时，我曾下意识地往二楼看了一眼，导师家肯定有亮光，只是我当时没有想起导师去世的事，只顾着回家取暖，没往心里去，进楼后，就慌忙爬到自己床上睡着了。

导师家怎么可能有亮光呢？至于什么样的亮光，我有些模糊，但昨晚，我肯定在导师家看到了亮光。

敢做贼的人，胆子都不会很小，我就不是一个胆小的人。在英国时我曾经跟比尔探讨做贼的首要条件是什么，比尔认为是心细，我则认为是胆大。西方人对鬼神的理解一般都很纯粹，不像我们的鬼魂世界那么庞杂多元，那么无处不在，一阵冷风吹过，都会觉得阴气森森、不寒而栗。

虽然我记不得或者说没有看清楚导师家发出的是灯光还是火光，但肯定有亮光，而且，我也很清楚，绝不是什么魑魅魍魉，一定是人，有人去过我导师家。

我有点懊悔，当时就应该过去看看。

我起了床，刷牙洗漱时一直还在想着这事，学校的老师还有我师兄，谁也不可能半夜三更到我导师家里去，难道导师家遭贼了？

什么样的笨贼这么不开眼，竟然去偷一个已经把所有东西都捐献出去的穷教授呢？

导师家的门锁对我而言完全可以视若无物，从四楼到二楼，顶多相当于下楼拿个东西，我刷完牙，漱漱口，转身就进了导师家。

这里跟几天前一样，还是冷冷清清、死气沉沉，并不像有贼光顾过的样子，连门锁都没有被撬的痕迹。我在几个房间巡视了两圈，也没有看到太多被肆意翻动过的地方。

但肯定有人来过。

一进门，我就闻到了一股熟悉的味道，我是烟鬼，自然知道这是烟味。

房间多日未清扫，地面上已有薄薄的灰尘，我仔细辨识了一下地上的足迹，昨晚来的应该只有一个人，穿的是皮鞋，似乎也并没有在每个房间来来回回地转，说不定还在导师常坐的那个写字台前抽过烟，很明显，那桌面上烟味要略浓烈些，还能看到一些散落的烟灰。

我昨天看到的会不会是烟头的火光？

我努力回想，却也只能摇摇头，因为喝了酒，又在嘉树伯那边受了些惊吓，着急回家，这画面在脑子里只是一闪而过，否则，我不至于有所觉察而无动于衷。

也不对，我在心里嘀咕着，要是坐在这儿抽烟，我在楼下是无论如何看不到火光的，除非抽烟的人站在阳台上。

我心里一惊，立即想到卞之琳《断章》里的那句"你站在桥上看风景，看风景人在楼上看你"，这里可没有浪漫的梦，我看到火光的同时，应该早已被别人一览无遗了。

做贼容易心虚，仿佛昨晚的事被人当场揭穿一样，我顿时感觉不寒而栗，腿肚子竟然都哆嗦起来。

这点出息，我暗骂自己，怕什么？别说没人看见我进出嘉树伯的办公室，就是把我堵住，只要没有抓我现行，按住手脖子，我也可以死不承认。

我走到阳台上，往下探了探脑袋，确实，如果留意往下看，透过窗户是能看到我上下车的，可是，谁会闲得半夜三更站在阳台上看一个醉鬼回家呢。

在阳台上转了一圈，我觉得自己或许有些多虑了，我吁了口气，看到旁边那盆兰花又该浇水了，就从厨房里取了一大碗水，一股脑全倒进了花盆里。

花盆土里竟然有个烟头，被水一冲，露出了半个烟屁股，这着实让我吃了一惊。

我又在洗手间、厨房以及各个房间里巡视了好几圈，再没有其他发现，才悄悄把门锁好，回到楼上。

本来计划着吃点东西后去医院看看吴双再去图书馆看会儿书的，我还有一篇论文要写，其他同学都交了，就差我的了。

从导师家回来，我无心吃东西，更别提写作业了。

我把那两块黑色的石头摆在桌子上，看了又看，把带石头的照片也都找了出来，还调出了吴双写给我导师的那封信，又查了一下内蒙古的地图，坐在那里冥思苦想，绞尽脑汁。

二十五

爸爸总告诫我，遇事要冷静，不能感情用事，要三思而后行。我为了让自己平静，让内心不那么焦灼，只好不停地抽烟，只抽得嘴唇发麻，满口苦涩。

我先跟老康打了个电话，向他咨询宁州有没有对石头极为了解的专家，我想请教些问题。老康从东北回来后像变了个人，除了来看过吴双两次外，一直深居简出，话也少多了，似乎要破茧成蝶变化成居家好男人了。

但老康确实是宁州城名副其实的文化掮客，只要跟文化沾边的事，没有他不熟悉的，只要是在社会上活跃着的文化人，没有他不认识的。果不其然，过了十几分钟，老康就回过电话来，说与地质大学的黄教授联系过了，下午可以去找他。

我没有让老康陪我，只问他要了黄教授的联系方式和地址，老康也知道吴双痴迷石头的事，感觉到了我找黄教授请教石头的知识或许与吴双有关，但他并没有多问。自从后院起火把自己烧了个遍体鳞伤，老康的嗓门明显小了，说话也谨慎多了，但还是很热情，朋友一张口，立即拍着胸脯大包大揽。

黄教授已经快八十岁了，说话看人都笑眯眯的。

老康已经给他打过电话了，我把那两块石头递给他时，他用手掂了掂，把眼镜推到额头，端详了一会儿，颇有些激动地说："好家伙，了不得呀，比雷公墨还黑，应该是天外来客，容我仔细看看？"他边用商量的语气说着，边伸手把我领进了他的书房。

老教授的书房里除了满屋子的书，就是各种各样的石头和一堆仪器。聊天中，我得知他不光是地质大学的教授，还是地质古生物研究所的研究员，一辈子与石头打交道，对各种石头了如指掌。

纵是如此，他还是把两块石头放在仪器上，趴在那里观察了好半天，又拿了几种工具，比画了一阵子，才不疾不徐地招呼我，跟我讲了半天密度、成分、气印、同位素之类的专业术语，看我听得晕晕乎乎的，他笑了，说："简单说吧，这是两块来自外太空的陨石，但是比一般的陨石密度要大，色泽要深，平滑度也高，又不是陨铁，这种品质的陨石极为稀少，非常难得。了不得，不得了。"他一会儿"了不得"，一会儿又"不得了"，感叹了半天，扭头问我，"你从哪里得的？"

他或许把我当成收藏者了，我只好说："这不是我的，是朋友的，想问问您这两块石头是不是一对？"

"一对？"他愣了一下，继而哈哈大笑起来，"明白了，明白了。是一对，是一对，你说它们是一对兄弟也行，一对姐妹也行，但肯定不是一对夫妻。"

见我有些呆愣，老教授幽默地说："近亲不婚。它们来自同一母体，都是一个娘的孩子，怎么结婚？"

我被这个老顽童的调皮劲弄得啼笑皆非。

"材质上这是完全相同的两块陨石，原本就是一体的，在太空的碰撞中……不……不……应该说在落地时崩开了，但肯定是落在了一起，你看这气印和风化程度，说明它们在地球上处于相同的自然环境中，不过它们造访地球的时日应该也不短了。"老教授逗了我几句，立马又认真起来，把石头轮流放进不同的机器里，一边观察着一边跟我解释。

但老教授的解释对我用处不大，什么气印、风化程度，我又不研究石头，我只要知道吴双没看走眼就成了。的确，除了形状上略有点差异，这确实是完全相同的两块石头。

而且，我也已经跟照片对比过了，这两块石头的形状，与照片上的样子绝对吻合。

"应该是在内蒙古的西部或者新疆的东部发现的吧？当然了，甘肃或者蒙古国也有可能。"老教授依然诲人不倦地解释着，"可惜呀……"

"怎么了？"我见他摇头，神色严峻起来，心里不禁一惊，忙紧张地问。

"这样的品质、这么有特点的陨石一块已然难得，你看这质地、这色泽真是美妙绝伦，竟然有差不多的两块，很不容易的。可惜呀，每块上面都有刻刻画画的痕迹，刻画的人是不是就想把它们弄成你所说的一对呀？你们这些搞收藏的，弄成一对有什么好？这就叫暴殄天物。亏得这家伙质地坚硬，没法由着你们为所欲为。"

我讪讪的，不知道该如何回答。

"大自然赋予每块石头各自的魅力，为什么非要按照人的思维减弱它们的个性呢？石头是有灵性的，喜欢它就要尊重它。"老教授语重心长地告诫我。

告别出来，老爷子送我到门口，还一再叮嘱："这两块石头极为难得，能拥有它们是运气，更是一种机缘，告诉你的朋友，石头之美在于自然，在于原始，千万不要想着搞成什么一对，既毁了石头，也俗不可耐。"

我能看出老教授见到石头时的兴奋和对这两块石头的爱不释手，要是我的东西，我恨不得当即就送给他。只是这石头背后还有说不清的故事，牵扯到吴双，牵扯到我的导师，我必须拿这石头去揭开隐藏在它背后的秘密。

从教授家出来，我又去了那家数据维护公司，我想问问手机里已经删除了的照片有没有办法恢复。

接待我的还是那个小胖子，他正津津有味地在电脑上玩着游戏，看到我进门，就暂停了游戏。听我把要求说完，小胖子接过我的手机看了看，捣鼓了几下，努努嘴，说："一百块，交钱去吧。"

我大喜，忙不迭地去收银台交了钱，等拿了凭单给他的时候，他已经把事干完了，指着手机屏幕，说："是这几张吗？"

我检查了一下，确认年前我在嘉树伯那个暗洞里拍下的照片全都恢复了，就谢了他，接过手机，直接回家了。

我坐在电脑前，看着手机上的照片，一边抽烟，一边发呆，心里却五味杂陈，惴惴不安。

照片上，有一张确实有"安学武""钱小红"两个名字，醒目的黑体字，跟吴双的剧本一模一样。

嘉树伯的暗洞里为什么会有吴双的剧本呢？他藏吴双的剧本干什么？他怎么拿到的剧本呢？这许多问题已使我一头雾水了，昨晚导师家进人的事更让我如堕云雾、困惑不解。

就这样，一直闷坐到晚上。犹豫再三后，我还是下定决心跟老祁打个电话。

老祁刚吃完晚饭，正与大嫂两人喝酒。

这两口子也挺有意思，吃饭时不喝酒，每次都是饭后喝，不用任何下酒菜，空喝，美其名曰只有这样才能品到纯正的酒香。

我不知道这是他俩照搬的哪儿的习俗，似乎蒙古族人也不这样喝，老外倒是经常空口喝酒，但人家不喝那烈得跟火炭一样的烧刀子呀。

我想请他去一趟巴盟乌拉特后旗。

"那地方挺偏的，羊肉倒是不错，但马的脚力实在一般。"老祁是知道这个地方的，他还以为我想让他去那儿买马呢。

吴双缠着我导师，是极有道理的，那两块石头之间的关系，呼之欲出，如果我导师与吴双的身世有牵扯的话，也一定发生在他做知青时。我拜托老祁跑一趟那个叫宝力格嘎查的地方，我已经打听清楚了，当时导师就落户在那里。

导师应该还没有看到吴双的这封信就去世了，以我对他老人家的了解，别说是吴双如此恳求，就是陌生人平白无故请老人家帮个忙，他也不见得拒绝。但他一去世，顺着石头这条线替那个苏布得要问的话也无从问起了，所有的线索到此便断了，我只能另找方法。导师在内蒙古插队，吴双在内蒙古出生，那石头也是在内蒙古发现的，无论导师何时与这石头产生的交集，最早也不过是他在内蒙古插队时，那我就用最笨的方法，从源头找起。

老祁很豪爽，他一直是这种性格，豪气干云，根本没问我为什么要做这事，就爽快地答应了。

放下老祁的电话，我坐在那里，继续困惑。因为我既弄不明白为什么嘉树伯那里有吴双的剧本，也搞不清楚为什么这两块黑色的石头竟然"跑"进了他藏东西的暗洞里。

我不擅长逻辑分析，也不是个一条道走到黑钻牛角尖不出来的人，解不开的难题，我往往就会先搁一搁，放一放，说不定哪一天就忽地豁然开朗了。

我确实也有意识地不再想这些困惑，去医院陪陪吴双，去图书馆写作业，去书店买书，甚至还跟作家胡三峰一起吃了顿晚饭。

那天傍晚，作家来家里时我正在聚精会神地研究吴双的剧本。

给北京的影视策划整理吴双文稿的时候，我只是匆匆浏览了一下，记住了几个名字而已，但当我一口气把吴双的剧本读完时，我心里还是有颇多感触的。

吴双谈不上是知名的编剧，只是写过几个剧本，有的反响还不错，在业内也只是刚起步，离大红大紫还差得很远。但这部作品，我认为吴双是铆足了劲的，说不定真有"一炮而红"的潜力。

她没有采取传统意义上推理作品以案写案的手法，倒更像是一部催人泪下的情感剧，作品始终笼罩在悲伤、忧愤的氛围中，受害人塑造得越美好，越让人悼惜和同情，凶犯行径越恶劣，手段越残酷，越能激起观众的怒火，对杀人者恨之入骨。吴双的作品更强调了代入感，似乎那受害人就是邻家女孩，杀人者就潜伏在大家身边，凶手一日未落网，大家就难以享安宁。

由于这是个还没有破的案子，作品没写完，我不知道吴双怎么安排凶手的结局，但她对凶手的刻画和推理还是蛮有意思的，她采用的是排除法，一点点把凶手的形象从芸芸众生中"剥"出来，并借办案警察之口，指出凶手除了有可能是外科医生、屠夫这样整日与刀为伍的人，也有可能是篾匠、木匠、石匠，他们也是善用刀斧者。

看到这里，我心里还是咯噔一下，突然就想到了嘉树伯那个没有雕刻完的烟斗、暗洞里那些石料和那套饱经风霜的刻刀。

嘉树伯如果真看过了这个剧本，肯定是看到了吴双的这个推测的。他把自己的那些东西藏在暗洞里，是不是与这有关系？

我呆愣愣地想着这里面的逻辑，敲门声响了好几遍，我才意识到来客人了。

本来与作家约的是晚上到学校附近的一个西餐厅吃饭，没想到作家亲自上了门，还给我带了一束花。

作家极有礼貌地弯腰把花送给我，还站在门口，微笑着问："需要换鞋吗？"

"换什么鞋，我这里比狗窝还脏呢，你咋知道我住在这儿啊？"我一边招呼他进门，一边诧异地问道。

"我不能说出是谁告诉我的，我跟人家说了，会严守秘密的，这是个诚信问题。"作家摇头晃脑地说。

"诚信什么呀？"我笑着打断他，"除了郝胖子，没人知道我住在这儿，肯定是郝胖子告诉你的，还严守个屁秘密呀。这……这花……"

"送你的。"作家爽朗地摆摆手，说，"西方不都讲究这些吗？去别人家要送束花，以示礼貌。"

我被作家的煞有介事搞得乐不可支，就先拉了把椅子给他，又忙着把吴双的电脑合上，准备去洗杯子泡茶，笑着说："哪有这么多讲究？要按西方的规矩，我是不是还得先给你整杯白兰地或者威士忌什么的呀？"

"有吗？"作家并没有坐下来，而是背着手，像领导一样巡视了一遍我的房间。

"什么呀？"我没有明白作家的意思。

"威士忌或者白兰地呀，都行的。"作家倒是也没有客气，巡视完了房间，走到厨房门口，笑眯眯地看着我说。

"没有。"我拉开冰箱，看了一眼，说，"只有啤酒和可乐，你喝不喝？"

我拉开冰箱的时候，作家也凑了过来，看了看我的冰箱，失望地摇摇头，犹豫了一下，说："那个绿罐是……"

那是吴双爱喝的酸梅汤，差不多都要过期了。我拿出来，打开递给他，作家一边喝，一边说："你可真不像个富二代，抽的烟那么差，住的嘛，虽说比宿舍强一些，但也与你的身份有差距，这屋里怎么说也得有个酒柜之类的呀。"

我是个不拘小节的人，走到哪里，我住的地方基本上都是朋友聚会的地点，作家不请自来我也没有反感，但他一拿富二代说事，我就有点不高兴，就抢白道："我有个屁身份？我爹有钱也不代表我就有钱，要不是亲戚帮忙租了这个房子，我还不是跟你一样住宿舍呀。"

作家对我的抢白毫不在意，笑着说："哦，对了，我忘了你是从国外回来的了，西方强调思想自由、人格独立，不像咱们这边的传统，往往子承父业……"

"你觉得我苦哈哈地读咱们外国语学院，学这个比较文学专业，跟子承父业能沾上边吗？"我没好气地说。

"是呀，我也在想，你为什么要读这个专业呢？按说你应该去读企业管理之类的，再说，管理企业还用得着读博士吗？"作家一本正经地说道。

我把泡好的茶递给他，半开玩笑地说："你看我这样吊儿郎当的像是能管理企业的人吗？"

"那可不一定。"作家并没有觉得我这话是在开玩笑，接过茶杯，边吹着杯口漂浮的茶叶边说，"我给一些企业家写过传记，不靠谱的人多着呢。"

水太烫，作家吹了半天也没有喝上，就把茶杯放到桌子上，却一眼看到了我前几天放在书架上忘了收起来的我导师的那两把扇子，就顺手拿起来，看了看，点点头，说："这是旧物，你喜欢收集扇子？"

我一时不知道该怎么回答，就笑笑说："闹着玩的。"心想，好在这两把扇子上导师都没有署名，否则，该咋解释呢？

"字写得不错。"作家端详着扇面，不禁赞道，"龙飞云天远，骏马自行空，大气，壮阔，有气势。"又拿起另一把，轻轻吟道，"空床卧听南窗雨，鹿门独赋角弓诗。"吟着吟着，却皱了皱眉，又拿起另一把，看了看，摇了摇头。

"咋了？有什么不对吗？"我以为作家发现了什么破绽，就忙凑过去问。

"'空床卧听南窗雨，谁复挑灯夜补衣'，这是贺铸怀念亡妻的词，写爱情的呀；'鹿门独赋角弓诗'，估计是从杜甫《冬日有怀李白》'不忘角弓诗''空有鹿门期'两句演化来的，讲的却是兄弟情谊，这是啥意思？这不有些矛盾吗？你知道这扇子是什么人写的吗？"作家毕竟是作家，何况他还号称自己写诗，看来还是有两把刷子的。但很显然，他并不认识我导师的字。

我没敢说话，只摇了摇头。

"字写得还是有点底子的，只是用典方面不够严谨，让人不知道到底是思念恋人还是怀念友情，留着吧，蛮雅致的器物，你不会是花很多钱收的吧？"作家一副行家的样子。

我又笑着摇摇头，趁他喝茶的工夫，忙把扇子放进了写字台抽屉里。

作家约我吃饭，还买了花给我，其实是有事要找我帮忙。

胡大作家的书我没有读过，据他讲，他帮不少企业家写过传记，虽谈不上著作等身，但还是小有成就的。与他相熟的一家出版社准备出一套"百年家族"的丛书，向他约稿，他就想到了沈家。

"我做了大量的调研工作，也查了不少资料，出版社也认为沈家非常合适，选题已经通过了。只要你与沈家打个招呼，我就可以动笔了。"在西餐厅的饭桌上，作家一边说着，一边把出版社的约稿函拿给我看。

"那要是人家不同意呢？"我接过约稿函，看了看，上面确实盖着出版社编辑部的大印。

"怎么可能不同意呢？这是替他们家宣传扬名的事，我还准备对沈伯远和沈嘉树做个专访呢，他们肯定高兴还来不及呢。"作家很有信心。

"那可未必。"我在心里想着，并没有说出口，我不想打消作家的兴致，就微笑着说："你说查了大量资料，还做了调研，你都储备了些什么呀？将来我与沈家说的时候好替你添油加醋。"

"那太多了，太多了。"作家正在兴头上，一边切着牛排，一边话语滔滔，"宏观的治水理念姑且不论，连沈家的家世传承、姻亲谱系甚至沈家人为什么不长寿、每一代都会出现一两例自杀者这样的琐事我都做过细致考察，你说做得够不够充分？"

我突然就想到了老爷子的母亲，那个临死前把东西藏进深井的刚烈老太太，心中竟然涌出一种说不出的滋味。

作家并没有发现我神情的异样，喝着红酒，继续说道："沈家的百年发展史就是一部中国近代水利史，把沈家的史料整理出来，这是多么有价值呀，一个家族，影响着一个行业，别说中国，即使放眼世界，也绝对少有。"

我觉得作家有点想当然了，嘉树伯我不敢说，以我对老爷子的了解，估计不见得会掺和这样一套书的事，何况老爷子还生着病。沈家没有对外说起老爷子生病的事，我也不便对外人透露，但确实不好打击作家同学这澎湃的激情，就委婉地说道："沈家人做事比较低调，我们与沈家也主要是商业上的来往，即使帮你传话，人家也不见得理我这茬。"

作家很大度，也很理解，说知道我与沈家有交往，因为是同门，就先找的我。他还有一个很硬的关系，只要搬出来，沈家一定会同意的。

"哦，那就太好了。"我因为不喜欢打听事，也就没有再追问他这关系到底有多"硬"，就举了杯，预祝他的大作早日完成。

作家只说约我吃饭而没说"请"，还给我买了花，自然是我要主动买单。在干掉一瓶白葡萄酒又干掉一瓶红葡萄酒后，在回宿舍的路上，作家钩着我的脖子，说，他采访过本地一位极著名的老中医，老人家给沈家好几代人都瞧过病，跟沈老爷子更是莫逆之交。难怪他能知道沈家人为什么不长寿，为什么很容易出现自杀者呢。

第二天，二叔给我打了电话，带给我一个令人沮丧的消息。

二叔说，吴双的片子已经请协和医院和宣武医院的几位专家都看过了，大家的意见都是还在原医院继续观察，轻易不要挪动，病人处于"植物生存状态"，不是脑死亡。

"这有什么区别吗？"我问二叔。虽然与医生有过多次交流，但医生说出的一些医疗术语总让我迷惑不解，越听越糊涂。

"植物生存状态就是通俗意义上的植物人，你也知道，以往也有恢复的案例。脑死亡是不可逆的，说白了，就是人不行了。"二叔很直接地说，怕我接受不了，又补充道，"她现在是植物生存状态，生理机能存在，总不是坏消息。你妈说了，这是个苦孩子，只要有一线生机，我们就尽最大努力争取吧！"

"植物人""脑死亡"，其实这两个词医生也都曾经跟我提过，我只是一时无法接受，故意在心里把这些刺激神经的字眼都屏蔽了。

我屏蔽让自己心痛的字眼，却屏蔽不了现实的残酷和无情。

冰冷的现实就像吴双所待的病房一样，那两扇铁门，那一道玻璃，把你满腔的热忱全浇灭在空旷的楼道里，我只能强压心底的痛看着一个昨日还与你拌嘴逗乐的人，一个巧笑倩兮、顾盼生情的活生生的姑娘在玻璃那头插满管子悄无声息。

车祸这种事，我还真不知道该恨谁怨谁，谁愿意出这事呀？陌生人都与吴双无冤无仇，何况，杨超还是一起常聚的朋友，他多次道歉忏悔，也做了最大程度的补偿，我还能要求人家什么呢？我把他打残了也换不来一个活蹦乱跳的吴双啊！

无处排遣愁绪时，人总会自怨自艾，我能埋怨的也只有自己。

我后悔让吴双来宁州，后悔撇下她一个人独自回了山东，甚至后悔当初来读博士时忽悠她跟来，假如……唉，人生哪有假如？

但想到杨超，我脑子里突然灵光一闪。

嘉树伯那个暗洞里有未完工的烟斗，有刻刀，有正雕刻的石头，杨超跟嘉树伯走得那么近，或许知道嘉树伯有此癖好，捡到吴双的石头，觉得奇异，送给老板拍拍马屁，理论上应该说得通。

我想不明白嘉树伯为什么要把雕刻的这套东西收在极为隐蔽的暗洞里，是怕人说他不务正业？一个成功的企业家有点业余爱好也无伤大雅，打球、爬山、收藏、探险不都是有钱人的日常生活吗？媒体并无指责，还常带欣赏艳羡之意，美其名曰引领潮流。老爷子不也喜欢吟诗作对时不时地挥毫泼墨吗？难道担心自己技艺不精，为人耻笑？我觉得他做的那个烟斗气魄十足，很是超凡脱俗。

小胖上次帮我恢复的照片中除了有几张拍了吴双的剧本，还有两张是我当时随手拍的嘉树伯雕刻的带字的石头，上面刻的是篆字，又是反着的，辨识起来很费劲，但感觉刀工不错，手法也很是娴熟，跟他雕刻的烟斗一样，带着一种拙朴，雄劲中又不失精妙。

当对着照片把他刻的字描下来，又对着电脑，把篆字一个个辨认出来后，我禁不住大吃一惊，下巴都要掉到地上了。

二十六

我没有想到在公安分局里遇见了杨超。

一大早，刘方就给我打电话，让我到分局一趟，而且叮嘱我一定要带着我那件风衣。

"大冬天的……"我还没说完，就被他硬生生打断了："谁让你穿来着？你带过来，必须带过来。"说完就挂了，根本不给我与他吵架的机会。

这种朋友。

我无奈地摇摇头，只能按他的吩咐，拎着风衣，去了他办公室。

"穿上。"他不由我分说，上来就把我的外套扒掉，然后把风衣套在我身上。

"干啥？"我不情愿，但也无可奈何。

"去吧，小田在那边等你呢。"他把我推出办公室，我一仰头，果然看见小田在楼道那头笑着与我招手。

"怎么回事？"我像傻子一样迎着小田走过去，却见他一边冲我微笑，一边举起相机，给我拍了张照片。

在走过去的时候，我注意到小田旁边半开着门的办公室里，坐着一个人，瘦瘦的，戴顶鸭舌帽，看似漫不经心，眼睛却一眨不眨地盯着我看。

我瞬间就明白了。

"太老套了，还玩这个？"我回到刘方办公室，讥讽道。

刘方脸皮很厚，根本无视我的鄙夷，上来就把风衣从我身上扒下来，指了指茶几上的茶杯，说了句"自己喝茶"，然后就关上门，拎着我的风衣出去了。

我扒着门缝往外看。

果不其然，陆陆续续从楼道里走过去好几个小伙子，都穿了我那件风衣，其中一个就是杨超。

杨超还跟过去一样，从容不迫，从他身上、脸上，我看不出有任何异样。

不光他，刘方的表情也没有什么变化，他拿着风衣回来时，还跟过去一样平静。

"都什么时代了，还这玩法？真够 low 的。"我继续嘲弄着。

刘方不做任何辩解，只把风衣递给我，说："今天有点忙，怠慢了，恕不远送。"

这是明显撵人的架势。

"求我来，就……就这样打发了？"我发着牢骚。

"没有求你。求你了吗？是通知你好吗？当然，谢谢你支持我们警方的工作。"刘方还是那熊样子，软硬不吃。

"他是不是有嫌疑？"见刘方摆出架势要推着我往外走，我赶紧问道。

刘方自然明白，我说的"他"就是杨超。

"别自作聪明，早晚会水落石出的。"刘方根本不吃我这一套。

都走到楼梯口，我见刘方要停步了，忙又问了一句："他说没说捡到吴双石头的事？"

刘方拍了拍我的肩膀，说："行了，不送你了，自己走吧，开车慢点。这事，"他停顿了一下，继而说道，"改日我再跟你细说吧。"随后他站在楼梯口，冲我挥了挥手。

我从刘方的话里未品味出任何有用的信息。

"改日再说"往往只是一种委婉的搪塞，"改日"到底是哪日？虽然刘方说这话时似乎并未流露出敷衍的成分。

改日就是没日。

一直到沈老爷子去世，刘方也没有找我细说此事。当然，这也不能全怪刘方，因为那段时间，我自己也忙得焦头烂额。

爸妈也知道了老爷子生病的事，估计是二叔说起的，就张罗着要赶来探望，被二叔劝阻了。二叔说，沈家喜欢安静，不愿被打扰，如果大张旗鼓地来探望，反而会给人家添麻烦，还不如让本纪勤跑着点，等老爷子病情严重住了院，到时候再过来探望也不迟。

爸爸觉得二叔说得有道理，就跟嘉树伯打了电话，又派人送来了一大堆补品，我也被逼着三天两头地往沈家跑。

二叔算是老赵家的"智多星"，一向料事如神，但这次，他彻底失算了。

老爷子刚住进医院三天就去世了。别说爸妈还没来得及动身，就是近在咫尺的市领导，估计前来慰问表达关怀的报批程序还没走完，就接到了沈家的讣闻。

那天，天气奇冷，从一大早就开始下雨，一直下到晚上。

江南本该是春暖花开、草长莺飞的季节，因为突然倒春寒，前几天还"百般红紫斗芳菲"的锦簇花团，经过连续的风吹雨打，化作"一片落红残粉"，刚绽开的花苞被霜冻蹂躏得耷拉了脑袋，在枝头战战兢兢、瑟瑟发抖。那些早在鸭知水暖前就换了春装的时髦姑娘终究扛不住寒风的凛冽，又极不情愿地把凹凸毕现的身体缩回到了鼓鼓的羽绒服里。

虽然我们精心照料，嘉树伯和冰姨几乎每天衣不解带地在旁伺候，但老爷子身体太虚弱了，那位多年交好的老中医时常来家诊治，还打了据说叫胸腺肽的进口针，但他几乎没有免疫力了，春寒一"倒"，先感冒了，连续高烧不退，神志不清，送到医院，抢救了三天，也没有醒过来。

这几天，我就一直在学校、吴双的医院、沈家三个地方来回跑，心力交瘁，狼狈不堪。

其实，我是有机会与嘉树伯坐下来聊聊天，解开我心中谜团的。

老祁已经从内蒙古回来了，他走访的结果基本验证了我心中的判断，但看着嘉树伯疲惫的身躯、熬红的双眼，每日心力交瘁，看着他为老爷子端屎端尿、擦脸洗身，眼见老爷子难受时他恨不得以身相替的那种痛苦神情，几次话到嘴边我都说不出口，我甚至感觉我的判断可能是错的。

冰姨也变得眼窝深陷、日渐憔悴，每天累得蓬头垢面，让我很难在她身上找回昔日的玉骨冰肌、绰约多姿。

变化不大的只有子怡，虽然爷爷对她宠爱有加，她也是皱着眉头跟着前前后后地忙碌，但"少年不识愁滋味"。有一天她还不无担心地跟我说，人家都说沈家人没有长寿的，她会不会也活不了多久？

虽然留下了一切从简的遗言，但老爷子的葬礼还是颇为隆重的。

省里市里的领导都送了花圈，水利系统派了专人前来吊唁，媒体也进行了大篇幅的报道。业界许多大佬都出席了葬礼，爸爸、妈妈、二叔、三叔全都专门赶到宁州，坚持送老爷子一程。沈家侨居海外的亲属由于事出仓促，无法赶过来，就发来了唁电，送了花圈。

在老爷子的葬礼上，爸爸代表业界发了言。我不知道是怎么安排的，不过，爸爸代表业界发言也是合适的。不仅因为黄河集团的江湖地位，而且因为爸爸与老爷子一直保持着很好的私谊，这在业界也是公认的。就连在葬礼的站位上，都没有让我站到来宾席，而是作为孙子辈，跟子怡站在一起。

爸爸的发言稿是二叔写的。二叔在国家发改委就以能写著称，发言稿自然写得极有高度，除了褒扬老爷子一生的公德大义和丰功伟绩，也呼吁业界团结一心，继承老爷子遗志，携手完成南水北调工程，以便造福社会。放下稿子，爸爸又讲了老爷子对黄河集团的多次提携和帮助，让他一直心怀感恩。爸爸讲得很动情，眼睛红红的，泪水在眼圈里打转。

爸爸是个硬汉子，我从来没见过他掉眼泪，听妈妈讲，就是爷爷奶奶去世时，他都硬挺着，一滴泪没掉。二叔也说："我哥的眼泪只会往肚子里流。"

但在沈老爷子的葬礼上，爸爸不仅眼圈红了，而且饱含泪水。

沈爷爷虽然一生坎坷，但晚年总算平静，也算老有所终了，来参加葬礼的有几百人，花圈摆满了整个殡仪馆。看着络绎不绝前来送行的人，我突然想到我的导师，心里无比悲痛。

葬礼后，爸妈又多住了一天，安慰了哀毁骨立的嘉树伯和悲恸欲绝的冰姨，二叔去了上海出差，三叔则直接回济南了。

我没有让爸妈去看吴双。她现在依然昏迷不醒，我不想妈妈再受刺激。

"可怜的孩子。"妈妈没有坚持，只是感叹了一句，我不知道她说的这个"可怜的孩子"是我还是吴双。

二叔是大忙人，又是贵客，他一来，周围就没断过人，我连单独与他说句话的机会都没捞到，连送他到火车站，也没有轮上我。

那个他极关注和在乎的"江南堤坝管涌源分布图"，我到现在都没有见到一鳞半爪，就更别提拍照片了。

如鲠在喉的滋味是很难受的。

我盯着小胖帮我恢复的春节前在嘉树伯那个暗洞里拍的照片，一会儿看看桌子上摆着的从导师家顺手拿回的那两把残破的扇子，一会儿看看那两块黑色的石头，在心底默默地盘算着与嘉树伯见了面如何开口。

虽然很多模糊的轮廓在我心里已经渐渐清晰，我也掌握了一些极具说服力的证据，但我知道，与嘉树伯打交道，绝不是容易的事，他不仅智慧过人、精明老练，而且，对我而言，他是长辈，在气势上就占了上风。

更何况，老爷子刚走，我感觉嘉树伯似乎还沉浸在忙碌和沉痛中，这个时候找他摊牌，于情于理，都有些不太合适，我又不是个铁石心肠、雷厉风行的人，几次鼓足勇气，摩拳擦掌，最后还是打了退堂鼓。

虽然很纠结，纠结得让我有种喘不过气来的窒息感，有时候我也在心里思忖着，这样揭人疮疤、搅人安宁甚至是坏掉人的好事算不算多管闲事？但一想到我导师的突然去世、吴双的昏迷不醒，我消沉的意志就又振奋起来。我不是刘方那样秉公任直、刚正不阿的人，也不像吴双那般眼睛里揉不得一粒沙子，我不较劲，我只是为导师难过，为吴双悲哀，凭什么就这样不公平？我的内心总是波澜起伏，成宿成宿地睡不着觉。

我一直留意着嘉树伯的行踪，只想找个合适的时机与他当面交锋。

吴双为替苏布得问一句话，四方求索，苦苦等待了二十多年，我就不能为我死去的导师、为那个还在医院里苦苦挣扎的吴双讨个说法？

机会还终于让我等到了。

二十七

　　那天，我其实在江海集团楼下来来回回了好多趟，盘桓了许久，却一直犹豫，始终没有下定决心上楼。

　　傍晚的时候，郝师兄给我打了电话，说今天是导师的"百日"，他买了一些纸钱，让我开车过去，我们师兄弟几个要到城外找个十字路口，给导师烧点纸钱。

　　对于婚丧嫁娶的习俗，我基本一窍不通，不知道还有"百日"祭奠的说法，郝师兄一说，我自然不能怠慢，立即开了车，接上了他们几个，一起出了城。

　　导师的骨灰撒在了北方的草原上，郝师兄说从方位上讲，我们应该到城北去，他显然要比我们几个懂一些，看出城有些堵车，我又横冲直撞，就提醒我不用着急，只要晚上十二点之前把纸钱烧了就行。

　　到了城外，我们找了个僻静的十字路口，把带的草纸点燃，师兄领着我们几个人冲北磕头，大家又抱在一起痛哭了一场，才怏怏地回来。

　　进了城，找了家饭馆，我请大家吃了顿饭。因为是导师的"百日"，每个人心情都很沉重，大家草草吃完，聊了一会儿天，也就各自散去了。

　　喝了点啤酒，我本来不想再开车的，饭馆不远处是刘方的办公室，我琢磨着是不是该把车开到分局院子里停一晚上，过去我也没少这么干。我把车开过去，但门卫说刘方不在，我不好意思再说停车的事，就心一横，大着胆子直接开回了家。

或许心里有某种感应，或许纯粹就是下意识，我把车停好，熄了火，并没有马上下车，而是盯着导师家的阳台，点了支烟。

烟刚点着，还没有抽上两口，果然，我就发现导师家又有微微的亮光。

我心里一惊，立即把烟掐灭，拿了我早就准备好的包，迅速从车里钻出来，蹑手蹑脚地上楼，用从车里随手抄上的一根细铁丝轻轻一拨，就打开了导师家的门。

我打开门的同时，也顺手打开了客厅的灯。

嘉树伯正蹲在地上，在一个铁皮脸盆里烧纸，嘴里自言自语，我一开灯，估计把他吓得够呛，差一点坐到地上。

但嘉树伯是老江湖，只慌张了不到一分钟，也还没有惊恐万状，就马上恢复了昔日的神采，把手里未烧完的纸往脸盆里一丢，任其燃烧，顺手拉了把椅子，先坐下了。

"你到这里来干什么？"他先摆出了一副长辈的派头，瞪着眼怒气冲冲地呵斥道。

与嘉树伯交锋时如何先打压他的气势让他在心理上落下风这事我已经演练了很多次，所以，一上来，我就张口说道："我该继续称呼您嘉树伯呢，还是喊您一声杨先生？"

果然，他大为吃惊，脸色都变了，呆坐在那里，愣了足足有好几分钟，才叹口气，在自己兜里摸索。

我估计他是在摸烟，就把我的烟递了过去，他取出一支，点着，猛抽了一口，把烟盒又还给我。

"你这烟不行啊，本纪，呛嗓子。"我怎么也没有想到嘉树伯惊慌了半天竟然会这样开口，一句轻描淡写的"本纪"就把我置于尴尬的境地，而且，一下子打乱了我精心设计、步步为营的进攻步骤。

姜还是老的辣，何况还是块精明练达的老姜。

"这烟不好，您大可不抽。"我需要马上调整策略，就板着脸说，"上次在这屋里，您不是悠闲地卷了支烟抽吗？那烟丝我没记错的话，还是津巴布韦的吧？"我边说着，边也拉了把椅子坐下。

对话就得平等，凭什么他坐着，我要跟受训的小学生一样站着。

"你胡说些什么呢？"他下意识地说道，语气里充满了防备。

我没说话，从自己的包里拿出一个塑料袋，里面是我上次从导师阳台上的花盆里翻出来的那个烟头。

我是烟鬼，自然对烟味不陌生，津巴布韦的那款烟丝香型很特别，上次我一进导师家，就嗅到了那种味道，特别是在花盆里又发现了手卷的烟头，当时我就猜测，那晚在导师家抽烟的人应该就是嘉树伯。

看到我拿出的烟头，他真的有点慌了，他不可能想到那个随手按进花盆土里的烟头，不仅被我挖了出来，而且还保存在了一个透明塑料袋里，跟向法庭呈递的证据一样。

"好家伙，你还是有备而来的。"他猛抽了一口烟，然后把剩下的半支扔进了旁边还在冒着烟的铁皮脸盆里，"行啊，小子，你导师竟然都看错了你，还真让我没想到。"

一提导师，我的血就开始往脑子里冲，看到他的慌乱，我感觉事情开始朝着有利于我的方向发展了，不免有点好奇，就问道："我导师怎么就看错我了？"

他摇摇头，从兜里摸出了自己的烟包，是我上次见过的那个，他从里面取出一张卷烟纸，又取了一撮烟丝，卷成了一支小喇叭，边卷边说："你导师说，你人倒是善良，也很聪明，但做事嘛，总有些心不在焉……"

看到他慢条斯理地卷烟，我立即意识到自己犯了一个错误，"宜将剩勇追穷寇"，不能给他喘息思考的机会，就忙打断他的话，冷笑一声，说："看来您与我导师关系匪浅，您可真够冷血的，简直是冷酷无情，为满足自己的私欲，打击、逼迫我导师这个与世无争的人……"

"你放屁。"他果然被我激怒了，一拍桌子，站了起来，快要卷好的烟都被他拍碎了，烟丝散得到处都是，"你导师与我情同骨肉，他突然去世，我比你们任何人都难过，比你们任何人都痛心，我为什么要逼迫他？我什么时候打击他了？逼他的是你，是你那个顽固执拗、胡搅蛮缠的女朋友……"

听他这样说吴双，我不禁怒火中烧，也站起身，使劲拍着桌子说："就因为她顽固执拗，哼，您怕了，怕她挖出您的老底，怕她曝光您过去做过的那些不光彩的事来，所以，您暗地里下黑手，虎毒还不食子呢，为了膨胀的野心，为了享受荣华富贵，连亲生骨肉、自己的女儿都狠心灭口，您真是恶贯满盈、丧尽天良。"我越说越来气，说到最后已经怒气冲冲地开骂了，这是我原先没有规划的，骂人的话我平时说几句还行，真要骂人我也是张不开嘴的，可这个时候，我竟然酣畅淋漓地将他骂了个狗血喷头，连"享受荣华富贵"这种只适合戏台上用的字眼都用上了。

他一时还怒气冲冲，指着我的鼻子"你……你……你……"了半天，竟被我排山倒海般的痛斥骂蒙了，大张着嘴巴，一屁股坐在椅子上，呆愣在那儿，脸色极为难看，手脚都在抖。

其实吴双发生车祸，我也想过不是有什么阴谋之类的，但我确实没有任何证据，而且，按照原来的设计，应该是我把所掌握的证据一件件罗列出来，以雷霆万钧之势，将他压迫到绝境，让他亲口把自己"李代桃僵""移花接木"的事说出来。进门前，我已经把手机调到了飞行模式，并开启了录音功能。

结果，我只逞口舌之快，把自己精心设计的交锋步骤全打乱了。

嘉树伯确实被我的连珠炮压制住了，他面目呆滞地坐在那里，神情显得极为讶异。

我没有理会他，把包里准备好的那些证据一件件全掏了出来：导师的两把扇子，在他那个暗洞里拍的照片，吴双写的信。

他没有看我，也没有看我摆在桌子上的这些道具，仿佛被人点中了穴道，僵在椅子上，除了手脚发抖，嘴唇似乎也在哆嗦。

我从来没见过人会这样子，那眼神有些瘆人。

"唉！"我有点于心不忍，就凑过去，说，"我还是叫您一声嘉树伯吧，毕竟，您看着我长大，这么多年……"

"你……你刚才说什么……什么亲生骨肉……女儿，你……这……这话什么意思？"他嘴唇哆嗦得更厉害了，话也说得不利索，脑子好像还沉浸在我刚才骂人的情境里。

"哼！您何必明知故问呢？"我觉得他的神情过于夸张，夸张得就像在表演，就一脸不忿地冷笑道。

"我问你呢！"他突然怒吼了一声，一把扯住了我的衣领，眼睛里冒出熊熊火焰，似乎要当场把我烧成灰烬。

我把吴双写给导师的那封信拿起来，递到他手里，继续冷冷地说："这信您不会没看过吧？我有充分的证据，这就是杨超从吴双电脑里拷贝的，而且，此前他还拷贝了吴双写的剧本大纲。"说着，我从桌子上把另一张拍了吴双剧本的照片也拿过来，一起推到他眼前。

他似乎没有听到我的话，气急败坏地一手把信抢过去，顺势就坐在椅子上看起信来，完全无视我的存在。

我根本不相信他没有读过这封信。

那天，从公安分局做完那个调查，我就豁然开朗了，那个贼碰到的人一定就是杨超。

　　杨超进入吴双的房间，在电脑上看到满屏幕的掐丝珐琅器的照片，那天下午，正是我把手机里的照片拷贝到了吴双的电脑上，在那里趴着研究来着，而前一天我跟吴双看展览时，接了子怡的电话，也跟她说起那个小型展览的事。当时杨超是不是与子怡在一起我不知道，但杨超完全有可能从子怡嘴里知道那个小型展览，他从楼上拿了那件掐丝珐琅器，放进吴双箱子里，而且把吴双写的剧本大纲拷贝了，还顺手把吴双的文件给删了，导致吴双不得不重写。也正是他随手删除文件，在我的屋里，吴双电脑里的东西又一次被人删除，我自然就想到了又是杨超干的。

　　我只是怀疑，手里并没有任何证据，但我的怀疑并非没有道理，否则，怎么解释嘉树伯办公室的暗洞里会有吴双的剧本大纲？吴双后来几次跟我说起她的电脑有人动过，所以，她把剧本文件存得到处都是，动她电脑的，应该就是杨超了，而背后的指使人，不用说，必然是嘉树伯。

　　我甚至怀疑嘉树伯跟宁州大学谋杀案有关系，他至少两次跟我说过不要带着编剧朋友在宁州待着，影响不好，其实是希望我把吴双撵回去，不要再进行这个剧本创作。我也查过了，宁州大学那个女孩被杀时，嘉树伯刚刚从国外回来不久。而且，吴双多次在饭局上与刘方、老康几个人探讨那个谋杀案凶手的设定，她认为除了外科医生、屠夫、石匠、木匠也可能是犯案的人，嘉树伯不就符合吴双描述的作案条件吗？每次饭局，杨超都是在座的。而杨超删除吴双的剧本，不就是让她写不成吗？把掐丝珐琅器放进吴双的房间，难道不是想嫁祸于她逼她停手吗？

　　我认为我的推理是站得住脚的，也是符合逻辑的，这样一来，那嘉树伯看吴双的剧本，把自己雕刻的东西藏进隐蔽的暗洞里，不就全都解释得通了吗？

　　但嘉树伯看信的神情又不像此前见过此信，那种愕然和惊诧也好像不是在表演，难道他已经大奸大恶到如此地步了吗？

"这……这……"他呆愣在那里，浑身僵硬，面如死灰。

那神情，像被迎面一记重拳击倒在地的摔跤手，错愕而惊慌，痛苦而无奈，泪水顺着他的眼角急速流下来，突然，他"哇"的一声，刚站起身，一口鲜血就喷了出来。

这倒是让我一下子不知所措了。

人都是有恻隐之心的。饶是他作奸犯科、恶贯满盈，对我而言，他毕竟还是长辈，而且，他与我一直很亲近。看到他这个样子，我也慌了手脚，把自己包里的东西都倒到桌子上，乱翻一通，也没有找到面巾纸，忙去厨房接了一碗水，又拿了块也不知道是毛巾还是抹布，用水洗了洗，端过来擦拭他嘴角的血迹。

他没让我擦，用手蘸了碗里的水，在嘴边抹了一把，又拿那毛巾擦了擦嘴角，但他的脸依然煞白，嘴唇发青。

"这是她写的？"等我把碗放回厨房，他强撑着稳定住情绪，但眼神却像锋利的尖刀，似乎要把我穿透。

"是她写的，千真万确。只是我导师没有看到这封信。"我点点头，说，"她唯一的亲人是她舅舅，车祸后她舅舅来了几天，我与他聊过，他说他姐姐因为怀孕的事跟家里人闹翻了，孩子生下来她们娘儿俩就被撵了出去，要不是他收养吴双，八岁的孩子在草原上不被冻死也会被狼吃了。他一直认为吴双的父亲应该是考察队的，也曾经去找过，但考察队早解散了。"

我说话时，他一言未发，但很明显，他在极力控制着内心的波澜，双手握拳，脸色铁青，神情木然。

"要不到楼上去坐会儿？我跟您说说她的事，这里似乎烧不了水。"我见他牙齿紧紧地咬着嘴唇，似乎把嘴唇都咬破了。

他重重地"嗯"了一声，叹了口气，还是没说话，眼睛却环顾了一下四周。

我明白他的意思，忙说："没关系的，我会来收拾的，我知道今天是我导师的'百日'，我也是刚与同学去城外给他老人家烧了纸钱回来。"

铁盆里的火早已经灭了，我把桌子上的东西一股脑地塞进包里，他站起来时趔趄了一下，我忙伸手去扶，他把我一把推开了，自己站起来步履沉重地跟着我上了楼。

我开了门，烧水泡了茶，又拿了烟灰缸给他。

虽然他脸色恢复了一些，但情绪似乎并不稳定，他从兜里摸出烟丝和卷烟纸，摊在桌面上，但手一直在哆嗦，几次都没有把烟卷成功，干脆就把烟包一推，取了我的烟来抽。

我帮他点上火，拉了把椅子，坐在他对面，自己也点了一支烟。

"刚才我有些情绪激动，话说得比较重，有点对不住您。"坐定了，我先开口。

他没有接我的话头，过了几分钟，才缓缓说道："你……你是怎么知道这事与我有关的？就因为我上次来你导师家？"

"那倒不是。"我边说着，边拿出导师的那把写有"龙飞云天远，骏马自行空"的扇子，同样地，我也把它装进了一个透明的塑料袋里，塑料袋里还有一张照片，是我在嘉树伯那个暗洞里拍的，那是他刻的一块石头。

"最早引起我注意的应该是那两句诗吧。'龙飞云天远，骏马自行空'，您刻了一方这样的印章，导师在扇子上也题过这两句，就是这把。"我把手里装有扇子和照片的塑料袋递给他，他接过来，拿出扇子，看了看，没说话，但眼神里充满了困惑。

"原诗是'龙飞云天外'，有一字之差，'外'写成'远'也没有什么，但两个人都这样写就令人起疑了。导师在萧娴的书法展上发现了这个问题，他知道萧娴是康有为的弟子，而这诗来自康有为，当时神色就

282

有些不对。当然，我并没有问他，但我揣测是他记错了，也误导了您。"

　　他认真听着，但不置可否，见我停了下来，就淡淡地说："这也不能说明什么。"

　　"我知道，这确实不能说明什么，我甚至认为'云天远'比'云天外'还有动感，但这让我开始关注您了。其实，我最初以为导师的这块黑色石头可能是他大学同学或者其他什么朋友送他的，因为以他的知识储备，绝不可能考不上大学，那个时候高考不是放开了吗？不再唯成分论。而且，按照吴双出生的时间，他已经离开草原一年多了，他插队的地方距离吴双母亲家也有上千公里之遥，我一度认为是吴双搞错了。"

　　见他一直没说话，我喝了口水，接着说道："但吴双是一个谨慎小心的人，她不可能无缘无故地去纠缠我的导师。当我看到这两块石头的照片，特别是见到石头原物时，我坚信吴双没有弄错。为慎重起见，我还请专家帮忙检验了石头，专家也支持了吴双的判断。我再次怀疑导师与吴双的身世有关系。我在网上看到一些回忆文章，说当时高考虽然报考放开了，因出身不好考了高分未被录取的还是大有人在，也有被冒名顶替入学的。这使我再度分析吴双信里写的这个仗义之举，虽然，她认为这只是虚构的一个骗内蒙古天真女孩子的故事。我后来知道了您也是在内蒙古插的队，但您插队的地方在潮格旗，我导师插队的地方叫乌拉特后旗，当我弄清楚了乌拉特后旗就是原来的潮格旗时，才真正大吃一惊。"

　　"那地方很落后，原来确实叫潮格旗，好像是二十世纪八十年代才改名叫乌拉特后旗的。"他点点头，又点着了一支烟，这次是他自己卷的，看来他的情绪已经平静了下来，说话也渐渐恢复了正常。

　　"不只是落后，也很偏僻，尤其是你们落户的那个地方。我的朋友是个内蒙古通，饶是如此，他也整整跑了两天才找到你们待过的那个嘎查。"我边说着，边叹了口气。

"哦？你还派人去了一趟？"他的眉毛一竖，诧异地问。

"是的。"我点点头说，"没有十足的把握我不会与您谈这些。嘎查里的人记得有过两个从南方来的小知青，他们喊你们南蛮子，说你们关系一直很好，个头、模样都差不多，整天形影不离，只是后来一个去上大学了，另一个就没再回来。当然，他们也知道那笔让他们打井和通电的捐款是你们汇的，虽然汇款没留姓名，写的是昔日老知青。您也知道，那个嘎查除了你们也从来没有过其他知青。"

"那是你导师的建议。"说这话的时候，他的脸上略微显现了一点阳光，这是今晚我第一次看到他脸色不那么阴沉可怖了，"他在那边开会时悄悄回去过一次，回来就跟我商量捐款的事，说牧民生活依然很苦，电通不过去，人和牲畜饮水也成问题，我俩就各拿了些钱，以老知青的名义汇的。"

"您没有再回去看过？"我喝了口茶，也给他的杯子里续了水。

"没有。"他淡淡地说，"除了遇到你导师，那段岁月对我而言全是苦难的记忆，我回去干什么？当然，还有苏布得，还有……还有吴双。"他喝了几口茶，又点上一支烟，叹了口气，"我跟你导师是同一年去插队的。那时我俩只有十五岁，个头小，身子弱，出身也不好，知青点不愿要，被硬塞给了我们落户的这个嘎查。"

他摇摇头，似乎陷入了回忆中，眼睛里含着悲愤，也带着无奈："落户的地方在草原深处。二十世纪六七十年代，草原深处的生存环境是极为恶劣和艰苦的，尤其是碰到极端天气的时候，暴雪冻死人，狂风也能把人卷走，还有时不时出现的狼群。现在很多人认为知青生活最难熬的是寂寞、孤独和对未来的绝望，那是生存条件好的，能吃上饭的。我们当时唯一的信念就是活下去，像野狗一样挣扎着活着。在草原上讨生活，彪悍的牧民尚且不易，何况我们两个对草原一无所知的半大小子。"

他说得有些激动，不自觉地提高了嗓门，话语里也多了些悲怆。

"是呀，那是个风雨如晦的年代，你们亲身经历过的人大多都有惨痛的回忆，不像我们，对那个时代的印象都是粗浅的，而且多数来自文学……"我随口插话道。

"条件虽然艰苦，对我们两个来讲，其实也还算安宁。"他没容我说完，又继续说道，"我们都经历过家庭变故的惨痛，都饱受世人的白眼和冷嘲热讽，到了这里，反倒好像进了世外桃源，不会生火做饭，就摸索着学；不会缝补衣服，就照葫芦画瓢凑合着弄。当然，最重要的是，我交到了你导师这样的好伙伴、好兄弟，我们意气相投，同生共死，相依为命，感情自然好得没话说。凡事都谦让，都愿意为对方牺牲自己，这样肝胆相照的情谊，现在上哪里去找？后来说起那段岁月，我们都依然认为虽然苦不堪言，但那确实是我们一生中最幸福温暖的时光。"说这话的时候，他刚才一直苍白的脸上竟然泛起了一点点红晕。

"后来您考上了大学，我导师没有考上？"我又插嘴问道。

"不，不是这样。"他摇摇头，"他喜欢读书，做梦都想上大学。为了能被推荐为工农兵大学生，每逢月末，我们就要骑两天一夜的快马赶到公社驻地，悄悄帮负责推荐的领导家干农活、打扫卫生，寒冬酷暑，从不懈怠。到最后连领导都看不下去了，说别抱幻想了，以他这样的出身是断然上不了大学的。没办法，我俩又开始策划偷越国境，出国去，他家在国外有亲戚，但几次尝试都失败了。再后来就突然恢复高考了，其实我俩都考上了，也都参加体检了，但是他没有拿到录取通知书，是被人顶替了还是因为家庭问题没录取，我也弄不清楚。这事对他的打击太大了，如果复读，关键他不是没考好呀，要是第二年再不被录取呢？如果我去上了大学，留他一个人在草原上，那是不可想象的。最后决定由他拿着我的通知书去上大学，我继续想办法出境，到国外去投奔他的亲戚，反正我俩当时模样也差不多，而且整天在一起，彼此家里的事也都熟悉得很，不会露馅的。"

这与我猜想的差不多，老祁去当地转了一圈，也基本上验证了我的判断。

"那您是先偷渡到蒙古国的？我一直不明白，潮格旗往北走就是蒙古国了，您为什么舍近求远，要跑到一千多公里以外的锡盟呢？"我很想听他说说苏布得的事，自从他看了吴双的信，我能感受到他内心的那种痛苦，但他并没有多说什么。

他长叹了一口气："从这边出境，难度太大了，很容易被发现，一旦出事，我被抓不说，也会连累他上大学。所以，把他送上火车后，我就带上提前准备好的东西，骑了马，沿着国境线一路往东，想着出了巴盟之后，再寻机会。"

"就这样一直到了锡盟？"我试探着问，还是继续想将他往苏布得的事上引。

"没有。"他摇摇头，端起茶杯，喝了几口水，说，"那时候，有人的地方就有关卡，即使在草原深处，也时不时地会被盘查，何况我一直在国境线附近出没。出来没多久，我就被民兵扣住了，马都不敢要了，好不容易跑出来，又被边境哨卡的边防军盯上了，一路丢盔弃甲一般，连滚带爬地流窜到了锡盟。"

"所以是苏布得救了您，还介绍您在考察队干活？"我想起了吴双的那封信，想起了善良的苏布得，就继续问道。

他点点头，表情凝重地说："是，没有她，我根本活不下来。"又叹了口气，"我罪孽深重，实在对不起她，确实是我害了她。"

我冷冷地看了他一眼，犹豫了一下，还是问道："那吴双信里写的都是实情了？"

他点点头，说："是。"迟疑了片刻，又慌忙补充道，"我……我只是不知道苏布得怀了孩子，那时候我还年轻，什么也不懂，唉，这辈子不知道该如何赎我的罪，是我祸害了苏布得，愧对那个苦命的孩子，简直……唉!"

人作了恶,即使椎心泣血地忏悔也照样苍白无力。

看着眼前满脸愧疚的嘉树伯,想着那个在 ICU 里已昏迷多日的吴双,我厉声说道:"好,这句话是我代替那个自小没爹八岁没娘的苦命孩子问的,您说吧,您当初为什么不辞而别还偷走了苏布得的马?"

他抬脸看了一眼神情严肃的我,却低下了头,一声不吭。

"您完全可以不承认,我没有证据,吴双找您,也只是靠着那块您遗落下的黑石头。"我见他不说话,就略带嘲讽地说,"当然,她找您也不是为了要抚养费,何况,又没人强迫您去验 DNA。"

"不是这样的,本纪,你误会了。"他又抬起脸来,神色极为凝重,眼睛里满是痛苦,说,"我作过的恶,我不会逃避。我确实与苏布得有过那么一段往事,这事我没跟任何人说过,包括你导师。那孩子信里写的都是实情,如果不是苏布得跟她讲,是没人编得出来的。"他摇摇头,"人生没有后悔药,我辜负苏布得,伤害苏布得,这已使我追悔莫及,我最卑鄙无耻的是误会了苏布得,恩将仇报,简直连畜生都不如!"

"恩将仇报?什么意思?"我吃了一惊,听得有些困惑。

"唉!"他重重地叹了口气,说,"本纪,以我所做的事,无论如何忏悔,也难赎我的罪恶。"说着,他从烟盒里抽出一支烟,点着,刚抽了一口,就咳嗽起来,而且越咳越剧烈,似乎咳得都要喘不过气来了,我刚想帮他捶捶背,他摆手制止了,自己拽了张面巾纸,捂在嘴边,擦了擦嘴,然后扔进了纸篓里。我怀疑他又咳了血,他的嘴边明显有一道暗红的痕迹。

"苏布得救了我的命,照顾我,还答应嫁给我。"他痛苦地摇摇头,说,"我几次越境都险些被抓,在流浪中九死一生,出国的想法也淡了下来,觉得跟着苏布得安定下来也挺好的,当个牧民,混好了当个地质工人。直到有一天傍晚收工时,我看到一辆吉普车冲考察队这边驶来。在草原上，吉普车是极罕见的，我们都争着跑着去看，路上，有人说这肯定是来抓人的，只有抓人才会开车过来。果然，从车里下来两名解放军，都配着枪，我心里就咯噔一下，当听到考察队的领导大喊着让人去通知苏布得时，我第一反应就是坏事了。我屡屡被警察查、被民兵扣、被边防战士追，已如惊弓之鸟，一听解放军要找苏布得，我猛然意识到这应该是来抓我的，因为头天晚上我刚跟苏布得说起过我偷越边境不成功的事，肯定是她偷偷去告密了。你知道，在那个时代，告密是司空见惯的。"

"你有什么证据？自己心虚就要诬蔑别人，这是什么逻辑？凭什么来辆吉普车你就以为是来抓你的，凭什么抓你就一定是苏布得告密呀？"我气鼓鼓地插话道，连"您"都没再用，心里更是一阵酸楚，为苏布得这个痴情的蒙古族姑娘难过、悲哀。

"唉！"他垂下头，神情变得更加痛苦，嘴唇哆嗦了半天，又说道，"后来我才想到，要是她真的告了密，在那个时代，我是根本逃不掉的。"

"哼。"我冷笑一声，继续问道，"你还是没有说为什么偷走她的马。"

他迟疑着，良久，才又长叹了一口气，说："本纪，我已酿成大错，悔恨莫及，这辈子也难赎罪恶了。"似乎鼓起了勇气，他一字一顿地说："我跟你实说了吧，偷走她的马就是为了报复。"

"报复？"我大吃一惊，恨不得咆哮起来，"你报复谁？报复苏布得？天哪，她是你的救命恩人，是你的爱人，她……她……她还怀着你的孩子，你……你……你……"

我本来想说"你还是人吗"，但我已经愤怒到语无伦次了，如果不是因为他是长者，又一副垂头丧气的样子，我都怕自己控制不住要动手打人了。

"是。"他咬着牙，恶狠狠地说，"当时我认定了苏布得要告发我，连东西都没有收拾就仓皇逃走了，在马厩里，我骑走了苏布得的马，因为这匹马是苏布得自小养大的，她看得比心尖子都重，当时这马正怀着驹子，谁都不能碰，我骑这马，就是陡生恶念，故意往苏布得的心窝里捅刀子。"

看我愣着，他似乎发泄一样地说道："你不够坏，无法想象坏人一旦作起恶来有多么可怕，我不是好人，当然也没想到善良的苏布得一个人承受了那么多痛苦。我竟然……"他突然停住了，只叹了口气，又摇了摇头。

"竟然什么？竟然没想到苏布得因你而死？"我觉得他话里似乎有话，就追问道。

"唉！坏人总会不自觉地用恶毒的心思去揣度好人，我竟然……竟然……"他叹口气，转而说道，"你导师告诉我，有人拿了那块黑色石头找上门时，我就想到来者不善，说不定就是苏布得找人报复来了，蒙古族人恩怨分明，有仇必报，隔了这么多年，一定是有备而来，我心里不免惶恐，就埋怨了你导师几句，还说了几句过头的话。"

他长叹一声，摇了摇头，并没有再说下去。

我见他满脸懊丧的神情，感觉事情应该不像他描述的这样简单，他一定对我导师说了很重的话。

"你的意思是说我导师是因为你埋怨他，说了过头话，他才烦躁不安，情绪波动，突然出的意外，对吧？"我瞪大眼睛问。我的初衷其实是想把我导师出事与吴双撇清关系，我也知道撇不撇清已经无关紧要了，但两个人都是我最亲的人，能撇清关系至少能让我心里好受一点，不料想，嘉树伯却理解错了。

"唉！"他又长叹一声，"本纪，你导师突然去世，我真的始料未及，这对我打击很大。事到如今，我实话跟你说了吧。沈家人有心脏病家族史，所以多不长寿，但你导师心脏过去没出过问题，他之所以提前写遗书：一是沈家有这传统；二是他太谨慎，谨小慎微，活得战战兢兢。吴双拿石头去找他，他就惶恐不安，担心冒名顶替上大学的事会暴露，我说了他几句，也大包大揽了……"

"大包大揽？"我疑惑道。

"是的，我劝他不要再担心了，这事交给我，我来处理。"

"那他应该放心了啊，何至于情绪那么反常……"我还没说完，他又打断我。

"这不是吴双突然出了车祸吗？他又误会了，认为是我安排的。"

"难道不是吗？"我感觉这事情变得复杂起来，立即步步紧逼。

"当然不是。"他皱了皱眉，但很坦然地说，"我只是让杨超去查查吴双有什么目的，是什么来头，我根本没有想到那天会出车祸……"

"你敢说你对杨超没有暗示？"因为关系到吴双，我汗毛都立了起来。

"绝对没有。"他斩钉截铁地说，"我只是让杨超去了解情况，好商量下一步怎么应对，你导师怀疑吴双拿走了他那块石头，我也让杨超顺便帮他找。如果要安排车祸，干吗还要开集团的车？这不是典型的搬起石头砸自己的脚吗？我也不至于那么愚蠢。"

"我导师也不是不明事理，为什么他就坚持认定这事是你安排的呢？对了，你刚才说他又误会了你，这个'又'是什么意思？"我说着，大脑也在飞速转动着。

听我这样问，嘉树伯迟疑了一下，抬脸看了我一眼，没说话。

我静静地看着他，没有退缩，也不带丝毫怜悯。我的目光冰冷得就像闪着寒芒的利刃，一直盯着他略显漠然的脸，我也不说话。

僵持了良久，他才长叹了一声，说："明人不说暗话，今天既然你问了，我也没必要遮遮掩掩，你导师过去就误会过我，跟吴双这个情况有些类似。"

"是那个女大学生被杀的事吧？"我想起暗洞里的剧本，心里咯噔一下，立即坐直了身子，说，"那案子我听说过，咋就跟您有关呢？"

他把手里的烟轻轻按灭在烟灰缸里，略带伤感地说："说来话长了。那时候我刚回国不久，有一天他向我说起，成人教育学院有个新生，说她有个老师是他中学同学，也曾一起扒过火车打过架。她觉得你导师不像能打架的人，总在下课后追着与他聊几句，使他不胜其烦。我就问了他那个新生的名字和班级，让他不用为这事操心了，我会处理好的。可是没几天，那女学生却出事了，被人杀了。"

"听您这样说，似乎只是有些凑巧罢了。"我装作颇不以为然的样子，但并没有松口，"以我导师的聪明和智慧，绝不会因为只是凑巧就误会您的。"

他叹口气，说："因为是杀人碎尸案，你导师认为我有这个能力，他知道我在内蒙古当过石匠，也知道我会雕刻，加上正好他跟我刚说过这事没几天，这女孩恰恰就出事了。这不也成了我作案的动机了吗？有些事就是阴错阳差，让你百口莫辩却无可奈何。"他重重地叹了口气，"你导师一直怀疑我做了此事，那女孩是因他而出事的，这在他心里留了烙印，他自怨自艾了好多年，这几年才不那么耿耿于怀了。"

"他可不是一个随便猜疑的人。"我抽着烟，"你也确实有疑点……"

"我犯不上。"没等我说完，他就打断了我，"岁月早把我磨炼成了一个彻头彻尾的现实主义者了。你想，冒名顶替的事即使被戳穿，顶多是丢人现眼、名誉扫地，那我不至于去杀人啊，那是要掉脑袋的，这账我算得清楚。我历尽坎坷，九死一生，在刀口上舔血，在阴沟里挣扎，就是为了活下来，活命就是我的信仰，我怎么可能不计后果以身犯险去做杀人这种蠢事呢？"

这话也并非没有道理。嘉树伯吃过很多苦，久经磨难，一个精于算计的现实主义者很少突然脑子犯浑去做杀人越货的勾当的。

我没有与他争辩，只说了句："按说我导师应该很了解您。"

他惨然一笑，说："就是因为了解，才有这种误会。过去呢，我确实是个天不怕地不怕的愣头青，鲁莽冲动，一点就炸，可是，人会变的呀。他内心还很单纯，还保存着青春时代的那份崇高理想，守护着心中的纯真和净土，可我经历了那么多，已经不一样了。"

白衣苍狗、沧海桑田，人总是会向现实妥协的，只有我导师这样活在象牙塔里的书生才淡泊自持、宁折不弯。

"所以他认为吴双出车祸一定是你安排的，因为跟上次一样，你刚说了大包大揽的话，两个女孩就都出事了。"

他面色凝重地点点头："他根本不听我解释，跟我大吵，还说要去举报，我在气头上，也说了'你不怕声名狼藉，就去告吧，沈家也会随之名声扫地'。这话实在太伤他了，对他打击很大。他突然出事，主要是因为我说话刺激了他，伤了他的心。唉，人生没有后悔药，再懊恼再忏悔，也来不及了。"

我没有说话。

我也不知道该说啥，只是与他相对着，默默抽着烟。

能看得出来，对我导师的去世，他的悲痛难过发自内心，并非在作秀。

过了一会儿，我打破了房间里近乎凝固的沉默，平静地试探着说："既然那女孩被杀与你无关，案子破了，我导师也不再误会你了，但我感觉你好像不喜欢让吴双写下去，还暗示过我。这又是为什么？"

他没有躲闪，放下手里的烟："杨超跟我说过你们计划写那案子，从舆论方面推动那个案子再启动调查，可那案子过去那么多年，多少警察参与其中都没能破，我被洗刷误会的可能性并不大，但舆论一起，你导师一定会关注，也必然会旧事重提，我是做企业的，考虑的是机会成本，我并不是对那死去的姑娘不同情，只是不想在这个时候节外生枝。"

"这个时候？"我诧异地插话道。

"你也知道，近年来爷爷生病，集团交给我管理，我不能辜负他老人家的信任，准备大干一场，特别是……"他看了我一眼，"特别是大家都盼着的南水北调工程，江海集团自然不能落后，这个时候，我必须全力以赴，不想有任何节外生枝的事情发生。"

他看我的那眼光意味深长，仿佛看穿了我来宁州的目的一样。

我赶紧变换思路，采取攻势："所以，你看了吴双的剧本大纲，知道在她的设定里，凶手有可能是石匠、木匠，就把可能引起别人猜疑的重要东西藏进了那个暗洞里……"

他疑惑地抬起头："暗洞？什么暗洞？"

"就是你办公桌后面墙壁里的那个暗洞。"我提醒他。

他摇了摇头，似乎带着些鄙夷的口吻说："你也是喝过洋墨水的，藏东西有比保险柜更安全的地方吗？在墙上挖窟窿藏都是老一辈人的土方法，现在谁会把要紧的东西放在那种地方？"

我拿出几张照片，摆在他面前，有吴双剧本大纲的，也有那老旧的刻刀和雕刻的石头的。

他拿起照片，看了一眼，诧异道："咦？你从哪里弄到这些照片的？"

"那不重要。"我没回答他的问题，反问道，"这些东西对你来说不重要吗？"

他又拿起照片端详起来，但没说话。

"还有这个。"我见他不说话，就把那两块黑色的石头拿出来，在他眼前晃了晃。

一看到那两块石头，他顿时愣住了，但眼睛突然一亮，伸手就把石头从我手里抢了过去："陨石果然在你这里。"

"什么叫果然在我这里呀？不是你放到那个暗洞里的吗？"我看他拿着石头，如获至宝的样子，就禁不住出口讥讽道。

"我不会把这些东西放在那种地方的。"他断然否决。

这就有些奇怪了。他为什么不承认这事呢？

"那吴双的剧本大纲你是看过了？"我追问了一句。

"我不知道什么大纲。你来宁州，我让杨超和子怡多跟你接触，也是想知道你是不是专心来读书的，后来杨超跟我说起那个编剧写谋杀案的事，确实给过我那么几十页打印的东西，我看不出个所以然来，就不知道放在哪里了，那算是剧本大纲吗？"

这他倒没有含糊，把我一来就让杨超他们多跟我接触的事都说了，但他不承认暗洞里的东西是他放的，颇让人生疑。

我紧张地开动脑筋，想着用什么话题再试探他一下，因为我实在确定不了他今晚所说的有几成是实话，又有多少是糊弄我的。

虽然我俩上楼时也说好了知无不言，但商人的话，你能信几分呢。

我自然就想到了沈家一直没有对外公开的那幅"江南堤坝管涌源分布图"。

"您刚才说要在南水北调项目上全力以赴，好像……您也知道，黄河集团也跃跃欲试，您似乎对这个工程项目很有把握，是不是就因为这次找到了传说中的那幅'江南堤坝管涌源分布图'呢？"我尽可能委婉，很小心地措辞，恢复对他的尊称，但话说出口，还是觉得有那么一点突兀。

他表情复杂地看了我一眼，然后慢吞吞地从兜里摸出烟丝，不慌不忙地卷了一支烟，用打火机点着，抽了一口，吐出嘴里的烟雾，才缓缓说道："因为南水北调工程，大家都很关注这幅'江南堤坝管涌源分布图'，确实，在历史文献中也曾有过记载，但很可能就从来没有存在过那么一幅图。"

"从来没有存在过？"我呆住了，难道二叔的信息是错误的，还是嘉树伯说了假话？"您是说没找到？"我又追问了一句。

他又抬头看了我一眼，摇摇头："也不能那么说。"

"那……这是什么意思？上次吴双找到的那些资料……"我痴愣

起来。

他把手里的烟按灭在烟灰缸里，淡淡地说："你们帮沈家找到了上辈人珍藏的那些资料，老爷子根据资料所记载的各种数据，参考当下的地质结构和水文变化，抱病拼命，算是呕心沥血吧，在临终前绘制出了一幅类似的图。"

我松了一口气，心里又有些难过，感觉这图是老爷子拿命换的。

"听我二叔说，以老爷子和您的格局，这张图你们一定会公开的，对吧？"我自作聪明地试探道。

他没说话，过了一会儿，才淡淡一笑，说："本纪，一个与民生息息相关的行业，你说是让一个巨无霸的集团一家独大垄断好呢，还是存在几个规模差不多的企业相互竞争、相互制约好？"

我不知道他葫芦里卖的什么药，不免一脸迷茫地看向他，他用鼓励的眼光看着我，示意我不妨大胆说。

"相互制约吧，这样都有竞争意识和危机感，谁都不敢胡来，可能会更利于民生吧。"我没想到他突然有此一问，就胡乱猜测着说。

他若有所思地点点头，没做任何评价，也没有再说那图的事。

临走前，他拿起那两块黑色的石头，以商量的口气问我是否可以由他代为保存，作为纪念。我犹豫了一下，还是给了他，同时，我把导师的那两把扇子也给了他。他接过扇子，打开看了看上面的题字，脸抽搐了一下，又小心地把扇子合起来，一句话没说，拿走了。

我送他下楼，看他面无表情地上车走远，才怏怏而回，只觉得心乱如麻、五味杂陈，上楼时竟浑身无力，但我推开门，见一人正坐在椅子上嘬着牙花子看着我，不禁大吃一惊，魂魄都要飞到九霄云外了。

二十八

　　坐在那里正大摇大摆地抽着烟的是刘方，看着我的脸上挂着一副似笑非笑的表情。

　　"嘻，你过来也不打个电话，啥意思呀，还搞突然袭击？"我一看竟然是他，不觉有些恼怒。

　　"你嘻什么嘻？你看看你电话，是不是关着机呢？哥们儿仗义，听门卫说你去找过我，就赶紧跟你打电话，结果电话死活打不通，以为出了什么事呢，忙不迭地就跑过来了。去哪儿找这么仗义的兄弟呀？"他瞪着眼，理直气壮地发泄着不满。

　　我拿出手机，果不其然，刚才偷偷用手机录音，怕被嘉树伯发觉，我把手机调到了飞行模式。

　　"你过来多久了？"一听他说忙不迭地跑过来，我心里又是一惊，从我去他办公室到现在，已经过去三四个小时了，如果他早早地赶过来，那我与嘉树伯的谈话是不是……

　　"惭愧得很。"他这样说着，但脸上绝无一丝惭愧之色，微翘的嘴角间甚至还透露着几分得意，"我为朋友心急如焚，所以，一回到办公室就赶紧过来了。我到这里的时候，你和你的那位伯父大人正从你导师家出来，你俩进屋喝茶抽烟，我只好孤零零地站在门口支棱起耳朵听里面的对话，虽有烟抽，但无茶喝，还是个站票……"

我心一凉，知道今晚的对话已然被他听了去，好在他也没有躲躲闪闪，坦然承认。刘方虽是警察，但也颇为古道热肠，在待人接物方面也算圆融，并不十分墨守成规、食古不化。

已然如此，对刘方这样的聪明人再嘱咐请勿外传之类的话纯属多余。我给他倒了杯水，也点了一支烟，坐在他对面，淡淡地说："你怎么看？"

他看了我一眼，吐出一口烟，说："你这话问得太笼统，今晚的信息量太大，你让我从哪里说起？"

"倒也是。"我点点头。客观讲，我背着他，做了不少调查，有些甚至是请他帮忙，但并没有告诉他原委，我以为他知道真相后会生气，看他这样子，也并未在意，似乎好多事都在他预料之中，让他带着一种一切皆在其掌控中的自信。

"你觉得他的话有几分可信？"我没有明说"他"是谁，但我俩都心知肚明。

"我看不到他的神态表情，你知道我们与人打交道时是非常注意对方的眼神和动作的，但听他的讲述，我觉得从逻辑上也说得过去。不过，逻辑不等于真相，我是做警察的，不能忽视和放过任何线索，你导师误会他与宁州大学那个案子有牵扯，包括吴双的车祸案，我一定还要再做一次细致的调查。"

提到吴双的车祸案，我突然想起那天在公安局与杨超见面的事，忙问："你们那个案子怎么样了，你问杨超石头的事了吗？"

"案子破了，是张平方伙同酒店的保安经理骗保，已经在走程序了。"他从桌子上取出一支烟，点着，抽了一口，又缓缓说道，"就是杨超，嘴很硬，虽然有指证，他也只推说那天晚上喝多了酒，不记得做了什么。石头他说没看到。"

"他肯定在撒谎。嘉树伯说杨超给他看过吴双写的剧本大纲，杨超从哪儿得来的？她都不给你看会拿给杨超吗？你刚才是否也听到了，吴双拿着石头找我导师，他害怕了，而且他怀疑吴双拿走了他的石头，所以嘉树伯才大年初一就让杨超去了解情况？什么了解情况，肯定是让杨超去把石头找回来……"

"你不用那么激动。"刘方不紧不慢地说，"如果杨超有问题，我自有办法让他说出实情。"

"你能有什么好办法？又没有抓住他现行。我相信自己的判断，一定是杨超把那件掐丝珐琅器弄进吴双房间的，同时他也拷贝了那个剧本大纲。那天下午我用了吴双的电脑，电脑桌面上有很多那件掐丝珐琅器的图片，我看展览时与子怡通过电话，他必然知道那个展览，我怀疑他进吴双房间的目的是拷贝那个剧本，把那件掐丝珐琅器搬下来，是临时起意还是早有预谋？我想不出，但他那天应该把吴双写的大纲删了，害得那丫头只好重写。"

"有道理。"他点点头，"我怀疑当时报假警的说不定也与杨超有关，否则，谁会知道那天失窃的事？吴双跟我说过她电脑文件丢失的事，我告诉她写完东西多存几个地方。"

"她听了你的话。所以我整理她的剧本时发现文件存得乱七八糟。初一那天，吴双的信被删了，我一开始以为是吴双自己删的，但我找数据维护公司恢复文件时，发现那天竟然连新写的剧本也都删了。"

"你怀疑也是杨超干的？"他不动声色。

"你想呢？嘉树伯让杨超来找石头，这个房子是杨超跟子怡一起帮我收拾的，他可能有钥匙不说，进这里可比进酒店房间更容易。"

"哦？"刘方眉头紧锁，"你的意思是说那天下午杨超等吴双出门后进来删了信和剧本，又取走了石头，在路上撞了吴双？"

"我不知道那天下午的情况。"我试探着说，"我只知道如果进门做完这一切，再下楼赶上吴双的话，不仅时间可能来不及，也与杨超的行车路线不太相符。"

"是吗？"刘方警觉起来，说，"你有什么发现？"

我没有回答他的话，反问了他一句："你还记得那天吴双是几点给你打的电话吗？"

"好像是下午两点多，没有到三点，我当时正开车，她那个时候应该在马路上，声音很嘈杂。"

"按吴双的脾气，她应该是先去找打印室，发现都关着门，没办法了才打电话请你帮忙的。也就是说，吴双至少应该两点到三点多这段时间没有在家。"

"你继续说。"刘方看我郑重其事，也意识到有问题，身子不自觉地坐直了。

"吴双出去找打印店之前，信就应该是写好了的，她不可能信没写完就找你问打印的事，对吧？"

刘方当然是一点就透的人，他点点头，不动声色地说："你怀疑杨超是两三点钟的时候来这里的？"

"我只是怀疑而已。"我老老实实承认。

"如果杨超两三点钟的时候拿走东西，晚上并不一定非要从这里出发呀。"刘方点上一支烟，抽了一口，说，"他也有可能去办其他事，经过这里时把吴双撞了，这种碰巧的事也不能排除。"

"当然。"我表示同意，"那他是不是也有可能拿走东西后又去而复返呢？何况，从两三点到六点多，中间这几个小时杨超会去哪里呢？他会不会把信交给别人看了呢？"

"信交给别人？"他愣了一下，似乎吸了口气，说，"姑且不说信的事，仅去而复返，那问题就复杂了，你觉得他有故意撞吴双的嫌疑？"

我点了一支烟，冷冷地说："我不知道。我只知道如果吴双不出事，我导师可能就不见得再出事。"

刘方沉默了，似乎陷入了思索。

过了良久，他好像回过味来，突然说："你刚才说杨超把信交给别人，这又是什么意思？似乎你嘉树伯讲，他没有看到信，也没有见到石头，难道你怀疑还有其他……？"

我叹了口气，说："以我们正常的思维，如果嘉树伯让杨超大年初一就去找那块石头，算不算急茬？如果你是杨超，你拿到了石头，即使不能马上送过去，你会不会打个电话说东西已经拿到？"

"如果是这样，那很简单，查杨超的通话记录就是，这当然要建立在杨超有犯罪嫌疑的前提下。杨超也可能是在吴双出事后才过来删的文件和拿的石头，那段时间这里又没人，你在医院耗着呢……"刘方还没说完，就被我抢过了话去。"不，一定是初一那天，文件就是那天删的。再说，吴双是要把这两块石头和那封信一起交给我导师的，信封一直就在桌子上，既然她决定把信打印好就送出去，那石头也说不定就放在桌子上了。你别忘了，杨超来此的目的是石头，信只是额外收获。"

刘方心思要比我缜密得多，他皱着眉头想了一下，说："如果吴双从外边回来，不会察觉石头不见了吗？"

"我倾向于认为她没有注意到……"

"倾向于？这是什么意思？"刘方看我一本正经地说出"倾向于"这个词，鼻子"哼"了一声，虽然很轻，我还是听到了。

"我本能地认为吴双应该既没有注意到家里来过人，也没有发现石头丢失，因为那天下午，她应该在厨房忙着包饺子。"

"包饺子？"

"是的。我回家的时候发现其他地方都收拾得干干净净的，只有写字台上有些乱，还有她吃剩的饼干，应该是她没有顾上整理，而冰箱里有她冷冻起来的饺子，案板上还摆了整整齐齐的两帘，还有大半盆馅和和好的面，她可能下午一直在厨房里忙活来着。"我把回家时看到的厨房里的情况又跟刘方描述了一遍。

"这只是我们的推测。"他话锋一转，说，"你感觉杨超这样做的目的是什么呢？"

"其实我也没想明白，会不会为了利益呢？"我随口说道。

"利益？"刘方纳闷地说，"明眼人都知道，杨超在追子怡，沈家可就子怡这一棵苗，还有什么利益比这更大……"

"他要是追不上呢？子怡本来就是小孩子心性，她对杨超的态度咱们都看得出来，那嘉树伯……"我摇摇头，继续说道，"他可是整天把出身、门第、血统什么的挂在嘴边的，会不会让杨超产生误会呢？"

刘方皱着眉头，用手指轻轻敲着桌面，若有所思地说："杨超的确是个做事目的性很强的人，如果觉得自己未来无望……可他还有什么路可走呢？"

"我只是猜测而已，我认定杨超初一那天拿走了石头，也拷贝了信，可嘉树伯似乎既没见到石头，也没有见到信。你是没看到刚才他读信的那个场景，脸色惨白，大口吐血，我觉得不可能是演戏。"我解释着说。

"没事，你尽管猜，破案子其实跟你们做学问差不多，也讲究大胆假设、小心求证，福尔摩斯说过，先把各种想法罗列出来，然后一一排除，剩下的就是事实。"刘方鼓励着我说。

要是平时，见到刘方这样断章取义地引用名人的话，我一定会讥讽他几句，但此时，我没这心情。

我吸了一口气，内心犹豫着，说："以你对杨超的了解，如果在利益面前，他会不会背叛嘉树伯呢？"

"别说杨超，任何人都可能会，就看这利益有多大了，大到天平失衡，人都敢杀，利欲熏心、利欲熏心嘛，这种事我见得多了。"刘方不以为然。

没等我回话，他又盯着我的眼睛，略带好奇且又不乏急迫地说："你怎么会有这种想法？刚才你说杨超可能把信给了别人，别人？你想到什么人了？"

我迟疑着，停顿了半晌，才缓缓说道："我觉得我们好像忽略了一个人。"

"忽略了一个人？"刘方愣了一下，"谁呀？"

我定了定神，还是很清晰地吐出两个字："冰姨。"

"冰姨？"他明显吃了一惊，瞠目结舌道，"老爷子的那个……那个……"

我点点头，说："红颜知己。"

"对，对，红颜知己，红颜知己。"刘方反应倒是快，我不知道他"那个……那个"的要说什么，见我说出"红颜知己"四个字，忙点头认同，"她原来好像是唱昆曲的，不管人家是干什么的，你怎么会想到她？"

"其实……"我犹豫了一下，摇摇头，吞吞吐吐道，"我……隐隐约约有种感觉……"

"感觉也行。"刘方忙不迭地竖起耳朵，说，"有时候破案子就得靠感觉。"

我点上一支烟，叹了口气，说："我来宁州的时候，二叔嘱咐我，在沈家，最不可怠慢的就是冰姨，我当时很奇怪，冰姨只是老爷子的助理，她能在沈家起什么作用？后来我才知道，江海集团虽然总裁是嘉树伯，但权力一直控制在老爷子手里，冰姨可是当着老爷子大半个家的。只是这几年，老爷子身体不好，退下来了，冰姨也陪着老爷子一起颐养天年，凡事才交给嘉树伯打理。刚才嘉树伯不也流露出来了吗？这个时候他不能节外生枝。可是嘉树伯不是真正的沈家人，老爷子不会不清楚，与老爷子耳鬓厮磨的冰姨能不知道吗？江海集团这么大的产业，既然沈家没人了，凭什么继承这份产业的就一定是与沈家其实没有任何血缘关系的嘉树伯呢？"

"有道理，有道理。"刘方向我竖了竖大拇指，说，"你这一分析，让我有点豁然开朗。我听子怡说，家里只有冰姨说话她爷爷才会听，她跟冰姨的感情也比跟她爸深，这些事，杨超肯定比我们更了解，他自然是懂得看人眉高眼低的。"

看我没搭茬，他露出一副讨好的神情，说："你继续，继续。"

我喝了一口茶，茶已经不热了，本想再加点水，一看手表，都快凌晨三点了，似乎并无困意，刘方呢，眼睛瞪得溜圆，好像也正在兴头上。

说实在的，过去我没有把这些事跟冰姨联系在一起，在我印象里，她陪着老爷子在家，怡情书画，仿佛是远离尘嚣的槛外之人，心思也全在老爷子身上，好几次，当老爷子或者嘉树伯与我谈起两家商业上的事情时，她要么不发一言，要么主动避开。如果不是因为那个暗洞的事，我还不至于往她身上想。

嘉树伯知道那个暗洞，但东西不是他放的，说往暗洞里藏东西是老一辈人的习惯。那是否意味着那东西是老爷子放的？可老爷子不可能自己去放，唯一有可能的只能是冰姨，里里外外，老爷子的事都是冰姨负责安排和打理。

当然，不能仅仅因为一个暗洞就无端地去揣测冰姨，毕竟，知道暗洞的可能还有其他人，而老爷子也可能会安排其他人做自己要做的事。

怀疑冰姨是基于我的逻辑。

江海集团虽然起步晚，但发展迅猛，很快就成了与黄河集团并驾齐驱、资产雄厚的业内翘楚，除了倚仗沈家这一金字招牌，也得益于老爷子的地位和人脉，嘉树伯的精明与能干。冰姨作为老爷子的特别助理，协助老爷子掌控全局，自然对集团的发展贡献良多。老爷子在，这种结构肯定是稳固的，没人敢挑战老爷子的权威，但随着老爷子因病卸职，甚至故去，这种平衡势必被打破。

原因非常简单，江海集团打的是家族企业的旗号，按传统思维想，嘉树伯接班也属正常，但要是有人知道嘉树伯并不是真正意义上的沈家人，那由他继承偌大的资产是不是会让人不那么服气呢？

真正的沈家人只有我导师，但我导师是个热衷于学术的书生，把名声看得比命都重，他也绝不可能放弃学者身份去蹚江海集团的商业浑水。

老爷子生病，嘉树伯自然摆出了接班的架势，其实，命运的天平还是向他倾斜的，他手里至少握着两张牌，两张"王牌"。

一是他现在仍是名义上的"沈嘉树"，只要没人揭穿冒名顶替，他就是沈家合法的继承人，一旦老爷子不在了，沈家的金字大旗就必然由他来扛。

嘉树伯手里的第二张牌就是我导师，他虽然不掺和江海集团的事，但他与嘉树伯有着非同一般的关系，关键时候如果站出来力挺嘉树伯，就会让别人的所有努力前功尽弃。

但这关系也很微妙，我导师也完全有可能成为嘉树伯沈家身份的终结者。

老爷子岁数已大，身体越来越糟糕，嘉树伯其实只要握好守住手里的这两张牌，就可以稳操胜券，多年的媳妇熬成婆，所以他说，这个时候绝对不能节外生枝。

冰姨是否有接班的想法，我并不清楚，至少，我一点也看不出来。

她协助老爷子管理集团时，也曾经雷厉风行、叱咤风云，老爷子一归隐，她旋即退出管理层，毅然果决，豁达洒脱。不上班后，冰姨即全心全意地陪伴、照顾着老爷子，有情有义、有始有终。她能急流勇退，毫不拖泥带水，仅这一点，就让人佩服。跟了老爷子那么多年，不慕虚荣、不求名分，任劳任怨、死心塌地，这样一位无欲无求、从不出格的柔情女子，怎么可能会惦记沈家的资产呢？

但话又说回来，人在权力的巅峰，突然离开，真能做到六根清净、心如止水吗？我其实是有点怀疑的。就像老爷子，按说也是与世无争的人，虽归隐田园，身体病入膏肓，集团很多事，还不得由他亲自拍板吗？我没有体会过权力的滋味，没有什么发言权，但这方面的书还是读过一些的，总是隐隐地感觉冰姨这样抽刀断臂、毁车杀马有些夸张，又联想到近来发生的这些事，就不自觉地往她身上想。当然，这可能也只是我的瞎琢磨。

按理说，老爷子既然知道嘉树伯的身份，冰姨那么冰雪聪明的人，就绝对不可能毫无察觉，冰姨只要找个人稍微对外透点风，嘉树伯就很有可能会一败涂地，嘉树伯一倒，能撑起江海集团的也就只有冰姨了，但冰姨似乎并没有这样做，是担心追根溯源查到她呢，还是顾忌着老爷子、顾忌着沈家的名声和安宁，我想不清楚。

即使冰姨有觊觎江海集团偌大产业的想法，她也不大可能有丝毫流露，至少从表面上是看不出来的。

嘉树伯因为手里有王牌，一切都朝着对他有利的方向发展，如果冰姨……咱们姑且当作冰姨想要把局面扳回来，就需要打掉嘉树伯手里的这两张牌：揭穿嘉树伯的假身份，离间他与我导师的关系。

吴双写那件谋杀案，对嘉树伯来说是一个隐患，一个危险的"雷"。这事让我导师对他心生误会，耿耿于怀了好多年。他知道以我导师的性格，不可能完全消除对他的怀疑和成见，自然害怕旧事重提、节外生枝，就几次委婉劝我，试图阻止吴双写下去，但又不能做得太明显，免得别人起疑，这也就能解释他为什么要看吴双的剧本大纲了。或许如他所说，他犯不上害那个姑娘，但在当下这个节骨眼上，他一定也不希望有人再去翻那个案子。

嘉树伯想遮掩，说不定有人就想翻炒，引爆这个有可能让他翻车的"雷"。杨超把那件东西拿下来，肯定不是喝多酒搞的恶作剧，也不太可能是心血来潮，说不定是一个精巧的设计。他把那件掐丝珐琅器放进吴双的房间里，以此吓走吴双，让她不敢再待在宁州，继续这个剧本的写作。但反过来想，如果正写宁州大学谋杀案的女编剧偷了在酒店展览的文物，这是多么吸引人眼球的好话题，此事一曝光，小报记者还不跟苍蝇见血似的蜂拥而至呀？一旦炒作起来，那可就收不住了。只可惜当时我一无所知，把那件掐丝珐琅器还了回去，不经意地让这"雷"成了"哑炮"。

连保险公司与张平方要打官司这事最终都偃旗息鼓，这肯定是嘉树伯出面极力斡旋的结果，据我估计，老爷子也一定不希望沈家卷入是非之中。

吴双稀里糊涂地帮沈家找到了遗失多年的祖上遗物，这一意外，使命运的天平对嘉树伯又倾斜了一点，曙光似乎已在眼前，我虽不明就里，但也有些感觉。就像刚到宁州时，说到与赵家的合作，老爷子那边没发话，我几次向嘉树伯试探，他都绝口不提，说明当时权力应该还是掌握在老爷子手里的。祖上东西的意外发现，完全占去了老爷子的精力，他知道时日无多，必须全身心投入去整理沈家留存的资料，争分夺秒，殚精竭虑，一直在绘制那幅对南水北调有重要意义的"江南堤坝管涌源分布图"，老人家重病缠身，又每天废寝忘食、呕心沥血，以温婉贤淑形象示人的冰姨只能陪在身边，悉心照顾，寸步不离。那段时间，我去过沈家，见识了她的心烦意乱、愁眉不展。

但成也萧何，败也萧何，又是吴双这丫头搅了局。她拿着黑石头冒冒失失地去纠缠我导师，这或许让冰姨或者其他人看到了峰回路转的希望。老爷子本就病入膏肓，又加上过度劳累，病情益发严重，一旦嘉树伯完全掌控了局面，从容做大，她要再想翻盘，机会就渺茫了。杨超拿到石头，会不会把那封信先给她看了，她一想，这实在是一个好机会，干脆一不做二不休，让杨超开车对吴双制造一场车祸，两张牌混在一起打？

刘方一直耐心地听我推理，当我说到两张牌一起打时，他终于还是有点按捺不住了，翘着嘴角，笑道："我咋感觉你这分析有点像是写小说了，也太天马行空了吧？"

看我眉毛倒竖，面露愠色，他立即意识到这个玩笑开得不合适，就又改口道："别别，逗你玩的，你确实启发了我，先说说什么两张牌一起打？"

我见他讨饶，也就没再计较，继续说道："吴双出车祸，我导师一定会认为是嘉树伯指使的，因为他刚讲过吴双上门找他，第二天吴双就出事了，这势必让他想起那个女大学生被杀的过往，所以他才跟嘉树伯争吵，这不正好离间了他俩的关系吗？如果吴双这事发酵，说不定就能挖出嘉树伯李代桃僵的假身份，那他还有什么资格再扛沈家大旗？"

刘方这次没吭声，他皱着眉头，好像在思索中。

"一场看似普通的交通事故，就能把吴双、我导师、嘉树伯全都卷进去，算不算一石三鸟？即使吴双不能顺理成章地把嘉树伯的身份揭穿，我也必然顺着石头和那封信的线索追根究底。无论是我还是吴双，都是揭穿嘉树伯冒名顶替身份的理想人选，赵家与沈家是竞争对手，外人想到的一定是对手之间的商业手段而非内部拆台，即使冰姨渔翁得利，也不会有人意识到背后操这盘棋的人是她。"我继续分析道。

"吴双不出事，对她来说是不是更有利呀？"刘方似乎从沉思中醒来，突然插话道，"她会追着……"

"我确实想过这个问题。吴双出车祸昏迷，我猜想这应该不是她想要的结果。她或许只是希望有一场交通意外，甚至一场未遂的交通事故，因为就在这附近，因为是江海集团的车，针对的又是吴双，这已足以引起我导师的高度警惕和联想了，当然，她肯定也没有料想到我导师会突然去世，使得追查无从继续。"

"那你认为是杨超把这事搞砸了？"刘方问道。

"我怀疑是。"我继续猜测着，"我甚至怀疑杨超故意这样做。他夹在嘉树伯和冰姨中间，玩好了，左右逢源；玩不好，两头受气。但以他的性格，他绝对不会孤注一掷，一定要给自己留后路。吴双被撞死或者昏迷，实质上是帮嘉树伯解了围，冰姨也无可奈何，因为极有可能制造交通事故是她暗示的，她只能自食其果。还有一条，我认为也极为重要，如果杨超知道了吴双是嘉树伯的女儿，他肯定不希望江海集团的继承人多一个竞争对手，也完全有可能大做文章。"

刘方点点头，若有所思地说："虽然只是猜测，听上去倒也不是完全离谱，还是有一定道理的。螳螂捕蝉，黄雀在后，你嘉树伯一心想接手江海集团，继承沈家的衣钵，他可是精明的老江湖了，对你冰姨的心思也不可能毫无察觉吧？"

"这我就真说不好了。"我抽出一支烟，点着，抽了一口，感叹道，"她给我的印象是很超脱、很淡然的，有点看破红尘、不愿再食人间烟火的架势，是不是故意制造这种错觉我猜不透，但她确实非常小心谨慎，跟我提到嘉树伯插队一事时都很注意分寸……"

"哦？"刘方似乎又来了兴趣，说，"她还跟你提过这事？她暗示你的？"

我摇摇头，说："不是，是我提起的。我导师一自杀，线索断了，我查那个人的身份查不下去了，与她聊天时，才说到嘉树伯也在内蒙古做知青的事，当时也是我主动问，她漫不经心地说起，看不出暗示的成分，不过……"

"不过什么？"刘方来劲了，我刚一含糊他立即急迫地问道。

我笑了笑，还是照实说了："我顺着她提供的信息，发现了嘉树伯与我导师的关系。"

"嗯，嗯。"刘方忙点头道，"这可是条重要线索。这事跟她有没有关系，我都要查证。你可以假设，可以像写小说一样去设想，我们破案就必须有各种证据支撑。你冰姨是不是背后的那只黄雀呢，现在还不好下结论，但杨超绝对是个突破口，他就是这团乱线里能牵的那个线头，只要我把这个线头牢牢牵住，她再谨慎、再滴水不漏我也能找到蛛丝马迹。你要充分相信哥们儿我的能力。"

我撇了撇嘴，用鼻子"哼"了两声，算是对他刚才几次"哼"我的回敬。

"你不用哼我。"刘方不以为意地说，"至于你嘉树伯与那个女孩被杀有没有关系，即使他说得多么有道理，我也不会只听他一面之词，我一定会从多个方面去验证，这案子不破，我是不会放弃努力的。吴双车祸的事，我一定要把事情的真相弄得清清楚楚，对你、对吴双、对你已逝的导师都要有个交代，至于沈家偌大的资产落到谁手里，这反而不是我考虑的事，咱也不眼馋，但要让我查到背后有违法犯罪的勾当，那可真就对不起了，我这人六亲不认。"

自始至终，刘方都没有提要看一眼吴双的信，而且，他也没有问我如何从嘉树伯的那个暗洞里拿到那两块石头，不光他，嘉树伯也一句都没问。

他们是没有想起来还是不愿揭穿我，选择了故意忽略？

二十九

刘方走的时候，天已经放亮了。

抽了一晚上的烟，我的嘴又麻又苦，喉咙干涩得像吞了半截烧火棍。屋里被三个烟鬼连续吞云吐雾，空气仿佛凝固了一般，浓郁得辣眼睛，似乎一伸手，就能掰下一块烟雾来。

我打开阳台的门，推开窗，又开了厨房里的抽油烟机，穿堂风吹进来，吹得人浑身哆嗦，冷风并没有让我精神起来，在沉重的眼皮渐渐合拢之前，我胡乱刷了刷牙，连澡都没洗，就头昏脑涨地扎进云雾里，睡着了。

醒来时，已是下午。

手机忘了充电，昨晚一直录音，早就没电了。我给手机充上电，裹着被子，趿拉着拖鞋，在一片噪声中赶紧关上了窗户和阳台门，吹了一天的风，烟味并没有散去多少，倒把屋里吹得跟冰窖一般。昨晚抽烟抽得嘴发术，现在连鼻尖和脸也都木了，被冻木了。

刚睡醒，脑袋还像个榆木疙瘩，在冰天雪地里被冻得死气沉沉的榆木疙瘩。

我一边刷牙，一边想着今天是不是有课被耽误了。耽误也没有办法了，已经是下午四点了，好像除了我导师，也没有哪个老师喜欢把课安排在晚上的。

冲完澡，仍感觉自己跟刚从烟囱里爬出来似的，浓烈的烟味已经渗透到了骨髓里，再打香皂也减淡不了多少。随他去吧。

我穿好衣服，拿了手机，手机充了一点点电，已经能开机了。我打开一看，确实有好几个未接电话，估计是不停振铃把残存的电给振没了，也有几条短信。我恪守着账多了不愁、虱子多了不痒的古训，没给任何人回电话，也没看短信。下了楼，在门口的小卖部买了个面包，边吃边走到自己的车边，坐上车，把手机接到车里的插头上继续充电，就开车去吴双所在的医院。

虽然吴双还在昏迷中，人事不省，但在我心里，她还醒着，还是那个温婉柔情整天与我调笑逗乐的傻姑娘。既然已经打听出了苏布得要问的话，我必须第一时间去告诉她。

我相信她心里一定感受得到。

医院里人不多。

吴双病情没有再恶化，就从ICU转入了特护病房。特护病房在住院部的顶层，这里没有门诊大楼那边的喧闹嘈杂、熙来攘往。

楼道里很安静，如果不是刺鼻的来苏水味和白墙上贴满的各种疑难杂症的防护宣传单，我还以为闯进了午休时的政府机关大楼呢。

在我换无菌服时，一个熟悉的小护士告诉我，上午有个陌生人来看过吴双。

"陌生人？长什么样？"常来看吴双的也就刘方、小田和子怡，护士们早都认识了，她说是陌生人，我心里不禁疑惑。

"五六十岁吧，像是个领导，梳着大背头很有气派的那种，但并没有人陪着，一个人来的，在病房里待了一会儿，临走前还说了感谢我们、辛苦了之类的场面话。"护士们阅人无数，其实比医生更懂江湖。

我点点头，大致明白是谁来过了，但还是不自觉地问了句："他没说是谁？"

"没有。"小护士摇摇头，说，"他都没怎么说话。"

我谢了小护士，换好无菌服，进了病房。

吴双依然在沉睡，脸色苍白，长长的睫毛下是紧闭的双眼，跟过去没有任何变化。

我拉了把凳子，坐在她床边，拉了她的手，边摩挲着边把昨晚发生的事一五一十地都讲给她听了，尤其把苏布得和嘉树伯之间的误会重点讲了，我讲得很动感情，讲得自己都颇为伤感，几度唏嘘，难以自抑。

但是吴双毫无反应，奇迹也没有出现，她的眼角也没有像小说、电影里那样溢出一滴晶莹的泪珠，手也没有令人惊奇地微微颤抖一下。白色的病床上她仍旧安安静静地躺着，纹丝未动，只有床头的呼吸机里时不时传来隆隆的响声。

从医院出来时，天已经黑了。

昏黄的路灯顶着料峭的寒风冲破茫茫夜色，尽职尽责地照亮着路人匆匆的步伐，我开了车，汇入奔腾不息的车流人海中，心里涌荡着一种说不出来的失落和惆怅。

在车上，我犹豫着要不要跟刘方拨个电话，在准备按拨出键的那一刻，我还是放弃了。我胡乱开着车，茫然地听着音乐里崔健扯着喉咙声嘶力竭地唱着《一无所有》，漫无目的地随着车流在马路上兜圈子，直到驶到学校旁边的一个岔路口。

我又在车里坐了一会儿，才锁上车，去了黄岛路上那家著名的吃大盘鸡的地方。人还不是很多，我要了一份大盘鸡，一碟花生米，一瓶啤酒，坐下来，抽着烟，懒懒地打量着门外熙熙攘攘的行人，一个人，慢慢喝着啤酒。

这家小馆子很有名，我跟吴双说起过，也几次计划着过来尝尝，但最终也没有一起来过。大盘鸡的味道没有传说中那么好，也可能是我一直在喝啤酒，嘴里太过苦涩。

我无聊地喝着酒，胡乱地回想着昨天与嘉树伯的谈话，导师的容貌和吴双调皮的身影总不时浮现，让我心猿意马，难以平心静气。

我知道昨晚刘方并没有认可我的分析，或许他只是把我天马行空的想象当成了开启他查证思路的一扇窗而已，他是警察，只信证据，我虽然坚信冰姨就是嘉树伯背后那只伺机而动的黄雀，但我不仅没有证据，而且，按照刘方的话说，存在胡思乱想的想当然成分。

但我相信我的直觉。

我不能跟刘方讲，"贼"跟警察可不一样，"贼"做事往往就得靠直觉，后面有人追，难道还要坐在那里分析一下哪条路更容易逃脱吗？情急之下，只能跟着感觉走。

除了感觉，我还能相信什么？

为了佐证我的判断，我开始留意嘉树伯和冰姨的行踪。但凡有空，我就开着车，在江海集团楼下晃荡，有时候也把车开到沈家那个小院附近，关注着小院的动向。

老爷子丧事结束后，我没再去过沈家。小院的那扇并不常开的大门关闭得更紧了，有种人去楼空的寂寥感。我有时也会下车，装作散步的样子在院外徘徊，院子里静悄悄的，只有风送来阵阵玉兰花香，偶尔也能听到几声老爷子养的那几只黄雀婉转悠扬的啼鸣。

刘方没有来找我，也没有打电话来。这家伙总是这样，要么像夏天里的蚊子，绕着你嗡嗡飞，撵都撵不走；要么像冬天里的兔子，躲进窝里，好几天不见踪影。

一天下午，我从医院回来，在家里正抓耳挠腮地写作业，老康突然来访。

自从被媳妇抓到把柄后，老康就不大张罗饭局了，他说自己是"身陷囹圄，心游万仞"，但我们知道，他心还在"余悸"中，"万仞"也只游在嘴上。偶尔参加我们聚会，往往还没坐稳，那边"查岗"的电话就打过来了，老康赶紧跟我们几个大老爷儿们儿使眼色，我们也就心领神会地高声吵嚷起来，知道是与几个男人一起聚餐，他的夫人才没有策马挥刀杀来。

连我们都觉得窘迫，但老康毫不在乎，说"兵者，诡道也，强而避之，乱而取之，虚虚实实，卑而骄之"，振振有词，坦然自若。

老康来找我，是约我晚上一起去看帕瓦罗蒂在宁州音乐厅的演出。

帕瓦罗蒂要来演出的事好几个月前就已经传遍了宁州的大街小巷，无数人都想争睹世界头号男高音的风采，自然万人空巷，一票难求。老康跟我说他的票是主办机构赠他的，希望他写宣传文章，这话我怎么听都觉得有水分。

既然老康慷慨请我看演出，我只好请他吃饭。

我俩就近找了个小馆子，刚坐下点完菜，他夫人的"查岗"电话就准时响起了。

老康一边暗示我出声一边赔着笑脸汇报，说是我非得拉他一起去听音乐会，我白了他一眼，也就识相地说了声"嫂子好、好久不见"之类的客套话。

老康的夫人不见得对我有啥好印象，但还是念着老康在英国时我对他的照顾，客气了几句，又叮嘱老康不许喝酒，早去早回。

放下电话，老康点上一支烟，扬扬得意地抽着，一丝羞愧之心都没有。

"原计划与文艺女青年一起去的吧？"我见他恬不知耻，就揶揄道。

"没劲吧，请你白看演出还说风凉话，这票可是很贵的，费了牛劲才搞到的。"老康瞪大眼睛，训斥我。

我一点也不领情："票那么紧俏，你就该带嫂子去呀。"

"她懂个屁。"老康顺嘴说道，又瞪了我一眼，"你懂个屁。"

"行吧，行吧，我们不研究屁，就你懂。"我故意气他。

因为晚上要开车，我俩都没喝酒，再说，看这么高雅的演出，一身酒气也确实不合适。

没喝酒，饭就吃得快，看看离开演还有一段时间，我俩又回我的小屋，喝了点茶，瞎聊了会儿天，从帕瓦罗蒂的九个高音 C 到他与琼·萨瑟兰合作，从他坦言女人是"生命中的太阳"到老康的文艺女青年，我们甚至还聊到了吴双。

想到吴双，我俩对坐着又叹息了半天。

"张平方出事了，你知道吗？出大事了。"老康看我脸色悲戚，一时无语，就想转移话题，像突然想起来什么一样说道。

"哦？出什么大事了？"老康喜欢一惊一乍，我估计他会说到张平方骗保的事，刘方他们上次告诉我了，已经查实了张平方伙同时代大酒店保安经理监守自盗联合骗保的事，估计老康也应该听说了。

看我表现出了兴趣，老康立即做出摆龙门阵的姿势，不紧不慢地说："你说本来日子过得挺滋润，有车有房有女人，还有闲心去玩空手套白狼，是贪心不足还是寻求刺激？"

老康一旦开始摆龙门阵，那一时半会儿也说不到正题上，我赶紧把他脱缰的话头往回拉。

"行了，别卖关子了。张平方出啥大事了，是不是倒卖文物被抓了？"我了解老康，你如果直接揭开谜底，他就会像泄气的皮球，就绕了个弯子提醒他。

"倒不是倒卖文物。"老康经我提醒，知道该说重点了，就压低声音说，"是骗保。"不过，他嗓门本来就大，即使压低声音，也比一般人洪亮得多。"找了个会飞檐走壁的大盗，把他的藏品偷走，再让保险公司赔钱，我说当时保险公司怎么不依不饶呢，原来这里面有猫腻。"

"是刘方他们告诉你的吧？"听老康说到飞檐走壁的大盗，还一副神秘兮兮的样子，我不禁感觉好笑，那个笨贼如果都能称得上大盗，那我岂不是妙手神偷了？

"刘方？"老康不屑地说，"刘方、小田那几个家伙整天跟我们一起吃吃喝喝，但他们的嘴比大姑娘的裤腰带扎得还紧呢，啥时候给你透露过案子的消息呀？是我一内线说的，已经批捕了。这家伙，玩大发了，整天手里攥两个球球骨碌来骨碌去的，这回倒是把自己骨碌进去了。"

我没说话，只长长地叹了口气。

老康向来喜欢语惊四座，他觉得张平方被抓是条骇人听闻的消息，但只换来我蔫蔫的一声叹息，不禁有些失望。"杨超也快进去了。"他冷不丁地又甩出一记令我瞠目结舌的撒手锏。

"啊？"这回我确实大吃了一惊，不是为了配合他，而是这消息确实来得有些突然，难道刘方他们找到了证据？

"为什么呀？"我瞪大眼睛，诧异地问。

估计老康就是想看到我这副几乎惊掉下巴的表情，他得意地抽了一口烟，慢悠悠地说："涉案呗。"

"他涉什么案？难道他也跟张平方是一伙的？"我这回是真的为了配合老康的故作高深，明知故问。

老康又自得地喝了口茶，抽了口烟："我听人讲，杨超得知张平方的那件景泰蓝是沈家祖传的，就想着弄走巴结他老板，杨超你是了解的呀，一个小马屁精，好像已经得手了。人家沈家是什么人？大资本家，又不缺钱，能干这上不得台面的事吗？就让他立马送回去了。人家派了人去买，开价就是五十万，豪气不？钱都付了，结果东西被偷了，据说沈家眼睛都没眨，钱也不要了，全便宜了张平方这孙子……"

"说故事吧你？"老康是作家，放个屁都要添油加醋带炝锅，何况这事呀？我赶紧制止他，说，"我问你杨超为啥快进去了，你绕那么大弯子干吗？"

"这就要绕回来了，你着什么急？杨超拿人家那东西时，被张平方的同伙看见了，送回去了也是犯法呀，对不对？可我听说刘方他们还没拘他，只是让他每天到局里报到，去了也就待着，也不跟他多说什么……"

"那你愣说杨超快要进去了，这不是瞎掰吗？"我打断了老康的话，不满地说。

"你还别不信。"老康底气十足地说，"别看刘方这小子整天嘻嘻哈哈的，一办起案子来，坏招多了去了，他要是盯上你，不收拾得你连幼儿园时偷看女孩子洗澡的事都说出来才不会罢休呢。我那哥们儿分析，杨超一定还有其他事，否则，刘方犯不着使这样的阴招整天熬他。"

原来是这样，我心里竟然莫名其妙有了一丝轻松感。

在老康喝茶的间隙，我换了件衣服，去音乐厅自然要正式一些，至少，对音乐家要有起码的尊重。何况，今晚演出的可是帕瓦罗蒂这样世界级的音乐大师，我也不是免俗的人，也很想领略领略世界第一男高音的风采。

离演出还有一段时间呢，音乐厅门前已经人头攒动、摩肩接踵了，大家兴高采烈的神情、吵吵嚷嚷的做派，不像是来听音乐，倒很像是欢快地赶庙会。

我和老康把车停好，挤进人群里，费了九牛二虎之力，才进入厅内，在音乐厅最后一排，找到了自己的位置。

老康确实是个交际家，认识他的人不少，他一边甩开膀子帮我开路，一边扯着嗓门与人打着招呼。即使坐到座位上，他也没老实，东张西望，好像在找什么人。

坐在后排倒是有好处，不招眼，还可以"一览众山小"。

我不知道他在寻觅什么，也跟着他四下里张望，突然，我看到了冰姨。她穿了件杏黄色团花云锦绣袄，高绾了发髻，因为坐在了前排，愈加醒目，她旁边还有一个空着的座位。

冰姨黑色的发髻上缠了一条白色的丝带，我不知道这是装饰还是在给老爷子戴孝。我感觉她应该心情还好，有不少人主动上前跟她打招呼，她都优雅地欠身，微笑着还礼，比老爷子刚去世时的意志消沉、形容枯槁好多了。

音乐厅里挤得满满的都是人，连过道上都安排了加座，我的座位在最后，要挤到前面可费牛劲了，也就索性安安静静地躲在后边坐着，一会儿看看冰姨，一会儿又瞅瞅旁边心神不宁的老康。直到演出快要开始了，我才看到嘉树伯奋力从人群中挤出来，一边气喘吁吁地与人打着招呼，一边匆匆走到前排，一屁股坐在了冰姨边上。

当老康的目光终于定格在靠近门口的加座上坐着的一位模样清秀、穿件驼色羊绒毛衣、围着铁灰色纱巾的年轻女人身上并痴痴发呆时，我才突然明白，我这个哥们儿原来本性难移，积习未改，我只不过是他糊弄媳妇的一个幌子。本来还对他这个铁公鸡拔了毛心里有些过意不去，一看到他这模样，立马坦然了许多。我一边欣赏着帕瓦罗蒂忘情的演唱，一边偷眼去看看前面的嘉树伯和冰姨，也时不时地看老康几眼。

老康还真是情种，一直不错眼珠地盯着那女子，全然不在乎台上精彩的演出和台下雷鸣般的掌声。嘉树伯坐在前排，偶尔会拿起节目单来看看，也会与冰姨或者周围的人低头耳语几句，冰姨似乎徜徉在艺术的海洋里，一直聚精会神地端坐着看演出，并未主动跟嘉树伯说过话。

中场休息时，老康一个箭步就没了踪影，我没有动，装作打盹儿的样子，眯缝着眼睛关注着前面的嘉树伯和冰姨。嘉树伯站起身，伸了伸懒腰，低头与冰姨说了几句话就出去了，我估计他这个大烟鬼说不定出去抽烟了。冰姨没有动，也没有与旁边的人交流，始终优雅地坐着，与过来打招呼的人礼貌地挥挥手或者点点头。

音乐再次响起了好久，老康才回到座位上，但已掩饰不住内心的兴奋。一坐下来，就低声对我说："散场后不用等我。"他确实把"重色轻友"这特质发挥到了极致。老帕和萨瑟兰还没谢幕完毕，已不见了他的踪影，我偷眼看去，那纱巾女子还在座位上热烈地鼓着掌呢，并没有心猿意马地准备退场的意思。

宁州人是尊重艺术的，也是热情好客的。说实话，帕瓦罗蒂的这场演出不能说精彩绝伦，或许只是发挥了他的一般水平，但包容的宁州人还是给予了极为热烈的掌声，感动得老帕拉着演职人员在台上谢幕谢了足有十分钟，掌声才渐渐稀疏下来。等大幕徐徐拉上，我顺着摩肩接踵的人流终于挤出了音乐厅，抬眼望去，全是攒动的人头，哪里还寻得到嘉树伯和冰姨的影子。

在拥挤的人群中穿梭，我好不容易找到自己的车，坐进车里，也并没有发动车子，而是打开车窗，先点上了一支烟。

外边车灯闪烁，人声鼎沸，我眼前挥之不去的却是冰姨那穿着杏黄色衣服的颀长身影。

只是巧合吗？

那晚在嘉树伯房间里我瞥见的那个女人的背影，穿的也是一件杏黄色的衣服。虽然只是一闪而过，我甚至都没有看到那人的身形轮廓，只是下意识地感觉那是个女人，但衣服的颜色印在了我的脑海里。

那应该是嘉树伯的女朋友。

我虽然没有听清两人在具体谈什么，但嘉树伯确实说了"熬出头了""不会辜负"之类的情话。如果没有恋情，这样的话，怎能随便说？

可这样的话，又怎么可能跟老爷子的红颜知己冰姨去说？那不简直太恶俗了吗？

把冰姨假定为觊觎沈家资产的那只"黄雀"，已是我东拉西扯穿凿附会的想象了，刘方虽然没有当面对我嗤之以鼻，但他眼神里也流露出了一些不以为然，要说冰姨跟嘉树伯存在私情，连我这个一向天马行空想象力不着边际的人也断然不信。

绝不可能。

不用说别的，更不用提老爷子的感受，就今天冰姨对嘉树伯那态度，他们之间就不可能有这种关系。

即使我记忆没有偏差，那也只能是巧合，穿杏黄色衣服的人多了去了，那天晚上我又没有看清眉眼，怎能断定就是冰姨？

心结一打开，也就没有了那么多困惑和纠结，浑身轻松了不少。回家躺在床上，我很快就沉沉地睡去了。

三十

　　我是一个心态淡然行为懒散的人，凡事得过且过，既不执着也不较真，念头刚起时，往往激情澎湃，一旦搁下，也就拖延下去了。念头只是一段时间的一个想法，或许，也只是与人说话的一个由头。

　　下课时，跟作家胡三峰前后脚出了教室，走在路上，我突发奇想，随口问道："那个很硬的关系跟沈家搭上线没有？"

　　我知道这事肯定没戏，但我也绝对没有揶揄作家的意思，只是下了课，两人走在一起，总要说话，总得有个话题。

　　"我已经动笔了。"作家很正经地回答。

　　"动笔了？沈家同意？"作家的话让我大吃一惊。

　　"同意了呀。只是让写到一九四九前，不写当代的事。我跟编辑部也说了，出版方认为沈家的历史就是一个行业的发展史，很有代表性，可以只写过去那一段。"

　　这是我万万没有想到的。

　　"老爷子签的字？"我又问了一句。

　　"老爷子？"作家一时没有反应过来，他突然停下脚步，转头问我，"下午我要去老中医家拿授权书，你跟我一起去得了。"

"我？"我一愣，忙说，"我又不认识人家，那……那太唐突了。"

"没关系的。"作家不以为意地说，"那老中医与我是忘年交。我常带咱们同学去他家串门，人很好的，老人家是名医，肚子里掌故很多，沈家的很多事都是他告诉我的。"

这一下子就勾起了我的兴趣。

"行。"我忙不迭地说。

听作家说老人家爱喝两杯，我就回家取了瓶茅台酒，换了身衣服，陪着作家一起去拜会这位有名的老中医。

老中医家也是一个古色古香的院子。

一进大门，我就明白为什么他与沈老爷子是莫逆之交了，两人年纪相仿，爱好也差不多，院子里也是花团锦簇，四处飘香。

老人家正在院子里逗鸟玩，他院子里挂了好几个鸟笼子，有画眉、八哥，也有两只小黄雀。

因为作家要取沈家的出版授权书，话题自然也就从沈家聊起。

老人家倒是很开朗，一见面就指着那两只黄雀说："这鸟还是伯远老弟送我的，没想到他竟然走在我前面了。"

两只黄雀瞪着小眼睛在笼子里叽叽喳喳，我和作家都围过去看，作家还从笼子外边的小罐里抓了把苏子，准备投喂。

"别别别。"老中医笑眯眯地劝阻说，"这黄鸟呀，喂食是有讲究的，给少了就抢，给多了也会争，掌握不好平衡，就斗得你死我活。我这两只还没有养熟，躁得很，你看这脱落的毛，就是两个小家伙打斗的结果，这种鸟，调教要耐着性子，慢慢才能乖顺。"老人家一边说着，一边招呼我们屋里坐。

喝茶的时候，老中医从里屋拿出来了一个信封，从里面抽出来一张纸，果然是授权书，签字人赫然是沈嘉树。

"听说沈家做事很低调，媒体上都很少见到关于他们的报道，老人家能拿到授权，太不容易了，你可得好好谢谢老人家。"我由衷地对作家说，当然，这话也是说给老中医听的，俗话说得好，千穿万穿马屁不穿。

作家也确实领情，站起来，规规矩矩地跟老人家鞠了个躬，说："您老人家可真是帮了我的大忙，我听好多人讲沈家人不太给面子，我都快要绝望了。"

老中医哈哈大笑起来："也没有那么难啦。我们也是好几代人的交情了，他家的事，我比谁都清楚，伯远跟我又是多年老友，沈嘉树这小子横竖是不敢不给我老头子面子的。"

老人家是中医世家，祖上与沈家就有交往，沈老爷子罹患重病不住院，在家吃的就是这位老中医调配的汤药。

"治水是关系民生的大事，不能不思虑周详，气衰者虑密以伤神，使得沈家人丁不旺，而且都不怎么长寿。"与我们聊天时，老中医从他专业的角度发出一些感慨。作家要写沈家的传记，自然希望老中医多谈谈报刊资料里见不到的沈家的逸闻趣事，我更是巴不得了解沈家背后的一些内幕，就跟作家一起轮番撺掇老人家。

老中医虽然须发皆白，倒是个性格直爽豪迈的人，几杯酒下肚后，更加豁达爽朗，也就打开了话匣子。

作家依照他写作的思路，问了老人家很多沈家传承、理念和人员谱系方面的问题，我则十分关注老人家对当下沈家人的看法。

老人家与沈家关系确实非同一般，而且走动颇为频繁，他说去年下半年，他几乎每周都要到沈家给伯远公诊治配药。

"你们一定要好好写写沈家，这个家族非常了不起。"因为老人家促成了此事，他也很热心，谈起沈家往事，更是滔滔不绝，从沈家"始终秉承治水惠益民生，薄取其利"的传统，讲到伯远公的去世，从老人家的言谈话语中，能感受出他对伯远公极为欣赏，近乎推崇，不仅为人处世，学识气度，连沈老爷子弄花养鸟的事他都赞叹不已："伯远把他的黄鸟调教得那叫一个乖巧，全收了野性，放到院子里都不乱跑乱飞，踱着方步，从容不迫，连心性做派都随他。"

"可惜呀，伯远一死，沈家也就完了。君子之泽，五世而斩，沈家诗书继世，延续了十几代，自清初到现在也有好几百年了，配得上你们'百年家族'这套书。"老人家感慨道。

老中医与沈老爷子是好朋友，但性格却迥然不同，生活习惯更是大相径庭。沈老爷子滴酒不沾，而且恪守过午不食的古训，倒像是深谙养生之道的郎中；老中医则不然，任性自然，豁达洒脱，抽烟吃肉，毫无节制，尤其贪恋杯中之物。只是酒量实在不大，加上我和作家又各怀目的频频敬酒，饭吃到最后，老人家话就说得有些豪情万丈了。

"我给沈家几代人都瞧过病，沈家人什么禀性我不清楚？俗话说得好，'上不能欺天，下不能欺地，中间不能欺郎中'，医生是干什么的？一搭脉，你的五脏六腑就看得清清楚楚。"老人家端着酒杯，吹胡子瞪眼道。

我感觉老人家应该对沈家的很多事都知情，说不定也发现了嘉树伯的身份，但他除了谈沈家历史和伯远公，很少提及江海集团，好像在刻意回避。我几次试图把话题引到嘉树伯和冰姨身上，老中医都没有接我的话。

但我不记得说了句什么样的话，还是惹老人家发了通牢骚。

"他们惦记什么，我会不知道？沈伯远仁慈厚道，凡事都不愿说破，总是为他人着想，说什么治水利国利民，多些力量造福苍生，也是善举，不出格，该成全还是得成全。这话是不假，做大夫的不也讲究医者仁心吗？但那也要看对象是谁，狼子野心的人也不少，他要是不守规矩，你不也无可奈何吗？"

作家听得有点丈二和尚摸不着头脑，我却从老人家的话里咂摸出了点别的意味，就想借机问问那幅图的事。

我没有跟老人家说与沈家的关系，但提到了我的朋友帮沈家找到了那包失传多年的东西。

"原来是你们帮忙找到的呀。"老人家想来是知道这事的，叹口气，说，"你们帮了沈家的忙，却也害了伯远的命。"

"这话怎么说？"我紧张起来，惶恐地问道。

"他得的虽是绝症，吃我这汤药，只要安心静养，维持几年还是没问题的。可是找到了祖上的东西，这老头子就全然不顾身体了，整天关起门来研究整理，重病之人哪禁得住这样的劳累？劳则气耗。春节后，精神一下子就坏掉了，连药都吃不下了，冰丫头冲我哭，哭有什么用，还不都是你们逼的。病到那程度，别说打胸腺肽，就是扁鹊华佗也没办法，人没有了求生欲望，精神一垮，谁都无力回天。"他脸上浮现失望的神情，痛苦地摇摇头。

老人家把冰姨称作冰丫头，这是整晚他唯一一次提到冰姨。

回家躺在床上，我抽着烟，把老人家今天的话又一遍遍在脑子里回放。信息很琐碎，而我又不是一个擅长推理和分析的人，一下子很难理出头绪。

逻辑推理我不在行，但我有个在多年学习中养成的好习惯——善于归纳和总结。我把从老人家那里了解到的信息碎片跟我以前的认知一点点拼凑对接，思来想去，一些过去感觉模糊的印象似乎在逐步清晰起来，感觉越清晰，心里越惶恐，我突然意识到，我犯了一个错误，一个大大的错误。

我需要给刘方解释一下，免得他被我误导，搞错了方向。

但刘方没有接我的电话。

早晨起来，没有未接电话，也没有短信，刘方没有搭理我。

我想把昨晚与老中医见面的事跟二叔说一声，问问他知不知道沈家的这位特殊的朋友，但二叔也没有接我的电话。

我兴致索然地吃了点东西，就开车去医院了。

出了停车场，上电梯的时候，电话铃响了，我慌忙去接，一看，原来打电话的是吴双的舅舅。

吴双的舅舅告诉我，说有个人打电话给他，打听他姐姐的墓地在哪里。

"您怎么说的？"我顿时来了兴趣。

"人死了埋了就完了呗。过去这么多年了，你以为还跟你们汉族人似的，又是火葬又是立碑的？草原那么大，哪里不能埋人？"他狐疑地问道，"这是个什么人？是从你那里拿到我电话号码的吧？"

"不是。"我断然否认道，"没人找我要过你的电话。"我没有说谎，虽然我立即想到打电话的人可能是嘉树伯，但他确实没有从我这里要过吴双舅舅的电话。江海集团给了她舅舅赔偿费，想拿到他的电话也不是什么难事。

"莫名其妙的，这人问我姐姐的墓地干什么……？"那蒙古族汉子见我否认，又试探着问了我一句，"你说是吃饱了撑的还是……"

他故意在"还是……"后面停顿了下来，显然，这里包含着其他含义。

"我哪里会知道？"我懒洋洋地回道。

"哦，那算了。"吴双的舅舅没再说什么，悻悻地挂了电话，他并没有问我吴双恢复的状况，看来把吴双托付给我，他的确很放心，可以无牵无挂了。

医院里还是老样子，吴双依然静静地躺在那里，没有丝毫憋着坏想法突然坐起来吓我一跳的苗头，护士应该刚给她擦洗过，她消瘦的脸上血管都清晰可见。一直这样打营养液，我都怀疑将来吴双会变成一个透明的人。

从医院里回来时，我不自觉地又把车开到了江海集团楼下，坐在车里，看着大楼门口进进出出忙碌的员工，与过去并没有太多不同。沈家的那个小院也一如既往紧闭着大门，花香四溢，寂静无声，间或传来鸟儿无聊的啁啾声。

二叔给我回电话时我已经睡下了。

我勉强睁开惺忪的眼睛，因为睡得迷迷糊糊，一时忘记了找二叔问老中医的事，倒是二叔告诉我，过几天他要来宁州，参加老爷子的百日祭奠。

"啊？这么隆重啊？"我打着哈欠问。

"何止是隆重啊！"二叔挂电话时似乎意犹未尽，我感觉他情绪好像不错，嗓门比平时高了不少，语气里都带着一丝兴奋。

三十一

刘方一连几天神出鬼没，打电话不接，发短信不回，莫名其妙地玩"失踪"，虽然此前他也经常这样，可这次是我着急有事找他呀。但着急有什么用，不光他，连小田都不接我电话了，我恨得牙齿痒痒的，但也毫无办法，你能拿警察怎样呢？

就在我诅咒了好几千遍，恨不得下定决心与他断交的时候，一天夜里，他突然跑来敲我的门。

"请问您贵姓？想找谁？"一看是他，我气不打一处来，开了门，倚在门框上，拦着路，绷着脸问道。

"我错了，我错了。"他嬉皮笑脸，从背后拿出一个塑料袋，递到我眼前，说，"我赔礼道歉，负荆请罪，你看，还专门给你买了粮食，以表诚意。"

他不接我电话肯定是在忙案子的事，刑警很辛苦，别说接电话，有时候忙得连吃饭喝水的工夫都没有。这我都能理解，但作为朋友，一个猛子扎到水里死活没点音信，也不管别人是不是有火烧眉毛的事，连条短信都不回，这就有些过分了。我气哼哼地接过他塑料袋里的两条中南海香烟，"哼"了一声，闪开了一条道。

他一进门，也不管我脸上还挂着冰霜，就直奔厨房，拉开冰箱又翻橱柜。

"你没吃饭？"一看他这架势，我就猜到了这小子估计还饿着肚子呢。

"有方便面吗？刚才上楼时忘记在小卖部买了。"果不其然，他不光眼神，连神态都像个饿死鬼。

"给你煮饺子吧，吴双当时包了冷冻起来的，还有十几个呢。"我瞪了他一眼，在冰箱冷冻层里找出一袋饺子。

"那太好了，太好了，我还没吃过吴双包的饺子呢。"他欢快地冲我竖了竖大拇指。

我一边点火煮饺子，一边告诉刘方："我着急找你，是想告诉你，我原来认为冰姨是螳螂背后的那只黄雀，这极有可能是错的。"

"哦？"他放下手里的茶杯，走过来，站在厨房外，手扶着门框，笑呵呵地说，"你又发现新大陆了？"

我把在嘉树伯套房外看到穿杏黄色衣服的女人，偷听到断断续续的谈话，与老康看演出见到冰姨穿同样颜色的衣服，以及前几天老中医喝酒后说的那些话都一五一十地讲给刘方听，他静静地听我说完，才缓缓说道："你的结论是什么？"

"应该没什么黄雀，嘉树伯与冰姨是一伙的，他们串通一气，或许是一个明一个暗，里应外合，目的都是沈家的财产。"我没有犹豫，直接说出了自己的判断。这也是我这段时间思来想去，终于想明白的一件事。

刘方并没有被我的结论震撼到，他淡淡地一笑，说："你有证据？"

"那倒没有。"我老老实实地承认，"但我相信，你一定能找到证据的。"

他龇了龇牙，没说话。

我把盛好的饺子端给他，还给他倒了半碗醋。

"其实这证据也不难找，你们警方不是都喜欢从动机入手吗？查一下老爷子去世后，谁是最大获益方就行了。"看他闷头吃饺子，我点上一支烟，自作聪明地说。

刘方估计是真饿坏了，一大盘子饺子只几分钟的工夫就被他风卷残云吃完了。

"真香。"他擦了擦嘴，说，"为了再吃到这么可口的饺子我也得天天祈祷吴双早点醒过来。"

他揉着鼓起来的肚子，接过我递给他的烟，点上，抽了一口，才慢吞吞地说："我刚想表扬你这次分析有点靠谱，你却来了句查谁是获益方。沈家没有人了，除了沈伯远名义上的儿子和事实上的遗孀，你说还有谁该是受益方呢？"

一句话就把我问住了。

看我一脸蒙的样子，刘方心满意足地笑了，他坐在椅子上，冲我扬了扬下巴，说："这几天我见了你冰姨。"

"啊？你咋见到她了？"我脱口问道。

"配合调查呗，已经见了几次了。还有你的嘉树伯，还有你刚才提到的老中医。我都打过交道了，情况大致摸得差不多……"刘方仿佛已稳操胜券，大大咧咧地说。

"配合调查？啥意思？"我又犯了急躁的毛病，不自觉地打断了刘方的话。

"每个公民都有配合警察办案的义务，咋的，你们有钱人就特殊？"刘方瞪了我一眼，不满地说道。

"我不是那意思。"我有点气恼地反驳说，"我是说无缘无故地……"

刘方也丝毫不客气地打断了我的话："警察不会无缘无故地找任何人的，让人配合调查只能说明这事与你有关联，无论是作为证人、当事人还是嫌疑人，连路人都有配合警方工作的义务。怎么，这起码的社会常识还需要我给你这个未来大博士普及普及？"

"你这人真是忘恩负义，刚吃完我给你煮的饺子，还没咽下去就开始挖苦人，不挖苦我几句你活不下去呀？"我气哼哼地说。

刘方哈哈笑起来，说："说得也是，我这白眼狼当得确实有点过分。"他自己盛了半碗饺子汤，咕咚咕咚喝下去，接着说，"我过来不就是要跟你讨论这事的吗？"

我没再吱声，竖起耳朵来，听他说。

"我不是跟你说过嘛，杨超卷入了张平方那个案子，案子涉及的赃物与沈家有关系，杨超又是江海集团的人，我有多个理由要求他们配合，何况你导师去世那么突然，吴双又发生车祸，我总要弄清楚前因后果不是？你也知道我最喜欢干的事就是顺藤摸瓜，果不其然，摸来摸去，竟然摸出来一个隐藏多年的惊天大阴谋。"

"啥？惊天大阴谋？"我忍不住大嚷了一句。

"你激动什么呀？这事说起来跟你也有牵扯。"他冲我扬扬下巴，带着坏笑。

"跟我？"我吃惊道，"跟我有什么牵扯？"

"你听我说完，坐在那里，耐心一点行不行？"他白了我一眼。

"好好好，你说，你说。"我认怂道，同时做了个"请"的手势。

"我一件件讲吧。"刘方也没客气，看我老实坐下来，才干咳一声，开口道，"你一来宁州，你嘉树伯就让杨超关注你的行踪，所以他有事没事总跟我们一起混，知道吴双要写那件谋杀案，只是当谈资与你嘉树伯说了。但你嘉树伯有些吃惊，说有机会找来看看胡写些啥玩意儿。你想杨超是什么人，那是见风使舵的聪明人。中秋节晚上，他进入吴双房间，先从电脑上拷贝了那个剧本大纲，拷贝剧本大纲时他注意到了电脑桌面上你一直在研究的那件掐丝珐琅器的照片，觉得奇怪，立刻联想到你跟子怡说起在楼上看展览的事，就突发奇想把那东西偷了下来，嫁祸于吴双，既让吴双写不成那个剧本，也让竞争对手赵家丢丢丑，一箭双雕。所以那天他故意穿了你的风衣，故意让监控拍到了背影。报案电话也是他打的，只是没想到你们及时发现还把东西送回去了。这件事，据我所知，是杨超自己干的，你嘉树伯和冰姨都是事后才知情，三个人的说法没什么漏洞，也都对得上。"

"杨超咋这样啊？我也没得罪他，这招也太阴损了。"我感觉心有余悸，后背都有些发凉。

"初一那天，"刘方没对我的话做任何评价，"确实如你所猜，杨超中午的时候就上来过，从门缝里看见吴双正在电脑上打字，边敲字还边抽泣着，他觉得很奇怪。但他是下午看见吴双下楼后才进这屋里的，先找到那两块石头，又好奇地打开电脑看吴双哭着写的是什么。他读到了那封信，联想到手里的石头，认为事关重大，就拷贝了下来，也顺手把那信和吴双新写的剧本都删了。他删剧本其实也没有什么其他想法，就是本能地要给吴双的工作制造些难度，既然老板不希望吴双写那个剧本，他阻止不了，就多搞些破坏罢了。"

因为说到吴双的事，我有些紧张起来，心似乎提到了嗓子眼，虽然在静静地听着，手却攥成了拳头。

"杨超拿走东西后，立即就给你嘉树伯打电话，但他手机关机，因为大年初一，老板应该在家，杨超就赶去了沈家。你嘉树伯中午喝了酒，正在休息，是你冰姨接待的他，问他事情办得怎么样，他就把石头和拷贝的 U 盘都交给你冰姨后回自己的住处了。由于健身房关门，他自己在家里锻炼了一会儿，还冲了个澡，然后就接到你冰姨电话。他没想到你冰姨要他把那两块石头给吴双悄悄送回去，你嘉树伯要是问起来，就说没找到。他很狐疑，但还是照做了，因为事情蹊跷，开车不免有些分神，他说是送石头的路上心里慌乱才不小心撞到吴双的。"

我皱起眉头，困惑不解道："冰姨为什么要让杨超把石头送回去呢？这是出于什么目的？而且，嘉树伯安排的很私密的事，杨超这么精明的人，怎么会随随便便把石头和U盘都交给冰姨呢？这与情理不符。"

"我也有这样的疑惑。据杨超讲，他觉得老板们都是一家人，他没有发现两个老板之间有互相藏着掖着的事。就像上次剧本那事，他跟老板汇报过没几天，冰姨就把他叫去训了一通，说他自作主张，乱耍小聪明。而且，这次一坐下，你冰姨就问他事情办得怎样，东西拿到了没，他这才毫无顾忌地交给了她。但后来你冰姨让他立即还回去，而且明确告诉他你嘉树伯问起来就说还没找到，他一下子就蒙了，觉得这次可能犯错误了，一边开车一边不停地嘀咕，所以才走神撞了吴双。"

"没有发现两个老板之间有互相藏着掖着的事……"我仔细咀嚼着这句话的含义，觉得很耐人寻味。

刘方看我眉头紧锁，一副若有所思的样子，就笑了笑，说："是的，这与我们上次分析的完全不一样了。你煮饺子时不也说，怀疑他们一明一暗，密切配合吗？那我告诉你，这次你的感觉终于对了，他们还真的曾经串通一气。"

"你说顺藤摸瓜摸出一个惊天大阴谋，那是不是……"我吃惊道。

"这事确实挺让人费解。"刘方没容我说完，就打断我，说，"江海集团是沈家的家族企业，老爷子是真正的沈家人，也掌控着企业，但沈家人在集团里没有任何股份，你说是不是很奇怪？"

"那……那……老爷子卸职后把股份转给了嘉树伯或者冰姨也很正常，这种情况也有可能，他……"我解释说。

"不，从头至尾，沈伯远都不曾拥有过江海集团的任何股份，他倒更像是个职业经理人，而集团的联合创始人是沈嘉树和王冰一，当然，外人不知道沈嘉树那冒名的身份，自然觉得无可厚非，但这里面的门道我们清楚，这就引起了我的警惕。结果一调查，还真发现了问题，几番劝导后，你冰姨最后说出了事情的原委。"

刘方告诉我，嘉树伯在国外没回来时只做些零碎的小生意，混得很不如意，有时候也帮一些旅行社打打零工。一次偶然的机会，他认识了随剧团在国外演出的冰姨，当冰姨获知这个洋名"安德鲁"的"沈嘉树"原来就是大名鼎鼎的沈家人时，就极力撺掇他回国，进入水利行业，她知道沈老爷子，也很清楚沈家在这个行业的地位。

嘉树伯起初是犹豫的，忌惮、担心最终还是被郁郁不得志的现实和陡然升起的雄心抛在了脑后，他选择了回国，与冰姨合伙注册了江海集团。对于嘉树伯的突然归来，导师很纠结，他既恐惧身份的暴露，又不忍心有恩于自己的朋友在海外颠沛流离、穷困潦倒。虽然心里矛盾，但多年的感情和知恩图报的本性还是驱使他竭尽全力提供帮助，并说服老爷子认下这个冒名顶替的儿子。

老爷子天性善良，他默许了这个假儿子的存在，也给了嘉树伯很多关怀，但坚决不蹚经商这浑水，既不参与江海集团的创办，也不同意集团以沈家的名义对外背书。

水利是专有领域，不仅需要技术，更需要专业背景，离开沈家这个品牌号召力，没有沈老爷子的权威地位和技术支持，江海集团根本无法在业内立足。

可老爷子的态度很坚定，这让踌躇满志的嘉树伯和冰姨一筹莫展。两人合伙成立江海集团就想着背靠大树好乘凉，结果别说没倚上大树，连棵小嫩苗都靠不到。

恰好在这时，出了宁州大学女学生被杀案，此前我导师刚告诉嘉树伯那女学生缠着他不放，女学生就被杀了，他们就利用了这件事，至于怎么游说的老爷子，我导师在中间起了什么作用，现在不好验证了，因为两人都去世了，就是嘉树伯和冰姨，也有一些说法不一致的地方。

或许是顾及儿子的名声和安危，或许是不愿让嘉树伯他们走到穷途末路的那一步，反正，老爷子最后答应了与他们一起办江海集团，他坚持不要任何股份，但也提了一个要求，那就是江海集团的一切大政方针必须按他说的办。

他们摸不清老人家葫芦里卖的什么药，但老爷子答应出马，江海集团就有了希望。

嘉树伯冲在前台，老爷子在后面运筹帷幄，冰姨自告奋勇给老爷子做助理，说是协助老爷子，其实也有监督的意味。江海集团虽然是在相互猜忌中畸形起步，但靠着老爷子在行业内的江湖地位和沈家百年传承的品牌优势，又赶上国家经济发展的大好机遇，很快就扶摇直上，成了水利行业一股极为重要的力量。

嘉树伯说老爷子逐步认可了他，这也是实情。他不光精明能干，而且长于交际，善于管理，老爷子也确实逐步退出，把管理权交给了他。当然，变化最大的还是冰姨，她本来是负责监视老爷子的，但慢慢地，由猜忌到崇拜到爱慕再到不计名分全身心地服侍老爷子，成了老人家晚年生活和精神的主要支撑。

谁也不再提起创业时那不光彩的一幕，那段记忆，嘉树伯和冰姨不光让它埋藏在心底深处，更恨不得在脑海中永远抹去。

"你冰姨对老爷子的感情，我相信是真的。"刘方抽着烟，幽幽地说，"做刑警的，很注意察言观色，那份真情的流露是表演不出来的。沈嘉树与女学生被杀案确实没有直接关系，公安局排除过他的嫌疑，我与小田他爸还有那些当时参与此案的人又专门做了一次论证，他确实不具备作案的条件。但我强烈怀疑你嘉树伯当时并没有跟你导师解释清楚，反而可能含糊其词，让你导师一直有心理负担……"

"所以，嘉树伯不想再旧事重提，千方百计阻挠吴双写那个剧本？"我顺着刘方的话提出自己的疑问。

"是的，据你嘉树伯讲，这是他的伤疤，心底的痛。但我的感觉，他更怕的是老爷子临终前突发奇想，再翻旧账，把他逐出沈家，那他不仅前功尽弃，还无脸立足了。"刘方解释道。

"你刚才说冰姨初一那天让杨超把石头送回去，她为什么要这么做？总不至于说觉得偷东西不对吧？而且，她张口就问杨超东西拿到没有，她怎么知道杨超去过吴双那里呢？难道是嘉树伯告诉她的？"我一直在思考刘方刚才说的那番话，脑子里产生了一连串的疑问。

"这是我要重点跟你说的，也是我原来一直心存疑惑的地方。"刘方不紧不慢地说，"你知道沈嘉树办公室暗洞里的东西是谁放的吗？"

"是谁呀？不会真是冰姨吧？"我忐忑地问道。

刘方点点头，面无表情地说："确实是她。"

"这……这就更加奇怪了。"我有些迷茫，"你刚才说他们利益是一体的，为什么冰姨要干这事呢？她这样做又有什么居心呢？"

刘方并没有直接回答我，他站起身，在房间里踱着步，来来回回走了好几趟，才又坐下来，点上一支烟，缓缓说道："一开始，我也很困惑，慢慢才想通，也就能理解了。"紧接着他话锋一转，"沈老爷子过去一直以水利学家的身份出现，号称绝不涉足任何商业行为，但以他那样的地位，自食其言，参与江海集团的创办和经营，当然，不排除有被胁迫的成分，但说不定老人家也另有打算呢。"

"这……"我更加困惑了。

刘方看着我一脸疑惑的样子，淡淡一笑，说："这只是我的胡乱猜测。但你想，如果老爷子是被逼的，为什么对江海集团倾注那么多心血呢？而且，他归隐后，还始终掌控着江海集团，你我都清楚，老爷子并不是一个贪恋金钱和权力的人，这如何解释呢？"

我愣住了。虽然刘方说这是他胡乱猜测，平心而论，我不得不承认他说得有些道理。

"老爷子对江海集团的建树除了管理、技术，还有极其重要的文化层面。通过多年的言传身教、潜移默化，老爷子已经把沈家的治水理念融进了江海集团的血液中，形成了坚实的企业文化。捍卫、承继、弘扬沈家的传统是责任，更是一种自觉，所以，沈嘉树和王冰一他们坚定地以沈家人自居……"

"但这与冰姨往暗洞里放东西有什么关系呢？"我觉得刘方有点扯远了，想把他的思绪拉回来。

思想的野马一旦脱缰，想拉回来谈何容易？刘方没有理会我，继续说道："老爷子虽然恪守祖训，但他并不狭隘，他希望有更多的力量加入水利事业，觉得多方共存、相互竞争更利于行业的发展，他有意控制着江海集团的发展节奏，有时候，还要给予竞争对手一些帮助和建议，就是为了营造齐头并进各显神通的竞争格局。"

我想了一下，点头道："这话应该有些道理，据说黄河集团就从老爷子处受益不少，这让我父亲他们一直心存感激。"

"沈嘉树急于用实际行动来证明他这个冒牌货比任何人都更像沈家人，他雄心勃勃地想让沈家在他手中重现昔日的辉煌，而南水北调工程也确实提供了机会，他踌躇满志，试图以此为契机，使沈家再度兴盛……"刘方还在侃侃而谈。

"等等，"我突然插嘴道，"那老爷子知道他的想法吗？"

"你嘉树伯说他与老爷子聊过想法，老爷子并没有反对，但据你冰姨讲，家族振兴固然意义重大，但老爷子并不认可一家独大垄断整个行业的做法，你嘉树伯其实没有真正明白老爷子的治水理念，你冰姨几次规劝，但你嘉树伯正信心满满，干劲十足，总想着一鸣惊人，根本不把她的话当回事。"

"那我明白了。"我又插嘴道，"冰姨在嘉树伯办公室里放那些东西，实际是对嘉树伯的警告和提醒……"

"是的。"这次是刘方打断了我，说，"她认为你嘉树伯膨胀了，有点狂妄自大，她很清楚你嘉树伯忌惮什么，只要戳到他的身份问题，他一定会有所收敛。在那个暗洞里放些东西而不说破，你嘉树伯肯定会认为这是老爷子在敲打他。"

"确实。"我点点头，"老爷子说话总是点到为止，不让别人下不来台。这办法也只有冰姨想得出来，只可惜，嘉树伯没看到呀。"

"她并不知道你嘉树伯没有看到。"刘方淡淡地笑了笑，继续说道，"她以为这样的警示对你嘉树伯没起作用，你嘉树伯几次志得意满地与她说起，只要南水北调工程招标，江海集团一定会异军突起，成为行业霸主，那时他们功成名就，才算真正熬出头了。"刘方说。

"熬出头？"我突然想起那天晚上在嘉树伯房间里听到的话，连忙说，"那……那天晚上在嘉树伯卧室的人难道真的是冰姨？她确实有那么一件衣服，我还以为是嘉树伯的女朋友。"

"你嘉树伯没有女朋友，这点我可以确认。"刘方肯定地说。

"如果嘉树伯没打开过暗洞，那是谁把那个剧本大纲拿走了呢？也是冰姨？"我皱起眉头，想起在暗洞里找不见的剧本大纲。

刘方点点头，说："你刚才说你冰姨为什么要让杨超把石头送回去，我也问了她，她说她看了吴双的信，立即明白了吴双有可能就是你嘉树伯的孩子，她觉得吴双不是来寻仇的。你导师和嘉树伯都有点小题大做了，拿走她的石头，很可能会激化矛盾，弄得事情下不来台，让吴双拿着石头找到你导师，找到你嘉树伯，顺理成章，未必不是件好事，就自作主张地让杨超把石头送回去，只是她没想到会出车祸。"

我没说话，这倒符合冰姨做事的风格。

"但出了车祸，紧接着你导师又出了事，老爷子精神一下子就垮掉了，身体也每况愈下，你冰姨认为是自己闯了大祸，一直没有跟你嘉树伯说。"

我想起老爷子重病期间冰姨失魂落魄的样子，就点了点头。

"给吴双舅舅高额赔偿是她力主的，她有愧疚心理，当杨超把那两块烫手山芋一样的石头交给她后，她有些一筹莫展。你导师去世了，吴双昏迷了，只能把石头给你嘉树伯了，也算是物归原主，就想起暗洞里放着的你嘉树伯盛石头的那个盒子……"

"她为什么要把那个剧本大纲拿走呢？"我接过话头。

刘方很神秘地笑了笑，说："她告诉我，她在剧本大纲上做了记号，你嘉树伯只要动过，她就能知道。那天晚上，她拿了石头，去了你嘉树伯办公室，刚打开那个暗洞，正拿了大纲查看时，就听到了你嘉树伯回来的声音，她赶紧把暗洞关上，把办公室里的灯打开，慌乱中谎称准备与你嘉树伯合计老爷子过世后的一些事。"

"那天，嘉树伯办公室的灯确实全亮着，这是实情，可他们并没有在办公室，而是去了嘉树伯的卧室。"我补充道。

"是的，他们去了楼上，关上门悄悄商量，你嘉树伯说话的时候，她才意识到自己匆忙间把剧本大纲随手揣进了自己的衣兜里，那石头却不在身上，好像是放进了暗洞里。她没有把握，就想了个辙，支使你嘉树伯去取几张你导师的照片。"

"那我明白了，那天晚上嘉树伯确实去了导师家，还在屋里抽了烟，这事你知道的。"我恍然大悟道。

"没错。你冰姨想回头验证一下石头是否放进了暗洞里时，却发现那两块石头竟然找不到了。"刘方边说边神秘地看了我一眼。

我明白他这一眼里包含的意思，但我未接话茬。石头是在我这里，但我已经给了嘉树伯，既然大家都心照不宣，我更犯不上画蛇添足了。

"直到那天晚上，嘉树伯才看到吴双的信，我很奇怪，为什么此前冰姨一直没跟嘉树伯说吴双的事呢？"我有些困惑。

"是呀，我也感觉到这里面有问题。你想，以老爷子那智慧和人生阅历，他可不是你导师那样的书呆子，能被他俩胁迫？你冰姨说暗洞里的东西都是她放的，可我怎么感觉老爷子未必不知情，据说他临终前，把在重病中绘制的一幅很重要的图交给你冰姨了……"

"'江南堤坝管涌源分布图'？"我脱口而出。

"对，就是这个名字，据说极为重要，老爷子专门叮嘱让你冰姨单独保管，奇怪吧？好像到现在沈嘉树还没有看到过。"

"沈家的事，复杂呀。"我叹口气，"有个子怡，这又出了个吴双，亏得咱们这个傻丫头对这些东西毫无兴趣，否则，说不定她将来也是一团糨糊。"

刘方没说话，只摇了摇头。

"可怜的丫头，从小在苦海里长大，只想着为别人伸张正义，却落得这样的一个结局，真是让人心疼。"想起吴双，我的眼睛就不由自主地湿润了。

刘方看了看我，脸色阴沉地叹了口气，点上一支烟，只抽了一口，却又把烟用力地按灭在了烟灰缸里："无论作为警察还是作为朋友，我都不会就此放手的。我和小田多次梳理吴双车祸这件事，其实感觉还是有一些蹊跷之处。"

"蹊跷之处？"我只感觉到血往头上一涌，人也顺势从椅子上蹦了起来，"杨超是故意的，对吧？他是故意要撞吴双的，对不对？"

"你激动什么？"刘方比我要冷静得多，他瞪了我一眼，生硬地说，"讲话要有证据，实话告诉你，我没有从杨超身上发现有什么不对劲的地方。"

我当即愣在那里，喃喃道："那你说蹊跷……这……什么意思？"

他皱着眉头，停顿了良久，才像下定决心一样，若有所思地说："出事那天下午，我发现杨超跟子怡通话有些频繁，好几次通话时间都不短。"

"这算啥呀？"一听他这样说，我不禁失望透顶，泄气道，"我以为你有什么新发现呢。子怡在海南，大年初一杨超表示关心煲煲电话粥也很正常，何况他俩本来难舍难分的。"

刘方见我不以为然，摇摇头，慢吞吞地说："换作别人，应该不会有疑虑，但咱们几个心里都有数，是杨超上赶着追子怡，为什么电话多是子怡打给杨超的呢？"

"你不至于在怀疑子怡吧？她就是个爱玩的孩子，哪有那么深的心机？"我颇为不屑。

刘方没再说话，他站起来，伸了伸懒腰，走到阳台上，看了看漆黑的夜空，嘟囔道："心机，心机可不是年轮哪。"那态度和神情，并不是要与我争辩，更像是自言自语。

三十二

老爷子的百日祭奠竟然搞得出奇地隆重。

不仅二叔，连水利系统几个久负盛名的权威专家都从全国各地赶了过来。

二叔是大忙人，整日泡在"文山会海"里，常常连家都顾不上回，他前段时间告诉我要来参加老爷子的百日祭奠时，我就吃了一惊，那么多只能在报纸或者电视上见到的专家都聚集到了宁州，而且都是应邀参加老爷子的百日祭奠活动的，虽然老爷子在业内地位崇高，人缘又好，但去世百日这样的一个祭奠活动能让这么多国内顶级专家学者专程前来，还是挺让人瞠目结舌的。

高规格不代表高调张扬。

祭奠活动以追思会的形式举办，会场也只是安排在了江海集团大楼的一个中型会议室里，与会的人，除了一些业内的领导和专家，就是至亲好友，人数倒也不是很多，场面也并不十分铺张宏大，这是沈家一贯的做派。

二叔头一天中午就到了，下飞机后给我发了条短信，就没有了音讯，好像一头扎进了满是淤泥和水草的池塘里浮不起来了一样。

傍晚的时候，嘉树伯竟然给我打了个电话。

这是自从那天晚上聊过后，我俩第一次联系。

在电话里，他的声音显得有些苍老和疲惫。他说："本纪，明天是爷爷的'百日'，你过来给爷爷鞠个躬吧！"

花是我早就预先订好了的，爸爸说，即使沈家不通知，我也必须给老爷子送束花，磕个头去。

我买花的时候，特意请花店在扎好的花束里又加了几枝兰花。跟上次一样，我还是买了同样的两束。

第二天，我穿了西装，系了黑色的领带，先捧了一束到楼下。

导师家的东西已经被清空了，据说那房子学校已经收回，要另行分配。

我打开门，阳台上也没有了那盆兰花的影子。我把花摆在窗台上，记起春节前把花放到导师门口，他看到了，在短信里回了我一句"任是无人也自香"，倒真是符合现在的情景。

看看空荡荡的房间，只有孤零零的这束花，我心里满是酸楚，不觉吟道："我爱幽兰异众芳，不将颜色媚春阳。西风寒露深林下，任是无人也自香。"突然想起我把那盆兰花送到沈家时，老爷子随口吟出的正是这诗的前两句。

是偶然巧合，还是血脉感应？我只觉得有一股难以抑制的悲伤涌上心头，禁不住喟然长叹。

我不懂追思会的程序，也不知道我能帮着做些什么，就早早地先赶到了会场。

嘉树伯和冰姨都不在，只有几个穿着黑色礼服的工作人员，在进进出出忙个不停，每个人都一脸肃穆，胸前别着一朵白花。

一个工作人员上前接过我手里捧着的鲜花，另一个帮我在衣服上也别上了一朵小白花，然后引我进了会场。

一进门，我看到了挂在墙上的老爷子的遗像，遗像下面，摆满了各种鲜花。

我知道老爷子是讲究老礼的，就按照山东人的礼数，撩起西装，规规矩矩地跪下，在老爷子的遗像前磕了四个头。

老爷子葬礼时，我跟子怡站在一起，算是孙子辈的亲属，但不知道这次是不是还会这样安排。

磕完头，我站起身，想看看我的位置在哪里，却在会场的一个角落里，发现了写有"媒体区"几个字的牌子。

媒体区？老爷子的追思会竟然还邀请了媒体，这可不是沈家一向做事的风格呀。

我狐疑着随便找了个地方坐下，就在我坐在那里胡思乱想的时候，冰姨走了进来。

她边走边随口问着刚才一直在忙碌的几个工作人员，应该都是江海集团的员工，有问有答，估计是在会议开始前，她检查一下各项安排是否落实妥当。

然后她就看到了一见她进门就赶紧站起来的我。

"你的位置在这边，你是孩子，坐在我和你嘉树伯后边。"她用手一指，说，"那不是你的位置吗？"

我走过去一看，果然在后排的一个座位上看到贴有"本纪"两字的标签，连"赵"字都省了，我旁边的座位标签上写的是"子怡"。

冰姨并没有与我多寒暄，她在会场转了一圈，各处都检查了一遍，就离开了。

出门前，她看了看挂在墙上的老爷子的照片，停留了片刻，没有说话，也没有行礼，只默默地站在那里，在她转身时，我看见她眼里似乎有泪花。

江海集团的工作人员果然训练有素，做事有板有眼，从人员入场一直到会议结束，都安排得井井有条。

既然是追思会，各位来宾自然要在老爷子遗像前鞠躬致意，我跟着嘉树伯和冰姨，作为亲属，也一一躬身回礼。

参加追思会的人名头都很大，二叔虽是国家发改委举足轻重的副司长，与那些人相比，也只能居于末座。

工作人员用投影仪放了一组照片，是老爷子在不同时代的影像，与会的人都相继发了言，在唏嘘感慨中，追忆与老爷子相处时的美好时光。

发言人中嗓门最大的是那位老中医。

他一进门时我就看到了他。别人在老爷子遗像前都是默默鞠躬，只有他，鞠完躬，还冲着老爷子的照片说了句："伯远哪伯远，我真是服了你啦，还是你厉害呀，两个孩子都是好孩子。"

老中医从伯远公用春风化雨之法调教黄雀讲起，盛赞伯远公宅心仁厚，大爱无疆，他说医生救死扶伤，治水除患兴利，都是济世安民的善举，医生靠技艺，可以逞匹夫之勇，治水却是系统工程，宏伟大业，关系着千家万户的安危。沈家十几代人，都是心念苍生、殚精竭虑，沈伯远更是宽厚仁慈、鞠躬尽瘁，在生命走到尽头时还在为治水的事卖力、操劳，生生熬干了自己。

把追思会推向高潮，掀起轩然大波的是嘉树伯代表家属所做的致辞。

那震动，绝对不亚于把炸弹扔进人群里。

嘉树伯先感谢了来参加老爷子追思会的所有人，并表示一定继承老爷子的遗志，秉承沈家人治水的传统，不辜负各位尊长亲朋的殷切希望和嘱托，自当献身水利事业，尽心尽责，只要有利于社会民生，有利于造福百姓，江海集团定会竭尽所能、不遗余力。

紧接着，他就放出了第一颗炸弹。

　　成立以伯远公名字命名的"沈伯远公益基金会"，基金会除赞助水利行业的科研项目之外，也会奖掖立志于从事水利事业的学子，扶持新入水利行业的企业，以鼓励更多的人、更多的机构投身于国家的治水大军，并聘请了十位在国内外卓有影响力的专家监管基金会的日常运作，我听到了二叔的名字在十人名单之中。

　　当嘉树伯宣布他和王冰一将所持有的江海集团所有股份全部无偿捐赠给基金会时，全场掌声雷动。我禁不住倒吸了口凉气，这可是裸捐，不仅意味着江海集团以后转由基金会掌控，而且，嘉树伯和冰姨处心积虑，奋斗多年，最后都成了打工者，这得需要多大的勇气和气魄呀。

　　第一颗炸弹余波未尽，嘉树伯又紧接着抛出了更加响亮的第二颗。

　　他介绍了在枯井里发现沈家祖上秘藏资料的经过，含泪叙述了老爷子忍着病痛的折磨和煎熬，拼着老命，废寝忘食地整理资料，终于在临终前绘制完成了那幅传说中的"江南堤坝管涌源分布图"。他和王冰一商量决定，遵照老爷子的心愿，把这幅图对外公开，供全国水利工作者无偿使用。

　　我这才明白这次为什么要破例邀请媒体参加了。

　　嘉树伯宣布完，全场竟死一般沉寂。

　　所有人都愣住了。

　　因为来宾基本都是行家，所有从事水利行业的人都清楚地知道这幅图的价值。

　　如果说嘉树伯抛出的第一颗是炸弹的话，那这一颗可就堪比核弹了。

　　基金会的事情二叔他们肯定早就知道了，他提前到来，一定是开会商讨过，可公开"江南堤坝管涌源分布图"似乎没有人提前知道。

　　我看到二叔惊讶地大张着嘴巴，半天都没有合上。

当冰姨站起身，面对着媒体记者和所有专家，亲手展开了老爷子几乎是用命换来的那幅"江南堤坝管涌源分布图"时，全场才突然响起雷鸣一般的掌声，经久不息。

那位坐在最前排据说是一名院士的白发苍苍的老人激动地站了起来，他颤巍巍地走到冰姨和嘉树伯面前，竟深鞠一躬，把冰姨惊得连连回礼，说"可不敢当啊"。

老院士动情地说："我不是代表个人，我是代表全国人民感谢你们。"他转身对那些忙着拍照的记者说，"同志们哪，你们或许不了解，有了这幅图，国家的南水北调工程至少能提前两年完工哪。两年！这是什么概念?！节省大量的人力、财力不说，北方缺水的老百姓能提前两年用上清澈的南方水呀，同志们哪，这是多大的功德呀！"

说完，他又径直走到老爷子遗像前，又是深鞠一躬，颤声说道："伯远哪，你真是功德无量，沈家人个个了不起呀！"

我眼窝子浅，整个追思会，我就一直坐在嘉树伯和冰姨的身后，默默流泪。

但子怡始终没有出现，她的座位一直空着。嘉树伯和冰姨都曾扭头看了看这个空着的座位，谁也没有说话，也没有人过问一声。

我也没有看到杨超。

二叔走的时候，我去送他，在车上，我问他对这事的看法。

二叔说："嘉树和冰姨昨天在与我们商量成立基金会的时候，坦承了他们的身份，也讲了过去如何胁迫老爷子参与江海集团的事，我们都劝他俩象征性地捐赠股份，不要裸捐，但两人决心已定，态度果决。"

"沈家人做事，总是出人意料。"二叔感慨道。

"可他们并不是真正的沈家人……"我话刚说出口，二叔就生硬地打断了我，说："他们当然是沈家人。如果他们不是沈家人，谁是？谁还配是？"

我没再说话。

二叔也没说话，他擦了擦眼镜，取下眼镜的时候，我看到他眼睛有些湿润。

二叔似乎也发现了我注视着他的眼睛，就叹了口气，自我解嘲道："我确实有些感动。"

二叔走后第二天，因为有课，我又没能去医院。所以，第三天一大早，我起床洗漱后，就直接到医院去看吴双。停好车，往住院部走的时候，却一眼看到了刘方和小田站在住院部的门口。

"你俩站在这里干吗？上去过了？"看见他俩，我就主动上前打了招呼，我也知道，他们也是经常过来看吴双的。

"上去过了。"小田说。他看了刘方一眼，见刘方只闷着头抽烟，就又补了一句："我俩……在等你。"

"等我？等我干吗？请你俩吃饭？这也不到点啊？"我有点没好气地说。

"去你车里说吧。"刘方把手里抽着的烟扔到地上，用脚踹灭了烟头。

"怎么了？跟我欠你俩银子似的。"虽然我嘟囔着，但看刘方一脸严肃，也就乖乖把他俩领到我车前，打开了车门。

"是子怡和杨超干的。"一坐进车里，刘方就恶狠狠地说，"他们承认了。"

"什么？"我大吃了一惊，虽然刘方说得没头没脑，但我想都不用想，他说的肯定是吴双的车祸。

三十三

杨超是个聪明人。

聪明人嘛，就不光要会干活，还要善于察言观色。

杨超深得嘉树伯信任，除了集团的工作，也常帮着打理沈家家里的事，自然与沈家上上下下都很熟络。

心细如发的杨超也就慢慢从一系列蛛丝马迹中发现了沈家的一些不寻常。

但杨超是个明白人，明白人一般不会去办糊涂事。

所以，无论嘉树伯还是冰姨，只要安排给杨超的事，杨超都全心全意地努力去做好，从不问为什么。腿勤嘴严，听话懂事，还长得一表人才，这样的年轻人谁不喜欢？

不问，不代表不想，也不代表不私下里观察、寻思和探究。

刘方告诉我，杨超其实早就注意到了老爷子、嘉树伯、冰姨之间关系极复杂，甚至感觉我导师与沈家关系也颇微妙，他只是一头雾水，理不出什么头绪。

虽然好奇，也时常狐疑，但杨超并不是一个不识时务的人，他很清楚，无论老一代人感情如何纠葛，关系如何错综复杂，但第三代里，只有子怡一人，未来能继承沈家这偌大产业的，也只能是子怡。

所以，杨超挖空心思地在子怡身上下功夫。

子怡是有些大小姐脾气，甚至刁蛮任性，也不是很把杨超放在眼里，经常让他下不来台，但这些，杨超都不在乎，他只在乎一件事，那就是让子怡离不开他。

"子怡要是不那么漂亮就更好了。"刘方精心设计了攻心战，对杨超轮番轰炸，其实收效并不显著，杨超态度很好，但始终避重就轻，直到得知子怡已经把所有事情和盘托出，他的心理防线才彻底瓦解。垂头丧气或者说一败涂地的杨超竟然竹筒倒豆子一般把这些年来压抑在心底的话都跟刘方交代了，交代得刘方瞠目结舌甚至有些感慨。

漂亮也是女孩子的资本。子怡手里资本越多，杨超想牢牢拿捏住子怡的压力也就越大，这让他大伤脑筋。

"为了能讨子怡喜欢，他可真是煞费苦心。"参与了杨超审讯的小田也跟刘方一样发着感慨。

子怡的毕业论文，杨超找人帮着写，子怡刚说了句想打网球，他立即报班先去学了，日夜苦练，然后再陪着子怡打。子怡喜欢有型的男人，他几乎每天都去健身房，连大年初一都没有停歇。

事情就发生在大年初一那天。

按照杨超的说法，从除夕夜到初一上午，嘉树伯给他打过两次电话，问了一些吴双的情况，那时他可能还不知道吴双的名字，一直说的是本纪的那个小女友。杨超当时觉得有点诧异，因为老板不光问的问题奇奇怪怪，连说话的语气都与过去很不一样，竟有些含含糊糊，闪烁其词。当然，杨超是个知道规矩、懂得分寸的人，对老板交办的事从来都是不打折扣地完成，所以，嘉树伯让他到我那个房子里找找有没有两块黑色的很不一般的石头时，他二话没说就答应了。

嘉树伯当时既没有说找那两块石头干什么，也没有说要不要拿回来。但明白人不用多解释，就像嘉树伯只稍微流露出对女编剧写的东西感兴趣，杨超就很快把吴双的剧本大纲放到他桌子上一样。

心照才能不宣。

因为是初一，子怡又在海南，杨超没有太多可忙的事，也就开上车，赶去了我住的那个小屋。

我不知道杨超此前是否已经知道吴双那几天住在我那里，因为我没有对外说，吴双也不想让朋友们知道她在宁州过年，下午她跟刘方打电话的时候，刘方也是猝不及防。

但杨超是个谨慎的人，即使知道我回了山东，他依然先悄无声息地打开房门，轻轻推开一条缝向内张望。看到房内的吴双，他有些吃惊，但吴双并未发现异常。当时吴双正在用电脑写东西，边写还边流泪，这勾起了他极大的好奇心，也因为好奇心的驱使，他看到了吴双写给我导师的那封信。

这是杨超始料未及的。其实，这封信也是所有人始料未及的。

杨超确实是一直等到吴双出了门才进的房间，拿了石头，也看了吴双写的信。

他大吃一惊。

杨超自己说，他一开始并没有把信中所指的人往自己老板身上想，只是隐隐约约感觉这封信有来头，信息很重要，他必须拿回去给老板看看。

但他准备拷贝走这封信时，才意识到上回的目标是稿子，他随身带了U盘，这回，他是奔着石头来的，除了开门用的器具，他自然不会想着要带个U盘。

他没有意识到书架上扔着的那个绿色的打火机一样的东西其实就是我的U盘，或许他看到了吴双是拿着U盘出去的，在房间里匆匆翻找了一番后，他并没有找到能拷贝走文件的东西。

但电脑是联网的，只要联网了就好。杨超就坐下来，把吴双写的信和桌面上新写的剧本，全都发到了自己的邮箱里。

然后，他很仔细地清除了上网痕迹，或故意或习惯性地把原始文件全都删除了。

杨超离开的时候，吴双还在大街上到处找开门营业的打印室，那个时候，她应该还心存侥幸，没有想跟刘方打电话。

冰姨看到的信是杨超回到江海集团后打印出来的。

做贼总是心虚的，没有几个贼能做到像劳伦斯·布洛克笔下的雅贼那般气定神闲。我每次"干活"时，都大脑高度紧张，屏息凝神，蹑手蹑脚，心在嗓子眼突突地跳，只有完全回到自认为安全的地方，才算踏实下来，紧张的汗水往往会让我浑身湿透。

杨超也承认，他是回到江海集团，把信打印出来后，点了支烟，再仔细看信的内容时，才大为惊愕的。

信只有薄薄两页，吴双写得还有些隐晦婉转，不了解内情的人不一定能看出太多内涵和所指，但杨超不一样。

作为能干又不多嘴的心腹，杨超帮嘉树伯处理过很多私人事务，对嘉树伯的过去也有所了解，凭着信的内容，凭着嘉树伯让他找的这两块黑色的石头，凭着他所知道的嘉树伯与我导师的关系，这些信息串联在一起，他猛然意识到，吴双托我导师找的人，原来就是他的老板。

纵然聪明绝顶，杨超并没有至少并没有在当时参透嘉树伯与我导师是互换了身份的，否则，以他的心思，他应该不会那么火急火燎地跟子怡打电话了。

客观地讲，我导师和嘉树伯都恪守本分，隐藏得很好，如果不是像老中医那种与沈家有几代人交情对沈家极其熟悉的人，是发现不了这中间"狸猫换太子"的猫腻的，即使看出些端倪，沈家不承认，别人又能如何？

杨超虽然也感觉到沈家的关系复杂，有些不同寻常，但断然没有想到过他的老板竟然不是真正的沈家人，是如假包换的"冒牌货"。

一旦认定了吴双要找的人是嘉树伯，那就意味着子怡突然多出来一个姐姐，那未来江海集团的继承人就不是子怡一个人了，最让人警惕的是那个姐姐的背后还牵扯着一个赵本纪，赵家家族实力雄厚，与沈家的关系又非同一般。

这真让人恼恨。

但杨超始终没承认把信和石头交给冰姨是另有目的、别有用心。

他对刘方解释说："我当时脑子里一团乱，也着急与子怡商量对策，打了老板的电话，没打通，就送到沈家。开门的是冰姨，她开口就问事情办得怎么样了，我以为老板已经交代过了，就把信和石头都交给了她。"

当然，他也并不否认，信让冰姨看到比直接交到嘉树伯手里更好，因为子怡是跟着冰姨长大的，两个人感情很深，而吴双即使跟嘉树伯之间有血缘关系，嘉树伯或许感觉亏欠她，但在沈家，最有话语权的是老爷子和冰姨，他的老板嘉树伯反而靠后。

他当然希望沈家的天平倒向子怡。

是呀，他把整个未来都赌在了子怡身上，绝不能因为吴双的突然出现，让他落得个竹篮打水的下场。

虽然刘方做了核实，也验证了杨超的说辞，那天，嘉树伯确实中午喝了酒，在家休息，杨超过来时，也确实是冰姨开的门，接过了他送来的信和石头。

但我坚信，杨超一定是仔细掂量过后，故意让冰姨拿到这封信和石头的。

杨超很聪明，颇有心计，又混迹于沈家人身边，耳濡目染，无论是偷偷观察还是私下揣摩，必然能发现沈家人对江海集团控制权的微妙争夺，老爷子和嘉树伯、冰姨之间，冰姨和嘉树伯之间，一团和气之下暗潮汹涌，这封信，说不定是引发嘉树伯和冰姨之间矛盾的催化剂。

无论事情怎么发酵，受益的一定是子怡，因为老爷子、嘉树伯和冰姨，对子怡都是无底线的宠爱。杨超把宝押在子怡身上，即使没有鹬蚌相争，渔人得利的想法，但也不见得没有螳螂捕蝉，黄雀在后的动机。

只是，人的想法是没有办法去验证的，连自诩办案经验丰富的刘方也无可奈何，但杨超与子怡谋划商议如何对付突然出现的"姐姐"吴双却铁证如山，是不争的事实。

不仅有电话记录为证，两人也都先后承认了。

铁定属于自己的东西，平时往往并不十分在意，但一旦得知要被人拿走或被瓜分，那就大不一样了，说不定要誓死捍卫。

人的心态也会随之失衡，身心会发生巨大变化，甚至会在瞬间失控。

那天，子怡就失控了。

其实，一开始，当杨超告诉子怡吴双是她同父异母的姐姐时，子怡还是欢天喜地的，恨不得当时就要给吴双打电话。

"真的假的？吴双姐是我亲姐姐？太好了，我竟然会有一个当编剧的姐姐，这可太好了，要是你敢欺负我，我就告诉我姐姐。"

等子怡欢天喜地够了，杨超只淡淡地说了一句话，就先把电话挂掉了。

他太了解、太熟悉子怡了，他当然知道这个表面上大大咧咧、胸无城府的年轻姑娘心里最在乎什么，哪里是她最致命的软肋。

而且，他深谙欲擒故纵的策略对她非常适用。

杨超当时说："江海集团未来那就不一定是谁的了，因为人家是姐姐。"

这就足够了。

他知道子怡一定会在惊诧、错愕、茫然、不知所措后打电话给他的。

果不其然。

杨超把东西交给冰姨，从沈家小院里离开没多久，还没有回到自己的住处，就接到了子怡从海南打来的电话。

对子怡要说的话，杨超在认识到吴双是子怡姐姐的那一刻起就在脑子里开始盘算了，他虽然也心乱如麻，甚至非常恼火，但他清楚，这个时候必须沉住气，要让子怡明白，只有他，才是她最坚实、最稳固的依靠。

他很理性地帮她分析了江海集团未来的所属权，也不失时机地暗示了一下他们的父亲完全有可能会因为过去亏欠姐姐太多而在未来倒向姐姐，当然，这些话他并没有说破，只是点到为止。他知道，子怡是极聪明的，聪明人向来都很敏感。

他很清楚，这个时候，子怡不会给病中的爷爷打电话，也不会向冰姨控诉，更不会去诘问父亲，她此时能打电话商量的、能依赖的人，只有他一个人。

那天下午，他们至少通了三次电话，每次通话时间都不短，也正是因为这几通电话，引起了明察秋毫的刘方的怀疑。

把信和石头毁掉都不是上佳选择，因为吴双已经缠上了我导师，我导师也必然会找嘉树伯把事情的来龙去脉说清楚，而信和石头在冰姨手里，至少还有一丝机会，无论出于对子怡的感情还是维护沈家的声誉，冰姨都有可能出面干预，让吴双进不了沈家的门。

子怡情绪失控是在得知了冰姨竟然让杨超把东西送回去之后。

把东西送回去，也就给了吴双寻亲的凭证，给了吴双顺理成章正正当当走进沈家成为江海集团继承人的机会。

不仅子怡瞬间崩溃，杨超也颇为诧异，实在搞不清楚冰姨葫芦里到底是卖的什么药，有些心乱如麻，脑子里也一片茫然，开车时，不禁有些神情恍惚，看到正在马路边上走着的吴双，他竟油然生出一股无端的恼恨。

丧失理智的是子怡，她歇斯底里地喊着让杨超把吴双撞死。没有了吴双，也就没有了这些节外生枝的事。

杨超自己说，他当时脑子是有些发蒙，这不假，但他并没有像子怡那样发疯，自然也不会相信子怡咬牙切齿地嚷着一切后果由她来承担的疯话。车子离吴双只有几十米时，他分明看到吴双不仅有些心不在焉，而且两脚已经越过了马路牙子，走在了马路上，似乎准备横穿马路。他突然心一横，恶向胆边生，决定制造一起车祸。

聪明人脑子发了热，一样会办糊涂事。

何况杨超还是自作聪明。

杨超是在苦苦地追子怡，我们这帮朋友看在眼里，心知肚明，娶到子怡，自然能一劳永逸，心想事成。但子怡已经不是过去跟在杨超屁股后面那个不谙世事的小女孩了，小鸟长大了，说不定就会飞出笼子去，何况，杨超对沈家人很了解，越了解，他越觉得这些年的付出完全有鸡飞蛋打的可能。

要掌控子怡，就需要有拿捏住她的把柄，这把柄，对她必须是致命的，让她一辈子也难以解脱。

这简直就是千载难逢的机会。

"你这是让我杀人哪！"杨超在电话里对情绪已经失控的子怡大声嚷嚷，他故意地强调了这一句，而电话那头，疯狂的子怡一边喊着"撞死她"一边把胸脯拍得砰砰响。

再糊涂，杨超也知道问题的严重性，他当然没有傻到听一个情绪失控的小女孩的话的地步，他只是要制造一起车祸，拿到制约子怡的一个"铁证"。

杨超痛哭流涕地向刘方赌咒发誓，说他如果真想撞死吴双，车子就应该早一点提速，他当时只是想在贴近吴双时打一把方向盘，磕碰到她，冬天衣服穿得多，磕碰一下，最多也就是个骨折，出不了大事。

但事与愿违。

坏就坏在那天正是春节，远处有个淘气的孩子放了一个"钻天猴"，"钻天猴"呼啸着冲吴双这边飞来，惊慌失措的吴双嗷的一声，竟然不是歪头躲开，或许出于本能，她扭头就往回跑。就在那一瞬间，杨超的车也到了。突如其来的变故让杨超一下子愣住了，他本来是要打一把方向盘去磕碰吴双的，没想到吴双竟直接跑向他的车，吓傻了的杨超手忙脚乱，不知道该做什么应急反应。同时，手接受的依然是刚才大脑的指令，所以，车到吴双身边时，他还是慌乱地打了一把方向盘。

车头正好与斜刺里扑来的吴双撞在一起，两股力量一相遇，砰的一声，吴双被撞飞两米多远，重重地摔在了马路上。

"后边的事情你也都知道了。"刘方点上一支烟，抽了一口，又狠狠地掐灭了，说，"杨超没有逃逸，他察看了一下吴双的伤情，报了警，也打了 120 急救……"

"察看吴双的伤情？他有那好心？他只是想把那两块石头和吴双的 U 盘收起来罢了。"我愤怒地讥讽道。

"石头本来就在他手里，我姐摔倒时，U 盘摔出去了，碰巧他看见了，就揣起来了。"小田很注重细节，纠正我道。

"后来他把石头又送回给你冰姨，一再道歉说实在没想到出了意外，你冰姨倒也没说什么，还安慰了他半天。"刘方又接话道。

我也实在无话可说，心像被冰水浇过一样，缩成一团，莫名地疼痛。

血管里流的似乎不是血，是带着尖刺带着锋刃的冰碴儿。

"我们昨天已经对他俩采取了强制措施，等交警队那边核查过就走司法程序。"刘方也脸色铁青，冷冷地说，"小田一定要把这消息告诉吴双，所以，刚才我俩上去了一趟。"

"昨天？"我皱了一下眉，说，"可前天老爷子追思会他俩都没参加……"

"她是故意不参加的。"刘方冷笑一声，"子怡说他们把集团的所有股份都捐出去了，什么都没有留给她，她故意不去就是要让他们难堪。这孩子太任性了，任性得都没有人性了。"

"唉。"我长叹了一声，感觉后背一阵阵发冷，没说话。

"子怡为这事很受打击，有点自暴自弃，说他们根本不考虑她的感受，情绪很反常。她把这事说出来之后，还抱怨道，说'他们不是想露脸出风头吗？我就是要丢丢他们的人'。一开始我们都不敢相信，以为她故意瞎编闹情绪呢。方哥却趁热打铁，又跟杨超过了过招，把子怡已经招认和沈家股份捐赠的事都跟他讲了，杨超思想斗争了好几个小时，昨晚也终于摊牌了。"小田又补充道。

"唉。"我又叹了一口气。

"他们做了这事，嘉树伯和冰姨此前知道吗？"缓了缓神，我突然问道。

"还待进一步核查。"刘方还是一副冷冰冰的面孔，说，"以我的判断，应该不知道。昨晚我们通知家属时，你冰姨当场就崩溃了，你嘉树伯瞠目结舌，好像不敢相信自己的耳朵。杨超也说，他们相互发过誓，任谁也不能透露半点口风。"

我只能摇摇头，啥话也说不出。

"现在的年轻人，这都是什么心态呀！"两人下车时，小田还皱着眉困惑不解。

三十四

吴双的病房依然安静，安静得仿佛时间都凝固了。

我不知坐了多久，在她的床边，轻轻抚摸着她微微发凉的手。

我没有再跟吴双聊车祸的话题。刘方和小田他们已经告诉她原委了，她本就是个拿得起放得下的姑娘，不会对此事耿耿于怀，何况，杨超是她的朋友，子怡还是她的妹妹。

"他们怎么能是坏人呢？顶多一时糊涂罢了。"如果她清醒着，一定会坐起来跟我争辩，我知道她坐不起来，也不想跟她争辩，何况，一说"起来"，我就心痛，所以，我再也不想提这个事。

我也没有跟她说，咋天，嘉树伯和冰姨都来看过她，还给她买了一大束花，现在，花正摆在她的床头。

花朵娇艳，映衬得吴双一直苍白的脸上有一丝红晕。

我相信她应该能感受到。

冰姨抚摸着她的脸，泣不成声。嘉树伯倒是没掉眼泪，只是坐在那里，满眼慈爱地看着吴双，什么话都没有说。

但我看得出他内心的煎熬、痛苦和懊悔，那是装不出来的。

我跟吴双说了朋友们的一些近况，还告诉她，老祁家的那匹她很喜欢的黄色母马新下了一个马驹子，竟然是黑色的。

更多时间，我都在给她读诗。

吴双是个文艺青年，特别喜欢苏联女诗人安娜·阿赫马托娃的诗。

天一亮我就醒来，
欣喜之情充溢胸怀，
坐在船舱中依窗望外，
一片碧波在眼前展开，
有时，天阴，到甲板上去，
身上紧裹着毛茸茸的皮衣，
倾听机器隆隆地喘息，
脑子无所思虑，
这时，我预感到
就要见到他——我心中的星，
这时，咸的水珠，咸的海风，
使我变得一刻比一刻更年轻。

…………

我们俩不会道别——
肩并肩走个没完。
已经到了黄昏时分，
你沉思，我默默不言。

我们俩走进教堂，看见
祈祷、洗礼、婚娶，

我们俩互不相望，走了出来……
为什么我们俩没有此举？

我们俩来到坟地，
坐在雪地上轻轻叹息，
你用木棍画着宫殿，
将来我们俩永远住在那里。

我一首接一首地读着，直到一个年轻的女护士走进来。

女护士冲我微笑了一下，然后俯下身，手法轻柔地帮吴双量了体温，抬头看了一眼窗外，就准备去拉上窗帘。

我这才发现，天已近黄昏。

没有残阳，也没有晚霞，天空还一片蔚蓝，并没有一丝云彩，只有一两只不知从哪儿冒出的鸟，从窗口飞过。

忽然间，鸟又一晃而过，我认不出是什么鸟，但脑子里突然想到老爷子生前调教的那两只黄雀。

"连心性做派都随他。"老中医的话犹在耳畔。

心里怦然一动，我想到了嘉树伯和冰姨，是呀，老爷子这样有大智慧的人，如此用心良苦，难道仅仅只是为了调教两只鸟吗？

帮吴双量完体温的小护士又帮她擦了擦脸，见我沉默不语，就安慰道："她会好起来的，你要对她有信心。"

我点点头，又笑了笑，问道："你养鸟吗？"

我突然问了这么个问题，小护士有些莫名其妙，迟疑了片刻，才摇摇头，说："不，不，我不养鸟。"

"那你知道黄雀吗？"我又问了一句。

"黄雀？什么黄雀？"小护士看了我一眼，似乎觉得我更加不靠谱了，但还是礼貌地回了句，"是螳螂捕蝉，黄雀在后的那个黄雀吗？"

"也有不捕蝉只会叽叽喳喳叫的黄雀。"我指了指吴双，对被我搞得一头雾水的小护士说，"我们给她起的绰号就叫黄雀。"

心地善良的小护士愣了一下，她看看我，又怜悯地看了看吴双。吴双躺在这病床上好几个月了，连动都不曾动过一下，更别提叽叽喳喳说话了。

她没说话，埋头把体温计和给吴双擦过脸的纸巾收拾到托盘里，站起身，端着托盘，走到门口，忽然，她转过身，很认真地对我说："一定会有奇迹的，你要相信奇迹，我们一起加油。"

她一袭白衣，飘然而去的背影，真的就像天使。

我走到吴双床边，俯下身，浅浅地吻了一下她的腮帮，轻声说："你要相信奇迹，我们一起加油。"